Anika Schwarz

Beat Girls

Das Glück gehört uns

Roman

W0277490

aufbau taschenbuch

MIX
Papier | Fördert
gute Waldnutzung
FSC® C083411

ISBN 978-3-7466-3919-2

Aufbau Taschenbuch ist eine Marke der
Aufbau Verlage GmbH & Co. KG

1. Auflage 2023

www.aufbau-verlage.de
10969 Berlin, Prinzenstraße 85

Umschlaggestaltung www.buerosued.de, München
unter Verwendung eines Fotos von © ClassicStock /
Alamy Stock Foto / H. Armstrong Roberts
Satz LVD GmbH, Berlin
Druck und Binden CPI books GmbH, Leck, Germany

Printed in Germany

Für meine Mama. Du bist die Beste!

Kapitel 1
Monika

München, 23. Juli 1966

Die Gewinner des heutigen Abends sind – die Monaco Birds! Immer wieder hallten die magischen Worte, die der Hamburger Musikproduzent Martin Adams vor einer Stunde in *Angies Vogelbar* verkündet hatte, durch Monikas Kopf. Zusammen mit ihren Freundinnen Rita, Inge und Peggy Sue hatte sie sich in einem spannenden Wettbewerb gegen acht weitere Bands und Interpreten durchgesetzt und den heiß begehrten Plattenvertrag ergattern können. Seither wurde in der Schwabinger Lokalität ausgelassen gefeiert – beziehungsweise der Frust mit reichlich Alkohol heruntergespült, wenn man sich die geschlagene Konkurrenz so ansah. Vor wenigen Minuten hatte Monika die rauchgeschwängerte Kellerbar verlassen, um frische Luft zu schnappen. Außerdem brauchte sie unbedingt ein wenig Zeit für sich, um alles sacken zu lassen.

Wir haben gewonnen!

Für Monika verwirklichte sich mit dem heutigen Tag ein besonderer Traum. Schon seitdem sie als Zwölfjährige zum ersten Mal auf der Gitarre ihres Bruders ein paar Akkorde gezupft hatte, wollte sie nichts lieber, als irgendwann einmal auf einer Bühne stehen und das Publikum mit ihren Liedern begeistern.

Die Vorstellung, dass es in naher Zukunft sogar eine Schallplatte mit zwei von Monika selbst komponierten Songs in Plattenläden und in den Jukeboxen der Tanzlokale und Bars geben würde, ließ ihr Herz vor Freude überquellen. Diese Single wäre im besten Fall der Anfang einer erfolgreichen Karriere der Monaco Birds. Dabei hatten sich die vier musikbegeisterten jungen Frauen erst im Mai kennengelernt und entgegen allen Vorurteilen und trotz gewaltiger Hindernisse eine Band gegründet. Nie hätte Monika sich zu diesem Zeitpunkt vorstellen können, dass sie wenige Monate später schon einen so wichtigen Musikwettbewerb für sich entscheiden könnten. Vor allem nicht gegen die erfahrenere Band Charly's Beatboys, zu der auch Monikas Bruder Sigi gehörte. Die vier Jungs, und insbesondere Frontmann Charly, hatten sich bereits auf den Sieg eingestellt. Umso enttäuschter hatten sie nach der Verkündung aus der Wäsche geguckt. Laut Jury war die Entscheidung denkbar knapp, aber am Ende doch einstimmig gewesen. Ein klein wenig tat es Monika für ihren Bruder leid, doch die Freude über den eigenen Erfolg überwog alles. Vor allem, nachdem Charly mit seinem Bandkollegen Franz auf hinterhältige Weise versucht hatte, den Auftritt der Monaco Birds im letzten Moment zu sabotieren.

Als hätten ihre Gedanken ihn herbeigerufen, entdeckte sie Charly, wie er aus dem Eingang der Kellerbar heraustrat, sich eine Zigarette ansteckte und zu seinem Opel Rekord ging, den er ganz in der Nähe geparkt hatte.

Bei seinem Anblick begann ihr Herz schneller zu schlagen. Ja, da war sie wieder, diese widerwillige Faszination für den attraktiven Musiker, darunter mischten sich aber auch Zorn und

vor allem Angst. Denn eine einzige leichtsinnige Nacht vor vier Wochen, in der sie angetrunken und aus Frust heraus mit Charly auf dem Rücksitz seines Wagens geschlafen hatte, hatte nun womöglich ungewollte Folgen für sie. Ihre Periode war überfällig, und seit Kurzem hatte sie zudem mit Übelkeit zu kämpfen. Auch wenn sie jeglichen Gedanken an eine Schwangerschaft so gut wie möglich zu verdrängen versuchte, trübte diese dunkle Sorgenwolke die Freude über den Sieg beim Wettbewerb. Sie hoffte trotz der deutlichen Anzeichen immer noch, dass nur die Aufregung vor dem Auftritt für eine Verschiebung ihrer Tage verantwortlich war. Denn ausgerechnet jetzt, wo sie mit den Monaco Birds eine winzige, aber doch reale Chance hatte, sich ihren Traum von einem Leben als Musikerin zu erfüllen, wäre es für sie eine Katastrophe, ein Baby zu bekommen. Ein Ehemann und Kinder standen derzeit nicht auf ihrem Plan. Falls überhaupt jemals. Zudem hatte Charly eine Freundin, was Monika damals nicht gewusst hatte, sonst hätte sie sich nie und nimmer auf ihn eingelassen. Wobei seine Beziehung zu Julia offenbar nicht frei von Konflikten zu sein schien. Heute war sie nach einem Streit mit Charly noch vor seinem Auftritt verschwunden. Trotzdem. Auch wenn die beiden nicht mehr zusammen wären, konnte Monika sich nicht vorstellen, ausgerechnet mit ihm eine Familie zu gründen. Er als Mechaniker in der Autowerkstatt seines Onkels und sie weiterhin hinter der Ladentheke in der Metzgerei ihrer Eltern? Genau so einem bürgerlichen Leben wollte sie doch entfliehen. Mit Charly zusammen auf einer Bühne zu stehen oder gemeinsam Lieder zu komponieren – davon hatte sie hingegen tatsächlich manchmal insgeheim geträumt. Bis er ihr unmissverständlich gezeigt hatte, dass sich dieser Traum niemals erfüllen würde.

Doch der heutige Tag hatte nur zu gut bewiesen: Sie brauchte keine Männer, um Musik zu machen, und auch keinen Mann, um eine Familie zu gründen. Umso inständiger hoffte sie, dass ihr eine ungewollte Schwangerschaft keinen Strich durch die Rechnung machen würde.

Ach, könnte ich doch nur diese unselige Nacht mit Charly ungeschehen machen.

»Hey, Rotschopf!«

Charly schlug die Autotür wieder zu und schlenderte in ihre Richtung.

O nein! Sie hatte gehofft, dass er sie im Schatten der Hausmauer nicht bemerkt hätte.

»Möchtest du mir zum Plattenvertrag gratulieren, bevor du nach Hause fährst?«, fragte sie mit einem frechen Grinsen und hoffte, dass er ihr nicht ansah, welche emotionale Achterbahnfahrt sie gerade durchmachte.

Er trat auf sie zu, zog an seiner Kippe und blies den Rauch langsam aus. Dann kräuselten sich seine Lippen zu einem Lächeln, das jedoch nicht seine Augen erreichte.

»Wer sagt denn, dass ich schon nach Hause fahre?«, säuselte er. Sein Atem roch nach Bier und Zigaretten, und eine leichte Übelkeit stieg in ihr hoch. Natürlich machte er keinerlei Anstalten, sie zu beglückwünschen. Damit hatte sie allerdings auch nicht ernsthaft gerechnet.

Monika zuckte mit den Schultern. »Was weiß ich, wohin du fährst. Ist mir auch egal, was du machst.«

Die Tür zur Bar öffnete sich, und zwei Männer traten heraus. Sie gingen an Monika und Charly vorbei, nickten ihnen dabei anerkennend zu.

»Toll habt ihr gespielt. Ehrlich. Beide Bands«, gratulierte der eine.

»Ich hoffe, ihr tretet bald wieder hier auf. Das war wirklich richtig gut«, beteuerte der andere.

»Danke euch sehr!«, sagte Monika erfreut.

Charly lächelte nur kühl, während die Männer in der Dunkelheit verschwanden.

Sie drehte sich von ihm weg, um wieder zurück zu den anderen in die Bar zu gehen. Da spürte sie eine kräftige Hand, die sie an der Schulter packte und festhielt.

»Wir hätten es viel mehr verdient als ihr«, zischte er.

»Ach ja? Mehr verdient, weil ihr versucht habt, unseren Auftritt zu sabotieren, indem ihr unsere Bühnenkleider habt verschwinden lassen? Oder mehr verdient, einfach nur, weil ihr Männer seid?«, fuhr sie ihn an und befreite sich aus seinem Griff. Auch wenn sie seine Enttäuschung nachvollziehen konnte, ärgerte sie sich darüber, dass er sie und die Monaco Birds von Anfang an nicht ernst genommen hatte.

»Mehr verdient, weil wir einfach besser sind«, knurrte er grimmig.

Sie atmete einmal tief durch, wollte sich erst gar nicht provozieren lassen. Und eigentlich wollte sie auch nicht mehr streiten.

»Weißt du, Charly, im Gegensatz zu dir kann ich durchaus zugeben, dass euer Auftritt ebenfalls gut war. Trotzdem kamen wir noch ein wenig besser bei den Leuten und vor allem bei der Jury an. Vielleicht hatten wir letztlich heute auch ein wenig mehr Glück als ihr, aber deswegen kannst du ...«

»Glück?« Er lachte bitter auf. »Stimmt. Denn wenn die Mutter eines der Bandmitglieder ein Verhältnis mit dem Musikproduzenten in der Jury hat, dann bekommt man den Sieg glücklicherweise eben geschenkt«, stichelte er boshaft.

Damit hatte er den Bogen überspannt. Auch wenn Angie, die namengebende Wirtin von *Angies Vogelbar* und Mutter der Schlagzeugerin Rita, tatsächlich ein Techtelmechtel mit dem Musikproduzenten hatte, würde Monika einen so unerhörten Vorwurf auf keinen Fall auf sich und ihren Bandkolleginnen sitzen lassen. Vor allem da Martin Adam schon im Vorfeld deutlich gemacht hatte, dass die Monaco Birds sich keinen Vorteil davon erhoffen dürften, dass er und Angie miteinander ausgingen. Außerdem war die Abstimmung der dreiköpfigen Jury einstimmig gewesen.

»Was bildest du dir ein, Charly?«, raunzte sie ihn an, und ihr Herz klopfte wild vor Empörung. »Du unterstellst mir und meinen Mädels ganz gewiss nicht, dass wir nur durch eine Mauschelei gewonnen haben!«

»Aber genau so ist es. Denn ansonsten hättet ihr nie im Leben eine Chance gegen uns gehabt«, setzte er jedoch noch einen drauf.

Bevor Monika weiter darüber nachdenken konnte, hatte sie bereits ausgeholt und verpasste ihm eine saftige Ohrfeige. Der ganze aufgestaute Ärger, für den er in den letzten Wochen verantwortlich gewesen war, entlud sich darin. Wie sie jemals für den selbstgefälligen Mistkerl hatte schwärmen können, war ihr inzwischen ein völliges Rätsel.

Charly sah sie schockiert und gleichzeitig ungläubig an und fasste sich kurz an die Wange, die hoffentlich noch mehr brannte als ihre Handfläche.

»Spinnst du?!«

Doch sie war immer noch auf hundertachtzig. »Was bist du nur für ein schlechter Verlierer? Es war ein fairer Wettbewerb. Wir hatten gute Songs und einen tollen Auftritt. Nur deswegen haben wir gewonnen. Wir haben es verdient! Hast du mich verstanden?«

Charly warf den glühenden Zigarettenstummel auf den Bürgersteig und trat ihn energisch aus.

»Heute bist du zu weit gegangen, Rotschopf«, sagte er dann leise, fast drohend.

Doch sie ließ sich nicht einschüchtern. Was sollte er ihr auch schon tun? »Der Einzige, der ständig zu weit geht und immer nur an sich denkt und dabei andere verletzt, bist du, Charly. Das ist schäbig und macht dich als Mann so klein.« Sie deutete mit Daumen und Zeigefinger etwa eine Größe von fünf Zentimetern an.

»Ach ja? Du solltest es eigentlich besser wissen, Rotschopf«, konterte er hämisch.

»Du bist einfach so ein ... blöder Depp!«

Sie funkelten sich böse an.

»Ihr streitet doch nicht etwa?«, rief eine Stimme, die Monika nur allzu bekannt war.

Sie drehten sich beide um in Richtung Eingangstür. Dort

stand ihr Bruder, der Inge fest um die Schultern hielt. Die Gitarristin und Sängerin der Monaco Birds schien ein wenig unsicher auf den Beinen zu sein.

»Misch du dich nicht ein, Sigi«, ermahnte ihn Charly.

»Es ist nichts«, beteuerte Monika schnell. Sie wollte nicht, dass ihr Bruder auch noch in die Auseinandersetzung hineingezogen wurde. »Ich war gerade auf dem Weg zurück in die Bar.«

Sigi sah skeptisch zwischen den beiden hin und her, beließ es jedoch dabei. »Na gut. Ich bringe Inge nach Hause. Und wir sehen uns morgen Nachmittag zu einer Besprechung im Probenraum, Charly. Die anderen wissen auch schon Bescheid.«

Charly nickte nur knapp, dann ging er ohne ein weiteres Wort zu seinem Wagen und stieg ein.

»Streiten ist nicht gut. Gar nicht gut«, nuschelte Inge, die sich vor dem wichtigen Auftritt Mut angetrunken hatte und den Sieg der Band offensichtlich ein wenig zu heftig gefeiert hatte.

»Da hast du recht, Inge. Streiten ist nicht gut«, stimmte Monika ihr zu und sah Charlys Opel Rekord hinterher, der mit jaulendem Motor davonfuhr.

»Aber wir waren heute richtig klasse. Oder, Moni?«, fragte Inge mit einem breiten Grinsen.

Monika lächelte. »Ja. Das waren wir.«

»Plötzlich hatte ich gar kein Lampenfieber mehr. Es hat sich so wunderbar angefühlt, wie die Leute uns zugejubelt haben. Wir haben die Bühne ganz schön gerockt mit unseren Songs, oder?«, fuhr Inge fort und schwankte ein wenig. Sigi nahm sie noch fester in seinen Arm.

»Das kann ich nur bestätigten. Ihr vier habt heute wirklich

alles gegeben«, würdigte er freimütig ihren Auftritt, obwohl er selbst sicher enttäuscht darüber war, dass er mit seiner eigenen Band den Plattenvertrag knapp verpasst hatte. Und genau das unterschied ihn so deutlich von seinem Kumpel Charly, der ihnen den Erfolg absolut nicht gönnte und daraus auch keinen Hehl machte.

»Ihr wart aber auch sehr gut, Bruderherz. Ich habe zwar nur einen Teil eures Auftritts gesehen, aber der war beeindruckend.«

»Find ich auch.« Inge nickte und strich sich fahrig eine blonde Strähne aus der Stirn.

»Trotzdem hat es nicht gereicht, aber danke ... Soll ich dich vielleicht auch gleich mitnehmen, Moni?«, bot Sigi an, der normalerweise ein Motorrad fuhr, aber heute mit dem Wagen der Eltern gekommen war.

»Nein. Ich möchte noch ein wenig mit den anderen feiern«, winkte sie ab. Sie wollte jetzt noch nicht nach Hause und allein in ihrem kleinen Zimmer unter dem Dach im Haus ihrer Eltern im Bett liegen. Trotz der riesigen Freude über den Sieg würden gewiss ihre Gedanken schnell wieder um die mögliche Schwangerschaft kreisen und was das für sie und ihre Zukunft bedeuten würde.

»Gut. Vielleicht komme ich ja auch noch mal her, wenn ich Inge bei ihrer Wohnung abgesetzt habe.«

»Oder wir bleiben alle da und feiern zusammen noch weiter«, schlug Inge lallend vor.

»Ich denke, das ist keine so gute Idee. Komm, ich fahre dich jetzt heim.«

»Spielverderber.«

»Glaube mir, morgen wirst du froh darüber sein.«

»Und vergiss nicht, dir einen Wecker zu stellen. Martin Adam hat uns morgen Mittag zum Essen eingeladen«, erinnerte Monika die Gitarristin.

»Vergesse ich nicht«, beteuerte Inge, die noch immer das extravagante rubinrote Kleid mit den lässigen Trompetenärmeln anhatte, das sie bei ihrem Auftritt getragen hatte. Dazu weiße hohe Stiefel. Monika hatte sich vorhin schon umgezogen und ihr eigenes smaragdgrünes Bühnenoutfit gegen eine gelbe Hose und ein ärmelloses dunkelblaues Oberteil getauscht. Dazu trug sie bequeme Sandalen.

»Vielleicht erinnerst du sie noch mal an den Wecker, wenn du sie daheim absetzt«, bat Monika leise ihren Bruder.

»Werde ich«, versprach er. »Bis dann.«

Während Monika die Treppe zur Bar hinabstieg, grübelte sie, ob sich zwischen den beiden ernsthaft etwas anbahnte. Heute hatte sie Inge und Sigi bei einem Kuss im Umkleideraum überrascht. Doch das war kurz vor der Verkündung der Jury-Entscheidung gewesen, und Monika hatte sich deswegen keine weiteren Gedanken mehr darüber machen können. Eigentlich passten ihr Bruder und die schon sehr früh verwitwete Inge gut zusammen. Sie hatten sich im letzten Jahr kennengelernt, als Inge beschlossen hatte, bei Sigi Unterricht in Gitarre und Gesang zu nehmen. So war es auch er, der private Musiklehrer, gewesen, der Inge als letztes Mitglied für die Monaco Birds vorgeschlagen und die Frauen miteinander bekannt gemacht hatte. Die Fünfundzwanzigjährige war die Älteste in der Band.

Monika hoffte nur, dass ein Verhältnis zwischen Inge und

Sigi zukünftig keine Schwierigkeiten ergab, die sich womöglich negativ auf die Band auswirken könnten. Auch wenn Sigi Mitglied von Charly's Beatboys war und sie heute als Konkurrenten gegeneinander angetreten waren, so hatte er die Monaco Birds von Anfang an unterstützt. Und das sollte auch so bleiben.

Auf der letzten Treppenstufe kam ihr Linda Greyston entgegen. Die Studiomusikerin aus London arbeitete ab und zu für Martin Adam in seinem Hamburger Aufnahmestudio und war eigens für den Wettbewerb als Jurymitglied nach München gereist.

»Hey, Monika! Ich möchte dir noch persönlich gratulieren«, sagte die Engländerin mit starkem Akzent. »Martin hat mir erzählt, dass du die Songs für die Monaco Birds komponiert hast. Das ist beeindruckend. Die Stücke sind wirklich gut.«

Monika spürte, wie ihr vor Freude über das Kompliment der erfahrenen Musikerin Hitze in die Wangen schoss. »Vielen Dank, Linda.«

»Wir sehen uns ja bald in Hamburg im Studio. Ich freue mich schon auf die gemeinsame Arbeit an eurer Platte. Und jetzt mache ich mich auf den Weg.«

»Gehst du schon zurück ins Hotel?«

Linda nickte. »Ich möchte meinen Mann nicht zu lang allein lassen. Er hat mich mit unserer kleinen Tochter nach Deutschland begleitet.«

»Du hast deine Familie mit dabei?«, fragte Monika überrascht.

»Ja. Zum ersten Mal. Ich verbinde die Zeit hier mit einem Urlaub in Bayern, bevor die beiden zurück nach London fliegen und ich nach Hamburg fahre. Morgen wollen wir in den Zoo und übermorgen die Stadt besichtigen. Und am Dienstag geht es für ein paar Tage an den Chiemsee.«

»Ist dein Mann auch Musiker?«

»O nein, Billy ist Übersetzer. Also dann, gute Nacht.«

»Bis bald. Und noch einen schönen Urlaub.«

»Den werden wir sicherlich haben. Danke.«

Für einen Moment schoss Monika der Gedanke durch den Kopf, ob es auch bei ihr klappen könnte, mit einem Kind Karriere in der Musikbranche zu machen. Doch sie konnte sich nicht vorstellen, wie das funktionieren sollte. Und mit Charly als Vater erst recht nicht. So lange sie nicht wusste, wie sich alles entwickelte, durfte er nichts von ihrer Befürchtung, schwanger zu sein, erfahren. In der Tat wusste bisher niemand davon außer Peggy Sue. Die Frontsängerin der Monaco Birds hatte Monika kurz vor dem Auftritt in einem schwachen Moment erwischt und mehr oder weniger erraten, was mit ihr los war. Doch Peggy Sue hatte versprochen, Stillschweigen zu bewahren. Monika kannte die Ehefrau eines US-Soldaten, der in der McGraw-Kaserne im Münchner Süden stationiert war, zwar noch nicht lang, doch sie vertraute ihr voll und ganz. Außer Peggy Sue würde sie sich aber vorerst niemandem anvertrauen. Zu groß war die Gefahr, dass es dann auch ihre strenge Mutter erfahren würde. Und davor hatte Monika die meiste Angst. Aber vielleicht müsste sie das ja auch gar nicht, wenn sich ihr Verdacht nicht bestätigen würde. Doch jetzt wollte sie nicht weiter darüber nachdenken. Jetzt galt es, die Sektkorken knallen zu lassen und ihren Sieg mit den anderen zu feiern.

Kapitel 2
Rita

München, 23. und 24. Juli 1966

Aus der Jukebox lief der Hit der schwedischen Sängerin Siw Malmkvist *Liebeskummer lohnt sich nicht,* und einige Paare tanzten ausgelassen zu dem schwungvollen Lied. Rita stand in ihrem saphirblauen Bühnenkleid hinter der Theke und schenkte sechs Obstler und zwei Helle ein. Das Lokal war immer noch proppenvoll, und da eine der Bedienungen derzeit fehlte, war Rita kurzfristig eingesprungen, um die anderen etwas zu entlasten. Vor allem aber wollte die Schlagzeugerin der Monaco Birds sich mit der Arbeit ablenken. Obwohl Rita sich über den Gewinn des Plattenvertrages riesig freute, beschäftigte sie etwas anderes im Moment noch mehr.

Heute war ein Mann mit Sonnenbrille in der Bar aufgetaucht, der Rita in der letzten Zeit schon öfter über den Weg gelaufen war. Er hatte ihr und Peggy Sue sogar schon einmal geholfen, als einige Männer die Freundinnen beim Baden an der Isar belästigt hatten. Und vorhin, nachdem sie nach ihrem grandiosen Auftritt überglücklich die Bühne verlassen hatten, hatte sie einen Streit zwischen ihrer Mutter und diesem Mann mitbekommen. Worum es dabei ging, wusste Rita nicht, unmittelbar vor der Bekanntgabe der Gewinner hatte Rita jedoch erfahren, dass der fremde Mann niemand anderes als ihr Vater Gerald war. Ihr Vater, der die Familie verlassen hatte, als sie noch ein ganz kleines Mädchen war, und sich seitdem nie wieder hatte blicken lassen.

Angie hatte ihn bereits von dem neuen Kellner Erich aus dem Lokal komplimentieren lassen, als Rita davon erfuhr. Doch hätte eine Konfrontation mit ihm wirklich etwas an dem Chaos in ihrem Kopf geändert? Sie zweifelte stark daran.

Sie selbst hatte keinerlei Erinnerungen an ihn, und es gab auch keine Fotos. Weder ihre Mutter noch ihre Großmutter Josefine, oder Finni, wie sie von allen genannt wurde, hatten je über ihn gesprochen. Und da sie ihn nie gekannt hatte, hatte Rita ihren Vater auch nicht vermisst. Doch sein überraschendes Auftauchen nach so vielen Jahren hatte einige Fragezeichen aufkommen lassen. Wo war er die ganze Zeit gewesen? Was hatte er seit seinem Verschwinden gemacht? Und vor allem: Warum war er jetzt zurückgekehrt?

»Kann ich bitte eine Fanta haben, Rita?«, bat Moni, die ihr plötzlich an der Theke gegenüberstand und sich auf einen frei gewordenen Hocker setzte.

»Möchtest du zur Feier des Tages nicht lieber Sekt oder ein Glas Wein?«, fragte Rita. »Für die Gewinner ist natürlich alles gratis heute.« Sie zwinkerte Moni zu, doch die winkte ab.

»Im Moment nicht, danke.«

Eine der Bedienungen kam und stellte einen Schwung leere Gläser ab. »Ich brauche eine Flasche Sekt mit fünf Gläsern und zwei Cola.«

»Kriegst du gleich, Rosi. Und hier deine Bestellung für Tisch drei.« Rita reichte ihr das Tablett mit dem Bier und den Schnäpsen, bevor sie die Limonade für Moni einschenkte.

»Danke.« Rosi kämpfte sich an den Tanzenden vorbei zu einem Tisch neben der Bühne durch.

Rita schob Moni das Glas hin und prostete ihr dann mit einem Glas Sekt zu.

»Auf unseren Plattenvertrag!«, rief sie und verdrängte die Gedanken an ihren Vater. Rita war so lang ohne ihn zurechtgekommen, dass er sie an diesem wichtigen Abend auch nicht weiter beschäftigen müsste.

»Auf unseren Plattenvertrag!«, wiederholte Moni grinsend und die beiden Frauen stießen an.

»Wir haben es den Männern ganz schön gezeigt, oder?«

»Allerdings«, stimmte Moni ihr zu, und die beiden lächelten breit. Genau das war ihr Plan gewesen, als sie vor einiger Zeit an derselben Stelle gestanden und zusammen mit Peggy Sue den Entschluss gefasst hatten, eine reine Frauenband zu gründen. Natürlich war ihr Repertoire noch sehr übersichtlich, aber sie hatten musikalisch erstaunlich schnell zusammengefunden und so fleißig geprobt, dass immerhin schon kleinere Auftritte möglich waren. Der Sieg heute war die Belohnung für ihren Mut, sich im Wettbewerb auch erfahreneren Bands zu stellen.

Während Rita eine Flasche Sekt aus der Kühlung holte und zwei Cola einschenkte, entdeckte sie Peggy Sue zusammen mit Tom an einem der Tische. Auch andere beäugten den dunkelhäutigen Hünen und die auffallend hübsche Sängerin der Monaco Birds, die ein attraktives Paar abgegeben hätten. Aber die beiden waren nicht liiert. Tom war ebenfalls in der McGraw-

Kaserne stationiert und eigentlich ein alter Freund von Peggy Sues Mann Harry. Doch nachdem Harry sich in den letzten Wochen seiner Frau gegenüber unmöglich benommen und sie sogar geschlagen und in der Wohnung in der amerikanischen Siedlung am Perlacher Forst eingesperrt hatte, hatte Tom sich offen auf die Seite von Peggy Sue gestellt. Er hatte Harry sogar gedroht, ihn bei den Vorgesetzten der Einheit zu melden, wenn er seine Frau nicht in Ruhe ließ, und ihn damit hoffentlich zur Besinnung gebracht. Seither war Peggy Sue in einem kleinen Zimmer in der Wohnung untergekommen, in der Rita mit ihrer Mutter und ihrer Oma lebte.

Dieser Umstand war ein weiterer Grund, warum Ritas Gedanken ständig abschweiften. Seitdem sie ein Teenager war, hatte die mittlerweile fast Einundzwanzigjährige immer gedacht, den richtigen Kerl, der die Schmetterlinge in ihr zum Flattern brachte, einfach noch nicht gefunden zu haben. Bis sie sich vor Kurzem eingestehen musste, dass sie Frauen einfach interessanter fand. Oder besser gesagt, eine ganz bestimmte Frau: Peggy Sue. Wieder warf sie einen Blick zu ihr hinüber. Sie sah zauberhaft aus in ihrem türkisfarbenen Bühnenkleid, das fast dieselbe Farbe wie ihre Augen hatte, die durch die goldbraunen Locken besonders betont wurden.

Inzwischen konnte Rita nicht mehr die Augen davor verschließen: Sie war in Peggy Sue verliebt. Dieses Herzklopfen, das sie immer bekam, wenn sie sich allein mit Peggy Sue in einem Raum aufhielt, diese Sehnsucht, sie zu berühren, und dieser Beschützerinstinkt, der sie übermannte, sobald sie an Harry denken musste – all das war völlig neu für Rita und sie wusste nicht, wie sie damit umgehen sollte. Sie hatte niemanden, dem sie sich anvertrauen konnte. Auch wenn sie ein gutes Verhältnis zu ihrer Mutter und auch zu Oma Finni hatte, wagte sie nicht, ihnen zu sagen, was in ihr vorging. Und vor allem konnte sie Peggy Sue nichts von ihrem Gefühlswirrwar erzählen, auch wenn sie ihr inzwischen eine gute Freundin geworden war, mit der sie ansonsten über alles sprechen konnte. Die Arme musste nach der schwierigen Zeit mit ihrem Ehemann selbst erst einmal ihr Leben in Ordnung bringen. Dabei sollte Rita ihr eine Hilfe sein und sie nicht zusätzlich mit ihren Gefühlen belasten, denen Peggy Sue womöglich sogar ablehnend gegenüberstand – was nicht nur ihre Freundschaft gefährden, sondern sich auch negativ auf die Band auswirken könnte.

»Ich bin schon gespannt, wann die Aufnahmen in Hamburg stattfinden werden«, holte Moni sie wieder ins Hier und Jetzt zurück. »Weißt du vielleicht schon etwas?«

Rita schüttelte den Kopf. »Nein. Aber das werden wir alles morgen Mittag beim Essen mit Martin erfahren.«

Plötzlich schoss ihr ein weiterer Gedanke durch den Kopf. Würde die Rückkehr ihres Vaters für Probleme in der sich anbahnenden Beziehung ihrer Mutter zu dem Hamburger Musikproduzenten sorgen? Erst vor wenigen Stunden hatte Angie ihrer Tochter mit strahlenden Augen verraten, dass die Sache mit Martin Adam für sie keines ihrer kleinen Abenteuer war, welche die attraktive Wirtin sich im Laufe der Jahre als alleinerziehende Mutter ab und zu diskret erlaubt hatte. Diesmal schien es ernster zu sein. Und Rita gönnte ihrer Mutter das

Glück einer neuen Liebe, auf das sie vor allem zugunsten ihrer Tochter viele Jahre verzichtet hatte.

Rita hatte vor ein paar Minuten von Weitem beobachtet, wie Angie und Martin eine angeregte Unterhaltung geführt hatten und er kurz darauf verschwunden war. Hatten sie wegen des Auftauchens ihres Vaters Streit gehabt? Seither hatte sie ihre Mutter jedenfalls nicht mehr gesehen. War sie nach oben in die Wohnung gegangen? Oder war sie Martin nach draußen gefolgt, um noch mal mit ihm zu sprechen? Immer mehr Fragen schwirrten in ihrem Kopf herum. Dabei wollte sie sich doch einfach nur über ihren heutigen Erfolg freuen.

Ein junger Mann kam zur Theke und stellte sein leeres Glas ab. Es war Paul, Ritas Freund aus Kindertagen. Kürzlich hatte der Medizinstudent ihr in einem Brief seine Liebe gestanden. Es war für Rita eine Gratwanderung gewesen, ihm zu erklären, dass sie nur freundschaftliche Gefühle für ihn hege, ihn aber auf keinen Fall als Freund verlieren wollte. Umso mehr hatte sie sich gefreut, dass er heute Abend zum Musikwettbewerb gekommen war.

»Ich gehe jetzt mal heim«, sagte er.

»Danke, dass du da warst und die Monaco Birds unterstützt hast, Paule. Das war mir wirklich wichtig.«

»Mir auch. Und es war toll, auch wenn meine Ohren morgen vermutlich den ganzen Tag klingeln werden.«

Rita lächelte. Sie wusste, wie empfindlich er auf Lärm reagierte. »Aber vielleicht fehlt deinen Ohren morgen überhaupt nichts.«

»Vielleicht.«

Er wandte sich an Moni. »Kannst du deiner Schwester bitte einen lieben Gruß von mir ausrichten, Monika?«, bat er schüchtern und wirkte dabei fast ein wenig verlegen. »Es hat mich sehr gefreut, sie heute kennenzulernen – und deinen anderen Bruder, Albert«, fügte er noch hinzu.

»Freilich. Ich richte es Ursi sehr gern aus«, versprach Moni. »Und Albert natürlich auch.«

»Vielen Dank. Schade nur, dass sie schon so früh wegmussten.«

Die bald Siebzehnjährige hatte mit ihrem älteren Bruder kurz nach der Verkündung der Sieger noch allen gratuliert, aber dann bereits die Bar verlassen.

Moni zuckte bedauernd mit den Schultern. »Sie war ohnehin schon länger unterwegs, als unsere Eltern ihr das normalerweise erlauben.«

»Trotzdem schön, dass sie da war. Nochmals herzlichen Glückwunsch und gute Nacht, ihr zwei.«

»Gute Nacht, Paule!«, rief Rita ihm zu.

»Mach's gut, Paul«, verabschiedete sich auch Moni.

Rita sah dem jungen Mann hinterher, als er die Bar verließ. Die heutige Begegnung mit Ursi hatte hoffentlich dazu beigetragen, dass er bald über seine unerfüllte Liebe zu Rita hinwegkam.

»Du kennst Paul sehr gut, oder?«, fragte Moni.

»Ja. Er ist einfach nur ein großer Schatz. Da müsstest du dir sicher keine Sorgen um deine Schwester machen.«

»Um Ursi mache ich mir ohnehin keine Sorgen. Meine kleine Schwester weiß ganz genau, was sie möchte.«

Michi, ein Solokünstler, der ebenfalls am Wettbewerb teilgenommen hatte, kam auf Moni zu und verstrickte sie in eine angeregte Unterhaltung. An der Theke war es inzwischen ein wenig ruhiger geworden. Rita machte sich daran, die Gläser zu spülen, als ihre Mutter auf sie zukam. Sie wirkte erschöpft.

»Geht es dir gut, Mami?«, fragte Rita besorgt.

»Jaja, natürlich. Immerhin hat meine großartige Tochter heute mit ihrer Band einen Plattenvertrag gewonnen«, beteuerte Angie und bemühte sich um ein Lächeln. »Ich bin wirklich unglaublich stolz auf dich, mein Schatz.«

Sie umarmte Rita und drückte sie fest an sich.

»Ist zwischen dir und Martin alles gut?«, fragte Rita, als sie sich wieder voneinander gelöst hatten.

Angie steckte sich eine Zigarette an und inhalierte tief. »Nun ja. Er war doch etwas irritiert, als er erfahren hat, dass ich noch verheiratet bin.«

»Hast du ihm das denn vorher nicht gesagt?«, fragte Rita verwundert.

Angie zupfte verlegen an ihrem Ohrring. »Gerald war so lang weg, er spielte für mich überhaupt keine Rolle mehr. Sicher hätte ich es Martin auch erzählt, aber bisher hat es sich einfach nicht ergeben … Und ehrlich gesagt hab ich manchmal vergessen, dass es ihn überhaupt noch gibt. Allerdings fand Martin es leider gar nicht doll, dass er nichts davon wusste.«

»Sicherlich renkt sich das wieder ein.«

»Das hoffe ich auch.«

Rita zögerte, ihre nächste Frage zu stellen. Eigentlich war das nicht der passende Ort dafür, aber plötzlich wollte sie nicht mehr länger warten. »Warum, glaubst du, ist er zurückgekommen? Warum jetzt?«

Angie ließ sich Zeit mit der Antwort. Sie zog erneut an ihrer Zigarette und meinte dann: »Ich weiß es nicht. Vermutlich will er Geld. So wie ich deinen Vater kenne, ist er nur gekommen, weil er etwas von uns möchte. Einen anderen Grund kann ich mir beim besten Willen nicht vorstellen.«

Geld? Mehr sollte nicht dahinterstecken?, fragte Rita sich.

Angie griff nach der Hand ihrer Tochter. »Ich weiß, dass es sicher nicht einfach für dich ist, aber bitte versuche, das nicht so wichtig zu nehmen«, riet Angie ihrer Tochter. »Bestimmt ist er sowieso bald wieder verschwunden.«

»Zwei Weißweinschorlen, ein Pils, ein Helles und einen Apfelsaft«, rief Erich ihnen zu. »Und zwei Semmeln mit Fleischpflanzerl und eine Gulaschsuppe, bitte.«

»Bekommst du gleich«, sagte Rita, nahm ein Bierglas und hielt es unter den Zapfhahn.

»Wir reden morgen«, versprach Angie leise. »Und jetzt hole ich das Essen, mache hier weiter, und du feierst schön mit deinen Freundinnen. Das ist heute euer Abend, mein Schätzchen. Und ich bin wirklich ganz unfassbar stolz auf dich!«

Sie drückte Rita an sich.

»Danke, Mami!«

Kurz vor halb vier Uhr früh hatten die letzten Gäste und auch das Personal das Lokal verlassen. Nur noch Angie, Rita und Peggy Sue waren in der Bar. Sie stellten die Gläser zusammen, wischten die Tische ab und leerten die übervollen Aschenbecher in einen Metalleimer. Die gründliche Reinigung würde Putzfrau Liesel morgen ein wenig später als sonst übernehmen, da sie heute Abend als Aushilfsbedienung ein paar Stunden eingesprungen war.

»So, das war's. Danke fürs Helfen, Peggy Sue«, sagte Angie.

»Das ist ja wohl das Mindeste, was ich machen kann, wenn ich schon bei euch wohnen darf«, sagte die Amerikanerin. »Und du weißt ja, es ist nur vorübergehend, bis ich herausgefunden habe, wie es bei mir weitergehen soll.«

»Das eilt nicht. Du kannst so lang bleiben, wie es nötig ist, nicht wahr, Mama?« Rita warf einen Blick zu ihrer Mutter.

»Freilich«, stimmte Angie zu. »Du musst ganz bestimmt keine Entscheidungen übers Knie brechen. Außerdem bin ich ganz froh, wenn du hier in der Bar aushelfen kannst, solange Leyla sich noch von ihrer Blinddarmoperation erholt.«

Die fünfundzwanzigjährige Leyla war mit ihrer Schwester vor drei Jahren aus einem kleinen Dorf in der Türkei als Gastarbeiterin nach München gekommen. Die Frauen arbeiteten in einer Textilfabrik, und Leyla verdiente sich an einigen Abenden in der Woche als Bedienung in *Angies Vogelbar* etwas Geld dazu, mit dem sie ihre Familie in Anatolien unterstützte.

»Ich springe gern ein, wo auch immer ihr mich brauchen könnt«, beteuerte Peggy Sue.

»Und wer weiß, was sich ergibt, wenn erst einmal die Single der Monaco Birds auf den Markt kommt«, meinte Rita mit einem Lächeln.

»Falls die Leute von euren Liedern so begeistert sind wie unsere Gäste und die Jury heute, dann könnt ihr womöglich groß rauskommen«, spekulierte Angie, dann hielt sie die Hand vor den Mund und gähnte herzhaft. »Aber jetzt muss ich so schnell wie möglich duschen und ab ins Bett.«

Sie drehten die Lichter aus und schlossen die Bar ab. Die Wohnung der Haslinger-Frauen befand sich im vierten Stock desselben großen Gebäudes, in dem insgesamt acht Parteien zur Miete wohnten. Die Bar mit einem eigenen Außenzugang befand sich in einem abgetrennten Teil des Kellers.

»Ich beeile mich«, sagte Angie leise im Flur, um Oma Josefine nicht zu wecken, und verschwand als Erste ins Badezimmer.

»Kann ich mein Bühnenkleid in deinem Schrank aufhängen?«, flüsterte Peggy Sue, während sie aus den Stiefeln schlüpften. Sie selbst schlief auf einem Klappbett in einem Raum, der normalerweise als Abstellkammer diente und zu klein für einen Kleiderschrank war. Für die wenigen Sachen, die sie dabeihatte, musste eine schmale Kommode reichen. Sehr viel mehr passte nicht in den Raum.

»Freilich. Komm mit.«

Sie gingen in Ritas Zimmer. Rita holte einen Kleiderbügel aus dem Schrank. Als sie sich umdrehte, hatte Peggy Sue ihr Kleid bereits ausgezogen und stand lediglich in Unterwäsche und Strümpfen vor ihr. Rita schluckte. Peggy Sue war die attraktivste Frau, der sie jemals begegnet war.

»Hier, bitte!« Rita reichte Peggy Sue den Kleiderbügel und wandte sich wieder zum Schrank um, damit ihre Freundin nicht sah, wie ihre Wangen plötzlich glühten. Peggy Sue brachte sie einfach immens durcheinander. Rita wühlte in ihren Sachen, als ob sie nach etwas suchte, und holte schließlich ein frisches

Nachthemd heraus. Normalerweise war sie überhaupt nicht prüde. Und stünden jetzt Inge oder Moni vor ihr, hätte sie auch keinerlei Problem damit, ihr Kleid ebenfalls auszuziehen. Doch allein mit Peggy Sue zu sein, war inzwischen etwas völlig anderes.

Nun stieg ihr auch noch ihr betörender Duft in die Nase, dem ganz schwach das zart blumige Parfüm anhaftete, das Peggy Sue immer trug. Rita spürte, wie ihre Wangen nur noch mehr erröteten, und sie war froh, dass das Licht der Lampe in ihrem Zimmer nicht sonderlich hell war.

Peggy Sue trat neben sie, doch bevor sie das Kleid in den Schrank hängte, sagte sie: »Vielleicht sollten wir die Kleider zuerst noch zum Lüften vor ein offenes Fenster hängen, bevor sie in den Schrank kommen.«

»Du hast recht. Ich nehme sie dann mit ins Badezimmer und lasse dort über die Nacht das Fenster auf«, sagte Rita.

»Danke. Morgen muss ich deiner Oma unbedingt noch mal ein großes Kompliment machen. Die Kleider, die sie für unseren Auftritt geschneidert hat, sind wirklich ganz besonders. Vielleicht waren sie sogar das Zünglein an der Waage, dass die Jury sich für uns entschieden hat. Schließlich ging es auch um einen originellen Auftritt«, spekulierte Peggy Sue.

»Das wäre durchaus möglich ... Brauchst du sonst noch irgendwas?«, fragte Rita mit etwas kratziger Stimme.

»Nein. Aber wenn du mit mir über etwas Bestimmtes reden möchtest, dann bin ich jederzeit für dich da«, sagte Peggy Sue und sah Rita mit einem Blick an, den sie nicht zu deuten wusste.

Ritas Beine zitterten plötzlich. Hatte Peggy Sue irgendwie

herausgefunden, was in ihr vorging und was Rita für sie empfand? Hatte sie sich in letzter Zeit mit ihrem Verhalten allzu verdächtig gemacht?

»Also bei mir ist nichts. Wirklich nichts«, versicherte sie rasch.

Peggy Sue lächelte sanft und strich Rita eine Strähne ihres langen dunklen Haares aus dem Gesicht.

Ritas Herz trommelte wie wild.

»Ich weiß, du willst immer die Starke sein und dir nichts anmerken lassen, aber es muss dich gewiss sehr beschäftigen, dass dein Vater nach so langer Zeit auftaucht. Es ist nicht zu übersehen, dass dich das heute ein wenig durcheinandergebracht hat.«

Ach, das meinte sie!, dachte Rita erleichtert. Sie räusperte sich.

»Das mit meinem Vater war wirklich eine Überraschung heute. Und ich muss das erst einmal sacken lassen. Morgen werden Mama und ich darüber in Ruhe sprechen. Aber erst nach dem Treffen mit Martin. Das ist für unsere Band ein sehr wichtiger Termin, und ich möchte nicht unnötig abgelenkt sein. Mein Vater hat sich so lang nicht bei uns blicken lassen, jetzt kommt es auf ein paar Tage mehr oder weniger auch nicht mehr an«, erklärte sie.

»Schön, dass du damit so gut umgehen kannst. Aber wie gesagt, wenn du reden möchtest, ich bin für dich da. So, wie du immer für mich da bist.«

»Danke, Peggy Sue. Wirklich.« Rita versuchte weiterhin, ihren Blick nicht auf das makellose Dekolleté vor ihr zu werfen, was ihr gar nicht so leichtfiel.

Glücklicherweise hörte sie, wie die Tür zum Badezimmer geöffnet wurde. Gleich darauf schaute Angie durch den offenen Türspalt. Sie trug ihren schon etwas ausgewaschenen, rot gemusterten Bademantel und ein weißes Handtuch um den Kopf.

»Das Bad ist jetzt frei. Gute Nacht ihr zwei Hübschen«, wisperte sie.

»Gute Nacht«, wünschten die beiden jungen Frauen gleichzeitig.

»Du kannst gern als Nächste ins Bad, Peggy Sue«, bot Rita an.

»Danke. Dann dir auch eine gute Nacht, Rita.«

Völlig unverhofft umarmte Peggy Sue sie und drückte sie fest an sich. »Das Beste, was mir passieren konnte, war, in eure Bar zu kommen und dich kennenzulernen. Dich und natürlich auch Moni und Inge.«

»Das finde ich auch«, murmelte Rita, auch wenn sie sich fragte, ob das wirklich der Wahrheit entsprach.

Für sie war es sowohl das schönste als auch das schlimmste Gefühl, Peggy Sue zu umarmen und ihre Wärme auf der Haut zu spüren. Sie war wie elektrisiert von ihrer Berührung, so dass sie sich besser schnell von ihr löste. Würde sie vor ihrer Freundin wirklich verbergen können, was sie in Wahrheit für sie empfand?

Kapitel 3
Inge

München, 24. Juli und 25. Juli 1966

Inge versuchte, vor der bedrohlichen Gestalt im Schatten hinter ihr davonzurennen. Doch ihre Beine schienen am Boden festgewachsen zu sein. Sie hatte das Gefühl, keinen Meter vorwärtszukommen. Trotzdem musste sie weg von hier, sonst würde etwas Schlimmes passieren. Sie hörte das Keuchen ihres Verfolgers, spürte seinen heißen Atem in ihrem Nacken, und dann plötzlich eine Hand in ihrem Rücken, die ihr einen heftigen Stoß gab. Sie taumelte und stürzte in einen Abgrund, der sich wie aus dem Nichts vor ihr aufgetan hatte, hinein in die dunkle Tiefe, dem sicheren Tod entgegen.

Mit wild rasendem Herzen und schweißgebadet schrak sie hoch und brauchte einige Sekunden, bis sie sich orientieren konnte. Sie war zu Hause in ihrem Bett. Es war nur ein schlimmer Traum gewesen. Einer dieser Alpträume, die sie in letzter Zeit öfter heimsuchten und die fast genauso schlimm waren wie damals nach Bernds plötzlichem Tod.

Mit zitternder Hand strich sie sich durch ihr verschwitztes Haar und ließ sich zurück aufs Kissen sinken. Nach und nach kamen die Erinnerungen an die vergangene Nacht. Sie hatten in *Angies Vogelbar* ziemlich ausgelassen den unglaublichen Sieg des Plattenvertrages gefeiert. Dabei hatte sie wohl das ein oder andere Glas zu viel getrunken. Das erklärte zumindest die brummenden Kopfschmerzen und die Übelkeit. Eine Weile grübelte sie, wie sie nach Hause gekommen war, bis ihr einfiel, dass Sigi sie gefahren hatte. *Sigi.* Er hatte sie nach ihrem erfolgreichen Auftritt geküsst! Es war ihr erster Kuss nach Bernds Tod gewesen. Und er hatte sich gut angefühlt. Und doch verspürte sie nun ein schlechtes Gewissen. Oder war es eher die Scham, dass Sigi sie so betrunken erlebt hatte? Sie wusste nicht einmal mehr, ob er mit nach oben in ihre kleine Wohnung gekommen war. Und was hatte sie ihm wohl alles erzählt?

O Gott! Ich werde keinen Tropfen Alkohol mehr anrühren, schwor sie sich und verdrängte, dass sie sich das in den letzten Wochen nicht zum ersten Mal versprach. Doch nun würde sie standhaft bleiben. Ganz bestimmt. Sie hoffte inständig, dass sie Sigi gestern in ihrem peinlichen Zustand nicht vergrault hatte. Auch wenn sie sich eine Weile dagegen gewehrt hatte, so hatte sie sich in den letzten Wochen doch immer mehr zu ihm hingezogen gefühlt. Sie musste sich unbedingt bei ihm melden und sich dafür bedanken, dass er sie nach Hause gebracht hatte.

Inge drehte sich zur Seite. Auf dem Stuhl neben dem Bett hing das rote Kleid, das sie gestern beim Auftritt getragen hatte, achtlos halb am Boden. Daneben lagen die weißen Stiefel und ihre Strümpfe. Sie warf einen Blick auf den Wecker auf ihrem Nachttisch. Kurz nach halb elf! So spät schon? Erneut fuhr sie erschrocken hoch. Sie musste raus aus den Federn, sonst würde sie nicht rechtzeitig zum Treffen mit Martin Adam und ihren Bandkolleginnen kommen. Doch als sie aufgestanden war, packte sie ein heftiger Schwindel, und sie musste sich am Bettrahmen festhalten. Das Vernünftigste wäre gewesen, sich wieder hinzulegen, doch das kam jetzt nicht infrage. Der Termin heute war zu wichtig. Inge schloss die Augen und atmete ein paarmal tief durch, versuchte, die Kopfschmerzen und das flaue Gefühl in ihrem Magen zu ignorieren.

»Ich darf wirklich nichts mehr trinken«, murmelte sie und schlurfte wie eine gebrechliche alte Frau ins Badezimmer. Dort holte sie aus einem Schränkchen ein Röhrchen mit Spalt-Tabletten und spülte zwei davon mit einem großen Schluck Wasser hinunter.

Inge schaffte es, sich nur um zehn Minuten zu verspäten. Obwohl es ihr immer noch nicht gut ging, hoffte sie, dass man es ihr nicht ansah. Sie setzte ein Lächeln auf, als sie in ihrem neuen ärmelfreien Kleid im Häkellook das geschichtsträchtige *Augustiner Stammhaus* in der Neuhauser Straße betrat. Es lag ganz in der Nähe des Modehauses Vilsinger, in dem sie als Verkäuferin arbeitete. Inge sah sich um. Im Wirtshaus war zur Mittagszeit ziemlich viel los. Doch Moni hatte sie schon entdeckt und winkte ihr von einem Tisch her zu, um den sie mit ihren Bandkolleginnen und Martin Adam versammelt saß.

»Grüß euch und bitte entschuldigt die kleine Verspätung«, bat Inge ohne eine weitere Erklärung und nahm neben Moni Platz.

»Kein Problem. Ich bin auch eben erst gekommen«, sagte Martin.

»Habt ihr noch lang gefeiert gestern?«

»O ja! Es wurde ziemlich spät. Oder besser gesagt, früh«, antwortete Peggy Sue.

Obwohl ihre Freundinnen sich für das wichtige Treffen schick gemacht hatten, sah man es ihnen doch an, dass sie in der letzten Nacht nicht viel Schlaf bekommen hatten. Vor allem Moni wirkte etwas blass um die Nase. Aber nach so einem großen Erfolg durfte man schließlich feiern!

Ein junger Kellner kam, reichte ihnen die Speisekarten und zog dann einen Block und Stift aus seiner Bedienungstasche.

»Was darf es denn zu trinken sein?«, fragte er freundlich.

»Eigentlich wollte ich heute zur Feier des Tages Champagner bestellen. Aber vielleicht würde ein Bier hier viel besser zum Ambiente und zum Essen passen«, schlug der Musikproduzent vor. »Was meint ihr?«

»Ich nehme gern ein Weißbier«, sagte Rita und blätterte in der Karte.

»So eines möchte ich auch«, schloss Peggy Sue sich an.

»Für mich bitte eine Apfelschorle«, bat Moni.

»Und ich eine Cola, bitte. Mein Magen ist von gestern noch nicht so ganz auf der Höhe«, gab Inge zu, denn sicherlich hatten es ohnehin alle mitbekommen, dass sie in *Angies Vogelbar* mächtig einen über den Durst getrunken hatte.

»Dann solltest du vielleicht besser auch ein Weißbier trinken. Das hilft angeblich, wenn man einen Kater hat«, empfahl Rita. »Behauptet zumindest Rosi immer.«

»Ehrlich? Das kann ich mir überhaupt nicht vorstellen«, meinte Moni. »Alkohol, wenn es einem sowieso nicht gut geht?«

»Andererseits trinkt man einen Schnaps oder Kräutergeist, wenn man sich nicht wohlfühlt. Das hilft schon meistens«, gab Martin zu bedenken. »Also ich nehme jedenfalls auch ein Weißbier.«

Obwohl sie kurz in ernsthafte Versuchung kam, Ritas Ratschlag gegen den Kater zu befolgen, beließ es Inge bei der Cola.

Nachdem der Kellner ein paar Minuten später die Getränke serviert hatte und das Essen bestellt war, kam Martin zum eigentlichen Thema.

»So, Ihr Lieben. Ich möchte euch noch einmal ganz herzlich zu eurem Sieg gratulieren. Das war ein großartiger Auftritt gestern. Auch wenn die Entscheidung für uns nicht einfach war, weil Charly's Beatboys uns ebenfalls sehr mitgerissen haben, wart ihr einfach noch ein wenig origineller und habt euch den Plattenvertrag wirklich verdient.«

»Vielen Dank, Martin. Wir sind alle überglücklich, dass wir die Jury überzeugen konnten«, erklärte Moni mit einem breiten Lächeln. Sie freuten sich alle über den gestrigen Erfolg, aber Moni bedeutete der erste Platz im Wettbewerb besonders viel.

»Auf die A-Seite der Single möchten wir natürlich *She loves the World*. Auf die B-Seite *Destiny«*, erläuterte Martin seinen Plan. »Ist das für euch in Ordnung?«

»Aber natürlich«, stimmte Moni sofort zu.

»Für die Aufnahmen planen wir einen Tag im Studio ein. Das müsste reichen, wenn ihr die Songs vorher intensiv probt.«

»Werden wir«, versprach Rita.

Er holte einen in rotes Leder gebundenen Kalender aus seiner Aktentasche und schlug ihn auf. »Linda und mein Tontechniker könnten am 8. oder am 9. August. Das ist der Montag oder Dienstag in zwei Wochen.«

»Egal wann, bei mir geht es auf jeden Fall«, rief Moni eifrig und sah zu ihren drei Freundinnen. »Bei euch auch, nicht wahr?«

»Ich muss zwar noch mit Mama reden, aber sicher klappt das bei mir«, erklärte Rita. »Auch ihr liegt viel daran, dass wir diese Platte aufnehmen. Am liebsten würde sie vermutlich selbst mitkommen nach Hamburg«, fügte sie mit einem Blick auf Martin hinzu.

»Falls nicht etwas völlig Unvorhergesehenes dazwischenkommt, dürfte es bei mir an beiden Terminen kein Problem sein«, erklärte Peggy Sue.

»Sehr schön. Und was ist mit dir?« Martin wandte sich an Inge.

Inge fühlte sich gerade ein wenig überrumpelt. Sie hatte nicht gedacht, dass es so schnell mit den Aufnahmen gehen würde. Eigentlich hatte sie sich vorher gar keine Gedanken darüber gemacht. Für sie war nur wichtig gewesen, den Auftritt zu überstehen und ihr Lampenfieber zu überwinden, das ihr fast schon einmal einen Strich durch die Rechnung gemacht hatte, als die Monaco Birds zum ersten Mal aufgetreten waren. Damals hatte Martin Adam sie ermutigt, und beim zweiten Anlauf hatte es dann tatsächlich geklappt. Nun wartete er auf eine Antwort.

»Das ist jetzt sehr kurzfristig ... Ab Mitte September geht es nicht?«, fragte sie. »Da habe ich nämlich zwei Wochen Urlaub.«

Er blätterte im Kalender und schüttelte dann den Kopf. »Leider nein. Da ist das Studio durchgehend belegt. Und ich bin ab dem 19. September den restlichen Monat in London. Danach könnten meine Leute erst wieder Ende Oktober. Aber ich würde die Sache gern so schnell wie möglich angehen.«

»Wir auch«, bemerkte Moni. »Das müssen wir hinkriegen.«

»Ich werde gleich morgen bei meiner Chefin nachfragen, ob ich freibekommen kann«, versicherte Inge. »Jedenfalls wäre es schon mal einfacher für mich, wenn es der Montag wäre. Dann müsste ich mir für die Anreise am Tag zuvor keinen Urlaubstag nehmen, da es ein Sonntag ist.«

Martin nickte. »Verstehe. Dann legen wir gleich den Montag fest.«

»Mit der Rückreise am Dienstag wären es sowieso nur zwei Tage, die du nicht zur Arbeit könntest«, meinte Rita.

»Ich hoffe, dass sie mir das so kurzfristig genehmigt.«

Für August hatten bereits einige ihrer Kolleginnen den Jahresurlaub eingeplant.

»Deine Chefin muss das um jeden Preis genehmigen!« Moni war ganz aufgeregt. »Du musst ihr klarmachen, wie wichtig das für dich ist. Für uns alle.«

»Wird schon schiefgehen. Das kriege ich hin«, versprach Inge, hatte jedoch ein mulmiges Gefühl im Bauch.

»Gut, dann trage ich den Termin ein. Ich hätte zwar gedacht, dass ihr ein paar Tage länger bleibt, wenn ihr schon so eine weite Anreise habt, aber wenn das für Inge so kurzfristig nicht möglich ist, reserviere ich die Hotelzimmer nur für zwei Nächte.« Martin machte Notizen in seinen Kalender.

»Wie kommen wir denn eigentlich nach Hamburg?«, erkundigte sich Inge.

»Darüber haben wir vorhin schon mal kurz gesprochen. Peggy Sue hat angeboten, dass wir mit ihrem Mustang fahren«, sagte Moni.

»Das ist aber eine ganz schön lange Autofahrt«, meinte Inge.

»Das macht nichts«, winkte Peggy Sue ab. »Ich fahre sehr gern. Auch weite Strecken. Und es hilft ja nicht, wenn du nicht länger Zeit hast. Dann müssen wir die Strecke eben jeweils an einem Tag schaffen.«

»Ich kann dich auch mal ablösen«, bot Inge an.

»Du hast einen Führerschein?«, fragte Rita verblüfft.

»Ja. Warum denn nicht? Den habe ich damals noch zu Hause in Niederbayern gemacht. Allerdings bin ich nicht mehr gefahren, seitdem ich hier in München lebe.«

»Dann solltest du besser vorher ein paarmal in meinem Wagen eine Runde drehen, um wieder in Übung zu kommen«, schlug Peggy Sue vor.

»Dazu würde ich auch ganz dringend raten«, meinte Martin.

Inge nickte. Das war ein vernünftiger Vorschlag. Und ein klein wenig freute sie sich schon darauf. Früher war sie gern mit dem VW Käfer ihrer Mutter gefahren. Und auch mit dem Traktor, wenn sie am elterlichen Hof geholfen hatte. Doch in der Stadt war ein Auto nicht unbedingt notwendig, deswegen hatten Bernd und sie darauf verzichtet, um sich die Ausgaben zu sparen.

»Na gut. Dann ist das schon mal geklärt«, sagte der Musikproduzent. »Die Single wird eine Art Testballon sein. Falls die Radiosender darauf anspringen und ihr gut ankommt, werden wir gleich im neuen Jahr mit einer LP nachziehen. Wie viele eigene Songs gibt es denn inzwischen von euch?«

»Sechs haben wir schon mit der Band im Repertoire, aber es gibt weitere Stücke, an denen ich bereits herumbastle«, erklärte Moni eifrig.

»Für ein Album brauchen wir mindestens vierzehn Titel«, erklärte der Musikproduzent.

»Das schaffen wir locker«, versprach Rita mit einem Blick zu Moni. »Nicht wahr, das ist kein Problem für dich?«

»Natürlich nicht«, beteuerte diese.

»Leider kann ich euch noch nicht für einen Auftritt in einem der angesagten Läden vorschlagen, wenn ihr nach Hamburg kommt. Erstens ist die Zeit zu knapp, aber vor allem braucht ihr für den *Star Club* oder den *Top Ten Club* ein abendfüllendes Programm, sonst brauche ich da gar nicht erst anzufragen.«

Moni seufzte. »Wie schade. Ein Auftritt im *Star Club*, das wäre einfach nur großartig gewesen. Stellt euch nur mal vor, dort haben die Beatles gespielt!«

»Vielleicht klappt es ja beim nächsten Mal«, meinte Peggy Sue.

»Das muss es!« Monis Augen funkelten.

Inge hielt sich mit einem Kommentar zurück. Das ging alles etwas schnell. Fast schon zu schnell. Sie nahm einen großen Schluck Cola, aber irgendwie ließ das ihren ohnehin schon unruhigen Magen nur noch mehr rebellieren.

»Hach, es ist alles so aufregend!«, rief Rita, und Peggy Sue nickte mit einem Lächeln. Aber auch sie wirkte nicht ganz so euphorisch wie Moni und Rita. Was vermutlich daran lag, dass sie erst einmal ihre persönliche Situation klären musste. Außerdem hatte Peggy Sue von Anfang an immer betont, dass sie nur eine begrenzte Zeit in Deutschland und damit nur vorübergehend ein Mitglied der Monaco Birds sein würde. Damit waren alle einverstanden gewesen. Auch wenn sie sich von ihrem herrschsüchtigen Mann erst einmal räumlich getrennt hatte, wusste niemand, wie es bei ihr nun weiterging.

Inge selbst versuchte, die Sache mit der Band realistisch zu betrachten, und machte sich keine allzu großen Hoffnungen, mit den Monaco Birds tatsächlich berühmt zu werden. So viele Bands und Interpreten träumten davon, aber ein richtiger Durchbruch gelang nur den wenigsten. Aber natürlich würde sie die kleine Chance, die sie durch die Plattenaufnahme immerhin hatten, nicht ungenutzt verstreichen lassen. Vielleicht schafften sie es ja tatsächlich! Dann würde ihr bisheriges Leben sich um hundertachtzig Grad wenden. Und womöglich war es genau das, was sie brauchte, auch wenn sie ihre Arbeit im Modeladen sehr mochte. Aber vielleicht könnte eine Veränderung dabei helfen, dass sich diese schlimmen Alpträume endlich in Luft auflösten.

»Lasst uns mal anstoßen.« Martin Adam hob sein Glas. »Auf die Zukunft der Monaco Birds!«

»Auf die Monaco Birds!«

»Prost!«

Der Kellner kam und servierte Schweinebraten mit Knödel für Martin und Peggy Sue, Schnitzel mit Kartoffelsalat für Rita und Moni und einen Wurstsalat für Inge, die hoffte, dass das saure Gericht ein wenig gegen den Kater half.

Sie ließen sich das Essen schmecken und klärten dabei weitere Details. Während der Studioaufnahmen würde eine Fotografin vor Ort sein, um für das Plattencover und die Presse Bilder von den Monaco Birds zu schießen. Deswegen sollten sie ihre Bühnenkleidung vom gestrigen Auftritt dabeihaben. Martin blätterte noch mal in seinem Kalender und schlug vor, dass es noch vor seiner Reise nach London eine Release-Party zum Erscheinen der Single in *Angies Vogelbar* geben sollte. Am besten würde der 3. September passen. Bis dahin müssten die Platten gepresst sein. Das wäre dann auch der offizielle Startschuss für die Monaco Birds. Zunächst würde es nur eine kleine Auflage der Single von einigen Hundert Stück geben, die hauptsächlich für Radiosender und Musikpromoter gedacht waren.

Linda Greyston würde im Studio mit einer zusätzlichen Gitarre und im Background den beiden Nummern noch ein wenig mehr Volumen geben. Moni versprach, die Texte für sie in ihrem Hotel abzugeben. Außerdem wollte sie sich mit ihr treffen, solange sie noch in München war, um ihr beide Lieder nochmals vorzuspielen, damit sie sich auf die Aufnahmen vorbereiten konnte.

»Sie könnte doch morgen Abend in die Bar kommen, wenn wir proben«, schlug Rita vor. Da *Angies Vogelbar* sonntags und montags geschlossen hatte, nutzten sie diese Tage meist für die Bandproben.

»Gute Idee. Ich werde Linda später noch anrufen und das mit ihr besprechen«, sagte Martin.

Nach dem Essen holte der Musikproduzent schließlich eine

Mappe aus seiner Aktentasche, der er vier große, braune Kuverts entnahm. Er schob jeder von ihnen eines hin.

»Nachdem das Organisatorische nun so weit geklärt ist, kommen wir zum Vertraglichen. In den Kuverts sind Verträge, wie sie für Neulinge in der Branche üblich sind. Ich bitte euch, sie sorgfältig zu lesen. In deinem Kuvert sind zwei Verträge, Monika. Einen unterschreibst du allein, und auf dem anderen Vertragsexemplar müssen die Unterschriften von euch allen sein. Und bei dir, Rita, muss deine Mutter unterschreiben, weil du noch nicht volljährig bist. Ist sonst noch jemand von euch unter einundzwanzig?«

»Ich«, meldete sich Moni. »Aber ich habe am kommenden Sonntag Geburtstag, und dann kann ich den Vertrag selbst unterzeichnen.«

»Gut. Wenn ihr mit den Bedingungen einverstanden seid und unterschrieben habt, schickt die Verträge bitte per Post in mein Büro. Oder ihr bringt sie mit, wenn ihr nach Hamburg kommt.«

»Und was, wenn wir nicht einverstanden sind?«, rutschte es Inge heraus, und Moni warf ihr einen mahnenden Blick zu, den sie jedoch ignorierte. Immerhin war das eine legitime Frage.

»In diesem Fall wird aus den Studioaufnahmen leider nichts. Das stand allerdings auch schon auf den Anmeldeformularen für den Wettbewerb.«

Martin Adam lächelte immer noch freundlich, doch Inge war klar, dass er ein knallharter Geschäftsmann war. Auch wenn sie den Plattenvertrag beim Wettbewerb gewonnen hatten, würde er natürlich vor allem auf seinen Vorteil bedacht sein.

»Ich bin mir sicher, dass alles passt«, sagte Moni.

Rita nickte. »Ich auch.«

»Also, bis morgen Abend bin ich noch in München, falls ihr noch Fragen habt. Ihr könnt mich im Hotel erreichen oder dort eine Nachricht hinterlassen, wenn ich nicht da sein sollte.«

»Und morgen Mittag bist du bei uns zum Essen eingeladen«, erinnerte ihn Rita.

»Da muss ich noch mit Angie sprechen, ob es dabei bleibt«, meinte er.

»Wenn es nach ihr geht, bestimmt!«, beteuerte Rita. »Mama hat den Sauerbraten schon vor Tagen eingelegt.«

»Na, dann muss ich wohl auf jeden Fall kommen«, sagte er mit einem Schmunzeln.

Sie plauderten noch eine Weile über andere Bands und Interpreten, die Martin bei seiner Plattenfirma unter Vertrag hatte, dann bat er den Kellner um die Rechnung. Eine halbe Stunde später verabschiedete er sich vor dem Lokal von ihnen.

»Sollen wir vier vielleicht noch in ein Café gehen oder einen Spaziergang machen?«, schlug Moni anschließend vor.

»Tut mir leid. Mir ist heute nach einem ruhigen Nachmittag auf dem Sofa«, winkte Inge ab. Sie brauchte unbedingt ein wenig Schlaf.

»Und ich muss nach Hause. Meine Mutter und ich haben einiges zu besprechen«, sagte Rita.

Inge hatte gestern in der Bar mitbekommen, dass Ritas verschollener Vater ganz plötzlich wieder aufgetaucht war. Eine schwierige Situation.

»Ich gehe gern mit dir auf einen Kaffee, Moni«, sagte Peggy Sue.

»Das nächste Mal komme ich bestimmt auch wieder mit«, versprach Rita.

Inge nickte. »Ich auch.«

Die Frauen verabschiedeten sich, und Inge machte sich zu Fuß auf den Weg zu ihrer Wohnung in der Fraunhoferstraße.

»Wie stellen Sie sich das mit den freien Tagen vor, Frau Becker? In der besagten Woche haben bereits Fräulein Moser und Frau Tauber ihren lange im Voraus geplanten Urlaub eingetragen. Da können Sie nicht auch noch fehlen«, erklärte Linde Vilsinger am nächsten Vormittag energisch. Inges Chefin wirkte fast ein wenig verärgert über ihre Frage. »Außerdem hatten Sie doch letzte Woche erst außertourlich ein paar Tage frei.«

Inge hatte schon geahnt, dass es schwierig werden würde. Doch sie würde nicht so einfach aufgeben.

»Und wenn ich Kathi, ich meine Frau Tauber, bitte, dass sie ihren Urlaub erst zwei Tage später antritt? Sie fährt sowieso nicht weg. Vielleicht macht es ihr ja nichts aus. Dafür würde ich ein anderes Mal für sie einspringen. Es ist in diesem Fall wirklich sehr wichtig, Frau Vilsinger, sonst würde ich Sie nicht darum bitten.«

Doch ihre Chefin ließ sich nicht erweichen. »Frau Becker, wenn wir jetzt anfangen, den Urlaubsplan umzuwerfen, wie es jedem gerade in den Sinn passt, wo soll das denn bitte schön hinführen? Dann kommt womöglich gleich die nächste Mitarbeiterin daher und möchte ebenfalls etwas verschieben, aus welchem Grund auch immer. Und dann haben wir ein heilloses Durcheinander. Und das möchte ich auf keinen Fall.«

Inge unterdrückte ein genervtes Seufzen. Es ging doch nur um zwei Tage! Sie war immer pünktlich und zuverlässig gewesen, da könnte die Inhaberin doch in diesem Fall einfach mal ein Auge zudrücken.

»Bitte, Frau Vilsinger. Es ist wirklich eine absolute Ausnahme«, versuchte sie es weiter, ohne ihr jedoch zu sagen, warum sie so dringend frei brauchte. Instinktiv ahnte sie, dass ihre Chefin keinerlei Verständnis dafür haben würde, dass Inge zu Schallplattenaufnahmen von Beatsongs nach Hamburg fahren wollte.

»Tut mir leid, Frau Becker, aber wenn es nicht gerade um Leben oder Tod geht, dann kann ich das nicht genehmigen. Und Sie kümmern sich jetzt bitte um die Kundin da drüben. Und dann packen sie die neue Ware aus«, sagte sie unmissverständlich.

Damit ließ sie Inge stehen.

Blöde Kuh!

Den ganzen Tag über grübelte Inge, wie sie es den Freundinnen beibringen sollte, dass sie nicht mit nach Hamburg kommen konnte. Jedenfalls nicht zu diesem Termin. Würden sie dann doch versuchen, den Termin in den Herbst zu verschieben? Oder womöglich ohne sie fahren? Oder würde damit der Plattenvertrag ganz ins Wasser fallen? In diesem Fall könnte ihr das vor allem Moni niemals verzeihen. Für sie bedeuteten die Monaco Birds alles. Doch was sollte Inge machen? Sie konnte doch nichts dafür, dass ihre Chefin so streng war und ihr nicht freigeben wollte. Trotzdem. Sie musste unbedingt eine Lösung finden. Irgendetwas fiel ihr bestimmt noch ein.

Auch wenn Inge nicht daran glaubte, dass die Monaco Birds in der Musikwelt jemals eine große Rolle spielen würden, so machten ihr die Bandproben und die Zeit, die sie miteinander verbrachten, viel Freude. Zudem hatten sie ihr dabei geholfen, sich aus dem Kokon zu befreien, in dem sie nach dem Tod ihres Mannes gefangen gewesen war. Sie wollte die neu gewonnenen Freundinnen nicht verlieren. Und dann gab es da auch noch Sigi.

Als sie vorhin nach Hause gekommen war, hatte sie eine Nachricht von ihm im Briefkasten gefunden. Eilig war sie damit nach oben in ihre Wohnung gerannt. Jetzt saß sie am Küchentisch, öffnete mit einem mulmigen Gefühl das Kuvert. Doch sie hätte sich keine Sorgen machen müssen. Er gratulierte ihr erneut zum Gewinn des Plattenvertrags und hoffte, dass es ihr nach der Feier in *Angies Vogelbar* wieder gut ging. Und er freute sich schon sehr auf die Musikstunde am Donnerstag.

Ich muss so oft an dich und an unseren Kuss denken, liebe Inge!

Glücklich schloss sie die Augen und spürte, wie ihre Wangen sich erhitzten. Offenbar hatte Inge ihn in ihrem Suff nicht abgeschreckt. Doch was wäre, wenn es mit der Band und vor allem mit Moni ein Zerwürfnis gäbe, weil Inge nicht mit nach Hamburg fahren konnte? Würde das auch das Verhältnis zu Sigi trüben? Das wollte sie auf keinen Fall riskieren. Dafür empfand sie inzwischen zu viel für ihn. Sie musste unbedingt eine Lösung finden, damit es gar nicht erst so weit kam.

Noch einmal las sie den Brief und legte ihn dann sorgfältig

zusammen. Anschließend sah sie auf die Uhr. Es war kurz nach halb sieben. In einer Stunde war die Bandprobe angesetzt. Sie musste sich noch umziehen und vorher rasch einen Happen essen. Als sie den Kühlschrank öffnete, um Butter und das Päckchen mit Aufschnitt für eine Brotzeit herauszuholen, fiel ihr Blick auf eine angebrochene Flasche Weißwein.

Nein! Du hast dir geschworen, eine Weile lang nichts mehr zu trinken!

Noch während sie das dachte, nahm sie die Flasche und holte ein Weinglas aus dem Regal.

Kapitel 4
Peggy Sue

München, 25. und 26. Juli 1966

Linda Greyston war mit ihrer Gitarre zur Bandprobe in *Angies Vogelbar* erschienen. Die Monaco Birds spielten ihr die beiden Songs, die sie im Tonstudio aufnehmen wollten, dreimal vor. Linda hörte aufmerksam zu und machte sich einige Notizen in ein Heft. Dann griff sie nach ihrer Gitarre, versuchte mitzuspielen und zudem Inge und Peggy Sue im Background beim Refrain zu begleiten. Nachdem sie die Lieder ein paarmal geprobt hatten, hörte sich das schon ziemlich gut an, fand Peggy Sue.

»So, ich denke, das reicht für mich«, sagte Linda schließlich und packte ihre Gitarre in den Koffer.

»Wir sollten dich als fünftes Bandmitglied aufnehmen«, meinte Moni.

Linda lachte. »Danke, aber das ist jetzt wirklich nur für die Studioaufnahmen. Bei einem Konzert kriegt ihr das auch ganz allein hin.«

Rita stand vom Schlagzeug auf und ging hinter die Theke.

»Möchtest du noch was trinken, Linda?«, fragte sie, während sie eine Flasche Sprudelwasser aus der Kühlung holte.

Die Engländerin sah auf ihre Armbanduhr und schüttelte

dann den Kopf. »Ich muss gleich zurück ins Hotel. Wir reisen morgen sehr früh ab an den Chiemsee. Aber wir sehen uns ja bald wieder in Hamburg.«

Bevor sie die Bar verließ, ging sie zu Peggy Sue, die in ihrer Handtasche nach einem Pfefferminzbonbon suchte, weil ihr Hals nach dem Singen ein wenig kratzte.

»Musikalisch und vor allem gesanglich beeindruckst du mich sehr, Peggy Sue«, schwärmte Linda auf Englisch. »Mit deiner Stimme und deinem Aussehen hast du echt alles, um groß rauszukommen.«

»Vielen Dank, Linda. Das ... das freut mich wirklich sehr«, sagte Peggy Sue, fast ein wenig verlegen über so viel Lob. Gleichzeitig wusste sie gar nicht, ob sie groß rauskommen wollte. Ehrlich gesagt wusste sie zurzeit überhaupt nicht, was sie wirklich wollte. Wohin sie wollte. Sie fühlte sich wie in einer Art Zwischenwelt. Buchstäblich. Noch vor ein paar Monaten meinte sie zu wissen, wie ihre Zukunft aussah: mit ihrem in der McGraw-Kaserne stationierten Mann Harry die Zeit in Deutschland verbringen. Und dann im nächsten Jahr wieder zurück nach Amerika, wo sie zuerst wieder als Kindergärtnerin arbeiten und irgendwann mit drei oder vier Kindern und einem Hund ihr Familienleben genießen würde. Doch ihre Ehe war gescheitert, auch wenn es noch viel zu klären gab. Und jetzt zog es sie einerseits zurück zu ihrer Familie nach Chicago, andererseits gefiel es ihr hier in München. Sie fühlte sich wohl und hatte Spaß an der Musik mit ihren neuen Freundinnen. An manchen Tagen ertappte sie sich dabei, sich ebenfalls dem Traum hinzugeben, als Musikerin Karriere zu machen. Dann jedoch holte die Realität sie wieder ein. Sie würde Deutschland spätestens im kommenden Jahr wieder verlassen, vermutlich sogar früher. Letztlich war es unfair, weiterhin ein Teil der Monaco Birds zu bleiben. Doch die anderen wollten sie nicht gehen lassen, deswegen hatte sie zugestimmt, beim Wettbewerb mitzumachen und auch nach Hamburg zu fahren, um die Platte aufzunehmen. Wie es dann weiterging, stand in den Sternen. Außerdem musste sie sich dringend um einen Job kümmern. Sie half zwar als Bedienung in der Bar aus, aber das war die Gegenleistung dafür, dass sie hier wohnen und essen konnte. Nur das Trinkgeld behielt sie für sich, doch damit konnte sie keine weiten Sprünge machen.

»Darf ich dir nur noch einen Rat geben, Peggy Sue?«, fuhr Linda fort.

»Natürlich!«

»Du musst frecher werden auf der Bühne. Versteh mich nicht falsch, bitte. Du bist nicht schüchtern, aber auf mich wirkst du fast wie eine Lehrerin.«

Peggy Sue sah sie verdutzt an. »Eine Lehrerin?«

Linda grinste. »Eine verdammt hübsche Lehrerin zwar, aber eben ein wenig zu brav und kontrolliert. Geh raus aus dir, Peggy Sue. Du musst nicht alles perfekt machen, damit es gut ist. Weißt du, was ich meine?«

»Ich denke schon«, antwortete sie unsicher.

»Die jungen Leute wollen nicht nur Musik, die sie mitreißt, sondern spannende Idole. Vorbilder. Veränderung. Frauen, die ihren eigenen Weg gehen. Die anders sind. Und denen man das auch ansieht. Komm schon, sei mutig!«

Mit diesen Worten drehte Linda sich um und verließ die Bar.

Moni und Inge kamen auf Peggy Sue zu.

»Was wollte sie denn noch von dir?«, fragte Moni neugierig.

Peggy Sue seufzte. »Ich bin ihr zu langweilig auf der Bühne«, antwortete sie.

»Das hat sie wirklich gesagt?«, fragte Inge.

»Nicht wortwörtlich. Sie findet mich schon gut, aber sie hat mir vorgeschlagen, mehr aus mir herauszugehen.«

»Dann mach das doch einfach!«, riet Moni mit einem Zwinkern.

»Na gut. Wenn das so einfach ist, dann mach ich das eben.« Peggy Sue grinste.

»Wer will denn jetzt was zu trinken?«, fragte Rita und hob die Flasche Wasser hoch.

»Ich gern.« Peggy Sue ging zur Theke und ließ sich ein Glas einschenken.

»Ich weiß, ihr wolltet noch ein paar andere Stücke spielen, aber wäre es für euch in Ordnung, wenn wir für heute Schluss machen?«, bat Inge. »Ich hatte einen anstrengenden Tag in der Arbeit.«

Sie wirkte vorhin schon ein klein wenig fahrig und hatte bei *Destiny* zweimal einen falschen Akkord auf der Gitarre gespielt.

»Meinetwegen«, stimmte Moni zu.

Sie räumten die Instrumente und die Anlage in den Abstellraum hinter der Bühne.

»Sag mal, Inge, hast du deine Chefin schon wegen der freien Tage für Hamburg gefragt?«, wollte Moni wissen und klang ein wenig angespannt.

»Heute gab es leider keine Gelegenheit. Aber ich versuche es morgen.«

»Hoffentlich hat sie nichts dagegen«, sagte Peggy Sue. Sie hatte bei einem Einkauf im Modegeschäft Vilsinger schon einmal mitbekommen, wie streng Inges Chefin sein konnte.

»Macht euch keine Gedanken, ich deichsle das schon«, versprach Inge.

»Das musst du auch!«, forderte Moni. »Diese Chance dürfen wir uns auf keinen Fall entgehen lassen.«

»Ich habe doch gesagt, ich kümmere mich darum.« Inge klang diesmal ein wenig schärfer.

»Eben. Unser Ingelein kriegt das schon hin. Jetzt entspann dich mal wieder, Moni«, empfahl Rita und steckte sich eine Zigarette an.

»Ich will einfach nur sichergehen, dass alles klappt ... Und wir müssen alle noch die Verträge unterschreiben. Ich hätte das schon längst gemacht, aber ich muss bis zu meinem Geburtstag am Sonntag warten.«

»Ich glaube, keine von uns ist bisher dazu gekommen, sie in Ruhe zu lesen«, meinte Peggy Sue. »Natürlich müssen wir genau kontrollieren, was wir da unterzeichnen.«

»Meine Mutter wird den Vertrag bestimmt unterschreiben. Ich kann mir nicht vorstellen, dass Martin uns damit in die Pfanne hauen möchte«, setzte Rita sich für den Musikproduzenten ein. Er war am Mittag zum Essen bei den Haslingers gewesen; offensichtlich hatten sich die Irritationen, die es wegen des Auftauchens von Angies Ehemann gegeben hatte, wieder aufgelöst. Nichtsdestotrotz würde Peggy Sue nicht einfach so im guten Glauben an die Vertrauenswürdigkeit eines anderen einen Vertrag unterzeichnen.

»Ich schlage vor, wir lesen uns alle die Verträge gründlich durch, und gleich nach Monis Geburtstag treffen wir uns und unterschreiben, wenn alle damit einverstanden sind«, sagte sie.

»Oder an meinem Geburtstag. Eine Party wird es zwar an dem Tag nicht geben, aber wenn ihr möchtet, lade ich euch auf ein Getränk im Biergarten ein.«

»Falls das Wetter nicht schön ist, können wir auch hier was trinken«, bot Rita an.

»Danke. Wir sollten unbedingt am Sonntag auch noch eine Bandprobe machen, damit die Songs wirklich sitzen, wenn wir nach Hamburg fahren.«

Sie stimmten ihrem Vorschlag zu.

Bevor Moni sich verabschiedete, ging sie zu Peggy Sue und zog sie zur Seite. »Hast du morgen Mittag vielleicht Zeit für einen Spaziergang?«, fragte sie leise.

»Natürlich. Soll ich dich gegen 12 Uhr abholen?«

»Das passt gut! Dann bis morgen.«

Peggy Sue sah ihr hinterher, als sie zusammen mit Inge die Bar verließ. Sie machte sich Sorgen um Moni, die sich inzwischen verrückt machte vor Angst, schwanger zu sein, wie sie ihr gestern Nachmittag im Café anvertraut hatte. Peggy Sue konnte sie verstehen. Die Situation, in der sie steckte, war wirklich nicht einfach.

»Sag mal, ist was mit Moni?«, fragte Rita, als sie ein paar Minuten später die Wohnung betraten.

»Ich glaube, sie macht sich nur viele Gedanken, ob auch alles mit der Fahrt nach Hamburg und den Aufnahmen klappt«, antwortete Peggy Sue. Das war zwar nicht die ganze Wahrheit, aber immerhin nicht geschwindelt. »Du weißt ja, wie wichtig ihr die Band ist. Und wir sind deswegen ja alle ein wenig nervös, oder? Inge wirkt zurzeit auch etwas angespannt.«

»Das ist mir auch schon aufgefallen.«

Die Tür zum Wohnzimmer öffnete sich, und Finni kam heraus.

»Seid ihr denn schon fertig mit eurer Probe?«, fragte Ritas Großmutter überrascht.

»Ja. Heute waren wir alle ein wenig müde«, erklärte Peggy Sue.

»Ihr hattet ja auch ein sehr anstrengendes Wochenende ... Ich plündere mal den Kühlschrank und hole für mich und Angie noch einen Happen zu essen. Vor dem Fernseher schmeckt es immer ganz besonders gut. Mögt ihr zwei auch noch was mitessen?«

»Nein danke«, antworteten Rita und Peggy Sue gleichzeitig.

»Wer nicht will, der hat schon«, meinte Oma Finni mit einem Lächeln und verschwand in die Küche.

»Sollen wir uns noch ein wenig in deinem Zimmer unterhalten?«, fragte Peggy Sue, weil sie noch keine Lust hatte, in ihre Schuhschachtel, wie sie die enge Kammer insgeheim nannte, zu gehen und zu schlafen. Außerdem war sie neugierig, was Angie ihrer Tochter über den so lange Jahre verschwundenen Vater erzählt hatte. Bisher hatten die Freundinnen noch keine Gelegenheit gehabt, in Ruhe darüber zu sprechen.

»Eigentlich wollte ich noch ein wenig fernsehen«, meinte Rita. »Kommst du mit?«

Peggy Sue spürte, dass Rita ihr auswich. Vermutlich war sie noch nicht bereit, über ihren Vater zu reden.

»Na gut. Lass uns fernsehen.« Sie wollte Rita zu nichts drängen.

Am nächsten Tag betrat Peggy Sue kurz vor Mittag die Metzgerei Fischer.

Vor ihr wurden zwei Kunden von Moni und ihrer Schwägerin Astrid bedient. Während Astrid sogar in ihrer Schürze mit ihren hochtoupierten Haaren und dem geschminkten Gesicht wie aus dem Ei gepellt aussah, wirkte Moni mit dem einfachen Pferdeschwanz abgekämpft und ein wenig blass um die Nase. Dass sie mit ihrer ungeliebten Schwägerin zusammenarbeiten musste, trug vermutlich auch nicht gerade zu einer sonderlich guten Laune bei. Soviel Peggy Sue bisher mitbekommen hatte, war mit der Frau von Monis älterem Bruder Albert nicht gut Kirschen essen.

»Guten Tag.«

Als Moni Peggy Sue bemerkte, lächelte sie. »Grüß dich, Peggy Sue!«

»Grüß Gott«, kam es von Astrid. Sie und Peggy Sue waren sich in der Metzgerei schon begegnet. Astrid wusste, dass sie in der Band zusammen mit Moni spielte, hielt aber von dieser Art von Musik nichts.

»Darf es bei Ihnen außer den Koteletts noch etwas sein, Herr Fitz?«, fragte Moni ihren Kunden.

»Bitte noch zwei Knacker, Fräulein Monika«, sagte der ältere Herr, »und natürlich noch ...«

»... eine Wiener für den Wackerl«, beendete Moni den Satz für ihn.

»Ganz genau!« Er lächelte.

Peggy Sue ging davon aus, dass es sich bei Wackerl um den Dackel handelte, der draußen vor dem Laden angebunden war.

Moni packte die Sachen für Herrn Fitz ein und reichte ihm das Päckchen. Er legte es in seinen Einkaufskorb. Zum Schluss reichte sie ihm ein Wiener Würstchen, das er obenauf legte und das der Hund vermutlich gleich verspeisen würde.

»Das macht vier Mark und achtzig Pfennige«, sagte sie dann.

Er zählte aus seinem Portemonnaie die Münzen ab und reichte sie Moni.

Nachdem die Türglocke gebimmelt und der ältere Herr den Laden verlassen hatte, kassierte auch Astrid bei ihrer Kundin ab. Moni kam hinter der Theke hervor und nahm die Schürze ab.

»Ich mache jetzt Mittagspause, Astrid«, sagte sie ganz sachlich.

»Aber nur eine Stunde!«, kam es in einem unangebracht strengen Ton, wie Peggy Sue fand.

Moni reagierte gar nicht darauf. »Ich wasche mir nur schnell die Hände und hole meine Tasche, dann können wir los«, murmelte sie an Peggy Sue gewandt.

Als sie den Laden verließen, hörten sie das laute Knattern eines Motorrads. Es war Sigi auf seiner Zündapp Super-Combinette. Er wollte gerade durch das Tor in den Hinterhof fahren.

Als er die beiden Frauen entdeckte, bremste er und rief ihnen zu: »Habt ihr kurz Zeit?«

Sie nickten und warteten, bis er sein Zweirad im Hof abgestellt hatte und wieder zu ihnen kam.

»Was habt ihr denn vor?«, fragte er.

»Wir wollen nur eine kleine Runde spazieren gehen«, antwortete Peggy Sue.

»Sicher habt ihr viel zu besprechen wegen der Band. Gibt es schon was Neues zu den Studioaufnahmen?«, wollte er wissen.

»Nur das, was ich dir schon erzählt habe, Brüderchen.«

»Ich muss gestehen, ich beneide euch immer noch sehr. Auch wenn ich mich für euch freue.«

»Das ist lieb von dir«, bemerkte Peggy Sue. Sigi war wirklich ein feiner Kerl. »Das nächste Mal seid ihr bestimmt dran.«

»Tja, das hoffe ich sehr!«, sagte er und fuhr sich durch sein dichtes rotes Haar.

»Du schaust irgendwie etwas bedröppelt aus, Sigi. Ist irgendwas passiert?« Moni beäugte ihn fragend.

»Na ja. Ich hab gerade etwas erfahren und weiß nicht, was das für unsere Band bedeutet.« Seine Stirn kräuselte sich.

»Was denn?«

Er zuckte mit den Schultern und seufzte. »Keine Ahnung, ob ich es schon erzählen sollte. Aber es kommt sowieso bald raus. Es geht um Charly.«

»Was ist denn mit ihm?«, drängte Moni.

»Stellt euch vor, Julia hat ihm gestern Abend gesagt, dass sie schwanger ist. Und wenn ich das richtig verstanden habe, werden die beiden bald heiraten müssen. Ihre Eltern bestehen darauf.«

»Julia ist schwanger?« Monis Stimme klang plötzlich heiser, und Peggy Sue bemerkte, dass ihr Gesicht schlagartig noch blasser wurde als vorhin.

»Ja. Ich hoffe nur, dass es mit Charly's Beatboys trotzdem weitergeht. Gerade jetzt, wo wir Termine für einige weitere Auftritte haben. Wir haben noch so viel vor.«

»Und was sagt Charly dazu, dass er Vater wird?«, stellte Peggy Sue die Frage, die Moni vermutlich im Moment am meisten auf der Seele brannte, die sie aber nicht selbst aussprechen konnte.

»Begeistert wirkte er vorhin jedenfalls nicht gerade. So wie ich ihn kenne, wollte er ganz sicher nicht schon so bald heiraten. Aber jetzt bleibt ihm natürlich nichts anderes übrig.«

Er warf einen Blick auf seine Armbanduhr. »Tut mir leid, aber ich muss mich jetzt beeilen. Um eins kommt ein neuer Klavierschüler, und ich muss unbedingt vorher noch eine Kleinigkeit essen. Viel Spaß beim Spazierengehen, ihr zwei!«

»Bis bald!«, rief Peggy Sue ihm hinterher.

Glücklicherweise hatte Sigi nicht gemerkt, wie sehr seine Worte Moni getroffen hatten. Peggy Sue hakte ihre Freundin fest bei sich unter.

»Komm, wir gehen jetzt ein Stück. Das wird dir guttun.«

Während sie die Wörthstraße entlang Richtung Rosenheimer Platz marschierten, sagte Moni kein Wort. Und auch Peggy Sue wusste nicht, was sie sagen sollte.

»Das kann doch nicht wahr sein, oder?«, murmelte Moni schließlich.

»Charly scheint sehr effizient zu sein. Also, was das angeht ...«, versuchte Peggy Sue einen Scherz.

Moni lachte tatsächlich kurz auf, klang jedoch fast ein wenig hysterisch.

»Tut mir leid ... Ich weiß, dass das alles andere als lustig ist, Moni.«

»Aber du hast ja recht. Und ich könnte mich ohrfeigen, dass ich so blöd war, mich auf ihn einzulassen. Das wäre alles überhaupt nicht passiert, wenn ich nicht durch meine eigene Dummheit das Beatles-Konzert verpasst und vor lauter Frust darüber zu viel getrunken hätte. Nie im Leben wäre ich dann in dieser Nacht auf dem Rücksitz seines Autos gelandet.«

»Ach Moni, solche Dinge passieren eben. Jeder von uns macht mal Fehler.«

»Aber dieser Fehler kann mich meine ganze Zukunft kosten.«

Mitten auf dem Gehweg blieb Moni plötzlich stehen. »Was soll ich denn jetzt nur machen, Peggy Sue? Es war vorher schon eine Katastrophe, aber jetzt ist auch noch Julia von ihm schwanger, und er wird sie heiraten.«

»Es ist wirklich kaum zu fassen.« Peggy Sue wusste auch keinen rechten Rat.

»Das bedeutet doch, dass ich wirklich niemandem, keiner Menschenseele, sagen kann, dass ich ebenfalls von ihm ein Kind bekomme, und alle anlügen muss, wer der Vater ist. Ansonsten wird es am Ende keine Hochzeit mit Julia geben, und dann stünden zwei Mütter allein und zwei Kinder ohne Vater da. Oder sie heiraten doch, und ich würde als Flittchen abgestempelt. Es glaubt mir doch niemand, dass ich damals nicht wusste, dass er eine Freundin hat.«

Tränen kullerten über ihre Wangen, die sie fast trotzig mit dem Unterarm abwischte. Einige Passanten drehten sich bereits neugierig zu ihr um.

»Komm. Hier sind zu viele Leute. Mein Auto steht in der Nähe. Da können wir reden«, schlug Peggy Sue vor und fasste ihre Freundin am Arm.

Schweigend gingen sie ein paar Minuten bis zum Wagen, den Peggy Sue in der Sedanstraße geparkt hatte. Sie sperrte das Auto auf, und sie stiegen ein.

»Ausgerechnet jetzt, wo ich so glücklich sein könnte, wie gut es mit unserer Band läuft. Warum passiert mir das?«, fragte Moni unglücklich.

»Ich weiß es leider nicht«, murmelte Peggy Sue ratlos.

»Meine Mutter wird mich nicht unterstützen, wenn ich ein uneheliches Kind bekomme. Ich habe schon oft genug mitbekommen, wie abfällig sie sich über Frauen auslässt, denen das passiert. Und Astrid bläst ins gleiche Horn. Die beiden werden mir das Leben zur Hölle machen.«

»Aber du hast noch deinen Vater, deine Brüder und deine kleine Schwester. Ich kann mir nicht vorstellen, dass sie dich verurteilen werden.«

»Vermutlich nicht«, gab Moni zu. »Aber am Ende des Tages tut mein Vater, was meine Mutter sagt, und Albert steht unter der Fuchtel seiner Astrid. Und für Sigi würde es vermutlich das Ende seiner Freundschaft mit Charly und damit das Aus der Charly's Beatboys bedeuten. Ich will das nicht alles kaputt machen, und deswegen darf es niemand wissen. Auch Charly nicht. Vor allem nicht er!«

»Aber Charly ist nicht dumm. Er kann doch eins und eins zusammenzählen, und dann weiß er, dass er der Vater sein muss«, sagte Peggy Sue.

»Nicht, wenn ich ihm versichere, dass es noch einen anderen Kerl gab. Das wird er nie infrage stellen, wenn er damit seinen Kopf aus der Schlinge ziehen kann.«

»Wahrscheinlich hast du recht ... Aber bitte vergiss nicht, Inge, Rita und ich sind auch noch da. Und wir werden dich unterstützen, soweit es uns möglich ist.« Peggy Sue griff nach ihrer Hand, drückte sie aufmunternd.

»Danke, das bedeutete mir sehr viel, Peggy Sue. Aber ... aber ich will das alles nicht. Ich möchte Musik machen, auf der Bühne oder im Studio stehen, auf Tourneen gehen. Das ist meine Welt. Musik ist das, was mich glücklich macht. Wir haben von Martin Adam diese große Chance bekommen, und ich will sie unbedingt wahrnehmen! Ich weiß nicht, ob wir am Ende bei den Leuten ankommen und erfolgreich sein werden, doch ich weiß, dass ich es unbedingt versuchen möchte. Aber wie soll das mit Kind funktionieren?« Sie schüttelte traurig den Kopf.

»Und du bist dir auch wirklich sicher, dass du schwanger bist, Moni?«

»Das Ausbleiben meiner Tage, die Übelkeit. Ich reagiere stärker auf Gerüche als sonst und ... nun ja ...« Ihre Stimme war jetzt nur noch ein Flüstern. »Meine Brüste kommen mir auch ein wenig größer vor und sind besonders empfindlich. Falls das alles nur Zufall sein sollte, wäre ich der glücklichste Mensch auf der ganzen Welt. Aber ich kann mir wohl nichts mehr vormachen.«

»Das sieht tatsächlich danach aus.« Es galt also, der Wahrheit ins Gesicht zu sehen.

»Ach, Peggy Sue! Natürlich würde ich das Kind lieben, wenn es da wäre, aber ich ...« Monis Stimme wurde nun ganz leise, und in ihren Augen schwammen Tränen. »Ich kann es nicht bekommen ... Ich kann es wirklich nicht. Ich muss jemanden finden, der es mir wegmacht.«

Peggy Sue sah sie erschrocken an und schluckte. Dies wäre ein Schritt, den sie selbst niemals gehen würde. Sie hatte viel zu viel Ehrfurcht vor dem Leben. Auch vor dem eines ungeborenen Kindes, mochte es auch noch so winzig sein. Und doch konnte sie Moni verstehen, spürte ihre große Verzweiflung und Angst vor der Zukunft. Vor allem aber sorgte sie sich um ihre Freundin und dass sie in ihrer aussichtslosen Lage etwas Gefährliches anstellen könnte.

»Jetzt bist du schockiert über mich, nicht wahr?«, fragte Moni unglücklich.

Peggy Sue schüttelte den Kopf. »Nein.«

Ihr Herz klopfte plötzlich schneller, sie war hin und her gerissen. Sie wollte Moni helfen, auch wenn sie nicht wusste, wie sie es über ihr Herz bringen sollte. Machte sie sich damit nicht in gewisser Weise mitschuldig? Beim Anblick der verzweifelten Freundin konnte sie schließlich aber nicht mehr anders.

»Hör zu, Moni, vielleicht kann ich etwas für dich tun ...«

Kapitel 5
Monika

München, 27. und 28. Juli 1966

Monika hatte die ganze Nacht kaum ein Auge zugemacht. Jetzt war es fünf Uhr früh, und sie sah durch das Dachfenster, wie der Tag langsam anbrach. Ständig ging ihr das Gespräch mit Peggy Sue durch den Kopf. Die letzten Tage hatte sie trotz ihrer Angst vor einer ungewollten Schwangerschaft noch versucht, gelassen zu bleiben und sich vollkommen auf die Musik zu konzentrieren. Doch als sie gestern von ihrem Bruder erfahren hatte, dass auch Julia von Charly ein Kind erwartete, war es, als hätte man ihr den Boden unter den Füßen weggerissen.

Auch wenn ihr Verstand schon vorher begriffen hatte, dass es für sie und Charly keine gemeinsame Zukunft geben konnte, hatte bis zu diesem Moment doch immer noch ein winziger Teil in ihr auf ein Wunder gehofft. Auf das Wunder, dass Charly sich über die Schwangerschaft freuen würde, weil er Monika insgeheim liebte. Und weil er im Grunde seines Herzens ein guter Mensch war, der sich nur hinter seinem oft unverschämten Benehmen versteckte. Sie würden auch nicht als langweiliges bürgerliches Paar enden, sondern eine moderne Beziehung führen und gemeinsam eine Möglichkeit finden, ihre musikalischen Träume weiterzuverfolgen und gleichzeitig liebevoll das Kind großzuziehen. Doch diese fast lächerlich naiven Gedanken hatten sich nun endgültig in Luft aufgelöst.

Obwohl es sie innerlich fast zerriss, wusste Moni, dass sie das Kind nicht bekommen konnte. Es war ihr unendlich schwergefallen, das vor Peggy Sue laut auszusprechen, aber sie hatte das Gefühl gehabt, es ihr und vor allem sich selbst schuldig zu sein. Obwohl sie damit das Risiko eingegangen war, die Freundschaft zu Peggy Sue zu verlieren. Doch Peggy Sue hatte sich nicht von ihr abgewandt. Im Gegenteil. Sie hatte ihr eine Art Rettungsanker zugeworfen. Sie kannte jemanden, der vielleicht einen Kontakt herstellen könnte zu einer Person, die Monika bei ihrem Problem helfen konnte. Peggy Sue hatte ihr nichts versprochen und keine Details oder gar Namen genannt, aber sie würde sich dazu melden, wenn es Neuigkeiten gab. Monika war Peggy Sue unendlich dankbar, dass sie sie nicht verurteilte und ihr zur Seite stand, trotzdem hatte Moni ein schlechtes Gewissen, weil sie die Amerikanerin damit in etwas hineinzog, was für sie beide gefährlich werden konnte, falls irgendwer jemals davon erfuhr.

Um sich abzulenken, nahm Monika ihre Gitarre, die neben dem Bett stand, und begann, einen ihrer Lieblingssongs der Beatles zu spielen, *Michelle* von dem Album *Rubber Soul*. Sie zupfte die Akkorde und sang leise dazu. Und auch diesmal war die Musik ihr ein Trost. Der Trost für eine junge Frau, die in einer ausweglosen Situation gefangen schien. *Solace for a girl, caught in a hopeless situation*, übersetzte sie in ihrem Kopf.

Inzwischen hatte sie aufgehört zu spielen. Sie legte die Gitarre zur Seite und holte das Notizbuch aus der Nachttischschublade, in das sie ihre Ideen für neue Songs schrieb. Wie in einem Rausch notierte sie Sätze auf Deutsch, die sie dann ins Englische übersetzte. Immer wieder blätterte sie in einem Wörterbuch, suchte nach den passenden Wörtern.

»Verständnis für eine junge Frau voller Angst«, murmelte sie. *Understanding for a girl full of fear.*

Der Stift flog nur so über das Papier. Sie strich Wörter durch, ersetzte sie, tauschte Zeilen aus und ordnete sie neu.

Es war zehn vor sieben, als sie über den neuen Songtext den Titel, *Solace*, schrieb. Und ihr ging sogar schon eine Melodie dafür durch den Kopf. Wie gern würde sie jetzt weiter daran arbeiten, doch sie musste sich sputen. Es blieben ihr nur noch wenige Minuten, um sich zu waschen und anzuziehen, bevor sie im Laden sein musste. Ein weiterer Tag stand ihr bevor, den sie zusammen mit ihrer ungeliebten Schwägerin hinter der Theke verbringen musste. Und jeden Tag fiel es ihr schwerer, deren Sticheleien hinzunehmen. Das konnte nicht, das durfte nicht ihr tägliches Leben in den nächsten Jahren bleiben.

Kaum hatte sie in ihrer Schürze den Laden betreten, stieg beim Duft der Wurstwaren und des Fleischs die inzwischen vertraute Übelkeit auf, die sie sich nicht anmerken lassen durfte. Astrid und Albert waren schon dabei, die Ware in die Theke einzuräumen.

»Guten Morgen.«

»Guten Morgen, Moni!«, rief ihr Bruder, der eine Metallstange mit verschiedenen Hartwurstsorten und geräuchertem Schinken in zwei große Fleischerhaken an der Wand hinter der Theke einhängte.

»Bei dir fängt der Morgen wie immer ein wenig später an als bei uns«, keifte Astrid. »Ich bin gespannt, ob ich irgendwann mal den Tag erlebe, an dem du vor mir hier bist.«

»Du redest, als ob du schon ewig bei uns arbeiten würdest. Dabei machst du das gerade mal ein paar Wochen«, schoss Monika zurück. Auch wenn Astrid die Frau ihres Bruders war, der später einmal alles hier übernehmen würde, wollte sie sich nichts gefallen lassen.

»Lang genug, um mitzubekommen, dass dir alles andere wichtiger ist«, frotzelte sie.

»Hauptsache, du weißt, was mir wichtig ist, Frau Neunmalklug.«

»Ihr zwei seid wie die kleinen Kinder«, merkte Albert an und seufzte. Genau wie sein Vater Max konnte Monikas gutmütiger Bruder Streitereien überhaupt nicht leiden. Um so rätselhafter war es für Monika, warum er sich ausgerechnet eine Frau ausgesucht hatte, die ständig an allem etwas zu auszusetzen wusste.

»Es gibt eben viel zu tun. Da darf nicht getrödelt werden.« Astrid griff nach einem großen Stück Rindfleisch und zerteilte es mit einem scharfen Messer in mundgerechte Stücke.

»Der Meierwirt braucht zehn Kilo gemischtes Gulasch und fünf Kilo Gehacktes. Er kommt bereits in einer halben Stunde, um es abzuholen«, murrte sie.

»Das ist doch kein Problem. Wenn du dich darum kümmerst, dann räume ich die restliche Ware ein und schneide schon mal den Aufschnitt«, erklärte Monika und bemühte sich ihrem Bruder zuliebe um Höflichkeit.

»Vater müsste mit den Weißwürsten auch gleich so weit sein.

Ich bringe sie euch dann«, sagte Albert und war schon auf dem Weg nach hinten in die Wurstküche.

»Albert?«, rief Monika ihm hinterher.

Er blieb stehen und drehte sich zu ihr um. »Ja?«

»Wir haben inzwischen einen Termin für die Plattenaufnahmen in Hamburg.« Sie war in den letzten Tagen noch nicht dazugekommen, ihn zu informieren.

»Ach ja? Wann ist das denn?«, fragte er interessiert. Er hatte sie am Abend des Wettbewerbes in *Angies Vogelbar* angefeuert und sich für sie und die anderen Mädels über den Sieg gefreut.

»Wir fahren am 7. August los. Das ist ein Sonntag. Und am 9. geht es wieder zurück. Ich bin also nur zwei Tage nicht im Laden. Mutter und Vater sage ich noch Bescheid.«

»Die zwei Tage kriegen wir schon hin, Moni. Ursi hat ja auch Ferien und kann mithelfen. Und du hattest in diesem Jahr sowieso noch keinen richtigen Urlaub.«

»Danke, Albert.«

»Und was ist mit uns? Wann machen wir beide mal Urlaub?«, fragte Astrid spitz.

»Im Sommer ist es schwierig, aber ich hab mir gedacht, gleich nachdem das Oktoberfest zu Ende ist. Wir könnten ein paar Tage an den Wolfgangsee fahren, wenn du möchtest, mein Schatz.«

»Ja ... vielleicht«, sagte Astrid überrascht. Offenbar hatte sie nicht mit solch einer präzisen Antwort gerechnet.

»So eine Auszeit solltet ihr euch wirklich gönnen«, meinte Monika, die sich jetzt schon freute, Astrid mal ein paar Tage los zu sein.

In diesem Moment schellte die Ladenglocke, und die erste Kundin betrat das Geschäft.

»Guten Morgen, Frau Gerster, was darf's denn sein?«, sprach Monika die ältere Dame an.

Irgendwie hatte sie auch diesen Tag überstanden. Und auch den nächsten.

Am frühen Abend saß sie in der kleinen Küche bei Sigi, der seine Wohnung samt Musikzimmer für den Unterricht im Stockwerk unter Monika eingerichtet hatte. Monika wollte Inge abpassen, die donnerstags Gitarren- und Gesangsstunden bei Sigi nahm, um sie zu fragen, ob ihre Chefin den Urlaub genehmigt hatte. Neben den anderen Sorgen ließ ihr auch das keine Ruhe. Die Fahrt nach Hamburg musste unbedingt klappen.

Sigi warf einen Blick auf die Uhr. »Eigentlich müsste sie jeden Moment kommen!«

Doch es verging eine Viertelstunde, und Inge war immer noch nicht aufgetaucht.

»Das sieht ihr gar nicht ähnlich, dass sie ohne Entschuldigung nicht zum Unterricht erscheint«, meinte er schließlich.

»Hast du denn die letzten Tage nichts von ihr gehört?«, fragte Monika.

»Seitdem ich sie nach dem Auftritt nach Hause gebracht habe, nicht mehr. Ich habe ihr eine Nachricht in den Briefkasten geworfen, aber sie hat sich nicht gemeldet. Was mich aber nicht allzu sehr verwundert hat, weil ich wusste, dass ich sie sowieso heute sehe. Zumindest ging ich davon aus.«

»Hm. Das ist wirklich ein wenig seltsam«, murmelte Monika.

»Denkst du, sie kommt nicht, weil ich sie am Samstag geküsst habe?«, fragte ihr Bruder und wirkte ein wenig verlegen. Da Monika die beiden dabei überrascht hatte, musste er keinen Hehl daraus machen.

Monika zuckte mit den Schultern. »Keine Ahnung. Bereust du es denn?«

»Nein. Überhaupt nicht. Ganz im Gegenteil. Ich ... ich mag Inge. Sogar sehr.«

»Du wirst ja rot, Brüderchen«, neckte sie ihn.

»Gar nicht«, winkte er ab. »Aber hoffentlich war der Kuss nicht zu früh für sie. Sie hängt immer noch sehr an ihrem verstorbenen Mann.«

»Sicher ist es dann nicht einfach, sich auf einen neuen Freund einzulassen. Vielleicht ist sie deswegen ein wenig zurückhaltend. Vermutlich weiß sie noch nicht, wie sie damit umgehen soll«, spekulierte sie.

»Ich möchte auf keinen Fall, dass das irgendwie zwischen uns steht.«

»Aber vielleicht geht es ja gar nicht um den Kuss. Womöglich ist sie krank. Oder hat sonst ein Problem«, überlegte Monika. »Zu blöd, dass sie kein Telefon hat. Ich mache mir tatsächlich ein wenig Sorgen um sie.«

»Was meinst du, sollen wir zu ihr fahren und nachsehen?«, schlug Sigi vor. »Sie wäre sowieso meine letzte Schülerin für heute.«

»Ja. Lass uns das machen.«

Kurz darauf stieg Monika hinter ihrem Bruder auf sein Zweirad, schlang ihre Arme um seine Hüften und hielt sich fest, als er vom Hof fuhr. Sie liebte es, mit ihm durch die Stadt zu brausen. Und manchmal machten sie sonntags eine kleine Spritztour ins Grüne. In der letzten Zeit hatte sich allerdings kaum mehr eine Gelegenheit dafür ergeben.

Eine Viertelstunde später hatte Sigi das Motorrad auf dem Bürgersteig vor dem Mietshaus in der Fraunhoferstraße abgestellt, in dem Inge wohnte. Monika hatte schon zweimal vergeblich geklingelt.

In diesem Moment öffnete sich die Haustür und eine ältere Dame kam heraus. Monika und Sigi nutzen die Gelegenheit, bevor die Tür wieder zufiel, und gingen nach oben in den zweiten Stock. Inges Wohnung lag auf der linken Seite.

Sigi nickte Monika zu. Sie klingelte an der Wohnungstür. »Inge! Ich bin's, Moni!«

Und tatsächlich hörten sie ein paar Sekunden später, wie die Türkette ausgehängt wurde. Dann öffnete sich die Tür.

Inge trug einen Bademantel und sah ziemlich angeschlagen aus.

»Moni! Sigi! Was macht ihr denn hier?«, fragte sie überrascht.

»Wir haben uns Sorgen um dich gemacht«, erklärte Moni.

»Du bist heute nicht zum Unterricht gekommen«, fügte Sigi hinzu.

Inge legte die Hände an ihr Gesicht. »Ach herrje! Entschuldige.«

»Geht es dir nicht gut?«, fragte Sigi besorgt.

»Nicht so, nein. Ich hatte heute den ganzen Tag Kopfschmerzen. Als ich von der Arbeit heimkam, habe ich eine Tablette genommen und wollte mich nur ein wenig hinlegen vor dem

Unterricht. Erst durch das Klingeln bin ich wach geworden«, erklärte sie bedauernd, ohne irgendwelche Anstalten zu machen, Monika und Sigi hereinzubitten. »Tut mir wirklich leid.«

»Hauptsache, es ist nichts Schlimmeres«, meinte Sigi, wirkte jedoch nicht besonderes erleichtert.

»Dürfen wir reinkommen?«, fragte Moni.

»Ich bin leider nicht dazu gekommen, aufzuräumen. Das wäre mir jetzt ein wenig unangenehm.«

»Verstehe.« Sigi nickte.

»Unseretwegen musst du dir wirklich nichts denken«, winkte Monika jedoch ab und schob sich an Inge vorbei in den kleinen Flur. Sigi folgte ihr.

»Na gut ... Dort ist das Wohnzimmer.« Inge deutete auf eine Tür, die einen Spaltbreit offen stand. »Geht schon mal rein, ich hole uns etwas zu trinken.«

»Du sollst dir aber bitte keine Umstände machen, wenn es dir sowieso nicht gut geht«, bat Sigi.

»Schon gut. Mach ich nicht.«

Er schlüpfte aus seinen Schuhen und folgte Monika ins Wohnzimmer, während Inge in die Küche ging.

Das Wohnzimmer war geschmackvoll und gleichzeitig gemütlich eingerichtet. Die angekündigte Unordnung war bei Weitem nicht so schlimm, wie Monika es nach Inges Worten angenommen hatte. Auf dem senffarbenen Sofa, zu dem zwei farblich passende Klubsessel gehörten, lagen eine Decke und einige Klatschzeitschriften. Eine Schale mit Erdnüssen und ein leeres Weinglas standen auf dem Tisch, daneben ein Block und ein Bleistift.

»Wir hätten sie nicht einfach so überfallen sollen«, flüsterte Sigi.

»Vielleicht tut ihr ein wenig Gesellschaft aber gut«, murmelte Monika und sah sich weiter um.

Inges Gitarre lehnte an einer Kommode aus Nussbaumholz, auf der sich in einem silbernen Bilderrahmen das Foto von Bernd befand. Es war das erste Mal, dass Monika ein Bild von Inges verstorbenem Mann sah. Sie nahm es in die Hand und betrachtete es. Bernd hatte ein sympathisches Lächeln gehabt und war auf eine robuste Art attraktiv gewesen. Besonders fielen ihr seine hellen blauen Augen auf. Nachdem sie nun das Gesicht zum Namen kannte, konnte Monika es noch besser nachvollziehen, wie schwer der Verlust für Inge gewesen sein musste.

»Kann man sich gar nicht vorstellen, dass dieser sympathische Mann nicht mehr lebt. Dabei sieht er auf dem Foto aus, als ob ihn nichts umwerfen könnte.«

»Bitte, Moni, stell es wieder zurück«, drängte Sigi, als sie im Flur Schritte hörten. Sie konnte es gerade noch rechtzeitig an seinen Platz zurückbringen, ehe Inge das Wohnzimmer betrat und ein Tablett mit drei Gläsern und eine Flasche Limonade auf den Tisch stellte.

»Wenn ihr lieber was anderes möchtet, ein Glas Wein oder einen Likör …?«

»Nein. Limonade passt«, sagte Sigi schnell.

Er und Moni setzten sich aufs Sofa, Inge nahm in einem Sessel gegenüber Platz. Sie schenkte ein und verteilte die Gläser.

»Es tut mir wirklich leid, dass ich das heute verschlafen habe,

Sigi. Ich verstehe gar nicht, warum ich vergessen habe, den Wecker zu stellen«, sagte sie, nachdem sie einen Schluck getrunken hatten.

»Schon gut, das kann ja mal vorkommen. Hauptsache, dir geht es bald wieder besser«, meinte Sigi.

»Ich werde heute ganz früh schlafen gehen, dann wird das schon wieder. Die Tablette vorhin hat schon ein wenig geholfen.«

»Sag mal, Inge, was ich dich fragen wollte, hat deine Chefin deinen Urlaub inzwischen genehmigt?«, kam Monika auf ihr ursprüngliches Anliegen zu sprechen.

»Wegen Hamburg? Ja, das geht in Ordnung«, erklärte sie und strich sich durch ihr kurz geschnittenes blondes Haar, das auf der rechten Seite vom Schlaf platt gedrückt war.

Monika fiel ein Stein vom Herzen. »Sehr gut. Dann kann jetzt eigentlich nichts mehr schiefgehen.«

»Ich muss nur vorher mal mit Peggy Sues Wagen fahren, damit ich Übung bekomme.«

»Ihr fahrt mit dem Auto? Die weite Strecke nach Hamburg?«, fragte Sigi verwundert.

»Ja. Warum nicht?« Monika sah ihn an.

»Aber ...«

»Aber was?«

»Nun ja. Vier Frauen allein auf so einer weiten Fahrt ...«

»Wärt ihr mit Charly's Beatboys denn nicht mit dem Auto gefahren?«, mischte sich nun Inge ein.

»Doch, vermutlich schon.«

»Für euch Männer wäre die Strecke nicht kürzer als für uns.

Glaub mir, auch Frauen sind in der Lage, allein nach Hamburg zu fahren!«, sagte Monika bestimmt.

»Schon gut. Ich hab es ja nicht böse gemeint«, erklärte Sigi. »Ihr müsst mir nur versprechen, gut auf euch aufzupassen.«

»Natürlich tun wir das.«

Monika nahm erneut einen Schluck der gekühlten Limonade, die ihrem ständig empfindlichen Magen erstaunlich guttat. Als sie das Glas wieder abstellte, fiel ihr auf, dass auf Inges Notizblock, der vor ihr auf dem Tisch lag, ein paar einzelne Wörter und kurze Sätze standen.

Inge bemerkte ihren Blick und schob den Block rasch weg.

»Entschuldige, ich wollte nicht neugierig sein. Aber bei mir sieht es immer ähnlich aus, wenn ich an einem Songtext schreibe.

Inges Wangen erröteten, und sie wirkte plötzlich verlegen.

»Na ja, ich habe tatsächlich einen Text für ein Lied ausprobiert«, gab sie zu. »Aber das ist nichts geworden. Meine Englischkenntnisse sind einfach zu schlecht. Noch nicht einmal auf Deutsch habe ich es hinbekommen. Ich ... ich kann das einfach nicht.«

»Worum soll es denn im Text gehen?«, interessierte sich nun auch Sigi, der selbst für Charly's Beatboys einige Lieder geschrieben und komponiert hatte.

Monika sah sie ebenfalls neugierig an. Sie hätte gar nicht damit gerechnet, dass Inge sich überhaupt an einem Text versuchen würde.

»Es ist ... Also, ich ... ich mache manchmal so komische Gedankenspiele. Und vor einer Weile habe ich die Sekunden ausgerechnet, seitdem Bernd gestorben ist.« Sie warf einen kurzen Blick zu seinem Foto und fuhr dann fort. »Und dann habe ich mich gefragt, wenn jede Sekunde für einen Millimeter stünde und die Sekunden nicht wie bei einer Uhr im Kreis herum, sondern auf einer geraden Linie immer weiterliefen, wie lang die Strecke wäre, seitdem er nicht mehr da ist. Zu diesem Zeitpunkt waren es etwa 74 Kilometer ...« Sie lachte kurz auf. »Falls ich mich nicht verrechnet habe, was natürlich auch sein kann.« Sie nahm einen Schluck Limonade. »Auch wenn ich ihn nie vergessen werde, aber die Entfernung wird immer größer, und mit jedem Kilometer, den ich ohne ihn gehe, tut es ein klein bisschen weniger weh.«

Monika war ganz berührt von ihren Worten. Und auch Sigi musste schlucken.

»Und dann ging mir durch den Kopf, ob das vielleicht nicht ein schöner Songtext wäre. *Seconds On A Line.*«

»Das ist wirklich ein sehr schöner Titel, Inge. Wenn du magst, können wir beide gemeinsam mal ausprobieren, ob wir etwas hinbekommen«, schlug Monika vor.

»Ich finde auch, dass man daraus etwas machen sollte«, sagte Sigi.

»Meint ihr wirklich?«

»Aber ja!«, kam es gleichzeitig von Sigi und Monika.

Inge lächelte. Zum ersten Mal, seitdem sie hier waren.

Monika bemerkte den Blick, den Sigi ihr zuwarf. Ihr Bruder hatte definitiv mehr als freundschaftliche Empfindungen für sie. Plötzlich hatte sie das Gefühl, die beiden kurz allein lassen zu müssen.

»Ich muss mal ins Bad«, sagte sie und stand auf.

»Die Tür gegenüber links«, erklärte Inge, und Monika verließ das Wohnzimmer.

Das Badezimmer war so schmal, dass man nur wenig Platz hatte, um an der Badewanne und dem Wasserboiler vorbei zum WC neben dem Fenster zu gelangen. Wie immer in den letzten Tagen hoffte sie inständig, dass ihre Periode eingesetzt hatte. Doch auch diesmal vergeblich. Monika ließ sich länger Zeit, als sie müsste, bis sie wieder zurückging. Sie blieb an der Tür stehen und lächelte, als sie bemerkte, dass die beiden Händchen hielten.

»Darf ich mir noch ein Glas Wasser aus der Küche holen?«, fragte sie.

»Nein, warte, ich geh schon!«, rief Inge und stand rasch auf.

»Ach was, das kann ich doch selbst«, winkte Monika ab und war schon auf dem Weg. Als sie die Tür zur kleinen Küche öffnete, war nicht zu übersehen, dass Inge hier tatsächlich nicht aufgeräumt hatte. Überall standen Geschirr und Gläser und auf dem Boden neben einem Schränkchen mehrere leere Sekt- und Weinflaschen.

Inge war ihr inzwischen gefolgt.

»Gestern haben mich zwei ehemalige Arbeitskolleginnen besucht. Eine von ihnen hatte kürzlich Geburtstag, deswegen haben wir nachträglich auf sie angestoßen«, sagte sie schnell, dabei färbten sich ihre Wangen auffallend rot. »Ich bin leider noch nicht dazu gekommen hier Ordnung zu machen.«

»Du musst dich doch dafür nicht entschuldigen«, sagte Monika. »Vielleicht sollten Sigi und ich jetzt doch besser gehen.

Dann kannst du dich wieder hinlegen. Wir wissen ja jetzt, dass dir nichts Schlimmes passiert ist ...«

Vermutlich waren ihre Kopfschmerzen auch nur dem Wein und dem Sekt geschuldet, den sie gestern getrunken hatte. Ernsthaft krank schien sie jedenfalls nicht zu sein.

Sigi hatte ihre Unterhaltung mitbekommen und war inzwischen aus dem Wohnzimmer gekommen.

»Es tut mir leid, dass ihr euch unnötig Sorgen gemacht habt und ich den Termin verschlafen habe. Aber es war sehr nett von euch, dass ihr nach mir gesehen habt. Vielen Dank«, sagte sie.

»Hast du vielleicht Lust, mit mir am Samstagabend auszugehen, Inge?«, lud Sigi sie ein.

Sie schielte ein wenig unsicher zu Moni, als ob sie ihr Einverständnis bräuchte.

»Ich finde, das ist eine gute Idee«, beteuerte Moni, um es ihr einfacher zu machen.

»Äh, ja, gern.«

Sigi lächelte. »Schön. Dann hole ich dich gegen 19 Uhr ab.«

»Wo wollen wir denn hin?«

»Lass dich überraschen«, murmelte Sigi geheimnisvoll.

Sie verabschiedeten sich, und Monika und Sigi fuhren nach Hause.

»Danke, dass du mitgefahren bist, Moni«, sagte ihr Bruder, nachdem er das Zweirad abgestellt hatte.

»Mir hat das selbst auch keine Ruhe gelassen. Gut, dass ihr nichts Ernsthaftes fehlt.«

»Gott sei Dank.«

»Und ich bin so froh, dass Inge den Urlaub für die Plattenaufnahmen bekommen hat. Nicht auszudenken, wenn ihre Chefin Schwierigkeiten gemacht hätte.«

»Was hat Mutter eigentlich dazu gesagt, dass du nach Hamburg fährst?«, wollte Sigi wissen.

»Ich hatte leider keine Chance, ihr das selbst zu sagen. Das hat Astrid für mich übernommen. Sie muss sich ja ständig in Sachen einmischen, die sie nichts angehen.«

»Das tut sie wirklich gern. Eine richtige Gschaftlhuberin ist sie, die Astrid.«

Monika lachte kurz. »Das trifft es so ziemlich genau. Mutter ist natürlich überhaupt nicht begeistert, du kennst sie ja. Am liebsten hätte sie mir das ausgeredet. Aber am Sonntag werde ich einundzwanzig und bin volljährig. Dann lasse ich mir sowieso von keinem mehr reinreden. Diesen Traum wird mir niemand kaputt machen.«

Kapitel 6
Rita

München, 29. Juli 1966

Obwohl es gestern in der Bar wieder spät geworden war, war Rita früher als sonst aufgestanden und hatte im Krämerladen eine Kanne Milch und beim Bäcker einen Laib Brot gekauft. Auf dem Rückweg sah sie einen Mann, der vor ihrem Wohnhaus von einem Fahrrad abstieg.

Vater! Schlagartig begann ihr Herz schneller zu schlagen. Er hatte sie noch nicht bemerkt. Auch heute trug er eine Sonnenbrille, obwohl es bewölkt war.

Für einen Moment wusste Rita nicht, was sie tun sollte. Auf der einen Seite hätte sie sich am liebsten umgedreht, um unbemerkt zu verschwinden. Andererseits wollte sie ihren Vater trotz allem kennenlernen. Auch wenn ihre Mutter nicht sonderlich freundlich über ihn sprach. Und leider auch nicht sonderlich viel. Inzwischen wusste Rita immerhin etwas mehr über ihn. Vor allem, dass er es mit der Treue nicht ganz so ernst genommen hatte. Und auch nicht mit der Wahrheit.

Gerald war nach der Behandlung einer Verletzung im Januar des letzten Kriegsjahres aus dem Lazarett für zwei Wochen auf Heimaturlaub entlassen worden. In dieser Zeit war Rita gezeugt worden, hatte Angie ihrer Tochter ganz unverblümt berichtet.

Bald nach dem Kriegsende hatten die schwangere Angie und der gelernte Buchdrucker Gerald geheiratet, im Oktober war Rita dann zur Welt gekommen. Die Zeiten nach dem schrecklichen Krieg waren in dem durch die Luftangriffe schwer zerstörten München sehr hart gewesen. Es hatte buchstäblich an allem gefehlt. Mehr schlecht als recht hatte das junge Paar sich mit verschiedenen Hilfsarbeiten durchgeschlagen und zusammen mit Angies Mutter Josefine und dem Baby in einer winzigen Souterrainwohnung gelebt. Doch all das hatte Gerald nicht davon abhalten können, sich seinen Vergnügungen hinzugeben.

Mehrmals war der gut aussehende Charmeur mit anderen Frauen gesehen worden, hatte es aber immer vor seiner Frau abgestritten. Bis Angie ihn in flagranti erwischt und Leugnen keinen Zweck mehr gehabt hatte. Nach einem heftigen Streit hatte sie ihn hinausgeworfen. Seine damalige Geliebte, eine Hutmacherin aus Salzburg, die zu Besuch bei Verwandten in München gewesen war, hatte ihn wohl bei sich aufgenommen. Doch lang hatte auch diese Verbindung nicht gehalten. Das hatten Angie und Josefine immerhin noch herausfinden können. Ob er danach in Österreich geblieben war oder sich sonst irgendwo auf der Welt herumgetrieben hatte, wusste Angie nicht. Sie hatte nie mehr von ihm gehört. Bis er in der letzten Woche wieder aufgetaucht war.

Und jetzt stand er vor dem großen Mietshaus und wollte offenbar erneut Kontakt zu ihnen.

Als hätte er sie in seinem Rücken gespürt, drehte Gerald sich plötzlich um. Auch heute trug er einen Anzug, der etwas zu groß für seine schlanke Figur war. Er sah sie ein paar Sekunden an, lächelte, dann kam er auf sie zu.

»Grüß dich, Rita.« Sein Ton war freundlich.

»Guten Morgen«, sagte Rita, die das Wort *Vater* nicht in den Mund nehmen wollte und es auch nicht konnte. Noch nicht und vielleicht auch niemals.

»Ich wollte gerade zu deiner Mutter, um sie um ein Gespräch zu bitten«, erklärte er ruhig.

Sie fand, dass er eine schöne Stimme hatte.

»Ich glaube nicht, dass sie das möchte«, sagte Rita mit einem Frosch im Hals. Sie räusperte sich.

Er nickte nachdenklich. »Das kann ich verstehen, Rita. Trotzdem würde es mir viel bedeuten. Kannst du nicht mit ihr reden? Bitte!«

»Warum bist du zurückgekommen?«, traute sie sich zu ihrer eigenen Überraschung die Frage zu stellen, die ihr schon seit Tagen durch den Kopf ging. »Wir haben dich so lang nicht interessiert.«

»Es war der größte Fehler meines Lebens, überhaupt von euch wegzugehen«, beteuerte er und nahm seine Sonnenbrille ab.

Es erstaunte sie auch diesmal, wie ähnlich das Blau und die Form seiner Augen den ihren waren. Er war unverkennbar ihr Vater.

»Das ist keine Antwort auf meine Frage«, stellte sie fest.

Er lächelte. »Ich finde, das ist hier nicht der passende Ort, um deine Fragen zu beantworten, mein Kind.«

Mein Kind?

Es stand ihm nicht zu, sie so zu nennen. Dieses Privileg besaß nur ihre Mutter, die zusammen mit ihrer Oma immer für sie da gewesen war.

»Ich versuche schon eine Weile, Kontakt zu euch aufzunehmen«, fuhr er fort. »Zuerst telefonisch, doch jedes Mal war ich dann doch zu feige, und ich habe aufgelegt. Trotzdem war es schön, zumindest eure Stimmen zu hören.«

Das erklärte die seltsamen Anrufe in den letzten Wochen.

»Ich muss nach oben. Und du gehst jetzt besser.« Sie wollte an ihm vorbeigehen, doch er hielt sie am Arm fest.

»Bitte, Rita. Gib mir zumindest die Möglichkeit, mich in einem Gespräch zu erklären. Auch wenn ich bisher nicht da war, bin ich doch dein Vater. Ich lade dich in ein Café ein, wenn du möchtest. Oder wir machen einen Spaziergang, dann können wir uns unterhalten.«

»Darüber muss ich erst nachdenken«, sagte sie. »Und jetzt lass mich bitte los.«

Sofort nahm er die Hand weg.

»Was ich dir letztes Mal schon sagen wollte, ehe deine Mutter mich leider aus der Bar geworfen hatte: Euer Auftritt war unglaublich. Meine Tochter am Schlagzeug! Ich war ziemlich stolz auf dich, mein Kind.«

Wieder dieses Lächeln. Es machte etwas mit ihr. Sie wollte es nicht, und doch freute sie sich über seine Worte.

»Du bist mir wichtig, Rita. Und deine Mutter auch. Ich werde nicht so schnell aufgeben.«

»Wo wohnst du denn überhaupt?«, wollte sie wissen.

»Ich melde mich in ein paar Tagen wieder bei dir, bis dahin

kannst du nachdenken«, wich er ihrer Frage aus. Dann stieg er auf sein Fahrrad und fuhr davon.

Sie zitterte, als sie wenige Minuten später die Wohnungstür aufsperrte und die Diele betrat. Das Gespräch mit ihrem Vater hatte sie aufgewühlt. Aus der Küche war leises Geschirrgeklapper zu hören, und ein verlockender Kaffeeduft zog in ihre Nase.

Aus der Schneiderwerkstatt ihrer Oma hörte sie das leise Rattern der Nähmaschine. Finni hatte kurzfristig einen Auftrag für die Änderung eines Brautkleides angenommen, das heute Nachmittag fertig sein musste.

Rita wartete noch kurz, bis das Zittern sich gelegt hatte, dann zog sie ihre Schuhe aus und schlüpfte in ihre Pantoffeln. Eigentlich hatte sie damit gerechnet, dass ihre Mutter schon auf war, doch es war Peggy Sue, die den Frühstückstisch für vier Personen deckte.

»Guten Morgen, Rita!«

»Guten Morgen, Peggy Sue.«

»Du warst ja schon einkaufen!«

»Ja. Die Milch war fast aus, und vom Brot war auch noch nur ein Scherzl übrig.«

»Scherzl?«

Rita lächelte. Diesen besonderen Ausdruck kannte die Amerikaner noch nicht.

»Der Brotanschnitt oder die Brotkante. Das letzte Stück vom Brot«, erklärte sie.

»Ach so. Das ist ein Scherzl. Wieder etwas gelernt.«

Rita legte die Einkaufstasche ab und goss aus der Milchkanne einen Teil in ein Keramikkännchen um, das sie auf den Tisch stellte, und den Rest in einen verschließbaren Krug, den sie in den Kühlschrank räumte.

»Magst du Tee oder auch einen Kaffee?«, fragte Peggy Sue.

»Kaffee bitte.«

Peggy Sue griff nach der Thermoskanne und schenkte für beide ein. Rita setzte sich an den Tisch und gab sich einen großen Schuss Milch in die Kaffeetasse. Dazu zwei Löffel Zucker.

»Ist alles gut bei dir, Rita? Du wirkst ein wenig nachdenklich und auch etwas traurig.«

Rita unterdrückte ein Seufzen. Bisher hatte sie es vermieden, mit Peggy Sue über ihren Vater zu sprechen. Nicht weil sie es ihr verschweigen wollte, sondern weil sie es überhaupt so weit wie möglich vermied, mit ihr allein zu sein. Jeden Tag fühlte sie sich mehr zu Peggy Sue hingezogen, und gleichzeitig musste sie umso mehr darauf achten, sich nicht zu verraten. Doch jetzt brauchte sie wirklich eine Freundin, der sie ihr Herz ausschütten konnte.

»Er war vorhin unten vor dem Haus und wollte mit Mutter sprechen.«

»Du meinst deinen Vater, oder?«

»Ja. Aber ich habe ihn weggeschickt.«

Und nun erzählte sie Peggy Sue in wenigen Sätzen, was sie von ihrer Mutter über ihn erfahren hatte.

Peggy Sue schüttelte ratlos den Kopf. »Ich verstehe nicht, was in manchen Männern vorgeht. Wie kann man frisch verheiratet sein, ein kleines Kind haben und dennoch seine Frau betrügen?«, überlegte sie laut, während sie eine dünne Schicht Butter auf eine Scheibe Brot strich.

»Ich kann meine Mutter verstehen, dass sie ihn deswegen rausgeworfen hat. An ihrer Stelle hätte ich das auch gemacht. Er hat damals ja nicht einmal versucht, die Ehe zu retten und wieder zu uns zurückzukommen.«

Plötzlich wirkte Peggy Sue sehr nachdenklich. »Denkst du, ich habe meine Ehe auch zu schnell aufgegeben?«, fragte sie. »Harry hat mich immerhin nie mit anderen Frauen betrogen. Zumindest soweit ich weiß. Sollte ich ihm vielleicht doch noch eine Chance geben?«

»Aber Peggy Sue, das ist doch etwas ganz anderes!«, rief Rita sofort. »Dein Mann hat dich geschlagen und dich mehr oder weniger in eurer Wohnung eingesperrt. Dass du ihn verlassen hast, war reiner Selbstschutz.«

»Ach, Rita. Ich weiß nur nicht, wie das alles weitergehen soll. Offiziell sind wir noch zusammen, und ich besuche derzeit Verwandtschaft meiner Großeltern in Österreich und irgendwo auf dem Land in Bayern. Das hat Harry zumindest so herumerzählt, um eine Erklärung dafür zu haben, warum ich nicht da bin. Ich denke, das ist vorerst die beste Lösung. Keine Ahnung, wie das Verfahren ist, wenn ich mich als Frau eines Soldaten im Ausland von meinem Mann trenne. Vielleicht müsste ich dann sofort wieder zurück.«

»Dann ist es wohl besser so, dass nichts offiziell ist.«

»Ach, entschuldige, Rita, es sollte jetzt eigentlich überhaupt nicht um mich gehen. Wir wollten doch über dich und deinen Vater sprechen.«

»Was ist denn mit Gerald?« Angie war unbemerkt in die Küche gekommen.

»Guten Morgen, Mami. Er war vorhin unten vor dem Haus und wollte mit dir reden«, erklärte Rita.

Angie, die noch einen Morgenmantel trug und ziemlich verschlafen aussah, setzte sich an den Tisch und schenkte sich Kaffee ein. »Für mich gibt es nichts zu besprechen. Ich werde ihm einzig und allein sagen, dass ich zu einem Anwalt gehe und die Scheidung einreiche. Das konnte ich all die Jahre nicht, weil ich nicht wusste, wo er war.«

Sie holte aus der Tasche ihres Morgenmantels eine Schachtel HB, klopfte einen letzten Glimmstängel aus der Öffnung und steckte ihn an.

»Du willst dich scheiden lassen?«, fragte Rita. Zu ihrer Überraschung fühlte es sich seltsam an, ihre Mutter diese Worte sagen zu hören.

»Natürlich will ich das. Ich möchte dieses Kapitel endgültig abschließen und frei von ihm sein.«

Und dir eine neue Zukunft mit Martin Adam aufbauen? Natürlich würde sie das ihrer Mutter gönnen.

»Wollt ihr allein darüber sprechen? Soll ich lieber rausgehen?«, fragte Peggy Sue.

»Meinetwegen musst du das gewiss nicht, Peggy Sue«, meinte Angie und zog an der Zigarette. »Das sind ja keine Geheimnisse.«

»Er möchte, dass ich mich mit ihm für ein längeres Gespräch treffe«, rückte Rita nun heraus.

Angies Blick veränderte sich. Ihre Brauen zogen sich zusammen, und sie sah richtig verärgert aus. »Das kann er vergessen! Wenn er anfängt, dich zu belästigen, werde ich ihm gehörig den Marsch blasen!«

»Aber vielleicht wäre es ja gut, wenn ich mit ihm ...«

»O nein! Daran wäre gar nichts gut. Das wirst du nicht tun, Rita Maria Haslinger!«, schnitt Angie ihrer Tochter energisch das Wort ab. Dass sie ihre Tochter mit ihrem vollständigen Namen ansprach, kam nur in absoluten Ausnahmefällen vor. »Auf keinen Fall. Hast du mich verstanden?«

So streng kannte Rita ihre Mutter überhaupt nicht. Normalerweise war Angie ein eher lockerer Typ und mehr wie eine Schwester oder Freundin für Rita.

»Dieser Mann hat ein Talent, andere um den Finger zu wickeln. Glaub mir, ich weiß ganz genau, wovon ich spreche«, fuhr sie fort. »Bin ja selber auf ihn hereingefallen. Er wird dich nur ausnutzen und dich unglücklich machen, wenn du dich auf ihn einlässt. Versprich es mir hoch und heilig, dass du dich nicht mit ihm triffst!«, verlangte sie.

»Na gut. Wenn du meinst. Ich verspreche es«, murmelte Rita, damit ihre Mutter sich wieder beruhigte. Doch insgeheim hatte Angies Warnung eher das Gegenteil bewirkt. Rita war neugierig auf ihren Vater geworden. Wie sollte er ihr schon schaden können? Außerdem war sie seine Tochter und nicht irgendeine Frau, mit der er sich vergnügen wollte.

Das Telefon im Flur klingelte.

»Ich geh schon«, sagte Rita schnell und stand auf. Sie ging nach draußen, hob den Hörer ab und meldete sich: »Haslinger?«

»Rita, bist du es?«, fragte eine Stimme, die sie sofort erkannte, und sie war gleichzeitig enttäuscht und erleichtert, dass es nicht ihr Vater war.

»Hallo, Moni. Ja, ich bin's. Was gibt es?«

»Ach, eigentlich nichts Wichtiges. Aber kann ich bitte kurz mit Peggy Sue sprechen?«, bat Moni.

»Natürlich. Moment, ich hole sie.«

Sie legte den Hörer auf die Kommode und ging in die Küche.

»Moni ist am Telefon. Sie will mit dir sprechen, Peggy Sue«, sagte sie.

Peggy Sue stand auf und ging hinaus in den Flur.

Rita folgte ihr, weil sie dachte, es gehe vielleicht um die Band.

»Hallo, Moni!«, meldete sich Peggy Sue. »Du wolltest mich sprechen?« Sie lauschte einige Sekunden der Antwort und drehte dabei Rita den Rücken zu.

»Nein, noch nicht«, sagte sie dann, und ihre Stimme wurde etwas leiser. »Am Sonntagabend bei den Proben weiß ich vermutlich schon mehr ... Aber natürlich ... Mache ich ... Ja, bis bald.«

Sie legte auf und drehte sich zu Rita um. Dabei wirkte sie irgendwie, als hätte man sie bei etwas ertappt. Rita war in den vergangenen Tagen schon mehrmals aufgefallen, dass Peggy Sue und Moni über irgendetwas tuschelten. Aber worüber?

»Was wollte Moni denn von dir?«, fragte sie deswegen prompt.

Peggy Sue strich sich eine Strähne ihres lockigen Haares hinters Ohr, die aus dem Pferdeschwanz gerutscht war.

»Ach, sie hat mich nur gefragt, ob ich auf der Straßenkarte schon eine geeignete Strecke für die Fahrt nach Hamburg herausgesucht habe. Du kennst sie ja. Sie möchte unbedingt, dass alles perfekt ist und bloß nichts schiefgeht. Aber ich bin noch nicht dazu gekommen. Außerdem muss ich noch einen Stadtplan von Hamburg besorgen. Das mache ich alles heute Nachmittag. Bis Sonntag habe ich die beste Strecke für uns aufgeschrieben.«

Rita sah in den wunderschönen türkisblauen Augen, dass Peggy Sue sie anlog. Doch warum tat sie das? Was war es, das die beiden vor ihr verheimlichten? Ging es um die Plattenaufnahmen der Monaco Birds? Um Harry? Oder um etwas ganz anderes? Jedenfalls wollten weder Peggy Sue noch Moni sie offenbar einweihen, und Peggy Sue log sie deswegen sogar an. Dabei hatte Rita gedacht, dass sie einen ganz besonderen Draht zueinander hätten.

»Ach so«, sagte sie nur und hoffte, dass man ihr die Enttäuschung nicht anmerkte.

Nach dem Mittagessen hatte Peggy Sue darauf bestanden, den Abwasch zu erledigen und danach die Küche zu wischen.

»Das Spülmittel ist bald alle«, sagte sie, während sie Wasser ins Spülbecken laufen ließ.

»Ich gehe welches besorgen«, bot Rita an. Sie nutzte den Einkauf, um anschließend durch die Straßen in der Umgebung zu spazieren, in der Hoffnung, vielleicht ihrem Vater zu begegnen. Bevor sie wusste, wer er war, hatte sie ihn hier in der Gegend ein paarmal zufällig gesehen. Wobei ihr nun klar war, dass das keine

Zufälle waren. Natürlich hatte sie dabei ihrer Mutter gegenüber ein schlechtes Gewissen, da diese ihr ein Treffen mit Gerald ausdrücklich verboten hatte. Doch Rita hatte inzwischen das Gefühl, dass es wichtig wäre, zumindest einmal seine Sicht der Dinge zu hören. Irgendwie war sie nun doch neugierig geworden und wollte erfahren, was er in den letzten fast zwanzig Jahren gemacht hatte. Und vor allem warum er nicht viel früher zurückgekommen war.

Ihrem Vater begegnete sie nicht, dafür aber Paul und Monikas kleiner Schwester. Die beiden wirkten etwas verlegen.

»Paule! Ursi! Was macht ihr denn hier?«, fragte sie erstaunt.

Ursis Wangen färbten sich rosa.

»Gestern Nachmittag habe ich den Wochenendeinkauf in der Metzgerei Fischer gemacht«, begann Paul und schob seine Brille nach oben, die ihm ständig von der Nase zu rutschen schien.

»Ja. Und ich war da ganz zufällig im Laden, weil ich kurz für meine Schwägerin Astrid einspringen musste«, fuhr Ursi fort.

»Das war wirklich ganz zufällig«, bestätigte Paul mit Nachdruck.

»Manchmal gibt es solche Zufälle«, meinte Rita und unterdrückte ein Grinsen. Es war süß, wie die beiden herumruderten.

»Eben. Und da hatten wir die Idee, heute einen gemeinsamen Spaziergang zum Monopteros im Englischen Garten zu machen«, fuhr Paul fort.

Ursi nickte eifrig. »Leo von Klenze hat den Rundtempel für Ludwig I. entworfen. Ich möchte unbedingt ein paar Skizzen davon machen.«

»Weißt du, Ursi interessiert sich sehr für Architektur und kann ziemlich gut zeichnen«, erklärte Paul.

Das wusste Rita bereits von deren Schwester Moni.

»Na, dann lasst euch nicht aufhalten«, empfahl Rita und sah den beiden amüsiert hinterher, als sie sich in Richtung Englischer Garten aufmachten. Rita fragte sich, ob Ursis Eltern wussten, dass die Gymnasiastin sich mit dem fünf Jahre älteren Medizinstudenten traf. Doch insgeheim freute sie sich für sie. Paul war ein ganz feiner junger Mann, und Ursi war gut bei ihm aufgehoben. Und falls es wirklich zwischen den beiden funken sollte, wäre das ein Glücksfall. Sie würde es ihrem alten Freund aus Kindertagen von Herzen gönnen.

Rita seufzte. Wenn es doch bei ihr auch so einfach wäre. Ob es für sie jemals eine richtige Liebe geben konnte? Eine, die auf Gegenseitigkeit beruhte? Und falls ja, wie sollte das aussehen? Gelegentliche, heimliche Begegnungen, Lügen und ein Leben lang verbergen, wer sie wirklich war? Doch wer war sie eigentlich? Diese Frage konnte sie sich in ihrem Gefühlschaos selbst nicht beantworten.

Kapitel 7
Inge

München, 30. Juli 1966

Die Kundinnen, die Inge heute im Verkauf beriet, waren ausnahmslos unkompliziert. Es gab sogar ein lobendes Nicken ihrer Chefin, als sie eine Mutter und ihre drei erwachsenen Töchter innerhalb kurzer Zeit mit hochpreisigen Kleidern für eine Hochzeitsfeier ausstattete. Den Samstagvormittag über lief es im Laden so gut, dass Inge für eine Weile sogar vergaß, dass ihr immer noch keine Lösung für ihr Problem eingefallen war. Wie sollte sie nur die zwei Tage freibekommen, um mit den Monaco Birds nach Hamburg zu fahren? Sie würde es am kommenden Montag noch einmal bei Frau Vilsinger versuchen. Vielleicht ließ sie sich angesichts ihrer besonders guten Verkäufe heute doch noch erweichen. Außerdem hatte sie vorsorglich – und ganz im Vertrauen – schon mal ihre Kollegin Kathi gefragt, ob sie einspringen könnte. Die war zwar nicht sonderlich begeistert darüber, ihren Urlaub erst zwei Tage später zu beginnen, aber trotzdem täte sie Inge den Gefallen, wenn die Chefin sich darauf einließe, den Urlaubsplan doch noch einmal umzuwerfen.

Als Inge kurz nach 14 Uhr das Geschäft verließ, war es windig, und es regnete. Trotzdem konnte das schlechte Wetter ihr nicht die Stimmung verderben. Sie fühlte sich gut. Die beiden vergangenen Abende war sie früh schlafen gegangen, und Alkohol hatte sie nach ihrem letzten Absturz am Mittwoch nicht mehr angerührt. Kurz meldete sich ihr schlechtes Gewissen, denn sie hatte Moni und Sigi bei deren Besuch am Donnerstag angeschwindelt. Es hatte keine ehemaligen Arbeitskolleginnen gegeben, mit denen sie gefeiert hatte. Sie hatte sich nur einsam gefühlt. Und dazu war noch der Druck gekommen, unbedingt den Urlaub genehmigt zu bekommen. Deswegen hatte sie zum Trost und zur Ablenkung mehr getrunken, als es gut für sie war. Doch das würde ihr nicht noch einmal passieren.

Auf den heutigen Abend freute sie sich schon sehr und fragte sich, in welches Lokal Sigi sie ausführen würde. Zudem überlegte sie schon die ganze Zeit, was sie anziehen sollte. Das würde sie am besten ganz spontan beim Blick in ihren Kleiderschrank entscheiden.

Auf dem Weg nach Hause betrat Inge noch eine Telefonzelle und rief ihre Mutter Helga an. Es gab nichts Neues in Niederbayern. Auch der Zustand ihres Vaters, der nach einem schweren Schlaganfall ans Bett gefesselt war, hatte sich weder gebessert noch verschlechtert.

»Jetzt muss ich dich endlich mal in München besuchen kommen, mein Mädchen. Und dann gehen wir zuerst spazieren, und danach essen wir im Hofbräuhaus Weißwürste«, sagte ihre Mutter, obwohl sie beide wussten, dass Helga ihren Mann keinen Tag allein lassen würde.

»Und wir bummeln durch die Läden und suchen einen hübschen Hut für dich«, spann Inge den Plan weiter. Zumindest konnte man davon träumen. Und vielleicht klappte es ja irgendwann doch einmal.

»Einen neuen Hut könnte ich wirklich mal wieder brauchen ... Wir würden uns aber auch freuen, wenn du uns bald wieder besuchen kommst, mein Schatz.«

»In meinem Urlaub im September komme ich auf jeden Fall und bleibe ein paar Tage«, versprach Inge und hätte ihrer Mutter keine größere Freude bereiten können.

Inge überlegte kurz, ob sie von der Fahrt nach Hamburg erzählen sollte. Doch vielleicht wäre es ja eine noch viel größere Überraschung, wenn sie bei ihrem nächsten Besuch die Single-Platte als Geschenk dabeihätte. Und außerdem würde ihre Mutter sich wegen der langen Autofahrt gewiss Sorgen machen. Das wollte sie lieber vermeiden, denn sie hatte schon genügend Belastung mit der Pflege ihres kranken Mannes zusätzlich zur Arbeit auf dem kleinen Hof. Deswegen verlor Inge kein Wort darüber.

Sie unterhielten sich noch kurz über dies und das, dann verabschiedeten sie sich, und Inge machte sich auf den Weg zu ihrer Wohnung.

Sigi stand pünktlich um 19 Uhr vor ihrer Tür, um sie abzuholen. Inge bat ihn noch kurz herein.

»Du siehst sehr hübsch aus, Inge«, machte er ihr ein Kompliment, das sie leicht erröten ließ.

»Vielen Dank.«

Sie hatte sich für eine etwas lässigere Garderobe entschieden und trug zu einer eng geschnittenen beigen Hose einen dunkelblauen gehäkelten Sommerpullover. Zur Sicherheit nahm sie noch eine leichte Jacke mit.

Sigi hatte sich in Schale geworfen und trug einen Anzug mit Krawatte.

»Du siehst aber auch fesch aus«, bemerkte sie.

Er lächelte. »Wenn ich schon mit so einer netten Begleitung ausgehe ...«

»Hier, das ist für dich«, sagte sie und reichte ihm eine Papiertüte.

»Was ist das denn?«

»Schau halt rein!«, empfahl sie mit einem Lächeln.

Er öffnete neugierig die Tasche und holte eine Langspielplatte heraus. »Inge ... Du bist ja verrückt!«

Gestern hatte sie in ihrer Mittagspause in einem kleinen Elektroladen in der Sonnenstraße ein Geschenk für Sigi gekauft: das Album *The Rolling Stones No. 2.* Diese LP hatte schon lange auf seiner Wunschliste gestanden, wusste sie.

»Es ist als Entschuldigung und kleines Dankeschön gedacht, weil ich den Unterricht verschlafen habe und du und Moni extra gekommen seid, um nach mir zu sehen«, erklärte sie.

»Aber, Inge, du musst mir doch deswegen nichts schenken!«, warf er ein.

»Magst du denn die Platte nicht?«

»Doch natürlich, aber ...«

»Bitte kein Aber«, unterbrach sie ihn. »Mach mir doch die Freude, und nimm das Geschenk einfach an.«

Er atmete einmal tief durch. »Na gut. Dann vielen Dank, Inge. Du weißt, wie sehr ich mich darüber freue.«

»Dann habe ich wohl das Richtige ausgesucht. Wohin entführst du mich denn heute?«, wollte sie wissen.

»Nach Schwabing. Nur ein paar Hundert Meter von *Angies Vogelbar* entfernt gibt es ein sehr nettes italienisches Restaurant.«

»Italienisch? Ich liebe Spaghetti!«, schwärmte sie.

»Ich auch. Und später könnten wir noch zu Rita in die Bar gehen, wenn du Lust hast.«

»Sehr gern.«

Eine Dreiviertelstunde später saßen sie in dem kleinen Restaurant an einem Tisch am Fenster, und die Bedienung servierte ihnen Spaghetti mit einer sehr würzigen Hackfleischsoße und dazu einen Bardolino.

»Zum Wohl!«, sagte Sigi, und sie stießen mit den Gläsern an.

»Prost, Sigi!«

Sie hatte sich wirklich vorgenommen, nichts zu trinken, doch Sigi hatte für sie beide bestellt. Und da hatte sie dann doch nicht Nein sagen können.

Der Rotwein war herrlich süffig, und schon nach wenigen Schlucken hatte sich ihr schlechtes Gewissen in Luft aufgelöst. Sie war schon so lange nicht mehr ausgegangen, da wollte sie den Abend einfach genießen.

Sigi gab ordentlich geriebenen Parmesan über seine Nudeln.

»Du auch?«, fragte er.

Sie nickte, und Sigi streute auch ihr Käse über die Spaghetti. »Danke. Ein Löffel reicht.«

Sie begannen zu essen.

»Hm. Die schmecken sehr lecker«, schwärmte sie, und er stimmte ihr zu.

»Irgendwann möchte ich unbedingt wieder einmal nach Italien und dort Spaghetti essen«, sagte sie.

»Du warst schon mal in Italien?«, fragte er interessiert und schob sich eine weitere Gabel mit Nudeln in den Mund.

»Ja, als Kind mit meinen Eltern. Wir waren auf Capri. Ich kann mich zwar nicht mehr an sehr viel erinnern, aber das Meer hat mich schon damals beeindruckt. Und seither sehne ich mich danach, es wiederzusehen.«

Vor zwei Jahren wäre sie mit Bernd im Mai nach Venedig gereist. Sie hatten den Urlaub schon ausführlich geplant und sich ausgemalt, wie sie gemeinsam mit einem Eis über den Markusplatz flanierten und in einer Gondel durch die Lagunenstadt fuhren. Doch zwei Monate vorher war er gestorben und mit ihm auch ihre Reise.

»Ich war leider noch nie am Meer. Mit der Metzgerei konnten meine Eltern niemals länger weg. Wir haben mit der Familie höchstens mal einen Tagesausflug an den Chiemsee gemacht«, verriet Sigi.

»Dort ist es auch sehr schön.«

»Das stimmt.«

»Aber es ist doch kein richtiges Meer. Eine Kollegin war kürzlich in Cattolica, und sie war ganz begeistert«, erzählte Inge.

»Ist das auch in Italien?«

»Ja. Ich glaube, in der Nähe von Rimini. Vielleicht fahre ich nächstes Jahr dorthin«, überlegte sie.

Er griff nach seinem Glas und nahm einen Schluck. Sie tat es ihm gleich.

»Cattolica – vielleicht sollte ich da auch mal hin? Wir könnten ja gemeinsam fahren«, schlug er vor.

Sie spürte, wie ihr Herz plötzlich schneller klopfte. Mit Sigi nach Italien? Eine Vorstellung, die ihr gefiel.

»Ja. Das könnten wir«, sagte sie lächelnd.

Sigi wischte sich den Mund mit der Serviette ab und sah ihr nun direkt in die Augen. »Ich freue mich sehr, dass es heute geklappt hat mit unserer Verabredung. Weißt du, ich wollte unbedingt noch mal mit dir reden, Inge.«

»Worüber denn?«, fragte sie ein wenig nervös. Sie wollte nach ihrem Glas greifen, doch es war leer. Sigi bemerkte es und gab der Kellnerin ein Zeichen, zwei weitere Gläser Wein zu bringen.

»Es geht um unseren Kuss letzte Woche beim Wettbewerb«, fuhr er ein wenig leiser fort, nachdem der Bardolino serviert worden war.

Ach, darum! Hitze schoss in ihre Wangen, und sie spürte, wie sie rot wurde. »Was ist denn damit?«

»Ich hoffe, ich habe dich nicht überrumpelt. Als du am Donnerstag nicht zur Musikstunde kamst, da dachte ich nämlich ...«

»Nein«, unterbrach sie ihn. »Das hast du nicht, Sigi. Wirklich nicht.«

Er griff über den Tisch nach ihrer Hand und drückte sie kurz. »Puh. Da bin ich aber froh. Weißt du, ich kann nämlich nicht garantieren, dass ich das nicht wieder tun werde«, kündigte er mit einem so schelmischen Blick an, dass sie lachen musste.

»Sicher werde ich dich in so einem Fall nicht davon abhalten«, versprach sie.

»Das ist sehr gut zu wissen.«

Die nächste Stunde verging wie im Flug. Sie sprachen über Italien und Musik, über ihre Lieblingssongs und ihre großen Idole. Schließlich beugte Sigi sich zu ihr nach vorn.

»Ich möchte dir heute schon die ganze Zeit etwas sagen. Es geht um unsere Band.«

»Was denn?«

»Stell dir vor, vielleicht bekommen wir die Chance für einen Auftritt im *Big Apple*«, erzählte er mit strahlenden Augen die große Neuigkeit.

Der Tanzclub *Big Apple* war einer der angesagtesten Clubs in der Leopoldstraße.

»Im *Big Apple*? Wirklich? Das wäre ja unglaublich!«, rief Inge.

»Nicht wahr? Aber bitte verrate es niemandem. Es ist zwar wahrscheinlich, dass es klappt, aber nicht ganz sicher. Noch nicht einmal Moni habe ich es gesagt.«

Dass er selbst seine Schwester, mit der er sich ansonsten so gut verstand, bis jetzt nicht eingeweiht hatte, aber dafür nun sie ins Vertrauen zog, überraschte und freute sie.

»Ich werde es bestimmt niemandem verraten, Sigi«, versprach Inge.

»Danke. Charly konnte die Nachricht echt gut brauchen. Seitdem er von Julias Schwangerschaft weiß, steht er etwas neben sich.«

»Wie bitte? Seine Freundin ist schwanger?«, fragte Inge verblüfft.

»Ja. Haben Moni und Peggy Sue dir das noch gar nicht erzählt?«

Sie schüttelte den Kopf.

»Nun ja, die beiden wissen es auch erst seit ein paar Tagen.«

»Peggy Sue habe ich seit Montag nicht mehr gesehen und Moni auch nur kurz, als ihr zusammen bei mir wart.«

»Sicher hätten sie dir das noch erzählt. Jedenfalls wäre ein Auftritt im *Big Apple* eine riesige Sache und eine willkommene Ablenkung für ihn.«

»Charly kann ich mir beim besten Willen nicht als Vater vorstellen«, sagte Inge. »Dich dafür umso mehr.«

Gleich nachdem ihr das herausgerutscht war, hätte sie sich am liebsten auf die Zunge gebissen. Sie wollte nicht, dass er dachte, sie phantasiere schon von einer gemeinsamen Zukunft als Familie. Schließlich waren sie kein Paar und hatten sich erst einmal geküsst.

»Ich meine, weil du auf mich viel zuverlässiger wirkst als Charly«, erklärte sie deswegen rasch.

»Danke!«, sagte er und lächelte. »Allerdings kann ich es mir momentan auch noch nicht vorstellen, eine Familie zu gründen.«

Das war deutlich. War er dann auch nicht an einer festen Beziehung interessiert?

»Wobei ich es auch nicht ausschließen möchte«, fügte er noch hinzu. »Und du? Willst du mal Kinder haben, Inge?«, fragte er wie nebenbei.

Eine schwierige Frage.

»Ehrlich gesagt, bin ich mir da nicht so sicher«, gab sie zu.

»Momentan kann ich mir das vermutlich genauso wenig wie du vorstellen.«

»Aber du schließt es auch nicht aus?«

»Nein.«

Sie griffen gleichzeitig zu den Gläsern. Als sie das bemerkten, lächelten sie.

»Möchtest du vielleicht noch irgendeine Nachspeise?«, fragte er.

»O nein, danke, ich bin pappsatt. Das war eine riesige Portion.«

»Und einen kleinen Schnaps oder Likör zum Abschluss?«, ließ er nicht locker. »Vielleicht einen Limoncello?«

»Na gut. Dazu sag ich nicht Nein.«

Sigi winkte der Bedienung, bestellte zwei Liköre und bat schon mal um die Rechnung.

»Auf den schönen Abend!«, prostete er ihr zu, nachdem er bezahlt hatte.

»Auf den schönen Abend. Und vielen Dank für die Einladung, Sigi.«

»Sehr gern, Inge.«

Nachdem sie das Lokal etwas später verlassen hatten, machten sie sich Hand in Hand auf den Weg zu *Angies Vogelbar*. Doch bevor sie die Treppe zur Kellerbar nach unten gingen, zog er sie ein Stück zur Seite.

»Ich fürchte, ich kann mit dem zweiten Kuss nicht mehr warten«, murmelte er ihr ins Ohr.

Inge spürte ein warmes Kribbeln im Nacken, das sich innerhalb einer Sekunde bis in ihren Bauch ausbreitete.

»Das musst du auch nicht«, flüsterte sie.

Für einen kurzen Moment kam ihr Bernd in den Sinn. Aber Bernd war nicht mehr da. Und er kam nie wieder zurück, egal, wie sehr sie ihn vermisste. Das Leben musste weitergehen, und ihr Körper sehnte sich inzwischen fast schmerzlich nach Küssen, nach Zärtlichkeiten.

Seine Lippen näherten sich den ihren. Ganz langsam. Sie liebte diesen kurzen Augenblick des Versprechens, bevor sich ihre Münder berührten und der Kuss das Versprechen einlöste. Als sie sich schließlich atemlos wieder voneinander lösten, wusste sie nicht, ob der Kuss Minuten oder nur Sekunden gedauert hatte.

»Der zweite Kuss hat mir fast noch besser gefallen als der erste«, murmelte er.

»Wie wird sich dann erst der dritte Kuss anfühlen?«, überlegte sie mit heiserer Stimme.

»Darauf bin ich auch schon sehr gespannt. Jedenfalls sollten wir das bald herausfinden.«

»Unbedingt.«

Er warf einen kurzen Blick zur Eingangstür.

»Sollen wir reingehen?«, fragte er, und Inge hatte den Verdacht, dass er gar nicht mehr so wild darauf war, in die Bar zu gehen, sondern vielleicht lieber zu ihr nach Hause. Doch instinktiv wusste sie, dass sie für mehr als Küsse und Umarmungen noch nicht bereit war.

»Ja, komm«, antwortete sie deswegen. Sie griff nach seiner Hand und zog ihn zur Tür.

Kapitel 8
Peggy Sue

München, 30. und 31. Juli 1966

Peggy Sue drängte sich mit einem Tablett voller benutzter Gläser zur Theke hindurch und stellte es ab.

»Eine Flasche Henkell mit fünf Gläsern, zwei Bier und ein Wasser!«, rief sie Rita über den Lärm der Gäste und der Musik aus der Jukebox hinweg zu.

»Bekommst du gleich.« Rita und ihre Mutter kamen kaum mit dem Einschenken nach.

»Heute ist besonders viel los«, sagte Peggy Sue.

»Seit dem Musikwettbewerb hat es sich herumgesprochen, dass man hier gut feiern kann«, bemerkte Angie und wirkte äußerst zufrieden. »Demnächst möchte ich auch wieder eine Band spielen lassen. Das zieht tatsächlich Leute an.«

»Schaut mal, da kommen Inge und Sigi.« Rita nickte in die Richtung, aus der die beiden sich zur Theke vorarbeiteten.

»Sind die zwei eigentlich jetzt ein Paar?«, wollte Angie wissen.

»Das weiß niemand so genau«, antwortete ihre Tochter und steckte sich eine Zigarette an.

»Ich würde es ihnen gönnen«, sagte Peggy Sue.

»Hallo, du sexy Hübsche. Bekomme ich von dir vielleicht auch noch was anderes als ein Bier?«, säuselte ein angetrunkener Typ anzüglich und fasste Peggy Sue an den Hintern. Sie drehte sich sofort von ihm weg. Rita und die anderen Bedienungen hatten sie vorgewarnt, dass sie mit solchen Situationen rechnen musste. Und er war nicht der Erste, der es versuchte.

»Du kannst es dir aussuchen. Entweder eine Ohrfeige oder einen Rauswurf, wenn du dich nicht sofort zusammenreißt«, fuhr Angie den Mann an.

Er hob beschwichtigend die Hände. »Schon gut, schon gut. Ich wollte sowieso gerade gehen.« Und damit verschwand er durch die Leute in Richtung Ausgang.

»Blödmann!«, schimpfte Rita ihm hinterher.

Den frei gewordenen Platz nahmen Inge und Sigi ein.

»Schön, dass ihr noch gekommen seid«, sagte Peggy Sue erfreut.

Ihr fiel auf, dass beide ein Dauerlächeln im Gesicht hatten. Offenbar wurde es doch ein wenig ernster zwischen ihnen. Sie bestellten ihre Getränke bei Angie. Rita schob Peggy Sue ein volles Tablett hin, und sie brachte den Sekt und das Bier zu Tisch neun.

Der Tisch daneben wurde gerade frei, und sie räumte die Gläser ab, während bereits neue Gäste den Platz einnahmen.

»Das gibt es ja nicht! Peggy Sue?«

Sie erstarrte für einen Moment. Einer der Leute, die sich eben gesetzt hatten, war ihr nur allzu bekannt.

»Gilbert!«

Gilbert Link war einer ihrer Nachbarn in der amerikanischen Siedlung am Perlacher Forst. Er arbeitete in der Mensa im Schulzentrum der Munich American High School in der Cincinnatistraße. Was machte er denn hier? Glücklicherweise erkannte sie keinen seiner drei Begleiter. Und hoffentlich war es umgekehrt genauso.

»Ich dachte, du bist zu Besuch bei Verwandten in Wien?«, fragte er.

»Gilbert, kannst du bitte mal kurz mitkommen?«, bat sie. Sie musste unbedingt mit ihm sprechen. Und das konnte sie nicht hier vor allen Leuten.

»Mitkommen?«, fragte er irritiert, stand dann aber rasch auf. »Natürlich.«

»Ich bin gleich wieder zurück und nehme die Bestellung auf«, rief sie den anderen drei Männern zu.

Der Tisch befand sich nah der kleinen Bühne. Gleich seitlich dahinter war ein Raum, in dem die Getränkevorräte lagerten und die Instrumente und Musikanlage abgestellt waren. Gilbert folgte ihr dorthin. Glücklicherweise hatte sie sich mit dem hilfsbereiten Nachbarn immer gut verstanden, der ihr einmal bei einer Reifenpanne geholfen hatte. Harry hingegen konnte ihn nicht leiden und war seinetwegen mächtig eifersüchtig gewesen.

»Das ist wirklich eine Überraschung, dich hier heute zu treffen«, sagte Gilbert, nachdem sie die Tür geschlossen hatte. »Aber wieso bedienst du denn hier in der Bar?«

»Gilbert. Ich möchte dir nichts vormachen«, kam sie gleich zur Sache und beschloss, ihn nicht anzulügen. »Harry und ich haben eine kleine Ehekrise. Aber wir möchten nicht, dass die anderen das mitbekommen. Du weißt ja, dass dann immer gleich getratscht wird.«

»Allerdings.«

»Deswegen hat er erzählt, dass ich Verwandtschaft besuche. Aber in Wahrheit haben wir uns eine kleine Auszeit genommen, und ich kann hier bei einer Freundin wohnen. Ihrer Mutter gehört diese Bar, und deswegen helfe ich hier aus. Es ist nur vorübergehend. Damit jeder ein wenig nachdenken kann. Natürlich werde ich wieder zu Harry zurückkommen.« Letzteres war eine Lüge, doch das musste Gilbert nicht wissen. »Bis dahin möchte ich dich jedoch bitten, niemandem zu sagen, dass du mich hier gesehen hast. Das würde für Harry und mich alles nur noch schwieriger machen. Könntest du mir diesen Gefallen tun?«

»Aber natürlich, Peggy Sue«, versprach er. »Keiner erfährt ein Wort. Weißt du, ich habe schon auch mitbekommen, dass Harry manchmal nicht ganz einfach ist. Vielleicht ist es ja wirklich gut für euch beide, wenn ihr ein wenig Abstand habt.«

Peggy Sue war erleichtert, dass er so verständnisvoll reagierte. Aber eigentlich hatte sie nichts anderes von ihm erwartet. Trotzdem, auch wenn es diesmal gut gegangen war, bestand die Gefahr täglich, dass jemand sie erkannte und es sich unter den Leuten in der Ami-Siedlung und in der Kaserne herumsprach, dass Harry und sie getrennt waren. Wie Harry darauf reagieren würde, wollte sie sich gar nicht ausmalen. Jedenfalls würde es die Lage verkomplizieren. Doch wenn sie weiterhin hier wohnen wollte, musste sie das Risiko eben eingehen.

»Danke, Gilbert. Das ist sehr nett von dir.« Sie schenkte ihm ein dankbares Lächeln.

»Das mache ich sehr gern, Peggy Sue. Und wenn ich sonst

irgendetwas für dich tun kann, lass es mich bitte wissen«, bot er an.

»Danke!«, sagte sie erneut. »Jetzt muss ich aber wieder arbeiten.«

Sie verließen den Raum, und Peggy Sue nahm die Bestellung auf. Die anderen an seinem Tisch schienen etwas verwundert darüber, dass ihr Begleiter mit der Bedienung kurz verschwunden war, doch Peggy Sue vertraute darauf, dass Gilbert sich etwas einfallen ließ, um das zu erklären.

In den nächsten beiden Stunden kamen nur noch mehr Gäste. Es wurde zur Musik aus der Jukebox getanzt, und die Stimmung war ausgelassen. Leider war nicht viel Zeit geblieben, um ein wenig mit Inge und Sigi zu plaudern. Peggy Sue hatte zwischendurch nur kurz mit Inge ausgemacht, sie am Montag in ihrer Mittagspause vom Modehaus abzuholen. Inge würde eine Runde mit ihrem Auto fahren, damit sie wieder ein wenig Praxis bekäme für die lange Fahrt nach Hamburg. Kurz darauf waren die beiden auch schon verschwunden, ohne dass Peggy Sue sich hatte verabschieden können. Doch sie würde Inge schon morgen Abend bei der Bandprobe sehen.

Als die Gäste schließlich alle gegangen waren und sie und die anderen Bedienungen zusammen mit Rita zumindest grob ein wenig Ordnung in der Bar gemacht hatten, fühlte Peggy Sue sich ziemlich gerädert. Gleichzeitig freute sie sich über das großzügige Trinkgeld, das sie am heutigen Abend bekommen hatte und das sie gut gebrauchen konnte. Sie wusste zwar, dass sie im Notfall auch ihre Eltern bitten könnte, ihr Geld zu schicken, doch dann hätte sie auch von der Trennung erzählen müssen. Und das wollte sie so lange wie möglich hinauszögern. Sie würden in jedem Fall darauf drängen, dass ihre Tochter sofort in die Staaten zurückkäme.

Als Peggy Sue endlich auf dem Klappbett in ihrer kleinen Kammer lag, war sie zwar hundemüde, konnte jedoch nicht einschlafen. Zu viele Gedanken kreisten in ihrem Kopf. Die Begegnung mit Gilbert heute. Die Gefahr, dass ihre Trennung von Harry bald nicht mehr zu verheimlichen war. Und morgen Vormittag würde sie ein weiteres großes Risiko eingehen und sich mit Lillybeth, der Frau eines Kameraden ihres Mannes, treffen, die ihr hoffentlich helfen konnte, Monis Problem zu lösen. Peggy Sue war ganz und gar nicht wohl dabei, trotzdem wollte sie ihre Freundin in der schwierigen Lage nicht allein lassen.

Vor etwa vier Monaten hatte sie durch Zufall bei einem Waldspaziergang, nicht allzu weit von der Siedlung entfernt, ein Gespräch zwischen zwei Frauen mitbekommen, die sich hinter einem Stapel Baumstämmen getroffen hatten. Eine davon war Lillybeth, die andere war ihr unbekannt gewesen. Lillybeth hatte bitter geweint und die andere beruhigend auf sie eingeredet. Peggy Sue hatte nicht vorgehabt, sie zu belauschen und wollte gerade wieder umkehren, da sprach eine der Frauen das Wort *Engelmacherin* aus. Ohne den Begriff jemals gehört zu haben, konnte Peggy Sue sich ausmalen, was er bedeutete und was die verzweifelt heulende Lillybeth vermutlich vorhatte.

In diesem Moment hatte Lillybeth sie entdeckt und war fast zu Tode erschrocken. Die andere Frau hatte sofort das Weite gesucht. Lillybeth hatte sie inständig beschworen, niemandem zu verraten, dass sie das Kind, welches nicht von ihrem Ehemann war, abtreiben lassen wollte. Peggy Sue hatte es ihr versprochen, jedoch erst, nachdem Lillybeth ihr versichert hatte, dass es sich bei der Engelmacherin immerhin um eine erfahrene Hebamme handelte und nicht um irgendeine Pfuscherin.

Eine Woche später hatte sie Lillybeth an der Tankstelle getroffen, blass und mit stumpfem Blick. Die Frauen hatten sich nur zugenickt, aber kein Wort miteinander gesprochen. Und morgen würde sie genau diese junge Frau bitten, ihr den Kontakt zu dieser Hebamme zu geben. Für Moni. Zum hundertsten Mal fragte Peggy Sue sich, ob es richtig war, was sie vorhatte. Doch wenn sie es nicht tat, würde Moni sich irgendwo anders Hilfe suchen oder womöglich sonst eine Dummheit machen. Dessen war sie sich sicher.

Als Peggy Sue endlich eingeschlafen war, quälten sie schlimme Alpträume, in denen sie zusammen mit Moni in einen Käfig gesperrt worden war.

Als sie kurz vor neun Uhr aufwachte, fühlte sie sich wie ausgelaugt. Die anderen schliefen noch. Und so zog sie sich an, legte Rita einen Zettel mit der Nachricht auf den Küchentisch, dass sie sich am Vormittag mit einer Bekannten treffen wolle und vermutlich erst am Nachmittag zurück sein würde.

Glücklicherweise hatte Harry es zähneknirschend zugelassen, dass sie den Wagen mitgenommen hatte. Allerdings hatten sie den Ford Mustang ohnehin mit dem Geld gekauft, das sie von Peggy Sues Eltern zur Hochzeit bekommen hatten. Vor drei Tagen hatte sie Lillybeth angerufen und sie um ein Treffen gebeten. Ihrer Stimme hatte Peggy Sue bereits anhören können, dass sie überhaupt nicht begeistert darüber war. Doch sie hatte zugesagt, sich am Sonntag mit ihr in genau jenem Waldstück zu treffen, in dem Peggy Sue sie damals ungewollt belauscht hatte.

Auch an diesem Tag war das Wetter durchwachsen, und Peggy Sue hatte einen Regenschirm dabei, als sie den Waldweg entlang zum vereinbarten Treffpunkt ging. Es war so friedlich hier. Warum konnte es nicht so auch in ihr sein? Stattdessen war sie angespannt und ängstlich.

Lillybeth wartete schon auf sie und wirkte ebenfalls nervös. Seit ihrer letzten Begegnung schien sie mehrere Pfund zugenommen zu haben, und Peggy Sue fragte sich, ob sie erneut schwanger war, oder ihren Kummer über den Abbruch womöglich mit Essen kompensiert hatte. Sehr glücklich wirkte sie jedenfalls nicht.

»Danke, dass du gekommen bist, Lillybeth«, sagte sie so freundlich wie möglich.

»Es hat ja sehr dringend geklungen, Peggy Sue.«

Peggy Sue spürte, wie ihr Herz schneller schlug und ihr die Kehle eng wurde. Wenn sie es einmal ausgesprochen hatte, konnte sie es nicht mehr zurücknehmen. Brachte sie sich damit in Schwierigkeiten? Aber jetzt war sie schon mal hier. Und Moni brauchte ihre Hilfe, also würde sie das Risiko eingehen.

»Kannst du mir bitte die Adresse dieser Frau geben, bei der du damals Hilfe gefunden hast?« Sie musste nicht aussprechen, was genau sie damit meinte.

»Es war mir klar, dass es darum geht. Diese Geschichte, dass du bei Verwandten bist, die stimmt nicht, oder? Bist du weg von

Harry, weil du schwanger bist? Von einem anderen?«, fragte sie und sah auf Peggy Sues Bauch.

Natürlich ging Lillybeth davon aus, dass es um Peggy Sue ging. Und sicher war es besser, sie in diesem Glauben zu lassen.

»Du kannst dir bestimmt vorstellen, dass das für mich alles nicht so einfach ist«, antwortete sie ausweichend. Es widerstrebte ihr, sie anzulügen. »Ich brauche dringend den Kontakt zu dieser Frau. Bitte, Lillybeth.«

»Na gut. Ich weiß ja selbst, wie schlimm das sein kann. Bernadette ist in Gauting«, verriet sie schließlich und holte einen kleinen Zettel aus ihrer Umhängetasche. »Ich habe schon damit gerechnet und dir ihre Adresse aufgeschrieben. Sie führt zusammen mit ihrer Schwester eine kleine Pension. Du musst einfach hinfahren. Es kann sein, dass du noch am selben Tag drankommst. Aber es kann auch sein, dass du ein anderes Mal wiederkommen musst. Sag Bernadette, dass ich dich geschickt habe.«

»Werde ich.« Peggy Sue nahm den Zettel entgegen.

»Du musst ein Zimmer für eine Nacht mieten. So fällt man dort auch nicht weiter auf. Der Preis für dieses Zimmer beträgt jedoch 200 Mark.«

Peggy Sue nickte. Es war zu erwarten gewesen, dass diese Engelmacherin nicht aus reiner Gutherzigkeit Frauen in Not half.

Peggy Sues Finger zitterten leicht, als sie den Zettel in ihre Tasche steckte. »Danke«, sagte sie schlicht.

»Überlege es dir gut, ob du es wirklich machen willst, Peggy Sue«, sagte Lillybeth leise.

Peggy Sue schluckte und nickte. Diesen Ratschlag würde sie an Moni weitergeben.

In diesem Moment fielen die ersten dicken Tropfen, und gleich darauf begann es heftig zu regnen. Lillybeth hatte keinen Regenschirm dabei. Sie war die Strecke von der Siedlung zum Wald zu Fuß gegangen. Peggy Sue ließ sie mit unter ihren Schirm. Schweigend gingen sie eng nebeneinanderher zu ihrem Wagen.

»Komm, steig ein, ich fahre dich nach Hause«, bot sie Lillybeth an und hoffte, dass bei diesem Wetter die Leute nicht draußen waren und sie in ihrem Wagen somit nicht auffiel.

In der Cincinnatistraße ließ sie Lillybeth aussteigen, dann fuhr sie rasch in Richtung Schwabing zurück.

Inzwischen war es Mittag, und Rita, Angie und Josefine saßen schon am Esstisch. Obwohl sie sich wegen dem, was sie getan hatte, schlecht fühlte, begann ihr Magen beim verlockenden Duft von Brathähnchen und Blaukraut vernehmlich zu knurren.

»Du kommst gerade richtig, Peggy Sue«, sagte Josefine mit einem Lächeln und holte einen Teller für sie aus dem Schrank.

»Danke, Finni.«

»Du hast dich mit einer Bekannten aus der Siedlung getroffen?«, fragte Rita.

»Ja. Sie ist eine der wenigen dort, die weiß, wie es zwischen mir und Harry steht.«

»Gibt es etwas Neues von ihm?«, wollte Angie wissen und gab eine Hähnchenkeule auf ihren Teller.

»Nein. Und ehrlich gesagt, bin ich auch ganz froh darüber«, sagte Peggy Sue.

»Ich auch.« Rita reichte ihr die Schüssel mit Blaukraut.

Peggy Sue hatte vorher noch nie Brathähnchen mit Blaukraut und Kartoffelknödeln gegessen, aber diese Kombination fand sie ziemlich lecker.

»Es schmeckt sehr gut«, lobte sie die Köchin.

»Danke. Das freut mich!« Finni nickte ihr lächelnd zu.

»Was hältst du davon, wenn wir für Moni einen Geburtstagskuchen für die Bandprobe heute Abend backen?«, schlug Rita vor.

»Eine gute Idee«, fand Peggy Sue.

»Wie alt wird sie denn?«, wollte Finni wissen.

»Einundzwanzig«, antwortete Rita.

»Dann seid ihr ja fast gleich alt, du und Moni«, sagte Angie.

»Wisst ihr was? Ich nähe für Moni gleich noch schnell ein Haarband. Ich habe einen Rest von einem bronzefarbenen Satinstoff, der wird ihr bestimmt gut stehen zu den roten Haaren«, sagte Finni.

»Und von mir bekommt sie eine Flasche Sekt«, sagte Angie.

»Leider habe ich es völlig verschwitzt, ein Geschenk für sie zu besorgen.« Peggy Sue war zu sehr damit beschäftigt gewesen, Moni mit einer anderen Sache zu helfen. Außerdem konnte sie es sich derzeit nicht leisten, auch nur einen unnötigen Pfennig auszugeben.

»Das macht doch nichts. Der Kuchen ist dann eben von uns beiden«, schlug Rita vor.

Kapitel 9
Monika

München, 31. Juli 1966

An Monikas 21. Geburtstag saß die ganze Familie bei Schweinebraten und Schnitzel zu Mittag im Gasthof Rennerl in Haidhausen. Allerdings gingen die Fischers auch ohne Anlass jeden Sonntag nach dem Gottesdienst abwechselnd in eine der Gastwirtschaften, die sie mit der Metzgerei belieferten. »Um die Geschäftsverbindungen zu pflegen«, wie Monikas Mutter Maria stets betonte. Gleichzeitig hatte sie dadurch wenigstens einen Tag in der Woche, an dem sie nicht für alle in der Küche stehen musste.

Zu dem besonderen Anlass heute war auch Marias Tante Gundi eingeladen, was die pensionierte Lehrerin sichtlich genoss. Mit ihrer mageren Pension kam sie gerade mal so über die Runden und konnte es sich selbst nicht leisten, in einem Wirtshaus zu essen. Monika hingegen wäre viel lieber zu Hause geblieben. Sie konnte dieser sonntäglichen Tradition ohnehin schon lang nichts mehr abgewinnen. Immer mehr hatte sie das Gefühl, gar nicht mehr richtig dazuzugehören, fehl am Platz zu sein. Das war nicht das Leben, das sie führen wollte.

Sigi schien das alles entspannter zu nehmen. Doch er kam sowieso immer nur dann mit, wenn es ihm in den Kram passte. Außerdem musste er nicht wie Monika die ganze Woche schon Zeit mit der Familie im Betrieb verbringen. Auch wenn seine Mutter es überhaupt nicht gern sah, so hatte er sich mit seinem Berufswunsch durchgesetzt und verdiente sich seinen Lebensunterhalt als Musiklehrer. Und zudem setzte er alles daran, mit Charly's Beatboys bekannt zu werden.

Genau das wollte auch Monika. Ihren eigenen Weg gehen und nur noch Musik machen. Sie hoffte so sehr, dass ihre Tage im elterlichen Betrieb gezählt waren und sie ihren Traum bald leben konnte.

»Schmeckt es dir nicht, Moni?«, riss Ursi sie aus ihren Gedanken.

Während die anderen schon fast alle aufgegessen hatten, lag auf ihrem Teller noch mehr als die Hälfte ihres Schnitzels. Auch die Bratkartoffeln hatte sie kaum angerührt.

»Doch. Ich hab nur nicht so viel Hunger«, antwortete sie.

»Du lässt das aber nicht zurückgehen, oder?«, fragte Tante Gundi. »Ansonsten würde ich es mit nach Hause nehmen.«

Tante Gundi hatte für solche Gelegenheiten immer ein zusammengefaltetes Stück Pergamentpapier in ihrer Handtasche. Darin wickelte sie das Fleisch dann ein, um es am nächsten Tag zu essen.

»Du kannst es gern haben, Tante Gundi«, sagte Monika, die ihre Großtante sehr mochte. Gundi war eine feinsinnige und auch humorvolle Frau, die wegen ihres Berufs auf eine eigene Familie verzichtet hatte. Das Lehrerinnenzölibat hatte es ihr lange Jahre verboten, zu heiraten, als es ihr dann schließlich erlaubt gewesen wäre, war es für sie zu spät gewesen, um noch eigene Kinder zu bekommen. Und auch ein passender Mann war ihr wohl nicht mehr vergönnt. Doch Gundi haderte nicht mit ihrem Schicksal als alleinstehende Frau. Zu sehr hatte sie ihren Beruf als Lehrerin geliebt. Und noch jetzt gab sie regelmäßig Nachhilfeunterricht in Mathematik und Latein. Auch Ursi kam einmal in der Woche zu ihr.

Monika schob Gundi den Teller hin.

»Danke, Moni. Das lasse ich mir morgen Mittag schmecken«, sagte die alte Dame und schlug das Schnitzel in das Papier ein, ehe sie es in ihre Handtasche steckte.

»Lasst uns noch alle zur Feier des Tages auf unsere Monika ein Geburtstagsschnäpschen trinken«, schlug Monikas Vater mit einem Lächeln in Richtung seiner Tochter vor und winkte der älteren Bedienung.

»Eine Runde Obstler bitte, Resi. Aber für die Ursi nur halb einschenken.«

»Freilich. Bring ich euch gleich, Maxl«, sagte sie zu Monis Vater, der hier im Wirtshaus öfter mit seinen Freunden Schafkopf spielte.

»Aber erst müssen Albert und ich euch noch was Wichtiges mitteilen«, sagte Astrid plötzlich und setzte ihr zuckersüßes Lächeln auf, das immer ein wenig falsch wirkte und das Monika überhaupt nicht leiden konnte.

»Das können wir doch auch noch später machen, Schatz«, meinte Albert.

»Aber jetzt passt es doch gut, wo wir alle so schön zusammen sind«, entgegnete sie.

»Was habt ihr zwei uns denn zu sagen?«, fragte Maria neugierig.

Monika wollte es am liebsten gar nicht wissen.

»Es gibt wunderbare Neuigkeiten«, begann Astrid und griff nach Alberts Hand. Um die Spannung zu steigern, ließ sie sich ein paar Sekunden Zeit, bis sie herausplatzte: »Maria und Max, ihr werdet im Frühling Großeltern. Wir bekommen ein Kind.«

Diese Nachricht schlug am Tisch tatsächlich wie eine Bombe ein. Mit einem Mal war der Geburtstag Nebensache. Und natürlich hatte Astrid genau das beabsichtigt, sonst hätte sie einen anderen Zeitpunkt gewählt, mutmaßte Monika.

Die Eltern strahlten, und auch Gundi, Sigi und Ursi freuten sich mit den beiden. Nur Monika hatte das Gefühl, weglaufen zu müssen. Sie zitterte beinahe, und ihre Hände waren auf einen Schlag eiskalt geworden. Während hier die Nachricht über ein Baby gefeiert wurde, durfte von ihrer eigenen Schwangerschaft niemand erfahren. Ihr wurde speiübel.

Die Bedienung brachte den Schnaps. Astrid gab ihren gleich an Albert weiter mit den Worten: »Das darf ich ja jetzt nicht mehr.«

Monika hätte ihn zur Beruhigung ihrer Nerven am liebsten getrunken. Doch sie schob ihren Obstler weiter zu Sigi.

»Na, dann stoßen wir alle mal auf diese großartige Nachricht an!«, sagte Max und hob sein Glas. Auch er schien in diesem Moment des Glücks als werdender Großvater Monikas Geburtstag vergessen zu haben.

»Willst du nicht auch auf deine Schwägerin und deinen Bruder anstoßen, Monika?«, ermahnte ihre Mutter sie, als alle außer ihr die Gläser erhoben hatten.

Ich muss raus!

Ohne eine weitere Erklärung rutschte Monika mit ihrem Stuhl zurück und eilte hinaus. Keine Sekunde hätte sie es länger am Tisch ausgehalten. Sicherlich würde sie sich deswegen später eine Standpauke ihrer Mutter anhören müssen, aber das war ihr jetzt alles völlig egal.

Zehn Minuten später war sie zu Hause und rannte, immer zwei Stufen auf einmal nehmend, die Treppen nach oben in ihr kleines Zimmer unter dem Dach. Erschöpft warf sie sich aufs Bett. Ihr Herz trommelte wild gegen ihre Brust, und sie hatte das Gefühl, keine Luft mehr zu bekommen. Sie versuchte, so ruhig wie möglich zu atmen, bis es ihr langsam wieder besser ging. Trotzdem war ihr immer noch elend zumute. Zum tausendsten Mal wünschte sie sich, diese verdammte Nacht mit Charly hätte es nie gegeben.

Die erwartete Ermahnung ihrer Mutter ließ nicht allzu lang auf sich warten. Maria kam nur selten ganz nach oben in Monikas Zimmer, und schon allein das zeigte, wie verärgert sie war.

»Dein Benehmen Astrid und Albert gegenüber ist unmöglich«, kam sie sofort zum Punkt. »Ich habe keine Ahnung, was mit dir los ist, Monika, aber so, wie du dich verhältst, werde ich das nicht länger dulden.«

»Es tut mir leid, mir ging es vorhin nicht gut«, zwang Monika sich zu sagen, in der Hoffnung, dass ihre Mutter schnell wieder verschwinden und sie ihre Ruhe haben würde.

Doch Maria ließ sich davon nicht besänftigen. Im Gegenteil. Das war erst der Anfang gewesen.

»Dir ging es nicht gut? Das hättest du auch sagen können und nicht einfach so verschwinden müssen. Die beiden hatten so eine wunderbare Nachricht für uns, und du hast den schönen Moment ruiniert. Als hättest du es mit Absicht gemacht! Außerdem geht es mir nicht nur um heute. Du bist ständig respektlos deiner Schwägerin gegenüber. Von Anfang an hast du es Astrid schwer gemacht, dabei versucht sie alles, um sich mit dir anzufreunden. Inzwischen glaube ich fast, dass du neidisch auf sie bist, weil sie mit deinem Bruder so glücklich ist.«

Obwohl sie eigentlich nichts dazu hatte sagen wollen, konnte Monika das nicht auf sich sitzen lassen.

»Ich? Neidisch?« Sie lachte auf. »Worauf denn bitte schön? Außerdem täuschst du dich gewaltig in ihr«, redete sie sich in Rage. »Astrid ist alles andere als die nette junge Schwiegertochter, für die du sie hältst. Sie ist berechnend, rechthaberisch, und sie will ganz sicher nicht mit mir befreundet sein, sondern mich bevormunden. Sie scheut nichts, um mir das Leben schwer zu machen. Aber du, du willst das ja nicht sehen und hältst immer nur zu ihr. Und ich habe keinen blassen Schimmer, warum du dich von dieser blöden Kuh so um den Finger wickeln lässt.«

Für einige Sekunden herrschte Stille. Der Blick ihrer Mutter war eisig geworden, und Monika wusste, sie war zu weit gegangen, auch wenn sie jedes Wort genau so gemeint hatte.

»Wie kannst du es wagen, so mit mir zu sprechen?«, fragte Maria empört.

Monika wusste keine Antwort darauf, hielt jedoch ihrem Blick stand.

»Keine Ahnung, wann du dich so verändert hast. Ich habe dich ganz gewiss nicht so erzogen«, erklärte Maria und warf dann einen Blick auf die Gitarre. »Vielleicht ist es wegen dieser schrecklichen Musik. Und überhaupt, mit wem du dich jetzt herumtreibst. Mit einem Barmädchen und einer Ausländerin, die von ihrem Mann weggelaufen ist! Das ist doch kein Umgang für die Tochter einer anständigen Metzgerfamilie.«

»Lass Rita und Peggy Sue aus dem Spiel, Mutter. Die haben damit überhaupt nichts zu tun!«, entgegnete Monika aufgebracht.

»Ich und dein Vater hätten dir das von Anfang an verbieten sollen.«

»Ich bin doch kein kleines Kind mehr!«

»Ach ja? Dann benimm dich nicht wie eines«, fuhr Maria sie an. »Heute Nachmittag bei Kaffee und Kuchen möchte ich dich nicht dabeihaben. Ich lasse es nicht zu, dass du Astrid erneut brüskierst, schließlich bekommt sie ein Baby. Unser erstes Enkelkind.«

Dass ihre Mutter sie ausgerechnet an ihrem Geburtstag ausgeladen hatte, verletzte Monika, auch wenn sie bis eben nicht scharf auf den Nachmittagskaffee gewesen war. Doch viel mehr als das tat es ihr weh, dass Maria sich wieder einmal auf Astrids Seite geschlagen hatte, die dazu auch noch schwanger war. Genau wie Monika, die es ihrer Mutter jedoch nicht sagen konnte.

»Und dein Geburtstagsgeschenk bekommst du auch erst, wenn ich sehe, dass du dich endlich wieder benehmen kannst und dich bei Astrid entschuldigt hast«, fügte die Mutter noch hinzu.

»Darauf könnt ihr alle lange warten. Und deine Geschenke kannst du dir an den Hut stecken«, schleuderte Monika ihr entgegen. »Auf die Bettwäsche und Handtücher für die Aussteuer kann ich verzichten. Heiraten tu ich sowieso nicht.«

Maria sah sie schockiert und auch enttäuscht an.

»Das glaube ich inzwischen auch. Leider«, sagte sie schließlich. »Wer möchte schon mit einer solchen Frau wie dir verheiratet sein.«

Damit verließ sie das Zimmer.

Monika schloss die Augen und versuchte, sich wieder zu beruhigen. Doch plötzlich kullerten Tränen über ihre Wangen, die sie trotzig wegwischte. Die Worte ihrer Mutter hatten sie mehr getroffen als erwartet. Vor allem aber ärgerte sie sich über sich selbst. Warum hatte sie nicht einfach die Klappe gehalten und sich entschuldigt? Dann wäre es gar nicht erst so weit gekommen. Doch es gärte schon länger in ihr, dass Maria ständig Partei für Astrid ergriff und Monika kritisierte. Aber warum war ihr das eigentlich so wichtig? Warum regte sie sich so darüber auf? Ihre blöde Schwägerin könnte ihr doch vollkommen egal sein. Oder beneidete sie Astrid etwa tatsächlich darum, glücklich und zufrieden zu sein, obwohl sie ein Leben führte, wie es Monika nie führen wollte? Oder interpretierte sie da zu viel hinein, und es ging einfach nur darum, dass sie sich gegenseitig nicht riechen konnten? Immerhin hatten auch Sigi und Ursi ihre Probleme mit Astrid, und sogar ihr Vater hatte sie schon einmal ermahnt. Nur ihre Mutter konnte Astrids wahres Wesen nicht sehen.

Doch sie wollte jetzt nicht weiter darüber nachdenken. Und hierbleiben wollte sie auch nicht. Wenn ihre Mutter sie schon nicht beim Kaffee dabeihaben wollte, dann verbrachte sie den Nachmittag lieber mit Menschen, die sie mochte.

Sie zog das Kleid aus, das sie extra ihrer Mutter zuliebe zum Essen getragen hatte, pfefferte es in die Ecke und schlüpfte in ihre geliebten Denim Jeanshosen und in einen Pulli. Dann holte sie ihren Notizblock mit den Songtexten und das Kuvert mit dem Plattenvertrag aus der Schublade und steckte alles in ihre große Umhängetasche. Auf dem Weg nach unten klopfte sie bei Sigi, um ihm zu sagen, dass sie zu Rita gehe, doch ihr Bruder war nicht da. Vermutlich verputzte er gerade in der Wohnung der Eltern ein großes Stück Käsekuchen, zusammen mit dem Rest der Familie, die alle – glücklich über Astrids Schwangerschaft – um die Wette strahlten.

»Wir haben nicht damit gerechnet, dass du so früh kommst, Moni. Jetzt haben wir leider noch keine Überraschung für dich«, sagte Rita eine halbe Stunde später, als sie in der Küche der Haslingers am Tisch saßen. Bis auf Finni, die hatte noch etwas in ihrer Schneiderwerkstatt zu tun.

»Der Geburtstagskuchen für dich ist nämlich noch im Backofen«, erklärte Peggy Sue.

»Ihr backt extra einen Kuchen für mich?«, fragte sie gerührt.

»Ja. Dauert aber leider noch.«

»Aber das macht doch nichts«, winkte Monika ab. »Hauptsache, es stört nicht, dass ich hier bin.«

Vom Streit mit ihrer Mutter würde sie ihnen nicht erzählen. Sie wollte das jetzt nicht noch mal aufwärmen und die Stimmung verderben.

»Natürlich störst du nicht!«, beteuerte Angie und ging zum Kühlschrank. Sie holte eine Flasche Sekt heraus und stellte sie vor Monika auf den Tisch.

»Der ist für dich, Moni. Alles Gute zum Geburtstag. Ich hoffe, es macht nichts, dass kein Schleifchen dran ist. Ich bin noch nicht dazu gekommen.«

»Das ist lieb, Angie. Ich freue mich auch ohne Schleife. Vielen Dank.«

»Sollen wir die Flasche vielleicht gleich schon öffnen, um auf dich anzustoßen?«, schlug Angie vor.

»Meinetwegen muss das nicht sein«, winkte Monika ab.

»Für mich ist es jetzt auch zu früh. Außerdem haben wir heute noch eine wichtige Probe vor uns«, erinnerte Peggy Sue.

»Na gut, dann nicht.« Angie zuckte mit den Schultern und steckte sich eine Zigarette an.

Monika bemerkte, dass Peggy Sue ihr immer wieder Blicke zuwarf. Offenbar gab es Neuigkeiten, und sie konnte es kaum mehr erwarten, sie zu erfahren. Sie bräuchten einen Vorwand, um für kurze Zeit ungestört miteinander zu sprechen. Im Moment fiel ihr jedoch keiner ein.

»Habt ihr eure Verträge schon unterschrieben?«, fragte sie stattdessen.

Rita nickte. »Ja, also nicht ich, sondern Mama natürlich.«

»Ich habe bisher noch nicht unterschrieben«, sagte Peggy Sue. »Ehrlich gesagt ist mir noch nicht ganz wohl dabei, weil ich ja gar nicht weiß, wie lang ich überhaupt noch hier sein werde. Meint ihr nicht, es gäbe Probleme, wenn ich zurück nach Amerika gehe? Im Vertrag steht nämlich, dass bei einer erfolgreichen Veröffentlichung der Single eine nachfolgende LP der Monaco Birds ausschließlich mit der Firma von Martin Adam herausgebracht werden darf.«

»Darüber habe ich mit Martin lange gesprochen«, informierte Angie sie. »Der weiß ja von deiner besonderen Situation, Peggy Sue. Und er meinte, das würde für den Vertrag jetzt keine Auswirkung haben. Wenn es eine nachfolgende LP mit den Monaco Birds geben sollte, hoffen wir natürlich alle, dass du noch hier sein wirst. Oder vielleicht kannst du im Notfall sogar dafür auch aus Amerika anreisen. Das müsste man später noch abklären. Aber falls es dir überhaupt nicht möglich sein sollte, wird Martin nach einem Ersatz für dich suchen müssen.«

»Peggy Sue kann man doch nicht einfach ersetzen«, warf Rita ein.

»Es wäre wirklich schade, weil deine Stimme so besonders ist, Peggy Sue«, sagte Monika.

»Das wusstet ihr aber von Anfang an«, erinnerte sie Peggy Sue.

»Schon. Aber vielleicht bist du ja noch länger hier«, meinte Rita, die Hoffnung ihrer Mutter aufgreifend.

Peggy Sue zuckte mit den Schultern. »Das hoffe ich auch. Wirklich. Mal sehen, wie sich alles entwickelt.«

»Also unterschreibst du den Vertrag?«, hakte Monika noch mal nach.

»Wenn das mit Martin so besprochen ist?«

Angie nickte.

»Na gut. Ich weiß ja, wie wichtig es euch ist. Und ich möchte das ja auch.«

»Danke, Peggy Sue. Es ist mir wirklich unglaublich wichtig.« Für Monika war es die einzige Chance, dem ungeliebten Leben im elterlichen Betrieb bald zu entfliehen.

Sie holte einen Stift und das Kuvert mit den Verträgen aus ihrer Tasche und legte ein Exemplar auf den Tisch. »Das ist die Ausführung, die wir alle vier unterzeichnen müssen. Ich hab schon unterschrieben.« Sie schob den Vertrag zuerst zu Angie. »Und fest drücken, damit man alles auf den Durchschlägen erkennen kann.«

Angie lächelte. »Keine Sorge, liebe Moni, das krieg ich hin.« Sie blätterte kurz durch die Seiten und unterschrieb schließlich schwungvoll auf der letzten Seite. Dann schob sie den Vertrag zu Peggy Sue, die nach einem kurzen Zögern ebenfalls ihren Namen daruntersetzte.

»Danke. Jetzt muss nur noch Inge unterschreiben«, sagte Monika zufrieden und steckte den Vertrag vorsorglich wieder ins Kuvert.

In diesem Moment kam Finni ins Zimmer. »Wusste ich es doch, dass ich vorhin deine Stimme gehört habe, Moni. Alles Gute zum Geburtstag wünsche ich dir.«

»Vielen Dank.«

»Und schau, das ist für dich.«

Sie lächelte und reichte ihr ein hübsch eingewickeltes Päckchen.

»Aber das wäre doch nicht nötig gewesen«, sagte Monika ein wenig verlegen und spürte erneut, wie ihr Tränen in die Augen schossen. Zurzeit war sie wirklich sehr nah am Wasser gebaut. Ihre eigene Mutter hatte sie von der Familienfeier ausgeschlossen, ihr das Geburtstagsgeschenk vorenthalten, und hier waren alle so herzlich zu ihr und hatten sogar Kuchen gebacken!

»Es ist ja nur eine Kleinigkeit«, winkte Finni ab und setzte sich zu ihnen an den Tisch.

»Aber dass du überhaupt an mich gedacht hast ...« Monika öffnete das Päckchen und staunte über das bronzefarbene Haarband, das sie herausnahm.

»Das ist ja hübsch, Finni. So eine tolle Farbe. Vielen Dank! Das muss ich gleich mal anprobieren.« Sie zog das hellblaue Haarband, das sie getragen hatte, herunter und ersetzte es durch das neue Satinband.

»Das sieht toll aus zu deinen roten Haaren«, schwärmte Rita, und die anderen stimmten ihr zu.

»Muss ich mir anschauen!«, sagte Monika und ging in den Flur. Dort hing neben der Garderobe ein Spiegel. Das Band stand ihr wirklich gut.

Peggy Sue war ihr hinausgefolgt und stellte sich neben sie.

»Wir müssen unbedingt reden. Ich habe eine Adresse, an die wir uns wenden können«, flüsterte sie Monika zu, bevor sie ins Badezimmer verschwand.

Es ist so weit!

Während Monika wieder zurück in die Küche ging, überlegte sie fieberhaft, wie sie es anstellen konnte, mit Peggy Sue allein zu sein, ohne dass es auffällig war. Plötzlich hatte sie eine Idee. Sie musste nur noch warten, bis Peggy Sue zurückkam.

»Ich mache uns jetzt mal eine Kanne Kaffee. Wie lange braucht denn der Kuchen noch?«, fragte Finni.

Rita sah auf die Uhr. »Noch etwa fünf Minuten, Oma. Dann muss er aber erst noch abkühlen.«

»Wir haben noch Kekse da.« Angie öffnete ein Fach neben dem Kühlschrank und holte eine Packung Prinzenrolle heraus, die sie auf den Tisch legte.

»Die gehen auch«, meinte Finni und bediente sich schon mal mit einem gefüllten Doppelkeks.

»Wollt ihr auch?« Sie hielt ihnen die Packung entgegen, doch alle schüttelten den Kopf.

Inzwischen kam Peggy Sue aus dem Badezimmer zurück und setzte sich.

»Ach du meine Güte!«, rief Monika plötzlich.

»Was ist denn?«, fragte Rita.

»Ich habe völlig vergessen, bei Tante Gundi die Blumen zu gießen. Die ist für ein paar Tage verreist«, schwindelte Monika. »Hoffentlich gehen die nicht kaputt.«

»Soll ich dich schnell mit dem Auto hinfahren?«, bot Peggy Sue sofort an.

»Wenn dir das nichts ausmacht?«

»Aber nein.«

»Das wäre sehr nett.«

»Dann warten wir mit dem Kaffee noch, bis ihr wiederkommt«, sagte Finni. »Bis dahin ist auch der Kuchen abgekühlt.«

»Wir beeilen uns.«

Als sie aufstand, bemerkte Monika den Blick, den Rita ihr zuwarf. Täuschte sie sich, oder entdeckte sie darin Misstrauen? Hatte Rita irgendeinen Verdacht geschöpft? Oder hatte Peggy Sue ihr womöglich doch etwas erzählt?

»Weiß Rita von meiner Schwangerschaft?«, fragte sie sofort, als sie und Peggy Sue im Wagen saßen.

»Aber nein! Ich habe niemandem was gesagt, Moni. Darauf kannst du dich verlassen.« Peggy Sue startete den Mustang.

»Gut. Ich dachte nur, weil sie mich vorhin so seltsam angeschaut hat.« Monika zog die Stirn kraus.

»Vielleicht ist das nur das schlechte Gewissen, weil wir sie angeschwindelt haben«, mutmaßte Peggy Sue.

»Hoffentlich.«

Falls jemand aus dem Fenster der Haslinger-Wohnung sah, fuhren sie zur Sicherheit mit dem Wagen bis zur Kaulbachstraße und parkten dort, um sich zu unterhalten. In Monikas Eingeweiden rumorte es. An der Miene ihrer Freundin erkannte sie, dass es ernst wurde. Peggy Sue wirkte nervös und drehte an ihrem goldenen Ehering, den sie immer noch trug.

»Also, die Bekannte, von der ich dir erzählt habe, hat mir eine Adresse gegeben. Die Frau, die dir helfen kann, führt mit ihrer Schwester eine kleine Pension in Garching. Dort wird ...«, sie zögerte kurz. »... dort wird die Sache passieren.«

Monika nickte. Ihr Mund war völlig ausgetrocknet, und sie konnte kaum schlucken.

»Man kann keinen Termin vereinbaren, sondern muss einfach hinfahren. Wenn sie Zeit hat, kommt man gleich dran. Wenn nicht, muss man ein anderes Mal wiederkommen. Zur Tarnung muss man ein Zimmer für eine Nacht mieten. Der Preis dafür beträgt 200 Mark«, wiederholte Peggy Sue, was Lillybeth ihr gesagt hatte.

Wieder nickte Monika nur. Das war nicht so viel, wie sie erwartet hatte. Das Geld würde sie von ihrem Sparbuch abheben.

Peggy Sue griff nach ihrer Hand. »Bitte überlege es dir gut, ob du es wirklich machen möchtest, Moni«, sagte sie leise.

Monikas Herz trommelte wie wild. Sie hatte schreckliche Angst davor, die endgültige Entscheidung zu fällen, obwohl sie diese eigentlich schon längst getroffen hatte. Sie konnte nicht das Kind eines Mannes bekommen, der nichts von ihr wollte und der bald eine andere Frau heiraten würde, die auch ein Kind von ihm bekam. Außerdem würde sie als alleinerziehende Mutter ihren großen Traum aufgeben müssen. Sie wäre auf die Hilfe der Eltern angewiesen und müsste weiterhin ein Leben führen, das sie jetzt schon kaum mehr aushielt.

»Könntest du mich dorthin fahren, Peggy Sue?«, bat sie leise.

»Wenn du das wirklich möchtest.«

»Ich möchte nicht, aber ich muss. Am liebsten so bald wie möglich.«

»Noch vor Hamburg?«

»Jeder weitere Tag würde es nur schlimmer für mich machen.«

»Das verstehe ich. Für morgen habe ich mit Inge schon ausgemacht, dass sie in der Mittagspause mit meinem Wagen fährt, um zu üben. Aber am Dienstag können wir gleich in der Früh fahren.«

»Danke.«

Sie würde sich eine Ausrede einfallen lassen müssen, dass sie am Dienstag nicht in der Metzgerei arbeiten konnte. Aber das war ihr kleinstes Problem. Plötzlich überkam Monika eine seltsame Ruhe. Sie hatte die Entscheidung getroffen und auch schon einen Zeitpunkt vereinbart, an dem es passieren sollte. In wenigen Tagen würde alles überstanden sein.

Kapitel 10
Rita

München, 31. Juli 1966

Nachdem Moni und Peggy Sue zurückgekommen waren, gab es Kaffee und den noch lauwarmen Schokoladenkuchen. Moni gab sich zwar fröhlich, aber auf Rita wirkte das etwas gekünstelt. Peggy Sue schien nachdenklich zu sein, und Rita fragte sich erneut, was die beiden für ein Geheimnis teilten. Dass Moni bei ihrer Tante gewesen war, um die Blumen zu gießen, glaubte sie keine Sekunde lang. Doch wie sollte sie ihre Freundin darauf ansprechen, ohne dass es peinlich wurde? Am besten wäre es, es einfach zu ignorieren, auch wenn es Rita schwerfiel.

Plötzlich klingelte es an der Wohnungstür. Rita ging hinaus und öffnete.

»Leyla!«, rief sie überrascht, als ihre Bedienung vor der Tür stand. Leyla war vor zwei Wochen wegen einer Blinddarmoperation ausgefallen.

Rita bat die junge Türkin herein.

»Ich möchte nicht lang stören«, sagte sie mit starkem Akzent. »Ist deine Mutter auch da? Ich muss kurz mit euch sprechen.«

Angie hatte sie schon gehört und kam aus der Küche.

»Leyla. Geht es dir immer noch nicht so gut?«, fragte sie besorgt. In der Woche zuvor hatten Rita und ihre Mutter sie im Krankenhaus besucht, und da war Leyla noch etwas angeschlagen gewesen.

»Doch, doch. Es geht schon langsam besser, danke.«

»Trotzdem musst du dich sicher noch eine Weile lang schonen. Komm mit in die Küche, es gibt Kaffee und Kuchen«, schlug Angie vor.

»Ich mache es lieber kurz. Es tut mir sehr leid, aber ich kann nicht mehr zum Bedienen in die *Vogelbar* kommen. Meine Mutter hatte einen Unfall und ist schwer verletzt. Es kann lange dauern, bis sie sich erholt hat. Sie braucht mich und meine Schwester, wir gehen zurück in unsere Heimat.«

»Das mit deiner Mutter tut mir sehr leid«, beteuerte Rita aufrichtig.

»Mir auch. Und auch, dass du hier nicht mehr arbeiten kannst. Du hast das wirklich immer sehr gut gemacht. Aber ich verstehe natürlich, dass deine Familie dich braucht«, sagte Angie. »Und ich wünsche euch alles Gute.«

Rita umarmte Leyla. »Ich werde dich vermissen.«

»Ich euch auch«, sagte die Türkin und seufzte. »Euch und München. Es hat mir so gut gefallen hier.«

Bei der Arbeit hinter der Theke hatten Rita und Leyla immer wieder mal Gelegenheit gehabt, sich zu unterhalten. Dabei hatte die junge Türkin Rita einmal verraten, dass es ihr größter Traum sei, hier in München zu bleiben, einen lieben Mann zu finden und vielleicht irgendwann einmal eine eigene kleine Reinigung zu betreiben. Doch dieser Traum war für Leyla nun leider ausgeträumt.

»Wer weiß. Vielleicht kommst du ja doch irgendwann zurück«, sagte Rita hoffnungsvoll.

Aber Leyla schüttelte den Kopf. »Ich glaube nicht, dass das passieren wird.«

»Moment, Leyla«, sagte Angie und verschwand kurz in ihrem Zimmer. Gleich darauf kam sie wieder und reichte Leyla einen Fünfziger. Den hatte sie aus dem kleinen Tresor im Schrank geholt, in dem immer mehrere Hundert Mark Bargeld als eiserne Reserve aufbewahrt waren.

»Aber nein, das kann ich doch nicht annehmen«, winkte die Türkin ab.

»Doch. Das kannst du, und das wirst du«, beharrte Angie. »Es ist mein kleines Dankeschön für deine Arbeit hier.«

Inzwischen hatten auch Finni, Moni und Peggy Sue mitbekommen, dass Leyla gekündigt hatte. Auch sie verabschiedeten sich von ihr und wünschten ihr alles Gute.

Als Leyla schließlich weg war, gingen die fünf Frauen wieder in die Küche.

»Jetzt, da Leyla nicht mehr kommen wird, hoffe ich sehr, dass du weiterhin noch bei uns arbeiten wirst«, sprach Angie Peggy Sue an.

»Ich helfe euch sehr gern, solange es mir möglich ist«, versprach diese.

»Und natürlich kannst du auch weiterhin hier wohnen, falls dir die kleine Kammer nicht auf Dauer zu eng ist.«

»Inzwischen habe ich mich an meine Schuhschachtel gewöhnt«, meinte Peggy Sue, und sie lachten.

Rita war hin und her gerissen. Sie freute sich, dass Peggy Sue weiterhin blieb. Gleichzeitig wurde es für sie von Tag zu Tag schwerer, sie ständig in ihrer Nähe zu wissen und sich ihre Gefühle nicht anmerken zu lassen.

Am späten Nachmittag gingen sie in die Kellerbar und holten die Instrumente und die Anlage aus dem Abstellraum und stellten sie auf der Bühne auf. Inge kam wenig später dazu. Als Geburtstagsgeschenk hatte sie für Monika das Album *Turn! Turn! Turn!* von The Byrds dabei.

»Dein Bruder hat mir verraten, dass du die LP noch nicht hast.«

»Mensch, Inge, das ist ja lieb von dir«, sagte Moni. »Vielen Dank.«

»Schon gut. Schließlich wird man doch nur einmal einundzwanzig.«

»Sag mal, Inge, hast du deinen Vertrag dabei?«, wollte Moni wissen.

»Oh, tut mir leid, den hab ich daheim liegen lassen. Aber unterschrieben habe ich ihn schon.«

»Dann unterschreibe bitte den hier gleich mal hier.«

Moni holte den Vertrag aus ihrer Tasche, den bereits Angie für Rita, Peggy Sue und sie selbst unterschrieben hatten.

»Tadaaa! Vielleicht unterzeichnen wir hier den Vertrag für die beste Single aller Zeiten«, rief Inge vergnügt und setzte schwungvoll ihren Namen neben die der anderen.

Überhaupt wirkte sie ziemlich aufgekratzt. Bei der Probe war sie heute besonders gut, was allen auffiel. Und auch Peggy Sue hatte sich offenbar die Worte von Linda Greyston zu Herzen genommen und ging richtig aus sich heraus.

Die erste Stunde konzentrierten sie sich ausschließlich auf die beiden Songs, die sie in Hamburg aufnehmen würden.

»Hört sich gar nicht übel an«, fand Moni, als sie eine kleine Pause machten.

»Nicht übel? Wir sind toll!«, korrigierte Inge sie.

»Ich finde auch, dass es heute richtig gut läuft. Ich denke, es reicht, wenn wir vor der Fahrt nach Hamburg nur noch einmal eine kurze Probe machen. Vielleicht am Samstagnachmittag?«, schlug Peggy Sue vor.

»Sehe ich auch so«, sagte Rita, und auch die anderen stimmten dem Vorschlag zu.

»Und wenn wir wieder zurück sind, sollten wir so schnell wie möglich die neuen Lieder ausprobieren, die ich geschrieben habe«, sprudelte es aus Moni hervor. »Wir müssen unbedingt genügend eigene Songs für ein ganzes Programm haben.«

»Ja. Sonst können wir vergessen, auch mal woanders aufzutreten«, kam es von Rita. »Und wenn die Single draußen ist, dann sollten wir auf jeden Fall bereit sein.«

»Während der Fahrt nach Hamburg und zurück haben wir viel Zeit, um das alles in Ruhe zu besprechen«, meinte Peggy Sue.

Nach der Pause spielten sie alle Stücke, die sie bisher in ihrem Repertoire hatten und wiederholten auch noch ein letztes Mal die beiden Titel für die Single. Plötzlich trat jemand vor die Bühne und applaudierte.

»Ihr macht das wirklich richtig gut, Mädchen!«

Gerald!

»Was machst du denn hier?«, fragte Rita verblüfft und stand rasch vom Schlagzeug auf. Ihr Herz schlug plötzlich schneller.

»Oben war die Tür nicht abgesperrt.«

»Aber auf dem Schild draußen steht: Sonntag und Montag Ruhetag«, sagte sie.

»Trotzdem bin ich froh, dass ich heruntergekommen bin und euch unbemerkt zuhören konnte«, sagte ihr Vater mit einem charmanten Lächeln.

»Schön, dass unsere Musik Ihnen gefällt«, sagte Inge, und auch Moni schien sich über sein Lob zu freuen. Nur Peggy Sue hielt sich zurück. Im Gegensatz zu den anderen hatte sie über ihn schon einiges im Hause Haslinger erfahren.

»Aber jetzt hast du uns gehört und solltest besser wieder gehen«, bat Rita ihn. Einerseits freute es sie natürlich, dass er ihre Musik mochte, anderseits war ihr ganz und gar nicht wohl dabei, dass er einfach so die Bar betreten hatte. Zukünftig mussten sie darauf achten, oben abzusperren, wenn sie probten.

»Ich geh ja gleich. Aber kann ich vielleicht diesen letzten Song noch einmal hören?«, bat er. »Den finde ich ganz besonders gut.«

Er meinte *She loves the world.*

»Klar!«, rief Inge vergnügt.

»Aber danach musst du gehen«, drängte Rita.

»So machen wir das«, versprach Gerald.

Sie legte erneut mit dem schwungvollen Lied los, doch diesmal war Rita nicht ganz so konzentriert und kam sogar einmal aus dem Rhythmus. Die Anwesenheit ihres Vaters brachte sie durcheinander, außerdem befürchtete sie, dass ihre Mutter plötzlich auftauchen könnte. Und dann würde es mächtig Ärger geben – darauf hatte sie so gar keine Lust, vor allem nicht vor ihren Freundinnen.

Nachdem die letzten Töne verklungen waren, applaudierte Gerald erneut. »Es macht wirklich großen Spaß, euch zuzuhören ... Wann habt ihr denn euren nächsten Auftritt?«

»Momentan haben wir noch keinen. Wir brauchen erst ein komplettes Programm. Wir haben bisher nur Songs für eine Dreiviertelstunde. Und das sind nicht mal ausschließlich Lieder von uns«, erklärte Moni, nahm ihre Gitarre ab und legte sie in den Koffer.

»Das reicht aber allemal für einen kleinen Gastauftritt in einem Club. Oder als Vorband. Wer kümmert sich denn bei euch um die Gigs?«, erkundigte er sich.

»Was sind denn Gigs?«, wollte Inge wissen.

»Auftritte«, erklärte Gerald.

»Das kann eine von uns machen. Am besten Moni«, überlegte Rita.

Gerald stemmte die Hände in die Hüften und schüttelte den Kopf. »Also, das sag ich euch gleich, so wird das nicht funktionieren. Wenn ihr die Sache ernst nehmen wollt, braucht ihr jemanden, der das für euch macht. Eine Art Manager.«

»Das wäre wohl ein wenig übertrieben«, sagte Peggy Sue.

»Vielleicht kommt euch das im Moment so vor. Aber wenn ihr nicht nur hier in der *Vogelbar*, sondern auch woanders auftreten wollt, dann muss das jemand anleiern, der gute Kontakte hat und sich auskennt«, ließ Gerald nicht locker.

»Verkehrt wäre es vermutlich nicht! Wir selbst kennen ja sonst keine Wirte und Veranstalter«, warf Moni ein.

»Also, ich wüsste da jemanden, der das für euch machen könnte.«

»Wen denn?«, fragte Moni.

»Mich.«

Bitte was?

»Dich? Du willst das machen?«, fragte Rita völlig perplex.

»Ich hab mal eine Weile als Handelsvertreter gearbeitet und kann gut mit Menschen umgehen. Wichtig ist ein selbstsicheres Erscheinen, wenn man mit den Wirten oder sonstigen Veranstaltern redet. Und genau darin bin ich gut.«

Selbstsicher schien er tatsächlich zu sein. Rita wusste nicht, was sie dazu sagen sollte.

»Und ich kenne einige Wirte in München, die ich überreden könnte, euch auftreten zu lassen.«

»Auch jemanden vom *Big Apple*?«, fragte Inge neugierig.

»Vielleicht.« Er grinste. »Hey, ich wäre wirklich gern euer Manager.«

»Wir brauchen keinen Manager. Zumindest jetzt noch nicht«, sagte Rita entschlossen.

»Jede gute Band braucht einen guten Manager«, erklärte Gerald. »Was wären die Beatles ohne Brian Epstein? Jetzt komm schon, Rita. Ich würde mich gern darum kümmern. Und da ich dein Vater bin, braucht ihr auch keine Sorge zu haben, dass ich euch übers Ohr hauen könnte.«

Rita gefiel das nicht. Er drängte sich gerade viel zu schnell und viel zu sehr in ihr Leben. Dabei war er für sie immer noch ein Fremder. Sie hatte ihn erst einmal einfach nur ein wenig kennenlernen wollen.

»Lasst es uns doch versuchen. Was soll schon schiefgehen?« Er lächelte.

Sicher hatte er mit diesem Lächeln und dem Blick aus seinen blauen Augen schon viele Frauen zu irgendwas überreden können, ging es Rita durch den Kopf.

»Ich könnte mich bereits heute Abend ein wenig umhören, wo es Möglichkeiten gibt für ein paar Gigs. Und natürlich würde ich für euch eine Gage aushandeln.«

»Das musst du wirklich nicht tun«, sagte Rita, die sich inzwischen regelrecht bedrängt fühlte und nicht wusste, wie sie ihn wieder loswerden sollte.

»Vielleicht sprechen wir von der Band erst einmal allein und ganz in Ruhe über den Vorschlag«, kam Peggy Sue Rita zu Hilfe.

In diesem Moment entdeckte Gerald den Vertrag, der auf einem Tisch lag und griff ungefragt danach.

»Vater!«, protestierte Rita und realisierte, dass sie ihn zum ersten Mal so angesprochen hatte. Gleichzeitig hätte sie es am liebsten zurückgenommen, weil es sich nicht richtig anfühlte.

»Ich hoffe, ihr habt den Vertrag ordentlich geprüft. Wenn ihr möchtet, kann ich noch mal einen Blick drauf werfen und ...«

Nun wurde es Rita zu viel. Sie nahm ihm die Blätter aus der Hand. Und auch Moni schien die Sache inzwischen nicht mehr zu gefallen, wenn sie ihren Blick richtig deutete.

»Darum hat meine Mama sich bereits gekümmert, das muss dich nicht interessieren. Und überhaupt – du wolltest nur noch ein Lied hören und danach gehen. Das Lied hast du gehört, also ...«

Er zuckte mit den Schultern, machte aber immer noch keine Anstalten zu verschwinden. »Rita, solche Verträge muss man ernst nehmen. Nichts gegen deine Mutter, aber ich bin nicht blind und habe beim Wettbewerb gesehen, dass sie diesem Musikproduzenten schöne Augen macht. Da ist sie doch gar nicht in der Lage, so einen Vertrag vernünftig zu beurteilen.«

»Mama ist ganz bestimmt nicht naiv. Die weiß schon, was sie tut.« Auf ihre Mutter würde sie ganz bestimmt nichts kommen lassen.

»Trotzdem. Da du noch nicht einundzwanzig bist, bin ich als dein Vater auch für dich verantwortlich. Ja, ich habe vielleicht in den letzten Jahren viel versäumt. Aber jetzt bin ich da, und ich werde es nicht zulassen, dass man dich womöglich übervorteilt.«

Warum hörte sich das nicht fürsorglich, sondern eher bedrohlich an? Rita fröstelte es plötzlich.

»Wann sind denn diese Plattenaufnahmen in Hamburg, die ihr gewonnen habt?«

»In zwei Wochen«, sagte Peggy Sue rasch. »Wir fahren in zwei Wochen nach Hamburg ins Studio.«

»Wann genau?«

»Am 14. August.«

Weder Inge noch Moni korrigierte diese falsche Information, und Rita war sehr erleichtert darüber.

»Vielleicht sollte ich euch dahin begleiten. Jemand muss auf dich achtgeben, mein Mädchen. Eigentlich auf euch alle. Hamburg ist ein heißes Pflaster«, warnte er.

»Wir können gut auf uns selbst aufpassen«, beteuerte Peggy Sue.

»So wie an der Isar, als die Männer euch bedrängt haben?«, erinnerte er sie an den Vorfall, bei dem er ihnen zu Hilfe gekommen war.

»Das war etwas anderes«, warf Rita ein. »Wir hätten das sicher auch ohne dich geschafft.«

»Vielleicht. Aber in einer Hafenstadt wie Hamburg geht es noch mal ganz anders zu. Ihr habt ja keine Ahnung!« Er lachte trocken auf.

»Wir schaffen das schon. Außerdem wird uns mein Bruder begleiten. Sie müssen sich keine Umstände machen«, schwindelte nun auch Moni, ohne mit der Wimper zu zucken. »Und jetzt würden wir vier gern wieder allein sein.«

Gerald schien es nicht ganz zu passen, wie Moni mit ihm sprach. Doch er sah wohl ein, dass es Zeit war zu verschwinden.

»Na gut. Aber ihr solltet wirklich über meinen Vorschlag nachdenken. Als Manager könnte ich euch von großem Nutzen sein.«

»Wir werden das besprechen«, versprach Peggy Sue.

»Gut. Ich melde mich in ein paar Tagen wieder bei euch.« Er wandte sich noch mal an Rita. »Und du sag deiner Mutter einen Gruß. Sie kann mir nicht ständig ausweichen.«

Damit drehte er sich um und verschwand.

Einige Sekunden lang standen alle nur ganz still da, und keine sagte ein Wort.

»Er wird auf keinen Fall unser Manager werden!«, platzte es aus Rita schließlich heraus, und sie zündete sich eine Zigarette an.

»Natürlich nicht!«, sagte Moni. »Ich fand seinen Vorschlag

zwar zuerst gar nicht mal so verkehrt. Ein Manager, der sich um die Auftritte kümmert, wäre wirklich sinnvoll. Aber als er dann anfing, dass er jetzt für dich verantwortlich sei, weil du noch nicht einundzwanzig bist und er sogar mitkommen möchte nach Hamburg – da schrillten bei mir alle Alarmglocken.«

»Das war wirklich ein wenig seltsam. Bis vor Kurzem kanntest du ihn ja noch nicht einmal«, meinte Inge.

»Er darf auf keinen Fall erfahren, wann es tatsächlich nach Hamburg geht; nicht, dass er uns doch noch begleiten möchte«, sagte Peggy Sue.

»Von uns wird es ihm bestimmt niemand auf die Nase binden«, versprach Inge. »Und wenn er jetzt glaubt, dass Sigi mitfährt, wird er das vermutlich sowieso nicht mehr vorhaben.«

»Ehrlich gesagt, bin ich mir dessen nicht so sicher«, befürchtete Moni.

Rita blies nervös den Zigarettenrauch aus. »Wenn Mutter das erfährt, wird sie an die Decke gehen.«

»Musst du es ihr denn sagen?«, fragte Inge.

»Du hast recht. Vielleicht besser nicht«, antwortete Rita, die jedoch noch eine andere Frage beschäftigte. »Er kann sich doch nicht wirklich in meine Angelegenheiten einmischen, weil ich noch nicht volljährig bin, oder?«

»Bis zu deinem Geburtstag im Oktober ist es ja nicht mehr so lange«, meinte Moni.

»Da er nie da war, war meine Mama immer für mich zuständig. Und ihr kennt sie ja, die war schon immer ganz unkompliziert und hat alles locker und nicht so genau genommen. Auch was meine Arbeit in der Bar betraf. Trotzdem haben sie und

Oma immer gut auf mich aufgepasst. Da muss er sich jetzt auf einmal bestimmt nicht einmischen.«

»Hm. Ich weiß auch nicht. Als dein Vater könnte er schon was zu sagen haben«, gab Inge nun doch zu bedenken.

»Aber wenn es um die Monaco Birds geht, dann hat er es mit uns allen zu tun. Wenn wir ihn nicht wollen, dann kann er gar nichts machen«, sagte Moni entschlossen.

»Er könnte Rita jedoch verbieten, mit nach Hamburg zu fahren«, merkte Peggy Sue an.

»Das soll er mal versuchen!«, zischte Rita und drückte energisch die Zigarette aus.

»Aber warum sollte er das denn machen? Da hat er doch nichts davon«, warf Inge ein. »Womöglich machen wir uns unnötig Gedanken. Vielleicht hat er einfach nur ein schlechtes Gewissen, weil er nie für Rita da war, und meint jetzt, er müsse doch noch beweisen, dass er ein guter Vater ist.«

»Das könnte auch möglich sein!«, stimmte Moni ihr zu.

Rita hoffte, dass es tatsächlich nur das war. Trotzdem hatte sie ein ungutes Gefühl. Ihre Mutter war sehr deutlich gewesen, als sie Rita vor dem Umgang mit ihrem Vater gewarnt hatte, auch wenn sie es bis vorhin nicht so ganz ernst genommen hatte. Sicher hatte sie dafür ihre Gründe. Und was versprach er sich überhaupt davon, sich jetzt so plötzlich in ihr Leben einzumischen? Die väterliche Fürsorge nahm sie ihm nicht ab. Der Wunsch, sich mit ihm allein zu treffen, um mehr über ihn und seine Vergangenheit zu erfahren, hatte sich jedenfalls in Luft aufgelöst.

Kapitel 11
Inge

München, 31. Juli und 1. August 1966

Das seltsame Auftauchen von Ritas Vater hatte der guten Stimmung einen ordentlichen Dämpfer verpasst. Dabei war Inge heute so euphorisch zur Probe gekommen. Verantwortlich dafür war der schöne Abend mit Sigi am Tag zuvor. Zuerst das Essen in dem netten italienischen Lokal, dann noch ein paar ausgelassene Stunden in *Angies Vogelbar*. Sogar miteinander getanzt hatten sie. Nachdem er sie in der Nacht zurück nach Hause begleitet hatte, hatten sie sich erneut lange geküsst. Fast hätte sie ihn gefragt, ob er mit zu ihr in die Wohnung kommen wolle. Doch es war noch nicht ganz der richtige Zeitpunkt gewesen, wieder hatte sie etwas vor diesem letzten Schritt zurückgehalten. Trotzdem machte sie sich nichts vor: Sie hatte sich in Sigi verliebt, und auch er schien bereits etwas mehr für sie zu empfinden. Vermutlich war es auch ganz vernünftig, dass sie es langsam angehen ließen und nichts übereilten.

Die eigentliche Überraschung jedoch hatte es heute Vormittag gegeben. Bei einem Spaziergang waren ihr Herr und Frau Vilsinger begegnet, die den Gottesdienst besucht hatten und aus der Michaelskirche gekommen waren. Inge hatte die Gelegenheit beim Schopf gepackt, ihren ganzen Mut zusammengenommen und noch einmal gefragt, ob sie nicht doch die beiden Tage freihaben könne. Dabei betonte sie, dass ihre Kollegin Katharina sich bereit erklärt hatte, für sie einzuspringen. Zusätzlich würde sie sogar auf einen ihrer Urlaubstage verzichten, die sie noch übrig hatte. Damit hatte sie den beiden den Wind aus den Segeln genommen. Während Frau Vilsinger sich noch ein wenig geziert hatte, hatte ihr Mann den Urlaub genehmigt. Überglücklich war Inge zurück in ihre Wohnung spaziert. Zur Feier des Tages hatte sie sich am Nachmittag einen Piccolo gegönnt, dann noch einen zweiten, eine Platte aufgelegt und zur schwungvollen Musik von Peter Kraus getanzt. In dieser Stimmung war sie zur Probe der Monaco Birds gekommen. Es war auch alles gut gelaufen, bis dieser Gerald sich als ihr Manager aufdrängen wollte.

»Wollen wir die Instrumente und die Anlage wegräumen, uns danach noch ein wenig zusammensetzen und auf den Geburtstag von Moni anstoßen?«, riss Rita sie aus ihren Gedanken.

»Na klar!«, rief Inge. Da sie heute schon Sekt getrunken hatte, kam es auf ein weiteres Glas nun auch nicht mehr an.

»Für mich bitte nur Wasser«, bat Moni. »Ich muss morgen wieder früh raus.«

»Ein kleines Glas Wein würde ich schon nehmen«, sagte Peggy Sue.

Gemeinsam verstauten sie die Sachen im Abstellraum, dann schenkte Rita für alle ein. Als sie gerade auf das Wohl von Moni anstießen, hörten sie auf der Treppe Schritte.

»Mist. Wir haben immer noch nicht abgesperrt. Er wird doch

nicht noch mal zurückkommen?« Rita sah ihre drei Freundinnen erschrocken an.

Doch nicht Gerald, sondern Sigi betrat die Bar. Inge spürte, wie ihr Herz bei seinem Anblick vor Freude ein wenig schneller klopfte.

»Grüß euch!«, sagte Sigi und kam zu ihnen an den Tisch. Dabei schenkte er Inge ein besonderes Lächeln.

»Komm setz dich, Sigi. Magst du auch ein Glas Wein?«, fragte Rita.

»Gern.«

»Was machst du denn hier?«, fragte Moni, während Rita ein Glas holte und einschenkte.

»Ich wollte vor allem nach dir sehen. Nachdem du beim Mittagessen so plötzlich abgehauen bist und dann auch nicht zu unseren Eltern zum gemeinsamen Kaffee kommen wolltest, dachte ich ...«

»Moment. Wie kommst du darauf, dass ich nicht dabei sein wollte?«, unterbrach Moni ihn.

»Mutter hat gesagt, dass du dich nicht wohlfühlst und lieber auf deinem Zimmer bleiben möchtest. Aber als Ursi dir später ein Stück Kuchen bringen wollte, warst du nicht da. Und weil ich wusste, dass ihr heute noch proben wolltet, hab ich mir gedacht, dass du vielleicht schon früher hergekommen bist.«

Moni schüttelte ungläubig den Kopf. »Das hat Mutter gesagt?« Sie lachte kurz auf. »Was für eine Lüge! Sie hat mir ausdrücklich verboten, nach unten zu kommen.«

»Sie hat es dir verboten? Ach komm! Doch nicht an deinem Geburtstag?«, fragte Sigi ungläubig.

»Glaub es mir ruhig. Sie wollte nicht, dass ich die heilige Astrid mit meiner Anwesenheit verletzen könnte!«

Inge fiel auf, wie bitter Moni klang. Aber wenn Maria sie tatsächlich an ihrem Geburtstag nicht beim Kaffee dabeihaben wollte, war das allerdings ein starkes Stück.

»Nun ja. Ich mag Astrid auch nicht besonders, das weißt du, Moni. Aber ein wenig gemein hast du dich schon verhalten, als sie uns verkündet hat, dass sie und Albert ein Kind bekommen. Ich meine, du bist einfach aufgesprungen und verschwunden, ohne etwas zu sagen.«

»Sie bekommt ein Baby?«, fragten Inge und Peggy Sue wie aus einem Munde.

»So verwunderlich ist das auch wieder nicht. Sie sind ja schon eine Weile verheiratet. Da kann man mit so einer Nachricht rechnen«, entgegnete Sigi.

»Zurzeit sind ganz schön viele schwanger. Charlys Freundin Julia, meine Nachbarin Margit und jetzt auch noch Astrid«, zählte Inge auf.

»Eben! Astrid muss nicht so tun, als ob sie etwas Besonderes wäre, nur weil sie ein Kind bekommt«, sagte Moni barsch. Irgendwie schien sie heute tatsächlich nicht sonderlich gut gelaunt zu sein. »Außerdem ging es mir beim Mittagessen wirklich nicht gut«, fügte sie noch hinzu.

»Bitte mach dir doch nicht immer so viele Gedanken um Astrid. Sie gehört nun einmal jetzt zu unserer Familie. Das müssen wir alle hinnehmen«, empfahl Sigi seiner Schwester.

»Das sagt sich so einfach, wenn man selbst nicht täglich mit ihr hinter der Theke stehen und sie ertragen muss.«

»Dann kannst du um ihre Schwangerschaft nur froh sein. Im nächsten Jahr wird sie länger ausfallen. Und solange das Kind noch so klein ist, wird sie auch nicht den ganzen Tag im Laden sein können. Dann hast du wieder Ruhe vor ihr. Und sogar Mutter wird erkennen, wie wichtig du bist für die Metzgerei.«

So wirklich erleichtert schien Moni trotzdem nicht zu sein.

»Jetzt komm, schon. Lächle, Schwesterchen. Wir trinken auf dich und deinen Geburtstag!«

»Auf Moni!«

Sie stießen alle auf ihr Wohl an und plauderten noch eine Weile. Doch der gemeinsame Abend endete nur wenig später. Moni war nicht mehr in der Stimmung, ihren Geburtstag zu feiern und meinte, dass sie sich nicht so wohlfühle. Sie sah tatsächlich sehr blass aus.

Eigentlich hatte Inge gehofft, dass Sigi sie wieder nach Hause begleiten würde, doch er zog sie zur Seite. »Es tut mir leid, Inge. Ich hatte gedacht, wir hätten heute noch ein wenig Zeit für uns. Aber ich mache mir etwas Sorgen um Moni und bringe sie jetzt besser heim.«

»Das verstehe ich«, sagte Inge.

Die nächsten Tage würden sie sich nicht sehen können, weil beide viel zu tun hatten. Aber am Donnerstag hatte Inge wieder Musikunterricht, und anschließend wollten sie ins Kino gehen. Sie drehten sich von den anderen weg und gaben sich rasch einen Kuss.

»Wir wissen sowieso alle längst, dass zwischen euch etwas läuft«, feixte Rita, als er und Moni weg waren. »Ihr braucht nicht so heimlich zu tun.«

»Aber es ist alles noch ganz frisch, und ich weiß gar nicht, wie das weitergehen wird«, murmelte Inge verlegen und spürte, wie sie rot wurde. »Manchmal frage ich mich tatsächlich, ob es nicht doch zu früh ist. Aber mit Sigi und auch mit euch fühlt sich das Leben für mich endlich wieder lebenswert an.«

Peggy Sue legte ihr einen Arm um die Schultern. »Mach es in dem Tempo, das für dich richtig ist, Inge. Und schau nach vorn«, empfahl sie.

»Außerdem hast du jedes Recht, glücklich zu sein«, ergänzte Rita.

»Vergiss nicht, dass wir morgen Mittag eine Runde mit meinem Wagen drehen«, erinnerte Peggy Sue Inge, als sie ein wenig später oben vor dem Eingang zur Bar standen und Rita abschloss.

»Vergesse ich nicht«, versicherte ihr Inge. »Hoffentlich kann ich es noch einigermaßen.«

»Das hoffe ich auch«, meinte Peggy Sue mit einem Stirnrunzeln. »Der Wagen muss nämlich heil bleiben, sonst kommen wir nicht nach Hamburg.«

Inge hätte sich überhaupt keine Gedanken machen müssen. Obwohl sie schon länger nicht selbst Auto gefahren war, hatte sie nichts verlernt. Im Gegenteil. Es machte ihr große Freude, am Steuer von Peggy Sues Ford Mustang durch die Münchner Straßen zu kurven. Die Leopoldstraße hinunter, vorbei am Siegestor in die Ludwigstraße. Dann ging es durch die Stadt bis zur Theresienwiese und schließlich wieder zurück in die

Neuhauser Straße, wo ihre kleine Spritztour zu Ende war. Inge stieg aus und Peggy Sue nahm erneut den Platz auf der Fahrerseite ein.

»Danke, Peggy Sue, das hat wirklich Spaß gemacht!«, sagte Inge.

»Mir auch. Du fährst ziemlich sicher und konzentriert. Ich bin froh, dass du mich bei der Fahrt nach Hamburg immer wieder mal ablösen kannst. Zu zweit schaffen wir die lange Strecke auch ohne längere Pausen.«

»Das kriegen wir sicherlich hin.«

»Dann noch einen schönen Nachmittag im Geschäft, Inge«, verabschiedete sich Peggy Sue.

»Danke. Bis bald.«

Nachdem Peggy Sue losgefahren war, holte Inge sich beim Bäcker noch eine Brezel, die sie auf dem Weg zum Modegeschäft rasch aß.

Am Nachmittag war es etwas ruhiger in ihrer Abteilung. Während sie einige Sachen aussortierte, um sie an den Ständer mit reduzierten Einzelteilen zu hängen, reifte in ihr plötzlich eine Idee. Es hatte ihr heute so viel Spaß gemacht, mit dem Auto zu fahren, dass sie überlegte, einen Teil des Geldes von Bernds Lebensversicherung vom Sparkonto abzuheben, um sich einen gebrauchten Kleinwagen zu kaufen. Natürlich kam sie in München auch ohne ein eigenes Fahrzeug zurecht, aber manchmal wäre es schon praktisch, so mobil zu sein. Sie könnte Ausflüge in die Umgebung machen oder zu ihrer Mutter nach Niederbayern fahren. Oder sogar eine Reise nach Italien unternehmen. Vielleicht sogar zusammen mit Sigi?

Der Gedanke ließ sie nicht mehr los. Sie würde Charly darauf ansprechen, der in der Autowerkstatt seines Onkels arbeitete, in der es auch Gebrauchtwagen zu kaufen gab.

»Inge?«

Sie drehte sich um. Hinter ihr stand ihre Kollegin Kathi, die normalerweise in der Abteilung für Trachtenmode im zweiten Stock arbeitete.

»Kathi! Ich war schon zweimal bei dir oben, aber du hattest jedes Mal Kundschaft. Ich möchte mich noch mal herzlich bedanken bei dir, dass du für mich einspringst.«

Erst jetzt bemerkte Inge ihre betretene Miene. »Kathi, was ist denn?«

»Es tut mir wirklich sehr leid, Inge. Aber leider können wir den Urlaub doch nicht tauschen.«

»Was?«, fragte Inge erschrocken. »Aber die Vilsingers haben mir das doch schon genehmigt.«

»Du hast sie schon gefragt?«, fragte Kathi ein wenig erschrocken.

»Ja. Und für sie geht es in Ordnung. Du kannst das doch nicht jetzt wieder zurücknehmen!« Panik kroch in Inge hoch.

»Aber ich muss. Und ich überlege schon den ganzen Tag, wie ich es dir am besten beibringen soll. Ich weiß ja, dass der Urlaub sehr wichtig für dich ist. Aber ich kann trotzdem nicht für dich einspringen.«

Inge schluckte schwer. »Aber du hast es mir fest versprochen, Kathi.«

»Ja. Und ich wollte das auch für dich tun. Aber als ich es meinem Mann gesagt habe, war der so richtig sauer. Er kann seinen Urlaub nicht verschieben, und deswegen fehlen uns zwei gemeinsame Tage.«

»Zwei Tage, das ist doch nicht so viel. Ihr fahrt ja noch nicht einmal weg«, warf Inge ein.

»Für ihn schon.«

»Das kannst du mir nicht antun. Bitte, Kathi!«, drängte Inge verzweifelt.

Kathi wich ihrem Blick aus und murmelte: »Er war vor allem verärgert, weil ich es vorher nicht mit ihm abgesprochen hatte. Und wenn ich jetzt trotzdem für dich arbeite, dann wird er mir das übel nehmen und ständig vorhalten. Damit wäre unser ganzer Urlaub versaut, Inge.«

Inge atmete einmal tief ein und aus. Das konnte doch nicht wahr sein! Sie hatte sich so gefreut, dass sie ihre Chefs doch noch hatte überreden können, und jetzt das.

»Kann ich nicht mit ihm sprechen und es ihm erklären?«, schlug Inge vor.

»O nein. Das würde gar nichts helfen, sondern ihn nur noch mehr verärgern.«

Inge hätte am liebsten losgeheult. Aber diese Blöße wollte sie sich nicht vor ihrer Kollegin geben.

»Ich gehe jetzt zu Frau Vilsinger. Gewiss wird die sich auch wundern, warum ich vorher zugesagt habe und jetzt wieder zurückrudere.«

»Soll ich jetzt vielleicht auch noch Mitleid mit dir haben?«, fragte Inge patzig.

»Ich kann es verstehen, dass du enttäuscht bist. Aber du verstehst hoffentlich auch, dass ich nicht anders kann?«

Nein. Das konnte sie nicht verstehen. Aber es half alles nichts. Kathi würde sich nicht mehr überreden lassen, und Inge stand vor demselben Problem wie zuvor. Nur, dass sie diesmal keine Hoffnung mehr hatte, dass sie eine weitere Chance bekäme, die freien Tage doch noch zu bekommen. Trotzdem würde sie mit ihren drei Freundinnen nach Hamburg fahren. Koste es, was es wolle.

Kapitel 12
Peggy Sue

München, 1. August 1966

Nach der kleinen Spritztour mit Inge machte Peggy Sue noch ein paar Erledigungen für Angie und Finni. Sie lieferte Vorhänge aus, die Finni für eine Steuerkanzlei in der Thalkirchner Straße genäht hatte, und holte in der Apotheke Bullrichsalz, welches Finni ab und zu gegen Sodbrennen nahm. Danach fuhr sie zur Metzgerei Fischer, um Rindfleisch für die Gulaschsuppe zu kaufen, die Angie für die Bar kochen wollte. Außerdem sollte sie noch Aufschnitt für Wurstsemmeln und Schinken für Hawaii-Toasts mitbringen, die es heute zum Abendessen geben sollte.

Als sie die Metzgerei betrat, war sie enttäuscht, als nur Astrid hinter der Theke stand, die einen jungen Mann in einem ausgewaschenen Blaumann mit zahlreichen Ölflecken bediente.

»Guten Tag, Peggy Sue«, sagte Astrid, als sie an die Reihe kam. Sie war höflich, aber nicht freundlich.

»Ist Moni heute nicht da?«

»Sie musste kurz zur Bank ... Was darf's denn sein?«

»Zwei Kilo gemischtes Gulasch bitte.«

»Am Stück oder geschnitten?«

»Geschnitten bitte.«

Während Astrid ein geeignetes Stück Fleisch auf das Schneidebrett legte und nach dem Messer griff, kam Moni zur hinteren Tür herein.

»Peggy Sue!«, rief sie überrascht. »Was machst du denn hier?«

»Die Einkäufe für Angie.«

»Wenn du eine Pause machen möchtest, kann ich hier weitermachen«, sagte Moni zu ihrer Schwägerin.

»Wie du meinst.« Astrid legte das Messer zur Seite, mit dem sie begonnen hatte, das Fleisch in kleine Stücke zu schneiden, und verließ den Laden.

»Wie ist denn die Stimmung bei euch?«, fragte Peggy Sue, als sich die Tür hinter Astrid geschlossen hatte.

»Es herrscht ein wackeliger Waffenstillstand«, erklärte Moni knapp. »Was brauchst du denn?«

Peggy Sue wiederholte ihre Bestellung, und Moni griff nach dem Messer, um das Fleisch zu schneiden.

»Wie geht es dir, Moni?«, wollte Peggy Sue wissen.

»Ich bin froh, wenn der morgige Tag vorüber ist«, antwortete ihre Freundin leise.

Heute schien Moni besonders blass zu sein. Außerdem war ihr anzusehen, dass sie abgenommen hatte. Die Sache nahm sie ganz schön mit.

»Das verstehe ich«, sagte Peggy Sue. Wobei es mit dem morgigen Tag nicht getan war. Nicht nur körperlich würde Moni einiges zu verarbeiten haben.

»Ich hole dich um sieben Uhr früh ab. Passt das für dich?«

Moni nickte. »Je eher, desto besser ... Ich muss nur noch meinen Eltern beibringen, dass ich morgen nicht arbeiten kann, und suche immer noch nach einem plausiblen Vorwand.«

Eine weitere Kundschaft betrat den Laden, und so mussten sie ihr Gespräch beenden.

Schließlich hatte Peggy Sue die Sachen in den Einkaufskorb gepackt, und es gab keinen Grund mehr, länger zu bleiben.

»Falls sich noch was ändert, ruf mich bitte an«, bat Peggy Sue.

»Das wird es nicht.«

»Na gut, dann bis morgen, Moni.«

Als Peggy Sue eine halbe Stunde später den Mustang in der Nähe von *Angies Vogelbar* geparkt hatte, erschrak sie, als jemand an das Beifahrerfenster klopfte. Und noch mehr erschrak sie, als sie die Person erkannte, die neben dem Wagen stand.

Harry!

Am liebsten hätte sie den Zündschlüssel umgedreht und wäre davongefahren. Doch sie zwang sich dazu, langsam auszusteigen.

Harry trug seine Uniform. Er war schmaler geworden und unter seinen Augen entdeckte sie dunkle Augenringe. Offenbar machte die Trennung ihm zu schaffen.

»Peggy Sue, komm bitte nach Hause!«, begann er sofort ohne eine Begrüßung.

»Was machst du hier?«

»Dich zurückholen.«

»Aber ich komme nicht zurück, Harry«, sagte sie ruhig, auch wenn ihr Herz zum Zerspringen klopfte.

»Du bist meine Frau. Du kannst mich nicht einfach allein lassen.« Sein Ton war etwas schärfer geworden.

»Du weißt, warum ich das getan habe«, erwiderte sie und schloss die Fahrertür des Mustangs.

»Ja. Und das tut mir leid, dass es so weit gekommen ist. Ich bitte dich um eine zweite Chance, Peggy Sue. Jeder verdient doch eine zweite Chance. Du kannst uns nicht so schnell aufgeben.« Er flehte sie nun fast an.

»Hier ist nicht der richtige Ort, um das zu besprechen, Harry«, erwiderte sie und schulterte ihre Tasche.

»Dann lass uns woandershin gehen.«

»Das geht jetzt nicht. Ich habe etwas vor.«

»Ja, was denn? Triffst du dich etwa mit einem anderen Mann?« Seine Stimme war laut geworden. Genau das hatte sie befürchtet. Einige Passanten sahen sich schon nach ihnen um.

»Nein, das tue ich nicht. Und bitte reiß dich zusammen«, bat sie leise.

»Das tue ich die ganze Zeit. Allen mache ich vor, dass bei uns alles gut ist und du nur deine Verwandten besuchst. Vor ein paar Tagen hat dich aber Robert von der Tankstelle in unserer Siedlung gesehen.«

Peggy Sue erschrak, versuchte jedoch, sich nichts anmerken zu lassen.

»Du warst mit Lillybeth unterwegs?«

Verdammt! Dabei hatte sie gehofft, dass sie niemand in ihrem Wagen erkannte hatte.

»Ja. Wir haben ab und zu mal Kontakt und treffen uns«, dehnte sie die Wahrheit aus.

»Das ... das finde ich ja gut. Denn du gehörst zu uns, Peggy

Sue. Aber für mich ist es wirklich schwer, den anderen das zu erklären.«

»Was hast du Robert denn gesagt?«, hakte sie nach.

»Dass du kurz zu Hause warst, aber nun zu anderen Verwandten gefahren seist. Aber was, wenn man mir anmerkt, dass ich lüge?« Er kam jetzt näher auf sie zu.

»Hm. Vielleicht müssen wir uns noch was anderes einfallen lassen.«

»Das brauchen wir nicht, Peggy Sue. Du musst einfach nur zurückkommen.«

Sie seufzte. »Und dann? Was ist dann, Harry? Wirst du dich dann ändern?«, fragte sie.

»Wir bekommen alles hin. Hauptsache, du bist wieder bei mir, Süße.« Er fuhr sich über das kurz geschnittene Haar.

Wieso konnte er denn nicht einsehen, dass es zwischen ihnen aus war? »Du hast wohl vergessen, dass du mich eingesperrt und geschlagen hast?«, konfrontierte sie ihn mit den Tatsachen.

»Aber das ist nur so weit gekommen, weil du mich die ganze Zeit angelogen hast«, verteidigte er sich. »Ich wünschte, ich könnte es rückgängig machen.«

»Und du hast das ganze Geld genommen, das ich von meinen Eltern bekommen habe«, hielt sie ihm vor.

Dazu schwieg er.

»Spielst du immer noch?«, wollte Peggy Sue wissen.

»Nein!«

Das war gelogen. Sie sah es ihm an.

Er griff in seine Jackentasche, holte ein Kuvert heraus und reichte es ihr.

»Post von deinen Eltern. Kam gestern.«

»Danke, Harry.« Das meinte sie sogar so.

»Was kann ich tun, damit du wieder zu mir kommst?«, fragte er, als sie sich bereits abwenden wollte.

»Ich brauche einfach noch Abstand. Und vielleicht ... vielleicht hilft uns das ja. Aber es hilft ganz sicher nicht, wenn du ungebeten hier auftauchst.« War es ein Fehler, ihm Hoffnung zu machen?, schoss es ihr auch schon im nächsten Moment durch den Kopf. Plötzlich änderte sich sein Gesichtsausdruck und wirkte auf einmal ganz weich.

»Bitte, Liebling. Ich brauche dich. Ohne dich fühle ich mich völlig verloren.«

Kam er jetzt mit dieser Tour? Damit würde er bei ihr allerdings auf Granit stoßen. Trotzdem würden sie sich irgendwann zu einem Gespräch treffen müssen, bei dem sie klärten, wie es endgültig weiterging.

»Hör zu, Harry. Gib uns noch drei Wochen Zeit, dann treffen wir uns und reden in Ruhe, ja?«, schlug sie vor.

»Noch drei Wochen? So lange noch?« Er fasste sich plötzlich an den Kopf, seine Brauen zogen sich zusammen, und er stöhnte leise.

»Was ist los, Harry?«

»Nichts. Nur Kopfschmerzen.«

Vermutlich hatte er wieder einmal zu viel getrunken.

Er sah sie an. »Weil ich ständig über uns nachdenken muss, Peggy Sue. Und das tut mir überhaupt nicht gut. Du musst wieder heimkommen«, forderte er erneut, diesmal lauter.

»Ich muss jetzt gehen, Harry.«

Sie warf einen kurzen Blick zum Wagen. Auf dem Beifahrersitz stand noch der Korb mit den Einkäufen. Doch Harry stand so nah an der Tür, dass sie die Sachen besser im Auto ließ und später holte, wenn er weg war.

»Ich weiß, dass du in der Bar arbeitest«, sagte er dann.

»Natürlich tu ich das. Es ist das Mindeste, wenn ich schon umsonst bei Rita wohnen darf. Außerdem muss ich ein wenig Geld verdienen. Ich habe ja nichts mehr.«

Plötzlich griff er in seine Hosentasche und holte eine Geldbörse heraus.

»Hier!« Zu ihrer Überraschung hielt er ihr zwei Fünfzigmarkscheine entgegen.

Peggy Sue wusste nicht, was sie tun sollte. Einerseits stand ihr das Geld zu, schließlich hatte er ihr noch viel mehr genommen, doch gleichzeitig wollte sie nichts von ihm annehmen, damit er es nicht als Zeichen der Annäherung verstand. Kaufen ließ sie sich ganz bestimmt nicht!

»Nimm es schon. Bitte. Ich möchte nicht, dass meine Frau auf andere Leute angewiesen ist.«

»Das musst du mir nicht geben«, sagte sie unsicher.

»Ich gehe erst weg, wenn du es nimmst«, stellte er jedoch unmissverständlich klar. Sie sah in seinen Augen, dass er es ernst meinte.

»Na gut ... Danke.« Sie nahm das Geld. »In drei Wochen sprechen wir. Ich rufe dich an, Harry. Okay?«

Plötzlich fing er an laut zu lachen. Sie war irritiert über seinen unvermittelten Heiterkeitsausbruch.

»Natürlich wirst du das tun!«, sagte er, als er sich wieder beruhigt hatte. »Auch wenn du mich angelogen hast, eines warst du von Anfang an immer: absolut zuverlässig. Wenn du versprichst, du wirst mich anrufen und dich mit mir treffen, dann tust du das auch.«

Bevor sie noch etwas sagen konnte, drehte er sich um und verschwand.

Mit klopfendem Herzen wartete sie noch kurz, dann holte sie den Korb aus dem Wagen und ging nach oben in die Wohnung. Sie räumte die Sachen in den Kühlschrank. Aus dem Wohnzimmer war der Fernseher zu hören. Doch Peggy Sue wollte jetzt allein sein. Sie ging in ihre *Schuhschachtel*, steckte die Geldscheine von Harry in ihr Portemonnaie und setzte sich im Schneidersitz auf das Klappbett. Die unerwartete Begegnung mit ihrem Mann hatte sie ein wenig aus der Bahn geworfen. Auch wenn er launisch gewesen war, so hatte er heute letztlich ihren Wunsch respektiert und ihr weiterhin Zeit gegeben. Und genau, wie er es vorausgesagt hatte, würde sie ihr Versprechen einhalten und sich in drei Wochen mit ihm treffen. Wie dieses Gespräch allerdings ausgehen würde, stand in den Sternen. Derzeit konnte sie sich jedenfalls nicht vorstellen, wieder zu Harry zurückzugehen. Und das erfüllte sie auch mit etwas Wehmut. Als sie ihn kennengelernt hatte, schien er genau der Richtige für sie zu sein. Sie war sehr verliebt in den attraktiven jungen Mann gewesen, der immer irgendwelche verrückten Ideen gehabt hatte, mit denen er sie überraschte. Letztlich konnte sie es sich nicht erklären, warum er sich so verändert hatte.

Doch jetzt wollte sie unbedingt wissen, wie es ihren Eltern

und Schwestern ging. Sie öffnete das Kuvert und holte zwei dicht beschriebene Blätter heraus. Einen Brief hatte ihre Mutter geschrieben, der andere war von ihrer Schwester. Sie beteuerten, dass es allen gut ging, allerdings hatte ihr Vater sich bei einem Sturz mit dem Fahrrad das Handgelenk gebrochen. Doch er war auf dem Weg der Besserung und ließ sie ganz lieb grüßen. Besondere Neuigkeiten bekam sie von ihrer jüngeren Schwester. Sie hatte sich verliebt und schwärmte von dem Jurastudenten, der ihr Herz erobert hatte. Alle vermissten Peggy Sue und konnten es kaum mehr warten, bis sie im kommenden Jahr wieder nach Amerika zurückkommen würde. Sie las die Briefe noch ein zweites Mal. Noch bevor sie nach Hamburg fuhr, würde sie ihnen ausführlich antworten. Doch vorerst wollte sie ihnen weiterhin nichts von ihrer Situation mit Harry erzählen. Sie würden sich nur Sorgen machen und sie drängen, nach Hause zu kommen.

In die Gedanken um ihre Familie und Harry mischte sich ein Unbehagen vor dem morgigen Tag. Sie hatte ein schlechtes Gewissen und Angst davor, mit Moni zu dieser Engelmacherin zu fahren. Doch sie hatte die Sache eingefädelt und ihrer Freundin versprochen, sie zu begleiten. Und deswegen würde sie auch nicht kneifen. Trotzdem hoffte sie immer noch, dass Moni es sich anders überlegte. Vielleicht war das ein egoistischer Gedanke, denn damit müsste sie nicht die Schuld auf sich laden, ihren Teil dazu beigetragen zu haben, ein Kind abzutreiben.

Sie blieb noch eine Weile in ihrer Kammer, doch das viele Grübeln tat ihr nicht gut. Um sich abzulenken, ging sie ins

Wohnzimmer. Dort legte Angie die Wäsche zusammen, und Finni stopfte Socken. Nebenbei schaute sie ein Programm im Ersten.

»Du warst aber schnell zurück«, sagte Angie überrascht.

»Das war alles rasch erledigt. Die Sachen vom Metzger sind im Kühlschrank. Die Vorhänge sind abgegeben und die Tabletten liegen auf dem Telefonkästchen in der Diele.«

»Vielen Dank«, sagte Finni.

»Ist Rita nicht da?«, fragte Peggy Sue.

»Sie ist unten im Lokal und wartet auf die Bierlieferung«, erklärte Angie.

In diesem Moment klingelte das Telefon.

»Das wird Martin sein!«, rief Angie erfreut und eilte hinaus in den Flur.

»Ich schau mal nach Rita«, gab Peggy Sue Bescheid.

Als sie die Treppe nach unten in die Kellerbar ging, hörte sie wildes Schlagzeugspiel. Die Tür zum Abstellraum war offen, und Peggy Sue trat ein. Rita saß am Schlagzeug und ließ die Stöcke über die Trommeln und Becken fliegen. Ihr Gesicht war vor Anstrengung gerötet. Als sie Peggy Sue bemerkte, hörte sie sofort auf.

»Bitte spiel weiter. Ich wollte dich nicht stören«, sagte Peggy Sue.

»Schon gut. Ich wollte sowieso bald wieder nach oben in die Wohnung kommen.«

»Waren die Bierfahrer schon da?«

»Ja. Danach hab ich noch ein paar Kisten Wein und Sekt nach vorn gebracht. Und da hat mich das Schlagzeug angelacht. Es hat so gutgetan, einfach nur drauflos zu spielen und dabei über nichts nachzudenken.« Rita grinste schief.

»Das mit deinem Vater beschäftigt dich immer noch sehr, nicht wahr?«, fragte Peggy Sue.

»Ja. Auch ...«

»Und was noch?«

Rita zuckte mit den Schultern. »Ach, so vieles. Wie das mit den Monaco Birds weitergehen wird. Und überhaupt, wie ich mir meine Zukunft vorstelle. Hier zu arbeiten, macht mir schon Spaß, aber *Angies Vogelbar* ist das Lokal meiner Mutter. Ich möchte mir was Eigenes aufbauen, aber dafür muss ich erst rausfinden, was ich überhaupt vom Leben möchte.«

Es war das erste Mal, dass Rita so offen mit Peggy Sue über sich und ihre Wünsche sprach.

»Das kann ich gut verstehen.« Ihr Leben stand ja momentan gleichermaßen in der Schwebe, wenn nicht sogar mehr.

»Und ich möchte so gern mehr von der Welt sehen. Den Führerschein machen und auf Reisen gehen. Nach Paris oder Rom. Oder noch viel weiter weg.« Ritas Augen glänzten abenteuerlustig.

»Wenn ich wieder zurückgehe nach Chicago, kannst du mich dort ja mal besuchen«, schlug Peggy Sue vor.

»Vielleicht mache ich das sogar!« Rita lächelte.

»Oder wir werden ohnehin mit den Monaco Birds berühmt. Dann gehen wir auf eine große Welttournee.«

»Und überall sind die Fans ganz verrückt nach uns«, spann Rita die Idee weiter. »Vielleicht brauchen wir sogar Leibwächter, die uns beschützen.«

»Ganz bestimmt sogar.«

Die beiden lachten.

Peggy Sue griff unvermittelt nach der akustischen Gitarre, die an die Elektroorgel gelehnt war, mit der sie sonst spielte. Sie stimmte nach Gehör die leicht verstimmten Saiten.

»Komm, lass uns noch ein wenig spielen«, forderte sie Rita auf.

»Was denn?«

»*Destiny*.«

Normalerweise übernahm Inge bei dem gefühlvollen Lied die Gitarre, doch auch Peggy Sue hatte es schon öfter gespielt, wenn sie den Gesang dazu übte, und kannte die Griffabfolge.

Sie zupfte das Intro, und Rita setzte mit dem Schlagzeug ein. Dann begann sie zu singen. Und zum ersten Mal konnte Peggy Sue das Lied über das Schicksal zweier Schwestern so richtig spüren, als ob sie eine der jungen Frauen wäre, die sich in einer unglücklichen Liebe verloren hatte.

»Wow, Peggy Sue. Du hast dich gerade selbst übertroffen. Deine Stimme ist wirklich unglaublich. Ich hatte die ganze Zeit Gänsehaut«, schwärmte Rita, als das Lied zu Ende war.

Peggy Sue lächelte nur und stellte die Gitarre wieder ab.

»Harry war heute Nachmittag vor dem Haus«, verriet sie plötzlich, obwohl sie das eigentlich für sich hatte behalten wollen. Doch sie brauchte unbedingt jemanden, mit dem sie darüber sprechen konnte. Und zu Rita hatte sie das meiste Vertrauen.

»Wie? Er war hier?«, fragte Rita erschrocken. »Was wollte er denn?«

»Er möchte, dass ich zu ihm zurückkomme.«

»Aber das wirst du doch nicht tun!«

»Ich denke nicht. Aber wir müssen trotzdem bald mal in Ruhe reden, wie es weitergehen soll. Ich habe ihm vorgeschlagen, dass wir uns in drei Wochen treffen.«

»Und war er wieder so aggressiv?«, fragte Rita besorgt.

»Eher verärgert. Aber er hat es respektiert, dass ich noch Zeit brauche.«

»Das muss er auch«, sagte Rita und schob sich eine dunkle Haarsträhne aus dem Gesicht. »Sonst bekommt er es mit mir zu tun.«

Peggy Sue lächelte. »Danke, dass du immer für mich da bist, Rita. Du weißt gar nicht, wie viel mir das bedeutet. Und auch, dass ich hier bei euch sein kann. Ihr seid inzwischen wie eine zweite Familie für mich. Und du wie eine Schwester.«

»Darauf einen Tusch!«, rief Rita und schlug auf das Becken.

Peggy Sue grinste. »Hast du noch Lust auf einen kleinen Spaziergang?« Sie brauchte unbedingt ein wenig Bewegung.

»Na gut.« Rita stand auf. »Peggy Sue?«

»Ja?«

»Du und Moni – was habt ihr beide für ein Geheimnis?«, fragte sie völlig unvermittelt.

Peggy Sue erschrak. Offenbar hatte Rita sehr feine Antennen.

»Rita, das ist etwas kompliziert ...« Sie suchte nach den geeigneten Worten.

»Ihr wart doch nicht wirklich beim Blumengießen in der Wohnung dieser Tante.« Es war keine Frage, sondern eher eine Feststellung.

»Waren wir nicht«, gab Peggy Sue zu. »Aber wir mussten unbedingt etwas besprechen.«

»Und das kannst du mir nicht sagen? Obwohl ich für dich wie eine Schwester bin?«

Peggy Sue sah die Enttäuschung in Ritas Augen. »Rita. Ich möchte dir nichts verheimlichen. Wirklich nicht. Aber hier geht es nicht um mich, sondern um Moni. Sie hat mich gebeten, mit niemandem darüber zu sprechen. Und ich werde mein Versprechen halten. Das kannst du doch verstehen, oder?«

»Geht es um die Band? Denn dann sollten Inge und ich es auch wissen.«

»Nein, es hat nichts mit der Band zu tun. Wirklich nicht«, beteuerte Peggy Sue. Am liebsten hätte sie Rita ihr Herz ausgeschüttet: wie sehr sie die Angelegenheit belastete. Und auch, wie viel Angst sie vor morgen hatte. Doch sie durfte Rita nicht auch noch in diese Sache mit hineinziehen.

»Und weil wir jetzt schon darüber reden und ich mir deswegen glücklicherweise keine Ausrede mehr einfallen lassen muss: Ich werde morgen gleich in der Früh zu Moni fahren und mit ihr den ganzen Tag unterwegs sein.«

»Aber du kannst mir nicht sagen, wohin?« Rita wirkte etwas gekränkt, obwohl sie gelassen tat.

»Leider nein.«

»Schade, dass ihr mich nicht einweihen wollt.«

»Glaub mir, es ist besser so«, sagte Peggy Sue.

Kapitel 13
Monika

München und Gauting, 2. August 1966

Eine weitere Nacht lag hinter Monika, in der sie kaum ein Auge zugemacht hatte. Sie wünschte sich nur eines, dass dieser Alptraum endlich vorbei wäre, damit sie sich wieder auf das, was vor ihr lag, konzentrieren konnte.

Zwischen ihr und der Mutter herrschte immer noch Eiszeit. Doch das war im Moment ihr geringstes Problem. Gestern Abend hatte sie Ursi gebeten, heute für sie den ganzen Tag im Laden einzuspringen. Zum Glück hatte ihre Schwester Ferien, und das Putzen der Fenster, das die Mutter ihr eigentlich für heute aufgetragen hatte, konnte auch an einem anderen Tag gemacht werden.

»Wo musst du denn hin?«, hatte Ursi gefragt.

»Es geht um die Band«, hatte Monika geschwindelt. »Und es ist sehr wichtig. Aber es ist besser, wenn Astrid und Mutter das nicht wissen. Du kennst sie ja. Sie würden nur wieder die ganze Zeit lästern.«

»Und was soll ich ihnen dann sagen?«, fragte Ursi.

»Sag einfach, dass ich das nicht verraten wollte und du es nicht weißt.«

Monika ging davon aus, dass sie dann ganz sicher annehmen

würden, dass es um die Musik ging und sie ihnen das hatte verschweigen wollen. Und genau das sollten sie auch denken. Ihr Vater und die Brüder würden es hoffentlich verstehen. Und das Verhältnis zu ihrer Mutter konnte ohnehin kaum mehr schlechter werden, als es gerade war. Und was Astrid darüber dachte, war ihr schnuppe. Hauptsache, sie kamen nicht auf den wahren Grund.

Um halb sechs Uhr stand Monika auf und ging in das kleine Badezimmer. Als sie in den Spiegel sah, schien ihr eine Fremde entgegenzublicken.

»Du musst das tun«, sagte sie leise, aber energisch und erlaubte es sich nicht, ihre Entscheidung zu hinterfragen.

Eine halbe Stunde später stand sie angezogen in ihrem Zimmer und schob das Haarband über den Kopf, das sie von Finni bekommen hatte. Sie zog die Schublade am Nachttisch auf und holte ihr Notizbuch heraus, in das sie gestern die zwei Hundertmarkscheine gelegt hatte. Sie zitterte, als sie das Geld in ein Kuvert schob und es in ihre Tasche steckte. Peggy Sue würde sie zwar erst um 7 Uhr ein Stück entfernt abholen, aber sie musste schon vorher aus dem Haus sein, damit es nicht auffiel.

Leise schlich sie das Treppenhaus hinunter, in der Hoffnung, dass ihr niemand begegnete. Doch sie hatte kein Glück. Als sie sich durch die Hintertür in den Hof schleichen wollte, sah sie Albert in seiner Metzgerschürze, der schon länger am Arbeiten war und eine Zigarettenpause machte.

»Moni?«

»Guten Morgen, Albert.« Sie versuchte ganz normal zu klingen.

»Du bist heute aber schon früh auf. Das bin ich ja gar nicht gewöhnt von dir.« Er schmunzelte.

Monika hasste es, ihn anzulügen. Obwohl er mit Musik nicht viel am Hut hatte, seine Interessen den ihren kaum ähnelten, und sie fast acht Jahre trennten, mochte sie ihn ganz besonders. Vielleicht, weil er ihrem Vater am ähnlichsten war? Monika wusste es nicht.

»Albert?«

»Ja?«

»Du darfst mir bitte nicht böse sein jetzt, aber ich muss heute weg und komme vermutlich erst sehr spät wieder zurück. Ich kann dir nicht sagen, worum es geht, aber es ist wirklich sehr wichtig. Ursi wird für mich im Laden einspringen.«

Albert zog an seiner Zigarette und schien zu überlegen. »Bist du in irgendwelchen Schwierigkeiten, Moni?«, fragte er dann mit einem besorgten Blick.

»Nein, nein, Albert. Das bin ich nicht«, versprach sie, konnte ihm dabei allerdings nicht in die Augen sehen.

»Du weißt, dass du immer zu mir kommen kannst, wenn du Hilfe brauchst. Egal, worum es geht.«

Unvermittelt schossen ihr Tränen in die Augen, die sie schnell wegblinzelte. »Danke! Das ist sehr lieb von dir. Aber du musst dir wirklich keine Sorgen machen.«

»Na gut. Aber pass bitte auf dich auf.« Seine Miene war noch immer ernst.

»Aber klar.«

Am liebsten hätte sie ihn jetzt umarmt. Doch das hätte ihn vermutlich erst recht alarmiert. Außerdem trug er die blutbefleckte Schürze, die sie nur allzu bitter daran erinnerte, was vor ihr lag.

»Bis später!«, rief sie und verschwand durch das Tor aus dem Hof.

Bis Peggy Sue endlich am vereinbarten Treffpunkt in der Sedanstraße eintraf, hatte sich die Zeit ewig hingezogen. Rasch stieg Moni in den Wagen ein.

»Guten Morgen«, sagte sie. Obwohl es gewiss kein guter Morgen war. Sie hatte Angst, und ihr war übel, vermutlich auch vor Übermüdung. Außerdem hatte sie seit gestern Nachmittag keinen Bissen mehr runtergebracht. Die Aufregung hatte sich auf den Magen geschlagen.

»Tut mir leid, aber ich muss dich das noch mal fragen, Moni«, begann Peggy Sue ernst. »Du bist dir sicher, dass du das tun möchtest?«

»Ja«, sagte sie leise.

»Dann werde ich dich dabei unterstützen.«

»Danke.«

»Im Handschuhfach ist eine Straßenkarte. Du musst mir bitte den Weg beschreiben.«

Monika holte die Karte heraus und lotste Inge aus München hinaus in Richtung Gauting. Je näher sie kamen, desto schrecklicher fühlte sie sich.

»Ich habe Angst!«, murmelte sie.

Peggy Sue griff nach ihrer Hand und drückte sie. »Ich auch.«

Sie waren eine gute Stunde unterwegs. Einmal hatten sie sich verfahren und waren zu früh abgebogen. Doch das war nur ein kleiner Umweg gewesen. Das idyllische Gauting lag im Landkreis Starnberg. Die Pension befand sich ein wenig abgelegen ganz in der Nähe des kleinen Flusses Würm, eines Abflusses des Starnberger Sees, der früher einmal Würmsee geheißen hatte.

Peggy Sue parkte den Wagen am Straßenrand. »Wir sind da.«

Monikas Herz klopfte wie wild, und ihr Unwohlsein hatte sich noch verstärkt.

»Das ging jetzt schnell. Fast ein wenig zu schnell. Aber dann hab ich es wenigstens bald hinter mir. Kommst du mit hinein?«, fragte sie hoffnungsvoll ihre Freundin.

»Sicher.« Allzu sicher sah sie aber nicht aus. Doch diesen Gedanken verdrängte Monika schnell. Sie brauchte unbedingt ihre Unterstützung.

»Peggy Sue?«, fragte sie.

»Ja?«

»Das darf niemals jemand erfahren.«

»Natürlich nicht. Es wird für immer unser Geheimnis bleiben.«

»Danke!«

Sie stiegen aus dem Wagen und gingen auf die Eingangstür zu, neben der unterschiedlich große Blumentöpfe standen, die mit bunten Zinnien, Löwenmäulchen und Astern bepflanzt waren. Auch der Holzbalkon, der sich über die ganze Länge des Hauses zog, war mit prachtvoll blühenden roten Geranien geschmückt. Überhaupt wirkte die Pension so einladend und freundlich, dass man sich kaum vorstellen mochte, was hier in einem Hinterzimmer passierte. Sie wollten eben klingeln, da öffnete sich die Tür, und eine schlanke Frau um die fünfzig kam heraus. Sie trug eine bunte Schürze und hatte das mit grauen Strähnen durchzogene Haar zu einem Dutt nach oben gesteckt.

»Guten Morgen«, grüßte sie freundlich.

»Guten Morgen, ich bin Peggy Sue. Sind Sie Bernadette?«, fragte sie höflich.

»Ja, die bin ich«, antwortete die Frau, und ihr Blick wanderte zu Monika.

»Guten Morgen«, sagte auch sie und war erleichtert, dass sie überhaupt ein Wort rausbekam. »Ich bin Monika.«

»Lillybeth hat uns die Pension Ihrer Schwester empfohlen. Ich soll Sie grüßen. Sie meinte, dass es hier besondere Zimmer gebe«, sagte Peggy Sue beherzt.

»Ja. Das stimmt. Das Zimmer ist heute frei. Kommt doch bitte herein.«

Monika folgte den beiden mit schlotternden Knien ins Haus. Sie kamen an einem gemütlichen Aufenthaltsraum vorbei, in dem einige Gäste beim Frühstück saßen. Es duftete nach frischem Kaffee und gebratenen Eiern. Bernadette führte sie in eine Küche, in der eine Frau eine Platte mit Käse und Wurst belegte. Sie war Bernadette wie aus dem Gesicht geschnitten, nur die Schürze, die sie trug, hatte ein anderes Muster.

Zwillingsschwestern.

»Annemarie, wir haben Gäste für das besondere Zimmer«, sagte sie ruhig.

»Guten Morgen.« Annemarie nickte ihnen mit einem wissenden Blick zu. Täuschte Monika sich oder war darin auch Mitleid zu erkennen?

Sie holte mit zitternden Fingern das Kuvert mit dem Geld aus ihrer Umhängetasche und reichte es Bernadette. Die Hebamme warf einen Blick hinein, nickte dann und steckte es in die Tasche ihrer Schürze.

»Folgt mir bitte.«

Nun zeigte sie ihnen den Weg zu einer Tür, die in einen Anbau führte, in dem hinter mehreren geschlossenen Türen Räume lagen. Sie öffnete eine der Türen, knipste das Licht an und bat sie hinein. Der Raum hatte keine Fenster und war nicht besonders groß. Während die Pension durch liebevolle Details und das viele Licht, das durch die Fenster hereintrat, Freundlichkeit ausstrahlte, wirkte der kleine Raum hier sehr nüchtern, fast kalt. Es gab ein Krankenbett, daneben eine Kommode, auf der ein Tablett lag, das mit einem Tuch abgedeckt war, eine Stehlampe und zwei Stühle. Bernadette öffnete die Kommode und holte ein weißes Nachthemd heraus. Sie reichte es Monika.

»Ziehen Sie das bitte an, Monika.«

Ohne zu fragen, hatte sie gewusst, wer von den beiden Frauen ihre Hilfe benötigte. Offenbar hatte sie es Monika angesehen.

»Ich komme in etwa einer halben Stunde wieder. Die meisten Gäste werden nach dem Frühstück die Pension verlassen. Möchten Sie beide Tee oder Wasser?«

»Wasser, bitte«, sagte Monika.

»Für mich auch.«

»Gut. Ich lasse Sie jetzt noch kurz allein.«

Und schon hatte sie das Zimmer verlassen. Schweigend zog Monika ihre Hose und die Bluse aus und schlüpfte in das knielange Nachthemd, dessen Rückseite offen war. Zuletzt zog sie auch noch die Unterwäsche aus.

Sie setzte sich auf den Rand des Bettes, während Peggy Sue auf einem der Stühle Platz nahm.

Monika fühlte sich hundeelend. Am liebsten hätte sie sich jetzt zusammengekauert, aufs Bett gelegt und die Decke über den Kopf gezogen.

Es waren mindestens schon zehn Minuten vergangen, doch keine der beiden hatte ein Wort gesagt. Die Stille im Raum war kaum mehr auszuhalten.

»Danke, dass du hier bei mir bist«, flüsterte Monika schließlich.

»Ich lasse dich doch nicht allein.«

»Es ist doch richtig, was ich tue, oder?«, fragte sie.

»Diese Frage kann ich dir leider nicht beantworten, Moni. Das kannst nur du ganz allein«, sagte Peggy Sue mit betont neutraler Stimme. »Aber du kannst das hier immer noch abbrechen und gehen.«

Monika schluckte. Sie fühlte sich plötzlich gar nicht mehr gut. Besser sie legte sich doch hin. Als sie die Beine hochgehoben und sich im Bett auf die Seite gedreht hatte, rief Peggy Sue erschrocken: »Monika!«

Sie stand abrupt auf. »Was ist denn?«

»Da ist ... da ist Blut!« Sie deutete auf die Stelle, an der Monika bis eben gesessen hatte. Dort war nun ein hellroter Fleck zu sehen.

»Was bedeutet das denn?«, fragte Moni erschrocken.

»Ich weiß nicht. Es sieht so aus, als ob du deine Periode bekämst.«

»Meine Periode? Aber das würde ja bedeuten ...«

» … dass du doch nicht schwanger warst.« Dann wurden Peggy Sues Augen jedoch plötzlich groß. »Oder etwas stimmt nicht. O mein Gott, ich muss sofort Bernadette holen.«

Noch ehe Monika ein Widerwort geben konnte, war Peggy Sue bereits aus dem Raum gestürzt.

Monikas Gedanken drehten sich unaufhörlich im Kreis. Hatte sie gerade das Kind verloren? Was hatte das Blut zu bedeuten? Als sie ihre Beine hinabblickte, sah sie, wie immer mehr Blut daran hinablief. Eilig wischte sie mit einem Leinentuch ihre Oberschenkel ab.

Als Bernadette, gefolgt von einer panisch dreinblickenden Peggy Sue, kurz darauf in den Raum kam, wagte Monika es kaum, zu atmen. Als die Hebamme sie untersuchte, griff sie unvermittelt nach Peggy Sues Hand, die trotz des Bluts an ihren Fingern sie fest umschloss.

Dann blickte Bernadette auf. »Das wird ein Spontanabort sein. Das gibt es öfter, als man denkt, vor allem in so einem frühen Stadium«, erklärte sie. »Wann hatten Sie denn Ihre letzte Periode?«

»Ich weiß, wann es passiert ist: am 24. Juni.« Der Tag des Beatles-Konzertes, bei dem sie nicht hatte dabei sein können.

»Dann ist es wirklich noch sehr früh gewesen. Ich gehe davon aus, dass es sich mit der Blutung erledigt hat. Haben Sie Krämpfe?«

»Ein wenig.« Vorhin hatte Monika sich insgesamt so schlecht gefühlt, dass sie die einzelnen Beschwerden gar nicht richtig wahrgenommen hatte, sonst wäre ihr das vermutlich schon eher aufgefallen.

Die Hebamme führte Monika in ein kleines Badezimmer, in dem sie sich waschen konnte, und versorgte sie mit Binden.

»Wenn die Blutungen die nächsten Tage nicht leichter oder sogar noch stärker werden, Sie Fieber bekommen und Ihnen übel ist, dann müssen Sie sofort einen Arzt aufsuchen«, gab Bernadette ihr mit auf den Weg, als sie später neben dem Wagen standen.

»Vielen Dank, Bernadette«, sagte Peggy Sue.

Die Hebamme holte das Kuvert aus ihrer Schürzentasche und gab es Moni zurück.

»Das kann ich nun nicht mehr annehmen«, sagte sie.

Monika zog einen Hunderter heraus und gab ihn ihr. »Sie hatten trotzdem Umstände mit mir und haben mir geholfen.«

Bernadette lächelte und schob das Geld in ihre Schürzentasche. »Danke. Ihnen beiden alles Gute. Und in Zukunft vorsichtiger sein, damit das nicht wieder passiert«, riet sie, dann ging sie zurück ins Haus.

Auf der Rückfahrt wurden die Krämpfe ein wenig stärker. Doch irgendwie war Monika dankbar über den Schmerz.

»Ich bin so froh, dass dir der Eingriff erspart geblieben ist«, sagte Peggy Sue erleichtert. »Gerade noch rechtzeitig.«

»Trotzdem war ich bereit dazu, es zu tun, Peggy Sue. Ich hätte mein Baby abtreiben lassen.«

Nach all dem Druck und der Angst der letzten Tage wurde ihr jetzt erst die Tragweite ihre Entscheidung bewusst.

»Aber du hast es nicht getan.«

»Weil ich es nicht mehr musste«, gab sie zu bedenken.

»Ganz sicher wirst du es nie wissen, ob du dich nicht doch in letzter Minute anders entschieden hättest.«

Monika antwortete nicht darauf. Sie wollte sich selbst nichts vormachen – sie war bereit gewesen. Mit diesem Wissen musste sie nun klarkommen.

»Möchtest du noch mit zu Rita kommen? Wir müssen ihr nicht sagen, was los ist.«

Doch Monika schüttelte den Kopf. »Ich möchte lieber nach Hause und mich hinlegen und schlafen.«

Kapitel 14
Rita

München, 5. August 1966

Nur noch zwei Tage bis zur Reise nach Hamburg. Rita und Peggy Sue stöberten in Ritas Kleiderschrank nach besonderen Sachen, die sie noch einpacken und die sie vielleicht für die Fotoaufnahmen brauchen könnten. Sie waren sich einig, dass sie sich als Monaco Birds immer bunt und schillernd präsentieren wollten.

»Hoffentlich packt Moni auch was Besonderes ein«, sagte Rita. Meistens hatte sie immer eher burschikose Sachen an.

»Wir nehmen zur Sicherheit noch eines deiner Kleider für sie mit, was meinst du?«, schlug Peggy Sue vor.

»Du hast recht. Vielleicht das hier?« Rita holte ein lilafarbenes Kleid mit Trompetenärmeln aus dem Schrank.

»Das könnte ihr stehen. Und die Größe müsste auch passen. Aber wir müssen achtgeben, dass es kein zu großes Durcheinander gibt. Zusammenpassen sollten die Sachen schon«, gab Peggy Sue zu bedenken.

Finni kam ins Zimmer mit einem rot glitzernden und raffiniert geschneiderten Overall auf einem Kleiderbügel. »Schaut, den hab ich mal für Angie gemacht, da war sie noch ein wenig schlanker. Peggy Sue, probier doch mal, ob er dir passt.«

Rita schielte zu ihrer Freundin, als diese aus dem Kleid schlüpfte und in den Overall stieg.

»Wie für dich gemacht!«, rief Finni begeistert. »Den musst du unbedingt tragen.«

»Ist er nicht ein wenig sehr tief ausgeschnitten?«, fragte Peggy Sue unsicher.

»Finde ich nicht«, sagte Finni. »Du kannst doch zeigen, was du hast.«

»Wenn du meinst. Trotzdem – wir müssen aufpassen, dass es kein Kuddelmuddel gibt, wenn jede etwas völlig anderes trägt. Das sieht vielleicht nicht so gut auf den Fotos aus.«

»Für die Bilder habt ihr ja eure Bühnenkleider. Ansonsten müsst ihr ja nicht einheitlich angezogen sein. Hauptsache, jede von euch fällt auf«, sagte Finni mit einem Zwinkern.

»Und was schlägst du für mich vor, Oma?«, fragte Rita.

»Natürlich das sonnengelbe Minikleid, Mausi«, sprach Finni sie mit ihrem Kosenamen an.

Rita holte es aus dem Schrank und hielt es sich vor den Körper. »Na gut, das packe ich mit ein. Und zur Sicherheit auch den karierten Minirock.«

Nachdem sie noch eine Weile verschiedene Sachen anprobiert hatten, gingen Peggy Sue und Ritas Oma in die Küche, um die belegten Semmeln für den Abend vorzubereiten. Rita räumte derweil die Sachen, die von der Anprobe überall herumlagen, wieder in den Schrank, als im Flur das Telefon klingelte.

»Ich geh schon ran!«, rief sie in Richtung Küche und hob ab. »Haslinger?«

»Rita, hier ist dein Vater.«

Sie schluckte. Die letzten Tage war sie so froh gewesen, dass sie ihm nirgends über den Weg gelaufen war.

»Ja?«, sagte sie nur.

»Habt ihr euch meinen Vorschlag schon durch den Kopf gehen lassen?«

»Haben wir. Und wir sind uns alle einig, dass wir keinen Manager brauchen.« Sie versuchte, ihre Stimme so fest wie möglich klingen zu lassen.

»Das ist ein großer Fehler.«

»Das ... das finden wir nicht.«

Am liebsten hätte sie sofort aufgelegt, doch etwas hielt sie zurück.

»Das solltet ihr noch mal gründlich überdenken, Mädchen. Ich habe nämlich eventuell schon einen Auftritt für euch angeleiert.«

»Was? Wo denn?«, fragte Rita überrascht.

»Weißt du, das möchte ich nicht so gern am Telefon besprechen«, druckste Gerald herum.

Rita überlegte kurz. Doch ihr Bauchgefühl sagte ihr, dass es im Sinne ihrer Bandkolleginnen war, auf diesen eventuellen Auftritt zu verzichten, wenn ihr Vater ihn an Land gezogen hatte.

»Danke, dass du dich so bemühst, aber ehrlich gesagt, wir wollen nicht, dass du unser Manager bist oder überhaupt was für uns machst. Wir kriegen das schon allein hin. Bitte akzeptiere das.«

»Ihr habt mich angelogen«, raunte er nun.

»Wie meinst du das?« Doch sie ahnte, was er meinte, und fühlte sich immer unbehaglicher.

»Ich habe vorhin in diesem Tonstudio in Hamburg angerufen.«

Er hatte was?

»Die Aufnahmen sind schon am kommenden Montag und nicht erst die Woche darauf.« Er sagte es ganz ruhig, doch Rita konnte hören, dass er wütend war. Ein ungutes Gefühl kroch ihr den Nacken hoch.

»Warum hast du dort überhaupt angerufen?«, wagte sie dennoch zu fragen.

»Weil ich mit denen klären will, wie es aus meiner Sicht zu laufen hat. Du bist meine Tochter und noch nicht volljährig. Ich bestehe auf ein Mitspracherecht beim Vertrag.«

»Aber das geht dich doch alles gar nichts an!«, rief sie aufgebracht.

»Komm mir ja nicht so, Rita! Und ob mich das was angeht!«, zischte er. »Mit eurer Musik und eurem Aussehen habt ihr Mädchen tatsächlich gute Chancen, durchzustarten. Dieser Martin Adam weiß das ganz genau. Er wird so viel Profit wie möglich aus euch schlagen wollen. Und ihr bekommt vielleicht ein läppisches Taschengeld dafür. Aber das geht so nicht. Da ist viel mehr drin.«

»Darum geht es dir also? Ums Geld?«, fragte sie und erinnerte sich an die Worte ihrer Mutter.

»Mausi, was ist denn los?« Ihre Oma und Peggy Sue standen plötzlich neben ihr.

»Ist das dein Vater?«, fragte Peggy Sue.

Rita nickte, während Gerald schon weitersprach.

»Es geht allen immer ums Geld. Deswegen muss man ja so

aufpassen, dass man nicht über den Tisch gezogen wird«, sagte er so übertrieben langsam, als ob sie noch ein kleines Kind wäre.

»Ich will das jetzt alles nicht mehr hören, verstehst du? Egal, was du sagst, du wirst niemals unser Manager sein. Lass mich einfach in Ruhe, ja?«

Sie wollte schon fast auflegen, als er seine Stimme erhob: »Dann werde ich dir als dein Vater verbieten, nach Hamburg zu fahren!«

»Das kannst du gar nicht!«, gab sie zurück.

»Du wirst schon sehen, ob ich das kann. Oder du kommst in einer Stunde zum Chinesischen Turm in den Englischen Garten und wir reden noch mal. Du und ich allein. Hast du mich verstanden?«

»Aber ich ...« Bevor Rita antworten konnte, riss Finni ihr den Hörer aus der Hand.

»Was bist du nur für ein übler Mistkerl, Gerald«, fuhr sie ihn mit bebender Stimme an. »Damals hast du meine Tochter unglücklich gemacht, und jetzt willst du es bei meiner Enkeltochter tun? Lass sie gefälligst in Ruhe!«

Ihr Vater sagte etwas, das Finni offenbar noch mehr aufbrachte. Die Wangen in ihrem runden Gesicht hatten sich inzwischen puterrot gefärbt. »Das würde ich dir nicht raten! Glaub bloß nicht, dass du Narrenfreiheit hast und am längeren Hebel sitzt ... Hallo? Gerald?«

Finni starrte wütend den Hörer an. Offenbar hatte er aufgelegt.

Obwohl sie es nicht wollte, fing Rita zu weinen an.

»Was ist das bloß für ein Mensch?«, fragte sie schluchzend,

während Peggy Sue den Arm um sie legte und sie tröstend an sich zog.

»Ein gefährlicher!«, sagte Finni. »Wäre er doch nur dort geblieben, wo er die letzten zwanzig Jahre war.«

»Was ist denn hier los?«, fragte Angie, die mit der Einkaufstüte eines Schuhgeschäfts in der Tür stand. »Warum weinst du, Rita?«

»Gerald hat angerufen«, sagte Finni, als würde das alles erklären.

»Was wollte er denn?« Angie stellte die Tasche ab und ging zu Rita.

»Rita, mein Schatz, was wollte er?«, fragte sie noch mal eindringlicher, als sie von ihrer Tochter keine Antwort erhielt.

»Er will Manager für die Monaco Birds sein und ein Mitspracherecht beim Vertrag haben«, murmelte Rita niedergeschlagen.

»Was?« Angie sah sie völlig verdattert an. »Wie kommt er denn darauf?«

Nun musste Rita ihr doch erzählen, dass sie mit ihm Kontakt gehabt hatte, obwohl Angie ihr das verboten hatte.

»Am Sonntag stand er ganz plötzlich in der Bar, als wir geprobt haben.«

»Und das hast du mir nicht gesagt?« Angie klang sehr verärgert.

»Ich wollte nur nicht, dass du dich aufregst, Mama«, sagte Rita ein wenig kleinlaut.

»Aber natürlich rege ich mich da auf. Ich will nicht, dass er in deine Nähe kommt.«

»Rita wollte ihn sofort wieder wegschicken«, kam Peggy Sue ihr zu Hilfe. »Zuerst war er auch ganz freundlich und wollte nur noch einen Song hören. Aber als wir den gespielt hatten, machte er keine Anstalten, zu verschwinden. Er hat vorgeschlagen, unser Manager zu sein und uns Auftritte zu besorgen. Und dann wollte er noch den Vertrag lesen. Aber das hat Rita nicht zugelassen. Schließlich ging er dann doch. Rita konnte wirklich nichts dafür, Angie.«

»Trotzdem hättet ihr mir das sagen müssen, Peggy Sue. Ich habe es meiner Tochter ausdrücklich verboten, mit ihm Kontakt zu haben. Und das aus gutem Grund«, beharrte Angie.

Hektisch kramte sie in ihrer Handtasche und holte dann eine Schachtel HB und ein Feuerzeug heraus. Sie steckte sich eine Zigarette an und hielt die Schachtel ihrer Tochter entgegen. Doch Rita winkte ab.

»Gehen wir doch in die Küche«, schlug Finni vor.

»Tut mir leid, Mama«, murmelte Rita, als sie alle um den Tisch herum saßen. »Ich wollte doch einfach nur meinen Vater ein wenig kennenlernen. Aber als er sich dann in der Bar so aufdringlich benommen hat, da wünschte ich mir, dass er gar nicht erst wieder aufgetaucht wäre.«

»Das wünschen wir uns wohl alle.« Angie seufzte vernehmlich und streichelte Ritas Wange. »Das einzig Gute, das Gerald jemals in seinem Leben zustande gebracht hat, bist du, mein Schatz.«

Rita zögerte, ihnen zu sagen, dass er sich mit ihr beim Chinesischen Turm treffen wollte, er sie mehr oder weniger erpresste, dorthin zu kommen. Inzwischen waren es nur noch fünfundvierzig Minuten Zeit bis dahin. Was, wenn er ihr wirklich die Fahrt nach Hamburg verböte, falls sie nicht zum Treffen kam? Wenn sie das ihrer Mutter erzählte, dann würde sie Rita auf jeden Fall davon abhalten und vermutlich selbst hingehen, um ihm den Marsch zu blasen. Und was würde dann passieren? So, wie sie ihn bisher kennengelernt hatte, würde Gerald sich auch von Angie nicht von irgendetwas abhalten lassen.

»Ich habe auch kurz mit ihm gesprochen«, sagte Finni. »Er meinte, dass er als dein Ehemann einen Anspruch hat auf die Einnahmen im Lokal. Und dass wir ihn nicht so einfach loswerden können.«

»Natürlich will er wieder Geld! Das war mir von Anfang an klar«, zischte Angie.

»Mir auch.«

Plötzlich sahen Angie und Finni sich an und lächelten. Peggy Sue und Rita warfen sich verwunderte Blicke zu.

»Was ist denn so lustig?«, fragte Rita.

»Lustig ist gar nichts. Aber wir haben immer damit gerechnet, dass Gerald irgendwann einmal zurückkommt und so eine Nummer abziehen könnte. Deswegen haben wir die ganze Zeit das Lokal auf Mutters Namen laufen lassen«, erklärte Angie. »Offiziell ist sie die Pächterin und ich ihre Geschäftsführerin.«

»Also kann er uns nichts wegnehmen?«, fragte Rita erleichtert.

»Zumindest nicht viel, wenn er es tatsächlich darauf anlegen sollte«, erklärte Angie.

»Trotzdem darf man ihn auf keinen Fall unterschätzen«,

mahnte Finni. »Der kann einem viele Knüppel zwischen die Beine werfen.«

Kann er es auch schaffen, mir die Aufnahmen zu verbieten?

Doch wie sollte er das anstellen, er konnte sie ja schließlich nicht irgendwo einsperren.

Aber er kann als mein Vater Martin Adam anrufen und ihm untersagen, die Platte mit mir aufzunehmen, egal was meine Mutter sagt.

Wenn sie doch nur schon einundzwanzig wäre! Bis Oktober konnte dieser Mann noch einiges kaputtmachen.

Es war ein Teufelskreis, musste Rita sich eingestehen. Und es verlangte härtere Maßnahmen, um ihm zu entkommen. Was, wenn sie sich doch allein mit ihm traf? Vielleicht schaffte sie es ja doch, ihn zu überreden, sich rauszuhalten. Wenn sie nicht riskieren wollte, dass er seine Drohung wahrmachte, war das womöglich die einzige Möglichkeit.

»Ich glaube, ich brauche jetzt unbedingt ein wenig frische Luft!«, sagte sie plötzlich.

»Soll ich mitkommen?«, fragte Peggy Sue.

»Ich laufe nur eine kleine Runde und möchte gern nachdenken«, winkte sie ab.

»Rita, falls er sich dir noch einmal nähert oder dich bedrängt, dann sagst du mir unbedingt sofort Bescheid«, forderte ihre Mutter eindringlich.

»Ja«, versprach sie, obwohl sie wusste, dass sie das Versprechen gleich wieder brechen würde. Trotzdem hatte sie das Gefühl, dass ihr nichts anderes übrigblieb.

Sie beeilte sich, um rechtzeitig beim Chinesischen Turm zu

sein, verspätete sich allerdings um ein paar Minuten. Sie sah sich um, entdeckte ihn aber nirgends. War er schon weg? Fast war sie erleichtert.

»Also hörst du doch auf deinen Vater.«

Erschrocken drehte sie sich um. Er war plötzlich hinter ihr aufgetaucht. Wieder trug er seine dunkle Sonnenbrille und eine Schirmmütze.

»Du hast mir ja kaum eine Wahl gelassen«, sagte sie trotzig.

»Wir haben einiges zu bereden.«

»Wieso lässt du mich nicht einfach in Ruhe?«, fragte sie ihn.

»Weil du meine Tochter bist.«

»Das hat dich doch bisher auch nicht interessiert!«, fuhr sie ihn an. »Wo warst du denn die ganzen Jahre?«

»Geh mal ein wenig runter vom Gas«, mahnte er streng, ohne ihre Frage zu beantworten. »So spricht man nicht mit seinem Vater. Auch wenn ich einiges verpasst habe, jetzt bin ich da, und das hast du zu respektieren.«

Respekt hatte sie ganz gewiss nicht vor ihm.

»Ich fürchte, deine Mutter ist nicht in der Lage, das Beste für dich herauszuholen. Vielleicht will sie das auch gar nicht, weil sie mit diesem Musikproduzenten in die Kiste springt. Deswegen muss ich mich darum kümmern.«

Die Art und Weise, wie er über ihre Mutter sprach, ließ ihren Puls in die Höhe schnellen. Sie musste sich zurückhalten.

»Und du willst mir, falls wir wirklich berühmt werden sollten, was völlig in den Sternen steht, ganz uneigennützig zu mehr Geld verhelfen, indem du unser Manager wirst?«, fragte sie so ruhig wie möglich.

»Glaub mir, ihr habt das Potenzial dazu. Vor allem mit dieser Peggy Sue als Sängerin. Und natürlich werde ich als Manager ein Stück vom Kuchen abbekommen », stellte er klar.

»Also willst du mit mir Geld verdienen?«, warf sie ihm entgegen.

»Warum sollten es andere kriegen, wenn ich als dein Vater für dich alles regeln kann?«

Er machte Rita wirklich fuchsteufelswild. »Hier geht es aber nicht um mich allein! Wir sind eine Band. Die anderen wollen nicht, dass du dich einmischst. Außerdem werde ich in zwei Monaten einundzwanzig, und dann kannst du sowieso nichts mehr machen.«

»Dann müsst ihr die Plattenaufnahmen im Studio wohl bis dahin verschieben!«, sagte er mit einem kühlen Grinsen.

Rita hätte ihm am liebsten eine Ohrfeige verpasst und ihm gesagt, er solle sich zum Teufel scheren, denn nur zu gern würde sie einfach noch warten, bis sie volljährig wäre. Doch ihr war es wichtig, dass Peggy Sue bei den Aufnahmen mit dabei sein konnte. Und je länger sich alles hinauszögerte, desto mehr bestand die Gefahr, dass sie womöglich doch zurück nach Amerika ging.

Rita war inzwischen klar, dass es ihrem Vater nicht die Bohne um sie, seine Tochter, sondern einzig und allein ums Geld ging, das er sich mit ihr unter den Nagel reißen konnte. Sie musste diesen Umstand nutzen und pokern.

»Bevor du uns allen das Leben so schwer machst, werde ich mit den anderen reden, dass wir die Aufnahmen erst später machen, wenn du es mir nicht mehr verbieten kannst«, sagte sie deswegen, obwohl sie immer noch genau das Gegenteil vorhatte.

Damit hatte er offenbar nicht gerechnet. »Ach ja? Und du denkst, die anderen sind damit einverstanden?«

»Begeistert werden sie natürlich nicht darüber sein«, sagte sie und tat so, als wäre sie bedrückt deswegen. »Ich hoffe aber, dass sie das verstehen werden und mich für die Aufnahmen nicht durch eine andere Schlagzeugerin ersetzen ... Du lässt mir schließlich keine Wahl!«, fuhr sie ihn an und wunderte sich selbst über den neu gewonnenen Mut. »Und jetzt lass mich einfach in Ruhe!«

Sie drehte sich von ihm weg. Doch er packte sie am Arm und hielt sie fest. »Moment, Fräulein!«

»Lass mich los!«, keuchte sie und wand sich aus seinem Griff. Er konnte es vor den Leuten im Park nicht riskieren, Aufsehen zu erregen.

»Wenn du mir Geld gibst, dann werde ich dich nach Hamburg fahren lassen, und du musst keine Angst haben, dass du ersetzt wirst«, sagte er nah an ihrem Ohr.

Rita versuchte zu verdrängen, wie bitter enttäuscht sie war. Ihr Vater tat genau das, was sie erwartet hatte. Er ließ sich von der eigenen Tochter kaufen. Das widerte sie regelrecht an.

»Wie viel willst du?«, fragte sie knapp.

»Tausend Mark.«

Sie lachte auf. »Das kannst du schön vergessen. Woher sollte ich überhaupt so viel Geld haben?«

»Na gut. Dann fünfhundert. Und darüber verhandle ich auch nicht mehr. Wenn du zu den Aufnahmen nach Hamburg willst, dann nur zu diesem Preis. Bring das Geld morgen um 12 Uhr hierher. Und du wirst das weder deiner Mutter noch deiner Oma sagen. Niemandem. Hast du mich verstanden?«

Plötzlich wurde Rita ganz flau im Magen, und ihre Nackenhaare stellten sich auf. Geralds Augen blitzten sie bedrohlich an. Er meinte es wirklich ernst.

»Wenn ich dir das Geld morgen gebe, woher weiß ich dann, dass du mir nicht doch noch Schwierigkeiten machst?«, fragte sie zögerlich, wobei sie noch keine Ahnung hatte, wo sie so kurzfristig das Geld auftreiben sollte.

»Darauf musst du dich eben verlassen«, sagte er schulterzuckend und ging davon.

Rita sah ihm hinterher und bemerkte erst jetzt, dass ihre Beine zitterten. Sie drehte sich um, um nach Hause zu gehen, da sah sie Peggy Sue, die auf sie zukam.

»Peggy Sue? Wieso bist du hier? Bist du mir etwa gefolgt?«

Peggy Sue hob entschuldigend die Hände. »Mir war klar, dass du so etwas machen würdest. Dein Vater hat am Telefon irgendwas zu dir gesagt, um dich herzulocken, nicht wahr?«

Rita nickte niedergeschlagen. »Er sagte, er werde verhindern, dass ich mit euch die Plattenaufnahmen machen kann, wenn ich nicht herkomme und mit ihm spreche.«

»Und jetzt?«

»Ich habe gesagt, dann müssten wir mit den Aufnahmen eben warten, bis ich einundzwanzig bin. Aber dass ich nicht wisse, ob ihr mich dann nicht vielleicht auswechselt und das dann seine Schuld wäre. Und dann tat er genau das, was ich befürchtet und gleichzeitig erwartet hatte. Er hat mir gedroht, dass er mir wegen Hamburg erst keine Probleme mehr macht, wenn ich ihm Geld gebe.«

Peggy Sue schüttelte fassungslos den Kopf. »Das ist unglaublich. Und es tut mir so leid für dich, Rita. Wie kann ein Vater nur so sein?«

Rita sah ihre Freundin traurig an. »Er ist kein Vater, Peggy Sue. Das war er nie. Und meiner schon gar nicht.«

»Ach Süße ... Das hast du echt nicht verdient.« Peggy Sue umarmte Rita und drückte sie an sich.

Rita schloss die Augen. Diese eine Umarmung war ihr tausendmal mehr wert als ein Vater, der den Titel nicht verdiente. Am liebsten wäre sie so bis in alle Ewigkeit hier mit Peggy Sue gestanden. Doch Peggy Sue löste sich von ihr und sah sie an.

»Wie viel Geld will er denn von dir haben, Rita?«, fragte sie.

»Fünfhundert ... Zuerst wollte er sogar tausend.«

»Was? Das ist ja verrückt.«

»Ich hab ihm klargemacht, dass ich nicht so viel Geld habe. Aber auf den fünfhundert besteht er.«

»Hast du das Geld denn?«

»Auf dem Sparbuch«, erklärte Rita. »Aber das hat Mama unter Verschluss. Für die Arbeit in der Bar bekomme ich nicht viel. Ich habe das auch nie verlangt, weil sowieso alles in der Familie bleibt und ich noch daheim wohne. Mit dem Trinkgeld komme ich den Monat über gut klar, aber mehr als 60 Mark habe ich im Moment nicht. Wenn ich irgendwas Größeres brauche, dann zahlen immer Mama oder Oma. Aber die dürfen auf keinen Fall wissen, dass ich ihm was gebe.«

Peggy Sue überlegte einen Moment, dann sah sie Rita in die

Augen. »Hör zu. Harry hat mir ein wenig Geld dagelassen. Du kannst hundert Mark von mir haben.«

»Nein, Peggy Sue«, wehrte Rita ab. »Das kann ich nicht annehmen. Ich muss das schon allein hinkriegen.«

»Jetzt pass bitte mal gut auf, Rita: Wenn du nur bei den Aufnahmen im Studio dabei sein kannst, wenn du ihm das zahlst, dann tust du das ja nicht nur für dich, sondern für unsere Band.«

Vehement schüttelte Rita den Kopf. »Aber es ist mein Vater, der solche Schwierigkeiten macht und ...«

» ... und du kannst absolut gar nichts dafür, wie er sich verhält«, unterbrach Peggy Sue sie.

Rita seufzte. »Ach, Peggy Sue ...«

»Wir finden schon eine Lösung. Wenn wir noch Inge und Moni fragen ...«

»Auf gar keinen Fall«, fuhr Rita dazwischen. »Ich schäme mich ja dir gegenüber schon fast zu Tode.«

»Das musst du nicht!«

»Bitte sag den beiden nichts«, bat Rita eindringlich.

»Aber woher willst du das Geld denn sonst nehmen?«, fragte Peggy Sue.

Rita hatte da eine Idee, aber die würde sie ihrer Freundin nicht verraten. »Ich werde schon eine Lösung finden.«

»Du wirst trotzdem die hundert Mark von mir nehmen. Wenn du das nicht tust, dann werde ich deiner Mutter alles sagen«, drohte Peggy Sue achselzuckend.

»Das wirst du nicht!«

»O doch! Und wie ich das werde.«

Rita seufzte. Sie würde wohl nicht lockerlassen. »Na gut. Danke, Peggy Sue.«

»Denkst du, er wird sein Versprechen halten, wenn du ihm das Geld gegeben hast?«, fragte die Amerikanerin vorsichtig.

»Ich weiß es nicht«, gab Rita zu. »Aber mir bleibt leider nichts anderes übrig.«

In der Bar war auch an diesem Abend wieder viel los. Die Gäste feierten und tanzten ausgelassen zur Musik aus der Jukebox. Angie, Rita, Peggy Sue, Rosi und Erich hatten alle Hände voll zu tun.

»Schau mal, das ist doch Tom, oder, der da gerade kommt?« Rita deutete in Richtung Treppe.

»Stimmt!« Peggy Sue winkte dem Freund ihres Mannes zu, und er drängte sich zu ihnen an die Bar.

»Hallo, Tom. Ist was mit Harry?«, fragte Peggy Sue besorgt.

Tom schüttelte den Kopf. »Nein, keine Sorge. Ich wollte dich nur wieder hier besuchen und fragen, wie du klarkommst.«

Peggy Sue lächelte erleichtert. »Mir geht es gut, danke, Tom.«

»Ihr könnt ruhig ein paar Minuten plaudern«, meinte Angie, die neben Rita stand. Sie hielt in jeder Hand eine Schnapsflasche und schenkte gleichzeitig Obstler und Doornkaat in eine Reihe Stamperl ein.

»Danke.« Peggy Sue wischte sich die Hände ab und ging mit Tom nach draußen.

»Dieser Tom ist wirklich ein Netter. Ich glaube, er wäre der bessere Ehemann für Peggy Sue gewesen«, sagte Angie und stellte die Flaschen ab, nachdem alle Schnapsgläser gefüllt waren.

Rita zuckte nur mit den Schultern. Wenn es nach ihr ginge, dann bräuchte die Amerikanerin überhaupt keinen Mann – sondern sie. Dieser Traum würde allerdings ganz sicher nicht in Erfüllung gehen. Im Moment waren Ritas Gedanken ohnehin ganz woanders. Als Peggy Sue später wieder am Arbeiten war, sagte sie zu ihr: »Ich muss mal kurz raus. Bin gleich wieder da.«

Sie verließ die Bar und ging in die Wohnung. Leise schlich sie sich am Wohnzimmer vorbei, in dem ihre Oma sich eine Unterhaltungssendung anschaute, und ging in das Zimmer ihrer Mutter. Ihr Herz klopfte wie wild, als sie den Kleiderschrank öffnete und einen Stapel Pullover zur Seite schob, um den kleinen Tresor dahinter zu öffnen, zu dem sie die Kombination kannte. Sie holte die Geldkassette mit der eisernen Reserve heraus. Es war der einzige Ausweg, wie sie das Problem mit ihrem Vater lösen konnte.

»Rita?«

Vor Schreck ließ sie die Geldkassette fallen, die mit einem lauten Scheppern auf den Boden knallte.

»Was machst du da?«

Rita drehte sich um. Ihre Oma stand in der Tür und sah sie mit einem Blick an, den sie nicht deuten konnte.

»Ich wollte mir nur etwas ausleihen, Oma«, erklärte sie rasch. Rita griff in ihre Hosentasche und holte einen Zettel heraus, den sie ihrer Oma reichte.

Finni öffnete den Zettel und las. »Liebe Mama, ich habe das

Geld für einen Notfall gebraucht. Du bekommst alles wieder zurück. Bitte, bitte nicht böse sein.«

»Ich wollte es mir wirklich nur ausleihen«, beteuerte Rita leise. »Bitte sei auch du mir nicht böse, Oma.«

»Dein Vater steckt dahinter, nicht wahr?«

Rita nickte.

»Er hat Menschen schon zu anderen Dingen getrieben. Ich bin dir nicht böse.« Finni gab ihr den Zettel zurück.

»Wie viel Geld verlangt Gerald von dir?« Sie hatte die Lage sofort durchschaut.

»Fünfhundert Mark.«

Finni atmete tief durch. »Mausi, wenn du es ihm gibst, wird er immer wieder auftauchen und noch mehr wollen, wie ein Blutsauger«, prophezeite sie.

»Aber wenn ich es nicht tue, dann wird er Martin anrufen und ihm verbieten, mich spielen zu lassen. Dann müssen wir warten, bis ich einundzwanzig bin. Und wer weiß, ob Peggy Sue dann überhaupt noch hier ist! Ohne sie sind die Monaco Birds nichts Besonderes. Sie muss unbedingt bei dieser Singleaufnahme dabei sein. Ach Oma, was soll ich denn nur tun?«

Finni schnaubte. »Als ich heute sagte, dein Vater sei gefährlich, meinte ich das auch so. Trotzdem habe ich noch einen Trumpf in der Hand. Den wollte ich zwar niemals ausspielen, aber wenn er dich derart erpresst, dann bleibt mir leider nichts anderes übrig.«

»Welchen Trumpf, Oma?«

»Das willst du nicht wissen. Leg die Kassette wieder zurück in den Tresor.«

Rita tat, was ihre Oma ihr sagte. Insgeheim war sie sehr erleichtert, dass sie diesen Schritt nicht hatte gehen müssen. Ihre eigene Mutter zu beklauen, hätte sie sich nicht so schnell verziehen.

»Wann sollst du ihm das Geld geben?«, fragte Finni.

Rita überlegte kurz. »Das sage ich dir nur, wenn ich weiß, was du vorhast. Du hast gesagt, er ist gefährlich. Und ich möchte nicht, dass dir etwas passiert, Oma.«

Sie hatte tatsächlich Angst, dass ihr Vater ihrer Oma schaden könnte.

Finni sah ihre Enkelin mit einem Lächeln an. »Mausi ... Deine Oma kann sich schon gegen ihn durchsetzen. Glaube mir.«

Doch Rita schüttelte den Kopf. »Immer habt du und Mama mir alles verschwiegen, was mit ihm zu tun hatte. Ihr hattet sicher eure Gründe, aber ich finde, es steht mir zu, zu erfahren, was du vorhast.«

Finni sah sie nachdenklich an. Schließlich nickte sie. »Vielleicht hast du recht. Komm mit.«

Sie gingen in das Atelier ihrer Oma. Finni zog die unterste Schublade in der Kommode heraus. Überrascht sah Rita, dass diese einen doppelten Boden besaß, aus dem Finni zwei Briefkuverts nahm, die sehr alt aussahen.

»Davon weiß noch nicht einmal deine Mutter, Rita«, beschwor ihre Oma sie. »Ich wollte ihr ersparen, dass sie erfährt, was für ein schrecklicher Mensch ihr Ehemann tatsächlich war. Diese beiden Briefe kamen zwei und drei Jahre nach Ende des Krieges von einem Freund deines Vaters. Sie waren zusammen an der Front gewesen. Da dein Vater verschwunden war, machte ich die Briefe auf.«

Zuerst holte Finni aus einem der Kuverts ein altes Foto und gab es Rita. Darauf waren vier junge Soldaten zu sehen, die in die Kamera lächelten. Ihr Vater war damals tatsächlich ein äußerst attraktiver Mann gewesen.

»Und hier ist der Brief. Mach dich bitte auf etwas gefasst«, warnte Finni sie.

Während Rita den Brief las, drehte sich ihr vor Entsetzen der Magen um. Zunächst gratulierte der Freund ihres Vaters ihm zur Geburt seiner Tochter. Dann schlug er Gerald ein baldiges Treffen vor, um sich mit einigen anderen Kameraden über die Zeit im Krieg auszutauschen, den Deutschland verloren hatte. Die Bewunderung für Hitler und seine Ideologie kam in jeder Zeile zum Ausdruck. Er bedauerte es, dass er und Gerald nicht mehr »diese Juden hatten abknallen« und »ihre dreckigen Schlampen« vergewaltigen können.

Rita ließ den Brief sinken, sie konnte und wollte ihn nicht zu Ende lesen. Den zweiten Brief fasste sie gar nicht erst an.

»Was die Menschen in diesem Krieg auf beiden Seiten mitgemacht haben, lässt sich kaum in Worten ausdrücken«, sagte Finni leise, und eine einzelne Träne lief über ihre Wange. »Und es gab überall welche, die besonders grausam waren. Auch ich bin damals nicht vor solchen Menschen verschont geblieben.«

Rita schluckte. Sie hatte es geahnt. Manchmal hatte sie ihre Oma nachts gehört, wie sie weinte oder schreiend aus einem Alptraum erwacht war.

»Viele kamen einfach so davon, solche wie dein Vater und

sein Soldatenfreund. Ich habe die ganze Zeit geschwiegen, weil ich nicht sicher wusste, wie viel dieser Freund in seinem Brief womöglich nur geprahlt hat und wie viel Schuld dein Vater tatsächlich damals auf sich geladen hat. Aber auch wenn dieser Freund ein Aufschneider war, ein Unschuldslamm war dein Vater gewiss nicht. Ich lasse nicht zu, dass Gerald dir das Leben künftig schwer macht. Wenn er dich nicht in Ruhe lässt, werde ich mit den Briefen und dem Foto zur Polizei gehen und denen auch erzählen, dass er uns bedroht. Auch wenn er vermutlich alles abstreiten wird, so wird er trotzdem hoffentlich Schwierigkeiten bekommen.«

Rita nickte. Was sie gerade erfahren hatte, entsetzte sie. Und doch half es ihr, sich innerlich völlig von ihrem Vater zu distanzieren. Nur wenige Tage zuvor hatte sie sich erhofft, ihn näher kennenzulernen, aber jetzt wollte sie ihn nur noch vergessen. In gewisser Weise war das eine Erleichterung.

»Also, wann und wo trefft ihr euch?«, fragte Finni.

»Morgen Mittag beim Chinesischen Turm. Aber ich werde mit dir mitkommen«, sagte Rita bestimmt.

Sie umarmte ihre Oma fest. Finni löste sich schließlich von ihr und räusperte sich.

»Ich weiß, dass das alles schwer ist, aber jetzt geh besser wieder nach unten. Sie brauchen dich in der Bar, und die Arbeit wird dich ablenken.«

Kapitel 15
Inge

München, 6. August 1966

Am frühen Samstagnachmittag verließ Inge das Modehaus Vilsinger mit dem festen Entschluss, morgen nach Hamburg zu fahren, auch wenn ihr Urlaub nicht genehmigt worden war. Sie hatte sich nach langem Überlegen einen Plan zurechtgelegt, wie sie ihr Fehlen am Montag und Dienstag erklären würde. Ihr war nicht wohl dabei, und es war riskant, aber etwas anderes blieb ihr nicht übrig. Um den Plan umzusetzen, würde sie die Hilfe von Moni benötigen, die sie jedoch erst am Montag früh einweihen würde. Sie sollte jetzt noch nicht wissen, dass Inge es nicht geschafft hatte, den Urlaub auf reguläre Weise genehmigt zu bekommen. Wobei Inge fest davon ausging, dass Moni keine Skrupel haben würde, alles zu tun, damit die Aufnahmen in Hamburg stattfinden konnten.

Doch darüber wollte sie erst später weiter nachdenken. Denn es gab etwas, worüber sie sich riesig freute. Als sie am Donnerstag nach der Musikstunde mit Sigi über ihre Idee gesprochen hatte, sich einen Gebrauchtwagen zu kaufen, hatte er den Vorschlag gemacht, den geplanten Kinoabend zu verschieben und gleich noch zu Charly zu fahren und sich die Autos anzusehen, die auf dem Hof der Werkstatt seines Onkels zum Verkauf standen.

Zuerst war Charly etwas mürrisch Inge gegenüber gewesen. Er hatte es immer noch nicht verwunden, dass seine Band den Wettbewerb nicht gewonnen hatte. Doch schließlich besann er sich auf seine Aufgabe und zeigte ihr die Fahrzeuge.

Eigentlich hatte sie sich nur umsehen wollen. Doch es war Liebe auf den ersten Blick gewesen, als sie den hellblauen Zündapp Janus entdeckte. Der kleine Wagen mit Türen an Heck und Bug hatte es ihr sofort angetan. Sie durfte eine Probefahrt machen und kam sofort gut zurecht mit dem Handschalter für das Vierradgetriebe auf der linken Seite. Obwohl der Wagen fast schon winzig war, fühlte Inge sich neben Charly nicht eingeengt. Besonders witzig fand sie, dass Sigi als weiterer Beifahrer hinten mit dem Rücken zur Fahrtrichtung saß.

»Und, was meinst du?«, hatte Charly sie gefragt, nachdem sie nach der Fahrt wieder zurück im Hof gewesen waren.

»Den will ich haben«, hatte sie mit strahlenden Augen gesagt.

»Möchtest du nicht lieber noch mal in Ruhe darüber nachdenken?« Sigi war offensichtlich überrascht gewesen, wie schnell sie sich entschieden hatte.

»Das brauche ich nicht, Sigi«, hatte sie mit einem Lächeln geantwortet. »Manchmal weiß man einfach sofort, wenn es passt.«

Charlys Onkel war hinzugekommen, und mit Unterstützung von Sigi wurde hart um den Kaufpreis gefeilscht. Doch schließlich hatten sie sich geeinigt. Charly würde den Gebrauchtwagen aus dem Jahr 1957 noch mal gründlich durchchecken und ihn für Inge anmelden. Sie hatte das Geld am Freitag von ihrem Sparbuch abgehoben und den Wagen bereits bezahlt. Nach ihrer Rückkehr aus Hamburg würde sie den Janus abholen. Eine prickelnde Vorfreude stieg in ihr auf.

Als sie in ihrer Wohnung war, wärmte Inge sich den Rest der Gulaschsuppe vom Vortag auf, dann packte sie eine kleine Tasche für die Reise. Inzwischen war sie schon mächtig aufgeregt. Das schlechte Gewissen, dass sie ihre Chefs würde anlügen müssen, versuchte sie zu verdrängen.

Um kurz vor drei klingelte es an der Tür. Es war Sigi, der versprochen hatte, sie auf dem Motorrad zur letzten Probe vor der Reise nach Hamburg in *Angies Vogelbar* zu fahren. Kaum hatte er den Flur betreten, zog er sie an sich und gab ihr einen langen Kuss.

»Ach Inge, ich würde euch so gern nach Hamburg begleiten«, sagte er.

»Wirklich schade, dass das nicht möglich ist.«

Zum einen hätte er in Peggy Sues Wagen keinen Platz mehr gehabt, und außerdem hatte er versprochen, Ursi in der Metzgerei zu helfen, während Moni nicht da war. In den Sommerferien hatte er deutlich weniger Musikschüler, weil viele verreist waren, deswegen blieb genügend Zeit, die Familie ein wenig zu unterstützen.

»Wer weiß, vielleicht lädt euch Martin Adam doch mal mit Charly's Beatboys ein«, sagte sie.

»Vielleicht. Aber wir werden hoffentlich so oder so unseren Weg gehen.«

»Das wünsche ich dir wirklich sehr, Sigi.«

Erneut küssten sie sich, bis Inge sich löste und auf die Uhr sah. »Es wird Zeit. Wir müssen dann los, sonst komme ich zu spät zur Probe.«

Als sie die Bar betraten, waren die Instrumente und die Anlage schon aufgestellt. Peggy Sue und Rita saßen auf Hockern an der Bar. Nur Moni war noch nicht da.

»Seid ihr schon sehr aufgeregt wegen der Fahrt morgen?«, fragte Sigi.

»Ja, und wie!«, antwortete Peggy Sue.

»Ich auch«, kam es von Rita. »Und wie geht es dir damit, Inge?«

»Momentan bin ich noch entspannt«, sagte sie. »Ich weiß nur noch nicht, wie es mir geht, wenn wir am Montag im Studio sind.«

»Vielleicht sollten wir eine Flasche Himbeergeist für dich mitnehmen, damit du dir im Notfall wieder Mut antrinken kannst«, überlegte Rita.

»Gute Idee«, stimmte Peggy Sue zu. »Bevor du vor lauter Nervosität wieder verschwindest ...«

Sie lachten. Auch Inge erzwang ein Lächeln. Warum mussten ihre Freundinnen sie immer wieder daran erinnern?

»Das habe ich nicht vor«, versprach sie. Sie hoffte, dass ihr Lampenfieber im Studio nicht mehr ganz so schlimm sein würde wie beim ersten Auftritt, den sie tatsächlich zunächst abgebrochen hatte. Zur Sicherheit wäre es vielleicht wirklich gut, den Schnaps mitzunehmen. Doch nach ihrer Rückkehr aus Hamburg würde sie eine Weile ganz gewiss auf Alkohol verzichten. Das hatte sie sich fest vorgenommen. Allerdings hatte es in letzter Zeit einfach immer so viele unvorhergesehene Gelegenheiten gegeben. So wie auch gestern Abend, als Sigi sie völlig überraschend in die Tanzbar *Big Apple* in der Leopoldstraße eingeladen hatte. Sie blieben zwar nicht allzu lang, weil sie am nächsten Tag arbeiten musste, aber sie hatte zwei Rum-Cola getrunken, auf die Sigi sie eingeladen hatte.

Nachdem sie sich zugeprostet hatten, hatte sie gefragt: »Klappt das denn jetzt mit eurem Auftritt hier im Lokal?«

»Es sieht so aus, aber vermutlich erst im Herbst«, hatte Sigi über den Lärm der Musik geantwortet.

»Sigi, schau mal, ist der Mann dahinten Udo Jürgens?«, hatte sie gefragt, bevor der Mann, der tatsächlich aussah wie der diesjährige Gewinner des Grand Prix d'Eurovision, gleich darauf in der Menge verschwunden war.

»Hab sein Gesicht nicht gesehen. Aber es kann schon möglich sein, er soll hier öfter unterwegs sein. Komm, lass uns tanzen!«

Damit hatte er sie zu einem Song der Supremes auf die volle Tanzfläche gezogen.

»Wann fahrt ihr denn eigentlich los?«, riss Sigi sie nun aus ihren Gedanken.

»Da Rita und ich heute Abend noch in der Bar arbeiten müssen, können wir leider nicht ganz so früh starten, wie wir wollten. Doch um 5 Uhr holen wir Moni ab und danach dich, Inge«, sagte Peggy Sue.

»Aber Mutter hat schon gesagt, dass du heute früher Schluss machen und schlafen gehen darfst, Peggy Sue. Ich kann ja notfalls bei der Fahrt ein Nickerchen machen, du wirst jedoch einen großen Teil der Strecke übernehmen und solltest nicht müde sein.«

»Ich kann gern gleich die erste Strecke fahren«, bot Inge an. »Dann kann Peggy Sue auch noch ein wenig schlafen.«

»Das entscheiden wir besser morgen früh, wenn ich sehe, wie fit ich bin«, sagte Peggy Sue.

»Grüß euch!« Moni hatte die Bar betreten, und Inge blieb für einen Moment vor Staunen der Mund offen. Genauso ging es den anderen wohl auch beim Anblick von Moni.

»Was hast du denn mit deinen Haaren gemacht?«, fragte Sigi völlig perplex.

»Das ist doch nicht zu übersehen, oder?«, sagte Moni und kam zu den anderen an die Bar. Ihr vorher schulterlanges Haar war zu einem Pilzkopf geschnitten, wie bei den Beatles. Wobei ihre Frisur durch die rote Haarfarbe tatsächlich etwas von einem Pilz hatte.

Inge wusste nicht, ob sie den Haarschnitt schrecklich fand oder absolut modern. Vielleicht war er ja beides.

»Ich wollte mal eine Veränderung«, erklärte Moni mit einem Lächeln, das Inge ein wenig übertrieben fand. Womöglich hatte sie die Entscheidung selbst schon bereut, wollte es aber nicht zugeben.

»Das mit der Veränderung ist dir auf jeden Fall gelungen«, meinte Peggy Sue. »Du siehst wirklich ganz anders aus, Moni.«

»Ich würde sie an deiner Stelle ein wenig hochtoupieren«, riet Inge ungefragt.

»Also ich finde, es passt zu ihr«, merkte Rita an. »Doch du solltest dich jetzt mehr schminken, Moni, damit dein Gesicht richtig zur Geltung kommt, sonst wirkst du leider ein wenig ... unscheinbar.«

»Danke für eure Komplimente und Ratschläge«, sagte Moni trocken. »Aber vielleicht möchte ich ja gar nicht auffallen, außer mit unserer Musik.«

»Ungeschminkt lassen wir dich jedenfalls nicht auf die Bühne«, beharrte Rita. »Wir müssen alle was hermachen.«

»Oder zu den Fotoaufnahmen«, fügte Inge hinzu.

»Schon gut.« Moni verdrehte die Augen. »Aber hier darf ich hoffentlich so sein, wie ich bin.«

»Natürlich darfst du«, sagte Peggy Sue und lächelte ihr zu.

»Und ich möchte jetzt nicht mehr über Modefragen quasseln. Lasst uns mit der Probe beginnen«, schlug Moni energisch vor.

»Hast du oben die Tür hinter dir zugesperrt?«, fragte Inge.

»Hab ich. Nicht, dass Ritas Vater uns heute wieder überrascht. Ist er eigentlich noch mal aufgetaucht?«, wollte sie wissen.

»Allerdings«, sagte Peggy Sue.

»Aber das wird er in Zukunft nicht mehr!«, beteuerte Rita fest mit einem seltsam kühlen Blick. »Er wird uns von nun an in Ruhe lassen.«

»Wirklich?«, fragte Moni überrascht. »Hat er es eingesehen, dass wir ihn nicht als Manager wollen?«

»Das hat er«, bestätigte Rita kurzangebunden. »Aber jetzt kommt, lasst uns loslegen!«

»Es stört euch doch nicht, wenn ich hierbleibe?«, fragte Sigi.

»Gar nicht«, sagte Peggy Sue. »Du musst uns danach aber auch deine ehrliche Meinung geben.«

»Tut mir leid, wenn ich das sagen muss, aber so schlecht wie heute habe ich euch noch nie gehört«, meinte Sigi eine Stunde später.

»Wenn wir am Montag im Studio auch so furchtbar spielen, dann wird das mit der Platte nichts«, grummelte Moni.

Und auch Inge war enttäuscht. Tatsächlich hatte so gut wie gar nichts geklappt. Einsätze kamen zu spät, Texte wurden vergessen, und überhaupt fehlte es an Energie.

»Was ist denn heute nur los mit uns allen?«, fragte Peggy Sue. »Wir können die Lieder doch.«

»Keine Ahnung.« Rita zuckte mit den Schultern und steckte sich eine Zigarette an.

»Eigentlich ist es ja ein gutes Omen«, versuchte Sigi die Frauen aufzumuntern. »Wenn die Generalprobe nicht klappt, dann ist der Auftritt, oder in eurem Fall die Aufnahme im Studio, besonders gut.«

Inge beschlichen leise Zweifel, aber sie betete darum, dass Sigi recht behielt.

»Das hoffe ich«, sagte Moni. »Ach, und Inge? Hast du deinen Vertrag dabei?«

Sie schluckte. Verlegen brachte sie hervor: »Tut mir leid, ich habe ihn schon wieder daheim liegen lassen.«

»Du darfst ihn bitte morgen auf keinen Fall vergessen!«, bläute Monika ihr ein.

»Das werde ich nicht«, versprach Inge schnell. »Aber vielleicht erinnert ihr mich zur Sicherheit, wenn ihr mich abholt?«

»Das werde ich. Kommt, lasst uns die Songs noch ein letztes Mal spielen.«

Doch auch der letzte Versuch gelang nicht wesentlich besser.

»Lasst es jetzt gut sein«, riet Sigi. »Ich bin mir absolut sicher, dass ihr in Hamburg euer Bestes geben werdet und alle begeistert von euch sind.«

Die vier Frauen stimmten ihm zu und verstauten ihre Instrumente, ehe sie aufbrachen.

»Möchtest du noch irgendwohin gehen und eine Kleinigkeit essen?«, fragte Sigi, als er mit Inge kurz darauf neben seinem Motorrad stand.

»Das wäre schön, aber ich habe im Kühlschrank noch Reste, die sich nicht halten, bis ich wieder aus Hamburg komme. Es wäre schade, sie wegzuwerfen.«

»Verstehe.« Er stieg auf seine Zündapp.

»Das würde sicher auch für zwei reichen«, sagte sie. »Wenn du magst, können wir bei mir essen.«

»Kann ich dir was helfen?«, fragte er zwanzig Minuten später, als Inge Schinken, ein Stück Streichwurst, einen halben Camembert und Essiggurken auf einem Teller anrichtete.

»Du kannst das Brot aufschneiden, wenn du möchtest.«

»Wird gemacht.«

»Was möchtest du denn trinken, Sigi? Im Kühlschrank hätte ich noch eine angebrochene Flasche Weißwein.«

»Hm. Wenn du dich morgen mit Peggy Sue beim Fahren abwechseln willst, ist es wohl besser, wenn du heute Abend auf Alkohol verzichtest«, riet Sigi. »Und ich brauche auch keinen Wein.«

Inge schoss vor Verlegenheit die Röte ins Gesicht. Er meinte doch nicht etwa, dass sie zu viel trank?

»Ich auch nicht«, sagte sie schnell. »Es gibt auch noch Brause, oder ich kann uns einen Tee kochen.«

Sigi lächelte. »Brause nehme ich gern.«

Sie setzten sich zum Essen ins Wohnzimmer und schalteten das Radio ein. Inge hatte plötzlich keinen sonderlichen Appetit mehr, während Sigi kräftig zulangte.

»Versprich mit bitte, dass du bei der Fahrt gut auf euch aufpasst. Und auch wenn ihr in Hamburg seid«, bat Sigi eindringlich.

»Natürlich. Aber von Hamburg werden wir sowieso nicht viel mitbekommen. Morgen kommen wir erst spät im Hotel an, und am Montag geht es gleich in der Früh ins Studio. Am Abend sind wir von Martin zum Essen eingeladen. Und am Dienstagmorgen geht es schon wieder zurück.«

»Ein ganz schönes Mammutprogramm.«

Sie nickte und biss in eine Essiggurke. Dann fasste sie sich ein Herz. »Sag mal Sigi, ist mit Moni alles in Ordnung? Deine Schwester wirkt seit Kurzem etwas ... ich weiß auch nicht, wie ich es nennen soll. Nervös?«

Und dann diese radikale Veränderung ihrer Frisur.

Er zuckte mit den Schultern. »Ich fürchte, sie kommt einfach nicht klar mit unserer Schwägerin. Und vor allem ist sie aufgeregt wegen der Aufnahmen.«

Inge nickte. »Sie will das so unbedingt.«

»Wahrscheinlich am meisten von euch allen ... Und was ist mit dir?«, fragte er.

»Wie meinst du das?«

»Na, wie wichtig ist es dir, wie es mit den Monaco Birds weitergeht?« Er strich Butter aufs Brot und legte eine Scheibe Schinken darauf.

Inge überlegte, was sie antworten sollte. Dann sagte sie: »Am Anfang habe ich die Sache nicht ganz ernst genommen, muss ich gestehen. Als du mir vorgeschlagen hast, der Band beizutreten, hätte ich niemals gedacht, dass es mir so viel Spaß machen würde. Obwohl ich immer so großes Lampenfieber habe.«

Er lächelte. »Das hast du aber einigermaßen in den Griff bekommen.«

Leider nur mithilfe von Schnaps.

»Die Bandproben, die Auftritte, der Wettbewerb, das alles hat mir gezeigt, dass das Leben für mich weitergeht. Ich würde mich freuen, wenn es mit den Monaco Birds klappt und es der Anfang eines Wegs wäre, den ich mir vorher niemals hätte vorstellen können. Aber vor allem ist mir die Freundschaft zu Moni, Peggy Sue und Rita wichtig. Und, dass wir beide uns ...«

Sie suchte nach den richtigen Worten.

» ... dass wir beide uns ineinander verliebt haben?«, fragte er leise.

Ihr Herz klopfte schneller. »Ist das denn bei dir so, Sigi?«

»Das weißt du doch schon längst.«

»Und du weißt es von mir ...«

Er nickte.

Sie sahen sich tief in die Augen, dann küssten sie sich, innig und leidenschaftlich.

Und plötzlich schien alles ganz einfach zu sein. Inge stand auf, nahm seine Hand und zog ihn mit sich ins Schlafzimmer.

Kapitel 16
Peggy Sue

München und Hamburg, 7. August 1966

Um halb 5 Uhr morgens war in der Küche der Haslingers schon allerhand los. Obwohl Angie als Letzte ins Bett gegangen war und nun völlig müde aus der Wäsche guckte, war sie extra aufgestanden, um sich von Rita und Peggy Sue zu verabschieden. Sie stand mit einer Tasse Tee und einer Zigarette an das Küchenbüfett gelehnt und sah dem Treiben zu.

Peggy Sue belegte eilig Wurst- und Käsebrote. Rita packte Äpfel, Kekse und mehrere Päckchen Sunkist in eine Tasche. Finni goss mit sprudelnd heißem Wasser den frisch gemahlenen Kaffee auf, den sie in einer großen Thermoskanne mitnehmen würden.

»Soll ich in den Kaffee gleich Zucker und Bärenmarke geben?«, fragte sie. »Oder wollt ihr ihn lieber schwarz?«

»Mach das bitte ruhig rein, Oma«, bat Rita.

Angie zog aus der Tasche ihres Bademantels einen Briefumschlag und gab ihn ihrer Tochter. »Nimmst du den bitte mit? Der ist für Martin.«

»Ein Liebesbrief?«, fragte Rita frech.

»Das geht dich gar nichts an«, antwortete Angie, allerdings mit einem Zwinkern.

»Und bestelle ihm einen schönen Gruß von mir, dass er gut auf euch aufpassen soll«, sagte Finni.

»Das muss man Martin bestimmt nicht extra sagen«, meinte Angie. »Hach, ich wäre so gern mit euch gefahren.«

»Aber, Mama, du besuchst ihn doch eh in einer Woche«, erinnerte sie Rita.

»Ich weiß, aber das ist noch so lange hin.« Sie griff in die andere Seite ihres Bademantels und holte einen Fünfzigmarkschein heraus, den sie Rita in die Hand drückte. »Das Hotelzimmer wird euch bezahlt, hat Martin gesagt, und zum Essen werdet ihr auch von ihm eingeladen, aber das ist noch ein Zuschuss zum Tanken von Oma und mir.«

»Danke, Mama und Oma. Moni und Inge werden sich ebenfalls beim Benzin beteiligen.«

»Auch von mir vielen Dank euch beiden«, sagte Peggy Sue.

»Schon gut. Wenn ihr mit den Monaco Birds mal reich und berühmt seid, könnt ihr euch gern revanchieren«, scherzte Finni. »Und vergesst nicht, ich will eine von euch allen persönlich signierte Schallplatte haben.«

»Die kriegst du, Oma«, versprach Rita.

»Sag mal, Rita, dein Vater hat sich nicht mehr bei dir blicken lassen?«, wollte Angie wissen.

»Nein. Vielleicht hat er ja doch eingesehen, dass er uns in Ruhe lassen soll«, sagte Rita und warf einen kurzen Blick zu ihrer Oma.

Peggy Sue wusste inzwischen, dass Rita und ihre Oma Gerald mit irgendwelchen belastenden alten Briefen losgeworden waren. Rita hatte nicht erzählen wollen, worum es dabei ging. Die Szene im Park musste jedenfalls sehr unschön gewesen sein.

»Ab jetzt ist er für mich gestorben! Ich will vergessen, dass es ihn überhaupt gab. Er soll auf keinen Fall mehr mein Leben beeinflussen«, hatte Rita zu ihr gesagt.

Wenn der eigene Vater einem so zusetzte, war das schrecklich. Gut, dass Rita mit ihrer Mutter und ihrer Oma zwei so tolle Frauen an ihrer Seite hatte, auf die sie sich immer verlassen konnte. In diesem Moment dachte Peggy Sue an ihre eigene Familie und verspürte Sehnsucht nach ihr. Nach der Rückkehr mit Moni aus Gauting hatte sie einen langen Brief geschrieben und zum ersten Mal auch erwähnt, dass sie zusammen mit drei jungen Frauen Musik machte und viel Freude daran hatte. Sie hatte von schönen Plätzen in München und Spaziergängen im Englischen Garten geschwärmt, und da ihre Mutter leidenschaftlich gern backte, bekam sie das Rezept für einen Käsekuchen, den Rosi in den vergangenen Tagen mal mit in die Bar gebracht hatte.

»Wenn man Gerald kennt, weiß man, dass er nie etwas einsieht, außer es ist zu seinem Vorteil«, sagte Angie, die nichts von dem Treffen ihrer Mutter und Tochter mit Gerald wusste.

»Angie, wir beide reden später ganz in Ruhe darüber«, sagte Finni, die ihrer Tochter offenbar doch reinen Wein einschenken wollte. Dann wandte sie sich an Rita und Peggy Sue. »Und ihr beide solltet euch langsam beeilen, wenn ihr um 5 Uhr bei Moni sein wollt.«

Die Taschen mit dem Gepäck hatten sie vorhin schon im Kofferraum des Wagens verstaut. Die Bühnenkleider der vier waren in einen Kleidersack gepackt und sorgsam darübergelegt. Sie verabschiedeten sich und machten sich mit dem Proviant und vielen guten Wünschen auf den Weg.

Moni wartete schon vor dem Eingang der Metzgerei, eine kleine Reisetasche und ein Korb standen neben ihr auf dem Treppenabsatz. Sie war immer noch sehr blass, und Peggy Sue machte sich etwas Sorgen um sie. Doch wie Moni ihr gestern abseits von den anderen nach der Bandprobe gesagt hatte, hatten die Blutungen offenbar schon aufgehört. Körperlich war wieder alles in Ordnung. Hoffentlich konnte sie es auch seelisch verarbeiten, dass sie vermutlich dazu bereit gewesen war, ihr Kind abtreiben zu lassen, auch wenn sie es am Ende nicht hatte tun müssen. Peggy Sue war nach wie vor erleichtert, dass es nicht so weit gekommen war.

»Guten Morgen, Moni.« Rita war schon ausgestiegen und öffnete den Kofferraum, damit Moni ihre Sachen verstauen konnte.

»Hallo, ihr zwei«, sagte Moni gähnend.

»Hallo, Moni.«

»Am besten, wir beide setzen uns nach hinten, damit die Fahrerinnen vorn sind«, schlug Rita vor. »Später können wir immer noch wechseln.«

»Mir ist es egal, wo ich sitze«, sagte Moni.

»Du warst doch schon mal bei Inge, kannst du mich bitte hinlotsen, Moni?«, bat Peggy Sue, als die beiden auf den Rücksitzen saßen.

»Klar.«

So früh am Sonntagmorgen waren kaum Autos unterwegs, und sie hielten schon bald vor dem Haus, in dem Inge wohnte.

»Komme schon!« Inge stand oben an einem geöffneten Fenster und winkte ihnen aufgeregt zu.

Sie staunten nicht schlecht, als kurz darauf nicht nur Inge mit ihrer Tasche aus dem Haus kam, sondern gleich hinter ihr Sigi aus der Tür trat.

»Hat er etwa bei ihr übernachtet?«, fragte Rita leise.

»Sieht ganz so aus«, antwortete Peggy Sue und stieg aus, um den Kofferraum zu öffnen.

»Gestern ist es etwas später geworden, deswegen bin ich hiergeblieben«, versuchte Sigi eine Erklärung, während Inges Wangen rot leuchteten.

Peggy Sue grinste. »Schon gut. Ihr müsst uns gar nichts erklären.«

Bevor Inge einstieg, umarmte Sigi sie nochmals und gab ihr einen Kuss. Und damit war ohnehin alles klar.

»Jetzt reicht es aber«, rief Moni aus dem Wagen. »Für lange Abschiedsszenen haben wir keine Zeit.«

»Ist ja schon gut, Schwesterchen. Ich will euch nicht aufhalten ... Passt bitte auf euch auf. Und wenn möglich, ruft bitte gleich an, wenn ihr angekommen seid.«

»Werden wir.«

Inge und Peggy Sue waren inzwischen eingestiegen.

»Und viel Erfolg im Studio!«, wünschte er, bevor er die Beifahrertür schloss.

Er winkte ihnen noch hinterher, bis sie um eine Kurve bogen.

»Hamburg, wir kommen!«, rief Rita und klatschte vergnügt in die Hände.

»Ich kann es nicht fassen, dass wir tatsächlich unterwegs

sind«, sagte Peggy Sue voller Aufregung und Vorfreude. Es war wirklich ein besonderes Abenteuer, auf das sie sich einließen.

Moni beugte sich nach vorn. »Hast du den unterschriebenen Vertrag dabei, Inge?«

Inge drehte sich zu ihr um und machte ein erschrockenes Gesicht. »Nein! Mist! Den habe ich vergessen.«

»Das darf doch nicht wahr sein!«, maulte Moni genervt. »Jetzt müssen wir noch mal umkehren.«

»Das ist doch nicht so schlimm. Wir sind ja gerade erst losgefahren«, meinte Peggy Sue und suchte nach einer Möglichkeit, zu wenden.

Plötzlich grinste Inge.

»Scheeheeerz!«, feixte sie. »Der Vertrag liegt brav unterschrieben in meiner Tasche.«

Peggy Sue sah im Rückspiegel, wie Moni die Augen verdrehte. »Haha ... Sehr lustig.«

»Ich habe die Strecke rausgesucht und alles aufgeschrieben. Im Handschuhfach sind der Zettel und die Straßenkarten. Wer von euch kümmert sich darum?«, fragte Peggy Sue.

»Das mache ich«, bot Moni an, und Inge holte die Sachen raus und gab sie ihr nach hinten.

»Und du sagst Bescheid, Peggy Sue, wenn ich dich am Steuer ablösen soll«, sagte Inge.

»Schon gut, ich bin einigermaßen ausgeschlafen und fühle mich fit«, beteuerte Peggy Sue.

»Hast du denn heute Nacht überhaupt genügend Schlaf bekommen, Inge?«, fragte Rita frech von hinten.

Erneut schoss Röte in Inges Wangen, doch sie lächelte breit. Ganz offensichtlich schien sie auf Wolke sieben zu schweben.

»Tja. Das werde ich euch nicht auf die Nase binden«, flötete sie.

»Ist auch besser so!«, murmelte Moni patzig. »Ich muss nicht alles wissen. Vor allem nicht, wenn es meinen Bruder betrifft.«

»Sag mal, was ist dir denn für eine Laus über die Leber gelaufen, Moni?«, fragte Rita ganz direkt.

Moni antwortete nicht sofort.

»Tut mir leid«, sagte sie schließlich und schüttelte den Kopf. »Dabei ist heute doch ein Tag, um richtig glücklich zu sein, nicht wahr?«

»Allerdings!«, stimmte Inge ihr zu.

»Wir sind auf dem Weg nach Hamburg, um unsere erste eigene Platte aufzunehmen ... und außerdem freue ich mich ja, wenn du und mein Bruder zusammen seid, Inge.« Sie legte einen Arm auf ihre Schulter.

Inge drehte sich zu ihr um und lächelte. »Danke, Moni.«

»Also, ab jetzt keine schlechte Laune mehr. Bei keiner von uns!«, rief Peggy Sue.

»Denn wir sind die Monaco Birds und auf dem Weg, die musikalische Welt zu erobern!«, trällerte Rita.

»Und niemand kann uns aufhalten!«, rief Moni.

Sie beschlossen, die Zeit im Wagen zu nutzen, und übten die zwei Lieder für die Single. Moni und Rita schnipsten im Rhythmus, während Peggy Sue und Inge sangen. Dabei hatten sie jede Menge Spaß. Die Texte saßen, und es klang richtig toll.

Sie kamen gut voran und machten nur kurze Pausen, um zu tanken und sich ein wenig die Beine zu vertreten, bevor sie wieder einstiegen und weiterfuhren. Gegessen wurde der mitgebrachte Proviant im Auto, der für eine halbe Schulklasse gereicht hätte. Dreimal wechselte sich Peggy Sue mit Inge bei der langen Fahrt ab. Moni hatte ihr Notizbuch dabei und las ihnen Texte für neue Songs vor, die Peggy Sue, falls nötig, gleich korrigierte. Dazu summte sie teilweise auch schon Melodien, die sie im Kopf hatte. Und sie machten sich Gedanken um zukünftige Auftrittsmöglichkeiten.

»Vielleicht können wir ja auch mal gemeinsam mit Charly's Beatboys irgendwo spielen«, schlug Inge vor.

»Muss man sich überlegen«, meinte Moni.

Peggy Sue war klar, dass Moni hin und her gerissen war, da sowohl ihr geliebter Bruder als auch Charly Teil der Band waren und sie überhaupt nicht scharf darauf war, Letzteren zu sehen. Trotzdem war der Vorschlag nicht schlecht, und sie sollten es zumindest in Erwägung ziehen.

»Mama hat schon gesagt, dass wir in der Bar gern auch öfter spielen dürfen. Liveauftritte locken immer viele Gäste an«, sagte Rita. »Aber das nächste Mal verlangen wir Eintritt.«

»Wenn unsere Single erst mal draußen ist und Martin es schafft, dass wir im Radio gespielt werden, dann fällt es auch leichter, in anderen Clubs anzufragen«, sagte Moni.

»Vermutlich reißen sich dann alle um uns!«, scherzte Peggy Sue.

»Es wäre trotzdem gut, wenn wir jemanden hätten, der das machen könnte. Ritas Vater hatte nicht so unrecht mit dem

Manager«, meinte Inge, setzte dann aber rasch hinzu: »Aber natürlich nicht ausgerechnet ihn.«

»Eins nach dem anderen. Jetzt nehmen wir erst mal die Platte auf. Dann ist die Release-Party in *Angies Vogelbar*. Vielleicht ergibt sich danach ja was. Oder Martin kann uns einen Rat geben, wie wir es am besten angehen sollen«, sagte Peggy Sue und schlug vor, eine kurze Pause zu machen.

»In welchem Hotel sind wir eigentlich untergebracht?«, fragte Moni, als sie eine Viertelstunde später wieder unterwegs waren.

»Im Hotel Reichshof ganz in der Nähe des Bahnhofs«, sagte Rita. »Wir müssen uns einfach nur an der Rezeption melden, die wissen schon Bescheid, dass wir kommen, hat Martin gesagt.«

»Hoffentlich ist das nicht so eine billige Absteige«, überlegte Inge.

»Mir ist das völlig egal, wie das Hotel aussieht«, sagte Moni. »Hauptsache, das Musikstudio morgen passt.«

»Das ist das Hotel?«, staunte Rita, als sie am Abend in Hamburg angekommen waren, den Wagen auf einem freien Parkplatz in der Nähe abgestellt hatten und mit ihren Taschen vor dem Gebäude standen.

»Eine billige Absteige sieht anders aus«, meinte Peggy Sue amüsiert.

»Das ist ja riesig!«, rief Inge begeistert. »Und richtig nobel sieht das aus. Da hat Martin Adam aber keine Kosten gescheut.«

»Ein richtiges Luxushotel«, schwärmte Rita.

»Dann lasst uns mal reingehen«, schlug Moni vor.

An der Rezeption wurden die vier jungen Frauen freundlich begrüßt.

»Herr Adam lässt sich leider für heute Abend entschuldigen, ihm ist etwas dazwischengekommen, deswegen kann er Sie nicht selbst hier willkommen heißen. Sie mögen bitte allein ins Restaurant gehen und nach Herzenslust bestellen. Morgen erwartet er Sie pünktlich um 8 Uhr im Studio in seinem Haus«, richtete der ältere Herr an der Rezeption aus, der Peggy Sue sehr an ihren Großvater väterlicherseits erinnerte.

Dann reichte er ihnen zwei Zimmerschlüssel. »Zimmer 312 für Monika Fischer und Inge Becker und 314 für Peggy Sue Malone und Rita Haslinger. Die Zimmer sind nebeneinander im dritten Stock.« Außerdem würde man sich um den Wagen kümmern und ihn in der Garage für sie parken.

»Vielen Dank«, sagte Peggy Sue und gab dem Portier den Autoschlüssel.

»Wenn Sie irgendetwas benötigen, sagen Sie bitte Bescheid. Ich wünsche einen schönen Aufenthalt.«

Während sie zu den Aufzügen gingen, bestaunten sie die imposante Halle mit den hohen Decken, den marmornen Säulen und Kronleuchtern.

»Ich glaube, ich träume«, flüsterte Inge, und Rita nickte, während sie fast in einen Mann in einem schicken Anzug gelaufen wäre.

»Vorsicht, Fräulein!«, rief er und konnte gerade noch ausweichen.

»Entschuldigung.«

Als sie im Aufzug nach oben fuhren, gähnte Inge. »Ich weiß

gar nicht, ob ich heute noch in der Lage bin, in einem Restaurant zu essen«, sagte sie.

»Ich bin auch total kaputt nach der langen Fahrt«, sagte Peggy Sue erschöpft.

»Bestimmt können wir uns auch was aufs Zimmer bringen lassen«, meinte Inge. »Obwohl ich eigentlich gar keinen Hunger habe.«

»Ich auch nicht«, sagte Peggy Sue. »Wir haben zudem noch was übrig von der Fahrt.«

»Mehr brauche ich gar nicht«, sagte Rita.

Der Lift war oben angekommen, und sie stiegen aus.

»Es wäre sowieso besser, wenn wir bald schlafen gingen. Wir müssen morgen alle fit sein«, schlug Moni vor, während sie den Flur hinunter zu den Zimmern gingen.

»Na gut. Dann bis morgen um 7 Uhr unten beim Frühstück?«, fragte Peggy Sue und gähnte.

»Ja. Bis morgen. Gute Nacht, ihr zwei!«, sagte Inge und sperrte Zimmer 312 auf.

»Gute Nacht!«, kam es von Rita und Peggy Sue gleichzeitig.

»Magst du links oder rechts schlafen, Rita?«, fragte Peggy Sue, als sie ihre Sachen in dem geräumigen Doppelbettzimmer abgestellt hatten.

»Das ist mir egal, such du es dir aus.«

»Dann nehme ich das Bett neben dem Fenster. Schau mal, wir haben sogar ein eigenes Telefon.« Peggy Sue wies auf den Apparat auf dem kleinen Tisch an der Wand.

»Dann rufe ich kurz daheim an, damit sie Bescheid wissen, dass wir gut angekommen sind.«

»Sag auch von mir schöne Grüße.«

Während Rita telefonierte, holte Peggy Sue ihren Waschbeutel und ein Nachthemd aus der Tasche und ging ins Badezimmer. Als sie zurückkam, stand Rita am Fenster und sah hinaus.

»Ist alles in Ordnung daheim?«, fragte sie.

Rita drehte sich zu ihr um. »Mama weiß nun auch Bescheid, dass mein sogenannter Vater uns nicht mehr belästigen wird. Als Oma ihr den Grund gesagt hat, muss sie sich schrecklich aufgeregt haben. Und das kann ich auch verstehen.«

»Er hat etwas wirklich Schlimmes angestellt, oder?«, fragte Peggy Sue vorsichtig.

»Ja. Für mich ist es unaussprechlich, deswegen kann ich es dir nicht sagen.«

»Das musst du auch nicht, Rita!«, sagte Peggy Sue verständnisvoll. »Aber wenn du doch mit mir darüber reden möchtest, dann bin ich jederzeit für dich da.«

»Danke.«

Nun verschwand Rita ins Badezimmer. Peggy Sue schlüpfte ins Bett. Die weichen Laken und die gemütliche Matratze fühlten sich so gut an – vor allem nach dem anstrengenden Tag und der Zeit, die sie in ihrer *Schuhschachtel* auf dem doch nicht so ganz komfortablen Klappbett verbracht hatte. Sie wartete darauf, dass Rita wieder zurückkam, doch die ließ sich Zeit. Ihre Augen fielen schon zu, und so bekam sie gar nicht mehr mit, als Rita sich neben sie ins Bett legte.

Kapitel 17
Monika

Hamburg, 7. und 8. August 1966

Obwohl Monika und Inge ebenfalls ziemlich erschöpft von der langen Fahrt waren, waren sie noch zu aufgedreht, um schlafen zu können. Nachdem Monika zu Hause angerufen hatte, dass sie gut angekommen waren, saßen sie im Schneidersitz auf dem Bett und futterten die Salzstangen, die Inge kurz vor Aufbruch heute Morgen eingepackt hatte. Genauso wie die vier Flaschen Piccolo, von denen sie bereits zwei geleert hatten, obwohl sie lauwarm waren.

Es war das erste Mal seit Wochen, dass Monika überhaupt Alkohol trank. Und er stieg ihr sofort zu Kopf. Deswegen lehnte sie einen weiteren Piccolo ab, um nicht zu riskieren, dass sie morgen, am vermutlich wichtigsten Tag ihres bisherigen Lebens, einen Kater hatte. Inge hatte die zweite Flasche jedoch schon aufgemacht. Die Freundin ihres Bruders vertrug aber ohnehin viel mehr.

Die letzten Tage waren für Monika ein heftiges Wechselbad der Gefühle gewesen. Einerseits war sie unendlich erleichtert, dass sie kein Kind bekam. Gleichzeitig war diese Fahrt nach Gauting ein einschneidendes Erlebnis gewesen. Noch immer konnte sie die Angst spüren, die sie davor gehabt hatte, diesen

Schritt zu Ende zu gehen. Dabei waren es weniger die zu erwartenden Schmerzen gewesen als die Tatsache, mit dem Wissen darüber für immer leben zu müssen. Und auch die drohende Gefahr, dass alles rauskommen und nicht nur sie, sondern auch Peggy Sue in Schwierigkeiten bringen könnte, hatte sie belastet. Dazu diese beängstigenden Träume, aus denen sie schweißgebadet aufwachte. Der schlimmste davon ließ sie das, was sie in Wirklichkeit nicht erleben musste, mit all seinen Schrecken durchmachen.

Doch heute, als sie losgefahren waren und Rita sie auf ihre schlechte Laune angesprochen hatte, war ihr plötzlich klargeworden, dass sie aufhören musste, sich verrückt zu machen. Ihre Großtante Gundi sagte oft zu ihr: »Moni, das, was passieren soll, passiert ohnehin, weil alles einen Grund hat.« Und vielleicht hatte auch Peggy Sue nicht ganz unrecht gehabt, als sie sagte, Monika könne sich letztlich nie ganz sicher sein, ob sie nicht in letzter Minute doch noch ihre Meinung geändert hätte. Vor allen Dingen aber konnte sie ohnehin nicht mehr rückgängig machen, was bereits geschehen war. Jetzt war es Zeit, nach vorn zu schauen und die unglaubliche Chance zu nutzen, die sie alle nach Hamburg geführt hatte.

»... und deswegen brauche ich deine Hilfe, Moni«, riss Inge sie aus den Gedanken.

»Entschuldige, ich habe nicht aufgepasst. Wobei brauchst du meine Hilfe, Inge?«

»Na gut, dann noch mal. Meine Chefin wollte mir den Urlaub für Hamburg nicht genehmigen. Du musst morgen früh bei ihr anrufen und dich als meine Mutter ausgeben. Und ihr sagen, dass ich krank bin und ich leider nicht zur Arbeit kommen kann.«

»Moment ... Du bist einfach nach Hamburg gefahren, obwohl du nicht freihast die nächsten zwei Tage?«, fragte Monika ungläubig.

»Was hätte ich denn sonst tun sollen? Absagen und euch allein fahren lassen?«

»Natürlich nicht!«, sagte Monika schnell. »Trotzdem, das ist ganz schön riskant.«

»Nicht, wenn du überzeugend bist. Du musst meiner Chefin einfach nur sagen, dass du, also, meine Mutter, für ein paar Tage zu Besuch bei mir in München bist. Das passt zu dem, dass ich unbedingt Urlaub wollte, den ich mit meiner Mutter verbringen wollte.«

Monika grinste plötzlich. »Vermutlich hätte ich an deiner Stelle etwas Ähnliches gemacht«, gestand sie.

»Ich wusste, dass du mich verstehst.«

»Na gut. Ich ruf deine Chefin morgen an. Und was genau fehlt dir, wenn ich fragen darf?«

»Ich dachte an einen verdorbenen Magen, weil ich was Falsches gegessen habe. Brechdurchfall. Da kann ich auf keinen Fall in den Laden.«

»Dabei habe ich dir doch gesagt, du sollst den Fisch nicht mehr aufwärmen, *meine Tochter*«, feixte Monika mit verstellter Stimme.

»Ich sehe schon, du hast es verstanden, *Mutter*.«

Sie lachten beide.

»Ich bin froh, dass du mit Sigi zusammen bist, Inge. Wirklich.«

»Das bin ich auch.« Sie trank den Rest aus der kleinen Flasche und stellte sie auf den Nachttisch.

»Und schau mal …« Moni griff nach ihrer Tasche und holte ihr Notizbuch heraus. »Ich habe die letzten Tage ein wenig herumprobiert mit deiner Textidee für *Seconds On A Line.* Wenn es dir gefällt, dann können wir daraus unseren nächsten Song machen.« Der Titel und die kleine Geschichte dahinter hatten Monika von Anfang an inspiriert. Auch eine Melodie hatte sie schon im Kopf, die sie Inge vorsummte.

»Das gefällt mir sehr, Moni«, sagte Inge, als sie den Text gelesen hatte. »Und es drückt genau das aus, was ich sagen wollte.«

»Da machen wir einen ganz besonderen Song draus. Aber jetzt sollten wir wirklich das Licht ausmachen und schlafen.«

Erstaunlicherweise schlief Monika in dieser Nacht tief und fest und war sofort wach und ausgeschlafen, als der Wecker klingelte. Inge hingegen brauchte eine Weile, bis sie in die Gänge kam. Nach dem gemeinsamen Frühstück mit Peggy Sue und Rita gingen sie noch mal aufs Zimmer. Mit verstellter Stimme rief Monika Inges Chefin an. Sie versuchte, wie ihre eigene Mutter zu klingen, und beteuerte, wie sehr es ihr leidtue, dass Inge heute nicht zur Arbeit erscheinen könne. Und vermutlich benötige sie auch noch den nächsten Tag, um sich zu erholen. Frau Vilsinger schien nicht sonderlich glücklich zu sein, dass ihre Mitarbeiterin ausfiel, wünschte jedoch schnelle und gute Besserung.

»Du solltest Schauspielerin werden«, sagte Inge. »Sie wird nie daran zweifeln, dass sie tatsächlich mit meiner Mutter telefoniert hat.«

»Wir beide sind echt durchtrieben!«, meinte Monika mit einem Zwinkern.

Doch so ein klein wenig war Inge das schlechte Gewissen doch anzusehen.

»Jetzt komm, ziehen wir uns schnell um, wir müssen dann gleich los.«

Bis zum Harvestehuder Weg im Hamburger Bezirk Eimsbüttel war es vom Hotel aus nicht allzu weit. Pünktlich um kurz vor 8 Uhr standen sie staunend vor der Villa des Musikproduzenten, in der auch das Tonstudio untergebracht war. Auf Inges Drängen hin waren sie jetzt schon ziemlich auffallend gekleidet und geschminkt. Rita hatte extra für Monika ein lilafarbenes Kleid eingepackt. Monika hatte zuerst protestieren wollen, doch dann sah sie selbst ein, dass ihr eigenes hellblaues Kleid etwas zu nichtssagend war. Oder sogar langweilig, wie Rita meinte. Die von Finni für den Wettbewerb geschneiderten Bühnenkleider hatte Peggy Sue im Kleidersack über dem Arm. Die passenden Stiefel dazu hatten alle bereits an, bis auf Peggy Sue, die einen roten Overall trug, zu dem nur Pumps passten. Ihre Stiefel hatte sie in einer Tasche mitgebracht.

Während die drei anderen immer aufgeregter wurden, war Monika inzwischen die Ruhe selbst. Genau hier wollte sie sein. Davon hatte sie geträumt. Eine eigene Schallplatte war zum Greifen nah, jetzt würde dieser Traum sich erfüllen.

Martin Adam begrüßte die vier jungen Frauen lächelnd in

der weitläufigen Diele seiner Villa. »Ich freue mich, dass ihr hier seid.«

Monika lächelte. »Wir uns auch.«

»Und wie!«, rief Rita.

»Und vielen Dank für das schöne Hotel. Wir waren gestern alle völlig überrascht«, sagte Monika, die wie von selbst in ihre Rolle als Bandleaderin der Monaco Birds schlüpfte.

»Inzwischen wissen wir, dass es eines der größten Hotels in Deutschland ist«, sagte Peggy Sue.

Das hatten sie heute beim Frühstück bei einer Unterhaltung mit Gästen am Nachbartisch mitbekommen. Zudem gaben sich viele Stars und Persönlichkeiten dort die Klinke in die Hand.

»Angie hat mir gestern schon am Telefon gesagt, dass ihr angerufen habt und ganz aus dem Häuschen seid.« Er grinste. »Ich dachte mir, das wäre doch ein Ansporn, heute noch ein wenig mehr als euer Bestes zu geben. Wenn die Monaco Birds die Leute mit ihrer Musik und ihrem Auftreten so richtig begeistern, könnt ihr in Zukunft immer in solchen Hotels logieren.«

Sicherlich ein verlockender Gedanke, für Monika war der Luxus jedoch nicht so wichtig. Sie wollte einfach nur Musik machen und damit zumindest so viel Geld verdienen, dass sie nicht mehr neben ihrer Schwägerin im Laden stehen musste.

»Habt ihr die Verträge dabei?«, fragte er.

»Natürlich!« Monika holt aus ihrer Umhängetasche das Kuvert mit den Dokumenten.

»Danke. Ihr bekommt je einen Durchschlag, wenn ich alles geprüft und unterschrieben habe.«

In diesem Moment hörten sie Schritte, und gleich darauf

kam eine junge Frau in die Diele, die aussah, als sei sie einer Modezeitschrift entstiegen. Sie trug Jeanshosen und einen lässigen ärmellosen Rollkragenpulli und war trotz flacher roter Stiefel einen halben Kopf größer als Monika. Unter einer Schirmmütze in der Farbe der Stiefel schauten dunkle, kinnlang geschnittene Haare hervor. Die Kamera um ihren Hals machte die Vorstellung von Martin eigentlich unnötig.

»Das hier ist unsere Fotografin Claudia. Sie wird euch heute den ganzen Tag begleiten und Fotos von euch machen. Eventuell können wir diese Bilder später mal für eine Fotostory in einem Magazin verwenden oder anderweitig für die Presse. Im Studio haben wir auch eine Kamera, mit der wir zwischendurch filmen werden.«

Monika war beeindruckt, wie vorausschauend der Musikproduzent handelte. Offenbar ging er wirklich davon aus, dass in den Monaco Birds genügend Potenzial steckte, um bekannt zu werden. Sie spürte, wie ihr Körper vor Aufregung vibrierte.

»Claudia, das sind Peggy Sue, Inge, Monika und Rita«, stellte er sie der Reihe nach vor.

»Freut mich«, sagte die Fotografin und schoss sofort die ersten Bilder. »Eure Kleidung ist schon sehr auffällig. Das mag ich.«

»Wir haben auch noch unsere Bühnenkleider dabei«, sagte Rita und deutete zum Kleidersack, den Peggy Sue über einen Sessel gelegt hatte.

»Die zieht ihr dann bitte später an. Und am besten tut ihr die ganze Zeit so, als ob ich gar nicht da wäre«, erklärte Claudia und knipste erneut. »Und das ist ja mal ein frecher Haarschnitt«, sagte sie zu Moni. »Dein Gesicht kommt damit auf den Fotos bestimmt toll rüber und hebt sich ab von den anderen.«

Monika spürte, wie sie leicht errötete über das unerwartete Kompliment. Vor allem, weil sie selbst nicht gerade glücklich war und es bereute, dass sie sich die Haare hatte abschneiden lassen. Sie hatte diesen Entschluss ganz spontan, drei Tage nachdem sie und Peggy Sue aus Gauting zurückgekommen waren, gefasst. Dabei hatte sie die Hoffnung gehabt, sich besser zu fühlen, wenn sie etwas an sich veränderte und ihr eine andere Monika im Spiegel entgegenblickte. Doch es hatte nichts geholfen. Bis jetzt. Nun fühlte sie sich zum ersten Mal gut damit.

»Danke, Claudia.«

»Genug der Komplimente. Jetzt wird es ernst. Kommt bitte mit ins Studio«, forderte Martin sie auf, und sie folgten ihm eine Treppe nach unten.

Linda Greyston und der Tontechniker Olaf Linkersmann, der ebenfalls Jurymitglied beim Wettbewerb gewesen war, begrüßten sie im Regieraum. Dort war die ganze Technik untergebracht, mit Tonbandmaschinen und Mischpult.

Monika hatte Gänsehaut, als sie durch eine Glasscheibe hindurch in den Aufnahmeraum sah, in dem bereits alles für die Monaco Birds bereitstand. Ein Schlagzeug, das in einer Art Box platziert war, die nach vorn offen war, mehrere Mikrophone, eine Elektroorgel und auf Gitarrenständern zwei E-Gitarren und ein Elektrobass.

»Schön, dass es gleich losgeht«, sagte Linda, die wie immer ziemlich entspannt wirkte.

»Dort hinten stehen Kaffee, Tee und kalte Getränke«, Martin deutete zu einem kleinen Tisch in der Ecke. »Bedient euch einfach, wenn ihr etwas möchtet.«

»Ich nehme Tee für meine Stimme«, sagte Peggy Sue und schenkte sich aus der Kanne ein. »Für dich auch einen, Inge?«

»Ich weiß nicht, ob Tee mir jetzt wirklich hilft«, murmelte sie, und Monika sah ihr an, dass sie wieder mit Lampenfieber kämpfte.

»Komm, das schaffst du. Genau wie beim Wettbewerb«, versuchte Rita zu motivieren.

»Inge? Alles gut mit dir?«, fragte Martin. Er hatte schon einmal mitbekommen, dass sie auf der Bühne keinen Ton herausgebracht hatte.

»Brauchst du vielleicht wieder einen Schnaps zur Beruhigung?«, fragte Monika.

»Ich weiß auch nicht ...«, sagte Inge und spielte nervös mit ihren Fingern.

»Moment.« Martin verschwand kurz und kam wenige Minuten später mit einem bauchigen Glas in der Hand zurück, das zu einem Drittel mit einer goldbraunen Flüssigkeit gefüllt war. »Hier. Der Cognac sollte helfen.«

»Aber ich wollte wirklich keine Umstände machen.« Inge wirkte etwas verlegen.

»Umstände machst du uns nur dann, wenn du vor dem Mikrophon stehst und nicht singst. Also runter damit.«

Inge nahm das Glas und trank den Weinbrand in mehreren Schlucken.

»Geht's wieder?«, fragte Linda.

»Ich denke schon«, antwortete Inge und stellte das leere Glas ab.

»So, und jetzt rüber mit euch.«

Sie gingen in den Aufnahmeraum. Olaf reichte Inge eine Fender Jazzmaster und Monika einen Rickenbacker Bass, den sie ehrfürchtig in die Hand nahm. Rita setzte sich ans Schlagzeug und Peggy Sue an die Elektroorgel. Linda, die sie instrumental und mit Background Vocals unterstützen würde, schnappte sich die zweite Fender-Gitarre. Außerdem bekamen alle Kopfhörer.

»Testet mal eure Mikros«, wies Olaf sie an. Sie sprachen alle ein paar kurze Sätze. Dann spielten sie die Instrumente an, bis Olaf zufrieden den Daumen hochreckte.

»Wir fangen mit *She loves the World* an«, sagte Martin. »Aber spielt euch dabei erst einmal mit den Instrumenten ein und singt euch warm. Das ist jetzt nur ein Testlauf. Wenn der noch nicht ganz sitzt, ist das kein Problem. Für euch ist das alles ja absolutes Neuland.«

Er wandte sich an Claudia. »Du kannst gleich Fotos machen, gern auch einige Nahaufnahmen, während sie spielen.«

Claudia nickte und näherte sich mit ihrer Kamera Rita am Schlagzeug.

Monika spürte, wie ihr Puls sich beschleunigte.

»Bereit?«, fragte Martin.

Sie nickten.

»Inge?«

»Ja … Alles gut«, sprach sie in ihr Mikrophon, und Monika hoffte, dass sie tatsächlich so weit war.

»Dann los, Monaco Birds! Zeigt es uns!«, forderte Martin sie auf.

Monika sah von einer zur anderen. Dann nickte sie. Rita schlug die Schlagzeugstöcke über dem Kopf zusammen, und sie starteten mit dem ersten Song. Inge verpasste ihren Gesangseinsatz um eine Sekunde, doch danach kam auch sie schnell in das Stück rein.

Monika hatte sich rasch an das fremde Instrument gewöhnt, und ihre Finger flogen spielerisch über die dicken Basssaiten. Sie warf einen kurzen Blick zu Peggy Sue, die ihr an der Orgel schräg gegenübersaß und mit geschlossenen Augen zusammen mit Inge sang.

She loves the world
with all its colors
red, green, yellow, blue.
She loves the world
with all its music.
Magic songs – written for you.
She loves the world.

Peggy Sue hörte sich wie immer großartig an, und auch Inge war nichts mehr vom Lampenfieber anzumerken. Verstärkt durch Lindas Stimme beim Refrain und mit der zweiten Gitarre bekam das Lied noch zusätzliches Volumen und Dynamik. Monika saugte jede Sekunde buchstäblich auf, um dieses erste Mal, das sie in einem Studio spielten, niemals zu vergessen. Sie war einfach nur glücklich.

Nachdem sie den Song einmal gespielt hatten, streckte Olaf erneut den Daumen hoch.

»Klingt schon besser als gedacht«, meinte er zufrieden. »Sollen wir gleich den ersten Take machen oder noch einen zweiten Testlauf, Martin?«

»Ich dachte, wir machen ein paar Versuche mit einem One-Take. Wenn das nicht klappt, dann nehmen wir einzelne Takes auf«, schlug Martin vor.

»Könnte funktionieren«, sagte Olaf. Er ging hinaus, setzte sich ans Mischpult und setzte den Kopfhörer auf.

»Claudia, bei diesem ersten Take filmst du bitte von der anderen Seite aus einmal ganz durch«, wies Martin an.

»Mach ich.«

»So, und ihr spielt das Lied bitte noch einmal komplett. Wir wollen versuchen, die Aufnahme in einem Stück zu machen. Also, jetzt wird's ernst.«

Martin ging hinaus in den Regieraum, setzte sich ebenfalls einen Kopfhörer auf und stellte sich neben Olaf.

»Bereit?«, fragte Olaf in ein Mikrophon.

Alle nickten.

Bis zum Mittag hatten sie das Lied insgesamt sechsmal komplett eingespielt, immer wieder unterbrochen von Pausen, in denen Martin und Olaf sich die Aufnahmen anhörten und darüber teils sehr lebhaft diskutierten. Von Linda kamen ebenfalls gute Tipps, und sie versuchten, diese umzusetzen.

Monika war zufrieden, wusste aber natürlich nicht, wie sich das Lied am Ende dann tatsächlich anhörte, wenn es abgemischt war. Während sie auf eine Rückmeldung von Martin warteten, hatten sie sich Getränke geholt. Rita rauchte eine Zigarette. Die Fotografin kam zu ihr geschlendert.

»Darf ich eine von dir schnorren?«, fragte sie.

»Klar.« Rita hielt ihr die Schachtel hin und gab ihr dann Feuer.

»Eigentlich will ich aufhören, aber an Tagen wie diesen reizt es mich dann doch immer wieder«, sagte Claudia und zog an der Zigarette.

»Ich habe es auch schon ein paarmal versucht, aber wenn ich am Arbeiten bin, dann kann ich es doch nicht lassen«, gestand Rita.

»Was machst du denn, wenn du nicht am Schlagzeug sitzt?«, wollte Claudia wissen.

»Ich arbeite in der Bar meine Mutter, vor allem hinter der Theke.«

»In München? Da bin ich auch ab und zu. Welche Bar ist das denn?«, fragte Claudia neugierig.

»*Angies Vogelbar*.«

»Ich glaube, das hab ich schon mal gehört, aber dort war ich noch nie.«

»Solltest du unbedingt. Ein toller Schuppen«, empfahl Peggy Sue. »Ich helfe da zurzeit auch aus.«

»Dann muss ich wirklich mal rein. Und was machst du?«, fragte sie Monika.

»Meine Eltern haben eine Metzgerei, da arbeite ich im Verkauf. Aber eigentlich möchte ich am liebsten den ganzen Tag nur Musik machen. Das ist mein Ziel.«

»Moni schreibt und komponiert die Songs für die Monaco Birds«, mischte sich nun Linda ein. »Ich bin ein großer Fan von *She loves the World.* Aber auch diesen anderen Song, *Monaco Birds*, finde ich sehr witzig. Der muss unbedingt auf eure erste LP.«

Monika freute sich sehr über ihre Worte. »Das haben wir fest vor.«

»Und nun noch die Letzte im Bund, was machst du?« Claudia wandte sich an Inge.

»Ich bin Verkäuferin in einem Modeladen. Und ich muss dir ein großes Kompliment machen. Dein Stil gefällt mir sehr, Claudia.«

Die Fotografin lächelte geschmeichelt. »Danke. Leider gebe ich dafür immer mehr Geld aus, als ich sollte. Aber was soll's, das Leben ist zu kurz für Geiz, und ich will es genießen.«

Martin und Olaf kamen in den Aufnahmeraum.

»Mittagspause! Den ersten Song haben wir«, sagte Martin und lächelte breit.

»Es war Take 4. Der war perfekt«, schwärmte Olaf und nickte anerkennend. »Ich hätte wirklich nicht gedacht, dass wir das so schnell hinkriegen.«

»Wir sind eben gut!«, sagte Monika und grinste.

Kapitel 18
Rita

Hamburg, 8. August 1966

Nach der kurzen Mittagspause, in der es verschieden belegte Brötchen gab, ging es an das zweite, ruhigere Lied, das auf die B-Seite der Single kommen sollte: *Destiny.* Diesmal lief es jedoch nicht so reibungslos wie zuvor.

Olaf zuckte mit den Schultern. »Tut mir leid, aber da springt kein Funke auf mich über.«

»Das ist wie bei einem Essen, das zwar schön angerichtet ist, aber dem das Salz fehlt«, sagte Martin, und Rita wusste genau, was er meinte.

»Aber wir können es!«, beteuerte Moni.

»Momentan leider nicht«, fand Olaf und zuckte mit den Schultern.

»Sollen wir vielleicht hier mal eine Pause machen und im Garten die Fotos schießen, die aufs Cover sollen?«, schlug Claudia vor.

»Ja, das ist ein guter Vorschlag. Macht das mal«, sagte Martin. »Ich bin inzwischen in meinem Büro, wenn ihr was braucht.«

Linda führte sie in den ersten Stock in ein Gästezimmer mit einem angrenzenden Bad. Dort konnten sie sich in Ruhe umziehen und ihr Make-up auffrischen. Inge half Moni mit dem Schminken.

»Für die Fotos darf es ruhig ein wenig mehr sein, dann sieht das mit deiner Frisur noch besser aus«, sagte sie. »Einen Fan hast du ja mit Claudia schon.«

»Nur kein Neid«, scherzte Moni.

Nachdem alle in ihre Kleider und Stiefel geschlüpft waren, sagte Moni: »Kommt mal bitte zu mir.«

Sie nahmen sich alle an den Händen und bildeten einen Kreis. Rita stand zwischen Inge und Peggy Sue.

»Den ersten Song haben wir toll hingekriegt. Und mit *Destiny* schaffen wir es beim zweiten Anlauf auch. Wir müssen es einfach«, sagte Moni eindringlich.

In diesem Moment ging die Tür auf, und die Fotografin kam herein.

»Oh, ich wollte euch nicht stören«, entschuldigte sie sich und wollte schon wieder gehen.

»Schon gut. Wir versuchen nur, uns gegenseitig anzufeuern«, sagte Peggy Sue.

Auch Rita hatte nichts dagegen, dass sie blieb. Die lässige Fotografin war ihr vom ersten Moment an sympathisch gewesen.

»Anfeuern ist gut. Das muss ich auf ein Bild bringen!«, meinte Claudia, und schon hielt sie die Kamera wieder auf sie gerichtet. »Und bitte nicht zu mir hersehen. Ich bin gar nicht da.«

Moni schien sich tatsächlich nicht von der Fotografin stören zu lassen. Sie sah eine nach der anderen an. »Wir werden dieses Lied so gut spielen, dass alle restlos begeistert sein werden. Wir können das nämlich ziemlich gut.«

»Wir können das!«, wiederholten sie alle.

Claudia lächelte. »Das kriegt ihr bestimmt hin. Ihr seht übrigens toll aus in diesen Kleidern. Ich glaube, das werden richtig schöne Bilder.«

Rita sah zu Claudia, als diese erneut knipste.

»Ich sagte zwar, nicht zu mir hersehen, aber das könnte trotzdem ein tolles Foto werden.« Die Fotografin drückte auf den Auslöser.

»Tut mir leid«, sagte Rita ein wenig verlegen.

»Hey. Kein Problem. Aber dass es jetzt regnet, das ist ein Problem. Im Garten können wir die Fotos im Moment leider nicht machen.«

»Ach je. Und jetzt?«, fragte Moni besorgt.

»Wir probieren einfach mal im Haus was aus. Und zwar auf der Treppe ... Ich muss mich noch um die Beleuchtung kümmern, dann legen wir los.«

Eine halbe Stunde später hatten sie schon Verschiedenes ausprobiert. Gerade standen sie versetzt je zu zweit hintereinander auf der Treppe und lächelten zu Claudia in die Kamera, die von oben knipste.

»Hm. Das passt irgendwie nicht so gut«, sagte diese unzufrieden. »Setzt euch mal auf die Stufen bitte ... Ja, das sieht besser aus.«

Als Nächstes stellten sie sich nebeneinander vor eine weiße Wand.

»Und jetzt strahlt mich bitte alle mal an«, forderte sie die vier auf.

Rita stand links am Rand dicht neben Peggy Sue und genoss

es, ihr so nah zu sein, ohne dass es auffällig war. Da fiel es ihr leicht, in die Kamera zu strahlen.

»Und nun deutet mit dem Finger in meine Richtung und denkt euch dabei: *Claudia, du wirst heute nicht eher nach Hause gehen, bis du das beste Foto von uns gemacht hast!* Ja, das sieht gut aus. Und lächeln ... Sehr schön. Und jetzt möchte ich jede von euch einzeln.«

Es dauerte eine Weile, bis Claudia genügend Bilder gemacht hatte. Mehrmals wechselte sie die Filmrollen. »Und jetzt gehen wir in den Aufnahmeraum, damit ich dort auch Fotos von euch mit diesen Kleidern habe.«

Als sie auch dort mit ihren Instrumenten und vor den Mikrophonen posierten, kamen Martin, Linda und Olaf zurück.

»Braucht ihr noch lang?«, fragte Martin.

»Nein, ich hab's dann gleich. Da ist bestimmt einiges dabei«, verkündete Claudia.

»Gut. Dann starten wir einen neuen Versuch. Oder wollt ihr euch zuerst wieder umziehen?«

»Nein«, sagte Rita. »Ich glaube, die Bühnenkleider sind genau das, was uns vorhin gefehlt hat.«

Peggy Sue lächelte. »Ich glaube, da hast du recht. Ich fühle mich bereit für *Destiny*.«

»Aber so was von«, sagte Inge.

Moni grinste. »Dann kann ja nichts mehr schiefgehen.«

»Schade, dass ich nicht auch so ein Kleid habe«, bedauerte Linda und griff nach ihrer Gitarre.

Sie brauchten nur drei Takes, dann waren Martin und Olaf auch mit diesem Song glücklich.

»Und jetzt werden wir unter Hochdruck arbeiten, damit die Single pünktlich zur Release-Party am 3. September fertig ist«, versprach Martin. »Ich bin wirklich sehr zufrieden mit euch, Mädchen. Ihr habt das richtig gut gemacht.«

»Das finde ich auch, vor allem wenn man bedenkt, dass ihr zum ersten Mal in einem Studio seid«, sagte Olaf. »Hat Spaß gemacht, mit euch zu arbeiten.«

»Danke«, sagte Moni, und Rita bemerkte, dass ihre Wangen leicht gerötet waren.

Linda wandte sich an Peggy Sue. »Ich bin übrigens begeistert, dass du dir meinen Ratschlag zu Herzen genommen hast und endlich richtig aus dir rausgehst.« Mit einem Zwinkern fügte sie noch hinzu: »Von der ›Lehrerin‹ ist nichts mehr zu erkennen, Peggy Sue. Wirklich ganz große Klasse!«

»Wie schön, das freut mich sehr. Vielen Dank, Linda!«, sagte Peggy Sue.

»Eigentlich wollte ich euch heute noch ein wenig Hamburgs Nachtleben präsentieren und mit euch durch ein paar Clubs ziehen, aber da ihr morgen früh schon wieder aufbrecht, habe ich zum Abendessen doch lieber einen Tisch in eurem Hotel reserviert.«

»Ihr fahrt morgen schon zurück nach München?«, fragte Claudia überrascht.

»Ja. Ich muss leider am Mittwoch wieder arbeiten«, erklärte Inge.

»Nächstes Mal müsst ihr auf jeden Fall länger bleiben«, meinte Martin. »Dann versuche ich auch, Auftritte in Clubs für euch zu organisieren. Und wenn wir irgendwann die LP aufnehmen, brauchen wir mindestens zehn Tage im Studio, besser wären aber zwei Wochen. Darauf solltet ihr euch schon jetzt einstellen.«

»Irgendwie werde ich das schon hinkriegen«, sagte Inge, wirkte jedoch etwas nachdenklich. Für sie als Angestellte war es schwierig, außer der Reihe freizubekommen. Hoffentlich konnte sie das regeln.

Doch noch mehr schien es Peggy Sue zu beschäftigen, die allerdings nichts dazu sagte. Es war sicher nicht einfach für sie, nicht zu wissen, wo sie in einem halben Jahr sein würde. Aber zumindest hatten sie jetzt schon mal die Single aufgenommen. Und falls sie damit wirklich einen Hit landen sollten, müssten die Karten ohnehin noch mal völlig neu gemischt werden.

»Wenn ihr möchtet, könnt ihr schon zum Hotel fahren. Wir treffen uns alle dann um 19 Uhr im Restaurant«, sagte Martin.

»Könntet ihr mich vielleicht mitnehmen, dann brauche ich kein Taxi«, bat Claudia.

»Du wohnst auch im Hotel? Deinem Dialekt nach dachte ich, du kämst ohnehin aus Hamburg?«, meinte Rita.

»Tu ich auch eigentlich, aber ich war die letzten zwei Jahre in Frankfurt. Im Oktober geht es jedoch wieder hierher zurück.«

»Ich habe Claudia extra aus Frankfurt für euch herkommen lassen. Denn sie ist einfach die Beste«, beteuerte Martin vergnügt.

»Also, meinetwegen kannst du gern mit uns zurück ins Hotel fahren«, sagte Peggy Sue. »Es ist zwar ziemlich eng hinten auf dem Rücksitz, aber das kurze Stück geht das schon. Ihr müsst eben zusammenrücken.«

»Mir macht das nichts aus«, sagte Claudia.

Wenig später saß Rita auf dem Beifahrersitz, während Claudia, Inge und Monika sich hinten ziemlich zusammenquetschen mussten. Aber das tat der guten Laune im Auto keinen Abbruch. Alle waren glücklich, dass es am Ende doch noch so gut geklappt hatte mit den Aufnahmen.

»Danke fürs Mitnehmen und bis später!«, sagte Claudia im Hotel, die bereits im zweiten Stock aus dem Aufzug stieg.

Sie hatten noch eine Stunde Zeit bis zum Abendessen. Peggy Sue hatte sich ein Schaumbad eingelassen. Rita lag währenddessen auf dem Bett und seufzte leise, als sie an die kommende Nacht dachte. Schon von Sonntag auf Montag war es ihr schwergefallen, neben Peggy Sue einzuschlafen. Obwohl sie es versuchte, konnte sie ihre Gefühle für die Amerikanerin einfach nicht abstellen. Es wäre besser gewesen, wenn sie mit Inge oder Moni das Zimmer geteilt hätte. Doch ihr wäre kein – für die anderen – plausibler Grund einfallen, die Zimmerverteilung nachträglich zu ändern.

»Rita?«, rief Peggy Sue plötzlich aus dem Bad.

»Ja?«

»Kannst du bitte mal kurz kommen und mir einen Gefallen tun?«

Auch das noch!

»Klar.«

Rita ging ins Bad und war froh, dass in der Wanne so viel Schaum war, so dass der Körper ihrer Freundin darunter verborgen war. Trotzdem brachten dieses sinnliche Bild von Peggy

Sue in der Wanne und der Duft des Badeschaums ihre Gefühlswelt noch mehr durcheinander.

»Ich habe mir einen Fingernagel eingerissen. Könntest du mir bitte aus meinem Schminktäschchen die Nagelschere geben, damit ich ihn mir nicht noch weiter einreiße?«

»Freilich.«

Rita gab ihr die Schere und wollte wieder ins Schlafzimmer zurück.

»Ist das nicht alles wie ein Traum hier?«, fragte Peggy Sue und seufzte.

»Ja. Es ist wirklich unglaublich, was wir hier gerade erleben«, stimmte Rita ihr zu.

»Das ist etwas, das wir irgendwann mal unseren Enkelkindern erzählen werden.«

Rita bemühte sich um ein Lächeln. Ob sie selbst überhaupt jemals Kinder bekommen würde? Vermutlich nicht. Wie auch, wenn sie mit Männern nichts am Hut hatte? Dabei hatte sie schon als Mädchen davon geträumt, selbst mal eine kleine Tochter zu haben. Irgendwie schien ihr Leben völlig aus den Fugen geraten zu sein. Nichts wollte mehr zusammenpassen, und alles, was sie sich vom Leben erträumte, schien unerreichbar geworden zu sein. Alles, bis auf die Musik. Vielleicht würde es ja wirklich mit den Monaco Birds klappen. Dann würde sie immerhin ein aufregendes Leben führen, und vielleicht taten sich dann irgendwann andere Dinge auf. Doch fürs Erste musste sie eine weitere Nacht mit Peggy Sue in einem Bett überstehen.

»Jedenfalls werden wir das alles hier sicher nie im Leben vergessen. Und jetzt rufe ich schnell mal zu Hause an, ob es Mama und Oma gut geht«, sagte Rita und beeilte sich, aus dem Badezimmer zu kommen.

Rita hatte noch nie in einem so schicken Restaurant wie diesem gegessen, in einem sehr hohen Saal mit Marmorsäulen und Holzvertäfelung an den Wänden. Eine Treppe führte zu einer Empore hinauf. Und auch die Speisen waren vom Feinsten.

»Ich würde sagen, zur Feier des Tages trinken wir Champagner.« Martin Adam war wirklich ein großzügiger Gastgeber, und sie verbrachten einen fröhlichen Abend mit exquisitem Essen und schönen Gesprächen.

Plötzlich fiel Rita siedend heiß etwas ein. Sie hatte vergessen, ihm den Brief ihrer Mutter zu geben! Nach dem Hauptgang, zu dem es Seezungenfilet mit Gemüse und Kartoffeln gegeben hatte, flitzte sie schnell nach oben auf ihr Zimmer, um den Brief zu holen. Unauffällig gab sie ihn etwas später Martin, der neben ihr saß.

»Der ist von Mama«, sagte sie leise.

Martins Augen funkelten. »Danke. Ich hoffe, Hamburg wird ihr gefallen, wenn sie zu Besuch kommt.«

»Da habe ich keine Zweifel. Aber ich glaube nicht, dass sie wegen der Stadt herkommt.«

Er lächelte.

»Darf es vielleicht noch ein Dessert sein?«, fragte die Kellnerin.

»Ja. Wir hätten sehr gern frische Erdbeeren mit Sahne«, bestellte Martin für alle. »Und noch mal eine Flasche Champagner bitte.«

»Sehr wohl.«

Während sie den Nachtisch aßen, bat Martin Peggy Sue, ein wenig vom Leben in ihrer Heimat in Amerika zu erzählen. Peggy Sue schilderte ihren früheren Alltag in Chicago mit ihrer Familie und der Arbeit im Kindergarten so bildhaft, dass man buchstäblich alles vor Augen sah. Rita hätte ihr am liebsten stundenlang zugehört.

Claudia hatte auch beim Essen einige Fotos gemacht, doch inzwischen war sie in ein Gespräch mit Inge vertieft, die sich über Modefragen mit ihr austauschte. Moni unterhielt sich intensiv mit Linda. Die beiden schienen einen besonderen Draht zueinander zu haben. Rita, Peggy Sue, Martin und Olaf, der ebenfalls mit eingeladen war, spannen bereits Pläne, wo die Monaco Birds später überall auftreten könnten.

Schließlich ging der schöne Abend zu Ende, und Martin bat um die Rechnung. In der Hotelhalle verabschiedeten sie sich, und der Produzent umarmte Rita.

»Sag deiner Mutter bitte, dass ich mich schon sehr freue, wenn sie kommt. Und ihr passt bitte gut auf euch auf, wenn ihr morgen nach Hause fahrt.«

»Machen wir. Versprochen. Und vielen Dank noch mal für alles, Martin.«

»Vielleicht habt ihr es ja schon gemerkt, ich setze große Hoffnungen in euch.« Er sah eine nach der anderen an.

»Wir werden dich ganz bestimmt nicht enttäuschen«, schwor Moni.

»Und wir sehen uns ja morgen um 7 Uhr noch beim Frühstück«, sagte Claudia, die das bereits mit Inge vereinbart hatte.

»Ja. Gute Nacht«, sagte Rita.

Als sie oben im Zimmer waren, wäre Peggy Sue fast über ihre eigenen Füße gestolpert. »Ach herrje, ich glaube, ich habe einen kleinen Schwips vom vielen Champagner«, sagte sie und kicherte.

»Ich fürchte, ich auch ein wenig.« Wobei Rita sich mehr als die anderen zurückgehalten hatte.

»Aber an einem Tag wie heute ist das nicht schlimm!«, sagte Peggy Sue.

Plötzlich hatte sie ihre Arme um Rita geschlungen und drückte sie an sich. »Ach, Rita. Das ist alles so unglaublich. Wie schön, dass wir das gemeinsam erleben dürfen.«

»Ja, das ist es.« Ritas Herz schlug so schnell, dass sie Angst bekam, dass Peggy Sue etwas bemerken könnte. Sie löste sich rasch von ihr. »Aber jetzt solltest du bald schlafen. Du hast morgen eine sehr lange Autofahrt vor dir. Und Inge hat sich vorhin auch nicht gerade zurückgehalten beim Champagner.«

Eigentlich wollte sie gar nicht die Vernünftige sein, aber es war nicht gut für sie, Peggy Sue so nah zu sein.

»Ach, das kriegen wir schon hin«, winkte Peggy Sue fröhlich ab. Sie schlüpfte aus ihrem Kleid und verschwand in Unterwäsche ins Bad.

Rita seufzte. Gut, dass sie morgen wieder nach Hause fuhren und sie dort ihr eigenes Zimmer hatte.

Eine Viertelstunde später lagen sie im Bett, und Rita knipste das Licht aus.

»Weißt du, dass ich mich mit dir in einem Bett wohler fühle als mit meinem eigenen Ehemann in den letzten Monaten, die wir noch zusammen waren?«, gestand Peggy Sue. Plötzlich kicherte sie. »Ich glaube, wenn du ein Mann wärst, würde ich mit dir durchbrennen.«

Sag doch so was nicht, Peggy Sue! Sie machte es ihr wirklich nicht leicht.

»Ich würde mit dir auf jeden Fall durchbrennen, egal wohin«, beteuerte Rita und meinte es völlig ernst.

Peggy Sue lachte wieder. Dann beugte sie sich zu Rita und gab ihr einen Kuss auf die Wange.

»Gute Nacht, Rita!« Damit drehte sie sich auf die Seite und war schon bald eingeschlafen.

Doch Rita war hellwach. Jeder Muskel ihres Körpers hatte sich angespannt, so sehr spürte sie den Kuss nach. Sie musste unbedingt raus aus diesem Bett. Zumindest eine Weile. Leise schlug sie die Decke zurück, schlüpfte in ihre Sachen und verließ das Zimmer.

Als sie auf die Bar zuging, war Rita überrascht, dort Claudia zu sehen, die auf einem Barhocker saß und einen Martini trank.

»Kannst du auch nicht schlafen, Claudia?«, fragte sie und nahm auf dem freien Hocker neben ihr Platz.

»Nein. Ich bin eine Nachteule.«

»Was darf es denn sein, gnädiges Fräulein?«, fragte der Barkeeper mit einem freundlichen Lächeln und wischte mit einem Tuch vor ihr über die Theke.

»Einen Weißwein bitte.«

»Und mir bitte noch mal so einen.« Claudia deutete auf ihr Glas. »Schön, dass ich jetzt doch noch ein wenig Gesellschaft bekommen habe ... Und warum kannst du nicht schlafen?«, wollte Claudia wissen.

»Der Tag war heute sehr aufregend, und da geht mir dann immer vieles durch den Kopf«, erklärte Rita. Immerhin hatte sie kaum an ihren Vater denken müssen. Als sie und ihre Oma ihn im Park mit den schrecklichen Briefen konfrontiert hatten, musste er am Ende klein beigeben und versprechen, sie in Ruhe zu lassen, um keine Schwierigkeiten zu bekommen. Trotzdem hatte er sie zum Abschied so wüst beschimpft und beleidigt, dass Rita befürchtete, die Sache sei noch nicht vollends gegessen. Auch wenn sie es nicht wollte, kochte das Gespräch, und was dem voranging, immer wieder in ihr hoch.

»Du hast aber keinen Grund zur Sorge. Ihr habt das wirklich gut gemacht heute«, riss Claudia sie aus ihren Gedanken. »Ich kann Martin verstehen, dass er etwas in euch sieht. Und entschuldige, wenn ich das so sage, aber vor allem Peggy Sue ist umwerfend. Sie hat eine wahnsinnige Stimme, ich hatte ständig Gänsehaut.«

Rita nickte lächelnd. »So geht es mir auch. Ich könnte ihr immer zuhören.«

»Und dazu ist sie auch noch bildschön ... Wobei, du stehst ihr da mit deinen faszinierenden blauen Augen kaum nach.«

»Ich?«, Rita lachte kurz auf. »Gegen Peggy Sue bin ich wie Aschenputtel.«

»Aber du weißt schon, wer im Märchen am Ende den Prinzen bekommen hat?« Claudia grinste.

»Ich weiß nicht, ob ich an Märchen glauben kann«, erwiderte

Rita. *Zumindest nicht mehr,* fügte sie in Gedanken hinzu. Außerdem wollte sie ja gar keinen Prinzen!

Der Barkeeper servierte die Getränke.

»Auf welches Zimmer soll ich den Wein schreiben?«, fragte er.

»Den zahle ich selbst.« Rita griff nach ihrer Handtasche, doch Claudia winkte ab.

»Schreiben Sie den Wein bitte auch auf mein Zimmer«, sagte sie.

Rita lächelte. »Danke.«

»Gern ... Auf dein Wohl.« Claudia hielt ihr Martiniglas in die Höhe.

»Und auf deines. Prost!«

Sie stießen an und nahmen einen Schluck.

»Und habe ich das vorhin richtig verstanden, Peggy Sue wohnt momentan bei dir und deiner Mutter, weil sie sich von ihrem Mann getrennt hat?«

»Ja, eine lange und sehr unschöne Geschichte.«

Mehr sagte Rita dazu nicht, und Claudia fragte auch nicht weiter nach.

»Ich mag deinen bayerischen Dialekt«, bemerkte sie stattdessen.

Rita grinste. »Dabei bemühe ich mich die ganze Zeit, mit dir Hochdeutsch zu sprechen.«

»Deine Wurzeln kannst du nicht verbergen. Das ist ja das Schöne an Dialekten.«

»Was hat dich eigentlich nach Frankfurt verschlagen?«, wollte Rita wissen.

»Die Arbeit. Und die Liebe«, sagte sie freimütig. »Aber leider hat Letzteres nicht geklappt. Und arbeiten kann ich glücklicherweise überall.«

»Das tut mir leid. Ich meine, das mit deiner Liebe.«

»Muss es nicht. Ist besser so. Wenn etwas nicht funktioniert, muss man es loslassen.« Claudia zuckte mit den Schultern.

»Wie kommst du denn morgen zurück nach Frankfurt? Mit dem Zug?«, fragte Rita, damit sie das Thema Liebe nicht vertiefen würden.

»Ich fahre noch nicht zurück. Tatsächlich hat Martin mich nicht nur euretwegen nach Hamburg geholt. Morgen muss ich am Hafen einen jungen Schlagersänger fotografieren.«

Rita lächelte. »Das überrascht mich jetzt nicht wirklich.«

»Bei aller Freundlichkeit ist Martin Adam in erster Linie natürlich ein Geschäftsmann. Schade, dass ihr so schnell wieder zurückmüsst, sonst hätten wir am Abend noch was unternehmen können.«

Rita nahm einen Schluck Wein. »Das finde ich auch schade. Aber wegen Inge ging das nicht anders. Eigentlich habe ich so gut wie gar nichts von Hamburg gesehen.«

»Dabei gibt es hier ziemlich viel zu entdecken. Du musst einfach bald wieder herkommen. Falls ich bis dahin schon umgezogen bin, stelle ich mich sehr gern als Fremdenführerin zur Verfügung.«

»Das Angebot nehme ich glatt an.«

Claudia erzählte, was sie Rita in Hamburg unbedingt zeigen wollte und Rita bekam immer mehr Lust darauf, die Stadt kennenzulernen.

»Und wenn es dich wieder einmal nach München verschlägt, dann kommst du in unsere Bar, und ich spendiere dir einen Cocktail.«

»Oder ein bayerisches Bier?«

»Klar. Davon haben wir genug in München. Und dann stelle ich dir meine Oma vor. Sie ist Schneiderin und macht tolle Sachen. Die Bühnenkleider, die wir heute anhatten, hat sie für uns geschneidert.«

»Wirklich? Dann musst du sie mir unbedingt vorstellen. Ich stehe auf ausgefallene Kleider.«

Schließlich hatte Rita ihren Wein ausgetrunken.

»Möchtest du noch einen?«, fragte Claudia.

»Besser nicht, danke. Sonst wird mir bei der Rückfahrt im Auto schlecht.«

Claudia grinste schief. »Ich fürchte, dass ich morgen auch einen kleinen Kater mit mir herumtragen werde. Aber das war mir der schöne Abend wert. Und vor allem der Abschluss hier mit dir an der Bar.«

»Den fand ich auch richtig nett.« Inzwischen war Rita auch so müde, dass sie bestimmt neben Peggy Sue einschlief, sobald sie im Bett lag. »Es hat mich sehr gefreut, Claudia.«

»Warte, ich komme gleich mit.«

Sie gab noch ein Trinkgeld und stieg dann vom Barhocker.

Kurz darauf betraten sie den Aufzug und fuhren nach oben. Doch Claudia stieg nicht im zweiten Stockwerk aus.

»Hättest du da nicht rausgemusst?«, fragte Rita.

»Ach, ich dachte mir, ich begleite dich noch schnell nach oben und fahr dann wieder runter.«

Rita lachte. »Wie nett von dir.«

»So bin ich nun mal.«

Oben angekommen, trat Claudia mit ihr aus dem Fahrstuhl.

»Also dann. Gute Nacht, Claudia«, flüsterte Rita, um niemanden in den Zimmern zu wecken. »Ich hoffe, wir sehen uns wirklich bald mal wieder.«

»Die nächste Gelegenheit ist morgen beim Frühstück.« Claudia zwinkerte ihr vergnügt zu.

»Stimmt. Das habe ich ganz vergessen. Das macht den Abschied jetzt glatt ein wenig einfacher«, scherzte sie.

Plötzlich zog Claudia sie an sich und gab ihr einen kurzen, aber intensiven Kuss auf den Mund.

Rita riss die Augen auf und sah sie völlig perplex an.

»Claudia ...?«, flüsterte sie.

Die Fotografin lächelte und holte ein Kärtchen aus ihrer Tasche, das sie Rita reichte. »Wenn du irgendwann mal über deinen Liebeskummer mit Peggy Sue hinweggekommen bist, dann ruf mich bitte an, Rita. Egal wann.«

»Was? Was bitte meinst du denn damit?«, fragte Rita erschrocken. Sie spürte, wie ihre Beine plötzlich zu zittern begannen. Woher wusste Claudia das mit Peggy Sue? Sie hatte nie einem Menschen davon erzählt.

»Ich bin alles, aber nicht blind, Rita. Gerade wenn man fotografiert, sieht man durch die Linse sehr viel mehr, weil man nur auf einen Ausschnitt fokussiert ist. Die Blicke, die du Peggy Sue immer wieder zuwirfst, dein Lächeln, wenn du von ihr redest. Also, für mich ist das ganz eindeutig zu erkennen, vor allem, wenn man selbst auf Frauen steht. Und ich gehe jede Wette ein, dass du vorhin vor allem deswegen in die Bar gekommen bist. Weil es für dich schwer war, neben der wunderschönen Peggy Sue im Bett zu liegen, und du dir nicht anmerken lassen wolltest, was du für sie empfindest.«

Rita schluckte.

»Nicht wahr, Rita?« Claudia sah sie aus graugrünen Augen an.

»Ja«, sagte Rita ganz leise. Zum ersten Mal hatte sie mit diesem einzigen Wort einem anderen Menschen gegenüber eingestanden, wie es um sie stand. »Aber das alles ist ganz neu und so verwirrend für mich«, fügte sie hinzu.

Claudia blickte sie an. »Ich weiß, wovon du redest, glaub mir. Aber du darfst dich nicht dagegen wehren. Wenn du dich erst einmal öffnest und irgendwann die Richtige findest, wirst du erleben, dass du eigentlich ein wunderbares Geschenk bekommen hast. Und nun schlaf gut, Rita.«

»Gute Nacht.«

Claudia drehte sich um und stieg in den Fahrstuhl.

Rita schloss die Augen. Sie war verwirrt von dem Gespräch und dem Kuss, der sie völlig überrumpelt hatte. Und auch wenn er die Welt nicht auf den Kopf gestellt hatte, so hatte er sich gut angefühlt – und irgendwie richtig, auch wenn sie Claudia womöglich nach ihrer Abreise aus Hamburg nie wiedersehen würde. *Aber vielleicht ja doch?* Sie musste nur endlich lernen, Peggy Sue loszulassen. Zumindest was ihre Gefühle für sie betraf. Das würde sicher nicht leicht werden, denn das ließ sich schließlich nicht so einfach an- und wieder abschalten. Doch Claudias Kuss hatte ein Fenster geöffnet.

Sie griff in ihre Handtasche und holte das Kärtchen mit der Adresse und Telefonnummer von Claudia heraus. Vielleicht wäre sie ja irgendwann so weit, diese Nummer anzurufen.

Kapitel 19
Inge

München, 9. bis 16. August 1966

Die Rückfahrt von Hamburg nach München zog sich deutlich länger hin als die Hinfahrt. Auf den Straßen herrschte unter der Woche viel Verkehr, und sowohl Peggy Sue als auch Inge hatten am Tag zuvor mehr getrunken, als es ihnen gutgetan hatte, so dass sie öfter kurze Pausen einlegen und sich abwechseln mussten. Trotz allem herrschte im Auto gute Stimmung. Beim Frühstück hatte Claudia ihnen nochmals bestätigt, wie toll sie gewesen waren. Und dass sie sich eine Karriere der Monaco Birds durchaus vorstellen konnte. Jedenfalls wollte sie mit ihnen in Kontakt bleiben und hatte auch versprochen, ihnen einige der Fotos zu schicken, die sie nicht an Martin Adam weitergeben würde.

Nun konnte Inge es kaum mehr erwarten, nach Hause zu kommen und Sigi alles zu erzählen. Immer wieder musste sie an ihn und ihre erste gemeinsame Nacht denken. Sigi war leidenschaftlich, zärtlich und einfühlsam gewesen und hatte es ihr leicht gemacht, sich ganz und gar fallen zu lassen. Und bald schon würde sie ihren eigenen Wagen haben. Kurzum, alles lief bestens, und sie fühlte sich glücklich. Die Tatsache, dass sie ihre Chefin belogen hatte, verdrängte sie. Es war alles gut gegangen, und Frau Vilsinger würde niemals erfahren, dass Inge nicht krank im Bett, sondern in Hamburg gewesen war. Um ihr schlechtes Gewissen zu beruhigen, hatte Inge sich zudem vorgenommen, in der nächsten Zeit ihre Überstunden nicht aufzuschreiben. Auch wenn ihre Chefs das nie erfahren sollten, so würde sie jede einzelne Stunde, die sie gefehlt hatte, wieder hereinholen.

Nachdem Inge die letzten zwei Stunden gefahren war, saß nun Peggy Sue wieder am Steuer.

»Wenn das jetzt gut anläuft mit der Single, könnten wir uns vielleicht nach einem geeigneten Probenraum umsehen«, schlug Moni vor. »Dann müssten wir nicht immer auf die Öffnungszeiten der Bar Rücksicht nehmen und könnten die Instrumente und die Anlage immer stehen lassen.« Es war tatsächlich jedes Mal ein lästiger Aufwand, die Sachen hin und her zu räumen.

»Ich höre mich mal bei den Gästen um, ob vielleicht jemand etwas weiß«, versprach Rita.

Inge drehte ihren Kopf kurz nach hinten zu Rita und Moni, dann sah sie zu Peggy Sue. »Ich muss euch das jetzt einfach mal sagen: Ich bin so froh, dass Sigi mich überredet hat, mit euch zu spielen. Und überhaupt, dass es euch gibt. Nach Bernds Tod hätte ich mir nicht vorstellen können, dass ich jemals wieder so glücklich sein würde. Und ich weiß, dass Bernd sich für mich freut.«

Moni legte ihr von hinten eine Hand auf die Schulter. »Da bin ich mir ganz sicher, dass er das tut. Und es war wirklich ein Glücksfall, dass du zu uns gekommen bist, Inge.«

»Und auch ich bin froh, dass ich damals an jenem Abend in die Bar gekommen bin und Rita und Moni kennengelernt habe«, sagte Peggy Sue. »Und später auch dann dich, Inge. Ich weiß zwar nicht, wie lang unsere gemeinsame Reise dauern wird, aber ich bin glücklich über jeden Tag mit euch.«

»Also bitte, jetzt werdet ihr alle aber ganz schön sentimental. Fangt mir bloß nicht noch an zu heulen!«, mahnte Rita, lächelte jedoch. »Aber ihr habt schon recht. Es ist toll, dass wir uns gefunden haben. Erst der Gewinn des Wettbewerbs, jetzt eine erfolgreiche Aufnahme der Platte und einen sehr zufriedenen Musikproduzenten – es sieht so aus, als ob uns nichts mehr aufhalten könnte.«

Moni nickte beifällig. »Ich warne euch aber schon mal vor. Die nächste Zeit müssen wir so oft wie möglich proben, damit wir genügend Stücke für einen ganzen Auftritt haben. Und danach müssen wir uns Gigs ergattern.«

»Ich bin sehr zuversichtlich, dass wir das schaffen«, meinte Inge. »Charly's Beatboys dürfen ja vermutlich auch im *Big Apple* spielen«, verriet sie, ohne ein schlechtes Gewissen zu haben. Die anderen würden es ja sowieso bald erfahren.

»Die dürfen im *Big Apple* spielen?«, rief Rita aufgeregt.

»Was? Warum weiß ich das nicht?«, fragte Moni.

»Sigi hat es mir gesagt, aber es ist wohl noch nicht ganz entschieden, ob und wann. Doch wenn das klappt, dann müssen wir unbedingt nachziehen.«

»Was die können, können wir schon lang«, sagte Rita und gähnte plötzlich herzhaft. Inzwischen war es schon nach 22 Uhr.

»Wie weit haben wir es denn eigentlich noch?«, fragte Moni.

»Wir sind gleich in Nürnberg, dann haben wir noch etwa 170 Kilometer vor uns.«

»Puh, das zieht sich heute wirklich ganz schön«, murmelte Moni.

Kurz nach halb 2 Uhr früh – knapp 18 Stunden nachdem sie in Hamburg aufgebrochen waren – schloss Inge ihre Wohnung auf. Sie war so erschöpft, dass sie die Tasche einfach im Flur abstellte, nur kurz ins Badezimmer ging und sich dann sofort aufs Bett fallen ließ. Sie war sogar zu müde, um sich noch ein Nachthemd anzuziehen.

Als am nächsten Morgen der Wecker klingelte, fühlte sie sich völlig zerschlagen, und sie fragte sich, wie sie den heutigen Tag in der Arbeit überstehen sollte. Außerdem hatte sie wegen der Schwindelei ein wenig Bammel vor der Begegnung mit ihrer Chefin. Würde sie ihr etwas anmerken?

»Frau Becker, Sie sehen ja immer noch nicht besonders gut aus. Sind sie wirklich schon fit genug für die Arbeit?«, fragte Frau Vilsinger besorgt.

Inge fiel ein Stein vom Herzen, dass ihre Chefin ihr die Lüge tatsächlich abgenommen hatte. Und es war in diesem Fall sogar hilfreich, dass sie so übernächtigt von den drei doch sehr anstrengenden vergangenen Tagen war.

»Es geht schon wieder. Ich wollte heute unbedingt arbeiten, weil ich ja weiß, dass Katharina im Urlaub und das Personal knapp ist«, sagte Inge und hatte noch nicht einmal ein schlechtes Gewissen.

»Das rechne ich Ihnen hoch an«, beteuerte die Chefin.

Als sie am Abend nach Hause kam, wollte Inge nur noch eine Kleinigkeit essen, und sich dann hinlegen. Doch sie hatte kaum ihre Schuhe ausgezogen, da klingelte es. Sie öffnete das Wohnzimmerfenster und sah nach unten. Dort standen Charly und Sigi – und ihr neues Auto! Im Nu war ihre Müdigkeit wie weggeblasen. Sie schlüpfte in ihre Schuhe und sauste nach unten.

»Ich weiß, wie spät ihr gestern zurückgekommen seid. Deswegen dachte ich, wir bringen dir den Wagen vorbei«, sagte Sigi.

»Vielen Dank. Das ist nett von euch.«

»Er ist zwar echt klein, aber er fährt sich wirklich gut«, fand Sigi.

»Hier sind Schlüssel und Papiere«, sagte Charly und reichte ihr alles. Dann holte er eine Schachtel Zigaretten aus der Hosentasche und steckte sich eine an.

»Und war es wirklich so gut in Hamburg?«, wollte Sigi wissen. »Moni hat ja sehr geschwärmt.«

»Mehr als gut, Sigi. Wirklich. Im Studio zu sein, das war ein Erlebnis. Und ich hoffe, ihr kriegt auch bald so eine Chance«, sagte sie.

»Mach dir um uns mal keine Sorgen, die kriegen wir bestimmt«, erklärte Charly trocken. »Na dann, gute Fahrt. Man sieht sich.«

»Servus, Charly!«, sagten Inge und Sigi gleichzeitig und sahen ihm hinterher, wie er zu seinem eigenen Wagen schlenderte und davonfuhr.

»Er hat es im Moment nicht so einfach«, meinte Sigi. »Euer Erfolg nagt schon sehr an ihm. Und dann die Hochzeit, die schon bald stattfinden soll, obwohl er mir gesagt hat, dass er überhaupt keine Lust auf eine Ehe mit Julia hat. Aber da wird er sich nicht rauswinden können.«

»Wenn man ein Kind bekommt, muss man Verantwortung übernehmen«, sagte Inge.

»Ja. Da gibt es keine Ausreden.«

Sie warf einen Blick auf ihren himmelblauen Zündapp Janus. »Was meinst du, drehen wir eine kleine Runde?«

»Ich dachte, du fragst nie.«

»Peggy Sue, Rita und deine Schwester werden staunen«, sagte sie, als sie unterwegs waren.

»Du hast ihnen gar nicht erzählt, dass du dir ein Auto gekauft hast?«, fragte Sigi ungläubig.

»Nein. Ich wollte sie überraschen.«

Zuerst fuhren sie bei Peggy Sue und Rita vorbei. Die beiden waren begeistert, als sie neben dem Janus standen.

»So einen hätte ich auch gern. Ich muss jetzt wirklich endlich den Führerschein machen«, sagte Rita.

»Ja, das solltest du! Für die Stadt reicht so ein kleiner Wagen allemal«, fand Peggy Sue, die selbst jedoch auf größere Autos stand.

»Jedenfalls bin ich jetzt auch mobil, und wenn ich euch mal irgendwohin fahren soll, dann sagt Bescheid«, bot Inge ihnen an.

»Machen wir.« Rita nickte. »Übrigens, ich habe vorhin mit Moni telefoniert. Wir möchten gern am Samstagnachmittag und am Sonntag länger proben. Du hast doch Zeit, oder?«

»Natürlich. Wir müssen schließlich gut vorbereitet sein,

wenn wir berühmt werden wollen«, sagte Inge mit einem Zwinkern.

Sigi lachte. »Ihr seid euch wohl schon sehr sicher!«

»Jedenfalls haben wir gute Chancen«, meinte Rita.

»Ich gönne es euch ja«, sagte er.

»Du könntest doch unser Manager sein«, rutschte es Inge plötzlich heraus. »Zumindest, bis ihr selbst euren ersehnten Durchbruch habt.«

»Ich?« Sigi sah sie verblüfft an.

»Sigi als unser Manager! Das ist gar keine schlechte Idee, Inge.« Peggy Sue nickte.

»Finde ich auch«, sagte Rita.

»Ich weiß nicht, ob ich dafür der Richtige bin«, meinte Sigi, doch ganz uninteressiert klang er nicht.

»Du kannst ja mal darüber nachdenken. Moni wäre bestimmt auch dafür«, sagte Inge.

»Ich lasse es mir durch den Kopf gehen. Und vielleicht schau ich Samstag oder Sonntag mal bei euren Proben vorbei, wenn ich darf.«

»Darfst du!«, bestätigte Peggy Sue.

Inge versuchte, ein Gähnen zu unterdrücken. »So, jetzt lass uns bitte noch kurz zu Moni fahren. Ich bin total erschlagen von der langen Fahrt gestern und dem ganzen Tag im Geschäft und muss dann wirklich ins Bett.«

Rita sah rasch zwischen Sigi und Inge hin und her und grinste frech. Es war nicht zu übersehen, was sie andeuten wollte.

»Allein!«, beteuerte Inge. »Ich lade Sigi bei ihm daheim ab, wenn ich Moni das Auto zeige. Ich muss wirklich schlafen.«

»Ist ja schon gut. Dann bis zum Wochenende.«

Auch Moni gefiel der Wagen. Doch nach einem ganzen Tag in der Metzgerei war sie mindestens genauso geschafft wie Inge. Sigi gab Inge noch einen Abschiedskuss und verabredete sich mit ihr für den nächsten Abend.

Zu Hause geriet Inge kurz in Versuchung, sich ein Glas Wein einzuschenken, bevor sie ins Bett ging. Eine angebrochene Flasche stand noch im Kühlschrank. Sie hatte die Kühlschranktür schon geöffnet, doch dann schloss sie sie wieder. Sie hatte in letzter Zeit viel zu oft ihre guten Vorsätze über Bord geworfen und über die Stränge geschlagen. Die nächsten Wochen würde sie wirklich die Finger vom Alkohol lassen.

In den nächsten Tagen hielt sie sich tatsächlich daran. Und es fiel ihr auch nicht schwer, denn es ging ihr so gut, wie lange nicht mehr. Ihre Chefin war zufrieden mit ihrer Arbeit, die Beziehung zu Sigi vertiefte sich mit jedem Tag mehr, und die Bandproben mit den Monaco Birds am Wochenende liefen richtig gut. Moni hatte inzwischen den Song *Seconds On A Line* fertig, und sie probten an den beiden Tagen dieses Lied und zwei weitere neue Songs ein. Langsam, aber sicher wuchs das Programm der Band, und in wenigen Wochen würde in *Angies Vogelbar* die große Release-Party steigen, bei der sie neben den Titeln der Single auch die neuen Lieder spielen würden. Sigi hatte tatsächlich darüber nachgedacht, zumindest vorübergehend als eine Art Manager für sie einzuspringen. Und obwohl Moni nicht ganz so begeistert über seine Idee war, gemeinsame Konzerte für die Monaco Birds und

Charly's Beatboys an Land zu ziehen, sprach doch vieles dafür.

»Davon profitieren beide Bands, und wir bieten dem Publikum einen abwechslungsreichen Abend«, argumentierte Sigi.

»Na gut, ich bin einverstanden. Aber nur, wenn wir auf den Plakaten ganz oben stehen«, verlangte seine Schwester. »Schließlich sind wir die Band, die als Erste einen Plattenvertrag bekommen hat.«

»Und wie heißt es nicht so schön? Ladies first!«, erinnerte Peggy Sue.

»Das muss ich erst noch mit den anderen besprechen, aber ich werde ihnen das schon schmackhaft machen können.«

»Sollen wir nächstes Wochenende auch an zwei Tagen proben?«, fragte Moni, als sie am Sonntagabend die Anlage und die Instrumente wieder in den Abstellraum räumten.

»Da geht es leider nur am Sonntag. Mama ist heute nach Hamburg zu Martin gefahren und kommt erst am Montag darauf zurück. Deshalb haben Peggy Sue und ich mehr Arbeit mit den ganzen Vorbereitungen«, schilderte Rita.

»Na gut. Dann am Sonntag. Vielleicht komme ich die Woche mal am Abend bei euch in der Bar vorbei«, überlegte Moni.

»Wenn du kommst, komme ich auch«, sagte Inge, und sie einigten sich auf Mittwochabend.

Inge und Sigi verabschiedeten sich und fuhren in Inges Wohnung. Sie hatte am Vormittag schon einen Nudelsalat für den Abend vorbereitet, den sie sich im Wohnzimmer schmecken ließen.

»Hör mal, Inge. Unsere Familie geht doch an Sonntagen und

Feiertagen mittags immer zum Essen in die Wirtshäuser, die in der Metzgerei Kunden sind. Und morgen an Mariä Himmelfahrt gehen wir zum Eggerlwirt. Magst du vielleicht mitkommen?«, fragte er zwischen zwei Gabeln voll Nudeln.

Inge sah ihn überrascht an. »Zum Essen gehen? Mit deiner Familie?«

»Ja. Natürlich ganz unverbindlich. Ich meine, du bist ja meinen Eltern schon öfter mal begegnet, wenn du zum Unterricht kamst. Aber dann könntet ihr euch mal ein wenig besser kennenlernen«, fuhr er schnell fort. »Meine Eltern sind inzwischen schon ganz neugierig auf dich.«

Es war schon ein größerer Schritt, den Eltern des Freundes offiziell vorgestellt zu werden. Doch obwohl das alles sehr schnell ging, hatte sie das Gefühl, bereit dafür zu sein.

»Ich würde mich sehr freuen, morgen mitzukommen«, sagte Inge und spürte, wie sie leicht errötete.

»Wirklich? Das freut mich.« Er beugte sich zu ihr und küsste sie kurz auf die Wange. »Du darfst dir bei meiner Mutter nur nichts denken. Sie kann manchmal ein wenig mürrisch sein. Und Astrid ... Nun ja, da hast du ja auch schon einiges von Moni mitbekommen.«

»Bitte mache dir keine Sorgen, Sigi. Damit komme ich schon klar.«

Nachdem sie gemeinsam die Küche aufgeräumt hatten, zogen sie sich ins Schlafzimmer zurück. Und auch in dieser Hinsicht hätte Inge nicht glücklicher sein können. Vor allem in dem Moment, als Sigi ihr leise ins Ohr flüsterte: »Ich liebe dich, Inge.«

Am nächsten Tag stand sie besonders lang vor dem Spiegel und überlegte, was sie zu diesem Anlass anziehen sollte. Natürlich wollte sie einen guten Eindruck auf Sigis Eltern machen. Gleichzeitig wollte sie sich aber auch als die geben, die sie war. Schließlich entschied sie sich für ein ärmelloses Hemdblusenkleid mit smaragdgrün-weißem Streifenmuster und eingearbeitetem schmalem Gürtel.

Obwohl sie Sigi gegenüber etwas anderes behauptet hatte, war Inge recht nervös, als sie gemeinsam das Wirtshaus betraten. Sie begrüßte höflich seine Eltern und bedankte sich für die Einladung zum Essen.

»Schön, dass du mitgekommen bist«, flüsterte Moni, die neben ihr am Tisch saß.

»Sie sind also Verkäuferin im Modehaus Vilsinger?«, erkundigte sich Sigis Mutter.

»Ja, schon seit ein paar Jahren«, antwortete Inge freundlich.

Die Bedienung kam an den Tisch.

»Was darf es denn sein?«, fragte sie und machte für die Bestellung der Getränke jeweils entsprechende Zeichen auf einen kleinen Block. Eigentlich hatte Inge Limonade bestellen wollen, doch dann entschied sie sich spontan doch für ein Weißbier. Schließlich war sie seit der Rückkehr aus Hamburg brav gewesen und hatte keinen Tropfen Alkohol angerührt. Und vielleicht würde sie dann ein wenig lockerer werden. Außerdem schloss Inge sich Sigi an und nahm einen Rinderbraten mit Spätzle, obwohl sie im Moment überhaupt noch keinen Hunger hatte.

»Und ihr habt euch also beim Musikunterricht kennengelernt?«, fragte Sigis Vater Max, der ihr besonders sympathisch war.

Inge nickte. »Sigi hat mir an der Gitarre sehr viel beigebracht.«

»Und du bist wirklich schon Witwe?«, fragte Astrid.

Inge sah sie an. Vor der Schwägerin hatte Moni sie schon gewarnt. »Ja, mein Mann ist vor über zwei Jahren bei einem Unfall auf der Baustelle verstorben.«

»Das tut mir sehr leid«, beteuerte Maria. »Es muss sehr hart gewesen sein, so jung seinen Mann zu verlieren.«

Inge nickte nur. Es fiel ihr schwer, vor diesen Leuten über Bernd zu sprechen. Glücklicherweise kam die Bedienung mit den Getränken. Sie hoben die Gläser und stießen an. Inge nahm einen tiefen Schluck.

»Es freut mich, dass ihr in Hamburg so erfolgreich wart«, sagte Monis älterer Bruder Albert. »Ich bin schon sehr gespannt auf diese Schallplatte von euch.«

»Das sind wir auch«, sagte Moni. »Und du bekommst natürlich auch ein Exemplar.«

»Das will ich aber auch hoffen.«

»Ich finde, dass ihr jungen Frauen euch viel mehr auf eure Arbeit konzentrieren solltet als auf diese neumodische Musik«, meinte Maria mit einem leicht tadelnden Unterton. Inge fiel auf, dass sie bisher noch kein einziges Mal gelächelt hatte.

»Mutter … Inge und Moni arbeiten trotzdem sehr fleißig in ihren Berufen«, warf Sigi ein.

»Aber es stimmt doch. Das sind nur Flausen, die ihr euch in den Kopf setzt«, mischte sich nun auch Astrid ein. Moni hatte wohl recht, als sie behauptet hatte, dass diese Astrid immer ihren Senf dazugeben musste.

»Jeder darf doch seine eigene Vorstellung vom Leben haben. Und wer hat schon zu entscheiden, was Flausen sind und was nicht?«, sagte Moni zu ihrer Schwägerin, und es war ihr anzusehen, dass sie sich bemühen musste, freundlich zu bleiben.

»Und woher kommen Sie noch mal, Inge?«, fragte Max, der wohl vom Thema ablenken wollte.

»Aus der Nähe von Passau. Meine Eltern haben dort einen kleinen Hof und bauen Gemüse an. Aber jetzt macht das nur noch meine Mutter, weil mein Vater einen Schlaganfall hatte und bettlägerig ist.«

Ein mitfühlendes Schweigen trat ein, ehe Maria neugierig fragte: »Haben Sie denn Geschwister, die den Hof einmal übernehmen?«

»Nein. Ich bin die einzige Tochter. Meine Mutter will den Hof noch so lang bewirtschaften, wie sie kann. Dann wird mein Cousin übernehmen, der jetzt schon hier und da mal ein wenig mithilft.« Inge nahm noch einen Schluck Weißbier. Sie hätte nicht gedacht, dass dieses Mittagessen so anstrengend werden würde.

»Aber einen Familienbetrieb gibt man doch nicht aus der Hand!«, sagte Maria kopfschüttelnd. »Was sagt denn Ihre Mutter dazu?«

»Jetzt hört doch mal bitte auf, Inge die ganze Zeit mit Fragen zu bombardieren«, fuhr Sigi dazwischen.

»Aber deswegen ist sie doch hier, damit wir Inge ein wenig kennenlernen können«, entgegnete Astrid.

»Erzählt uns lieber mal genauer, wie es in Hamburg war«, bat Ursi, das jüngste der Fischer-Kinder. »Habt ihr den Hafen gesehen?«

»Leider hatten wir keine Zeit, uns irgendetwas anzuschauen«, antwortete Inge, und dann brachte die Bedienung glücklicherweise ihre Bestellung.

Nach dem Essen spendierte Max noch eine Runde Obstler und verlangte dann nach der Rechnung.

»Es war sehr schön, dass Sie heute dabei waren, Inge«, sagte er, und sie bedankte sich.

»Ich glaube, meine Mutter zerbricht sich jetzt daheim den Kopf darüber, ob du als die einzige Tochter von Landwirten nicht eine besonders gute Partie für mich wärst. Vermutlich wird sie mir in den nächsten Tagen empfehlen, darüber nachzudenken, ob Landwirt nicht ein viel besserer Beruf für mich wäre als Musiklehrer«, feixte Sigi, als sie später in Badesachen auf einer Decke am Kieselstrand am Ufer der Isar saßen.

Inge lächelte. »Ich stelle mir gerade vor, wie du auf einem Traktor über die Felder fährst. Du würdest dich bestimmt gut machen.«

»Ganz bestimmt! Und übrigens, es tut mir leid, dass sie so anstrengend waren«, entschuldigte er sich dann und legte einen Arm um sie.

»Dafür kannst du ja nichts«, sagte Inge und lächelte. »Außerdem waren es nur deine Mutter und Astrid, die besonders neugierig waren.«

»Ich vermute mal, dass du nächsten Sonntag keine Lust

haben wirst, wieder mitzugehen?«, fragte er mit einem schrägen Grinsen.

»Sagen wir es mal so, ich denke, dass ich jetzt erst mal wieder eine längere Pause brauche«, antwortete sie ganz offen.

»Hauptsache, du brauchst keine Pause von mir«, murmelte er an ihrem Hals.

»Ganz bestimmt nicht.«

Am nächsten Vormittag beriet Inge eine Kundin, die ein Kleid für ihre silberne Hochzeit suchte. Sie reichte der korpulenten Dame eben ein passendes Modell in die Umkleidekabine, da stand plötzlich Katharina neben ihr.

»Ich soll dich ablösen. Frau Vilsinger möchte dich dringend in ihrem Büro sprechen.«

»Was gibt es denn?«, fragte Inge, und ihr wurde ganz flau.

»Ich weiß es nicht, aber sie wirkte nicht sehr gut gelaunt.«

Inges Herz schlug schneller. Ihr schwante, dass dies nichts Gutes bedeutete.

Ihre Finger zitterten, als sie an der Tür des Chefbüros anklopfte.

»Herein.«

Inge trat ein. Und tatsächlich sah ihre Chefin alles andere als freundlich drein.

»Sie wollen mit mir sprechen, Frau Vilsinger?«

»Eben kam ein Anruf Ihrer Mutter, Frau Becker. Sie bittet Sie um einen baldigen Rückruf«, begann sie ernst.

»Meiner Mutter? Ist etwas passiert? Mit meinem Vater?«, fragte Inge erschrocken.

»Nein. Sie hat wohl damit gerechnet, dass Sie vielleicht besorgt sein würden, deswegen sollte ich ausdrücklich sagen, dass es allen gut geht.«

»Danke, dann werde ich sie in meiner Mittagspause anrufen«, sagte Inge schnell und hoffte, dass es sich damit erledigt hätte.

»Da ich letzte Woche schon einmal mit Ihrer Mutter am Telefon gesprochen habe, fiel mir nun auf, dass sie diesmal in einem niederbayerischen Dialekt sprach, und ihre Stimme auch ganz anders klang.«

Inges Beine drohten unter ihr nachzugeben.

Sie weiß es!

»Deswegen habe ich mich noch ein wenig mit ihr unterhalten und ihr angeboten, dass ich ja vielleicht etwas an Sie ausrichten könnte.«

Ihr Blick war inzwischen so kalt, dass es Inge fröstelte.

»Das nahm sie gern an. Sie hat gesagt, dass ihre Schwester versprochen hat, am kommenden Sonntag auf Ihren Vater aufzupassen, und sie dann endlich einmal die Gelegenheit hätte, für einen Tag nach München zu kommen, um Sie zu besuchen. Dabei ging ich davon aus, dass Ihre Mutter letzte Woche schon hier war, als Sie angeblich krank waren, Frau Becker?«

»Es tut mir sehr leid!«, murmelte Inge heiser, die es gar nicht erst abstritt. »Es gab einen wirklich guten Grund dafür.«

»Den will ich gar nicht wissen«, wehrte Frau Vilsinger ab. »Ich bin maßlos enttäuscht von Ihnen. Sie packen jetzt Ihre Sachen und verlassen auf der Stelle dieses Haus. Sie sind fristlos entlassen, Frau Becker!«

Inge sah sie schockiert an. Sie konnte doch deswegen nicht ihre Arbeit verlieren!

»Bitte, Frau Vilsinger. Sie dürfen mich nicht rauswerfen. Lassen Sie es mich doch erklären ...«, versuchte sie es.

»Mir reicht es, zu wissen, dass Sie mich schamlos angelogen und sich damit zwei Tage Urlaub erschwindelt haben. Das ist Betrug, und ich könnte Sie dafür sogar anzeigen.« Ihre Chefin blieb hart.

»Aber ich wollte das mit künftigen Überstunden, die ich nicht aufgeschrieben hätte, wiedergutmachen. Wirklich. Ich wollte Sie nicht schädigen.«

»Sie wagen es, mir diesen selbsterdachten Kuhhandel auch noch als Rechtfertigung zu verkaufen?« Frau Vilsingers Stimme bebte.

»Sie können mir eine ganze Woche Urlaub streichen, meinetwegen sogar zwei, aber lassen Sie mich bitte ...«, bettelte Inge.

»Nein!«

Dieses eine Wort war so endgültig, dass Inge aufgab. Sie war ein hohes Risiko eingegangen und hatte verloren.

Wortlos drehte sie sich um und ging. Wie in Trance holte sie ihre Sachen aus dem kleinen Aufenthaltsraum und verließ das Modehaus Vilsinger, ohne sich von ihren Kolleginnen zu verabschieden.

Eine Weile lang lief sie einfach nur durch die Straßen. Sie war immer noch zu sehr in Schock, um zu weinen. Als sie an einer Telefonzelle vorbeikam, erinnerte sie sich an die Bitte ihrer Mutter um Rückruf. Sie kramte ein paar Münzen aus ihrer Tasche und rief in Niederbayern an.

»Hallo, Mama«, sagte sie und versuchte, sich nichts anmerken zu lassen.

»Ingelein!«, rief die Mutter erfreut. »Hat deine Chefin dir schon erzählt, dass ich dich endlich in München besuchen kommen kann?«

»Ja. Das hat sie.«

Glücklicherweise sprudelte ihre Mutter sofort los, wie sehr sie sich freue, einen Tag mit ihrer Tochter in München zu verbringen, während der Vater gut von der Tante versorgt wurde.

»Ich komme am besten mit dem Zug. Und dann machen wir uns einen richtig schönen Tag mein Schatz, gell?«

»Das werden wir. Ich freue mich, wenn du kommst, Mama. Aber jetzt muss ich gleich wieder zurück zur Arbeit.«

»Natürlich. Ich möchte dich auch gar nicht aufhalten. Nicht, dass du am Ende noch Schwierigkeiten mit deiner Chefin bekommst.« Helga lachte kurz. »Obwohl sie am Telefon sehr nett war. Da hast du wirklich Glück.«

Inge schluckte.

Glück? Gewiss nicht.

»Ich rufe dich am Samstag wieder an, Mama. Dann kannst du mir sagen, wann der Zug ankommt, und ich hole dich am Bahnhof ab.«

»So machen wir das. Bis bald, mein Schatz«, rief ihre Mutter glücklich in den Hörer.

»Bis bald, Mama.«

Sie legte auf und verließ die Telefonzelle. Und dann begann sie zu weinen.

Als sie in ihrer Wohnung war, schenkte sie sich zur Beruhigung einen doppelten Himbeergeist ein. Und dann noch einen zweiten. Sie hatte ihre Arbeit verloren. *Eine fristlose Kündigung!* Und die Schuld daran hatte sie sich ganz allein zuzuschreiben. Trotzdem hätte sie nie gedacht, dass ihre Chefin so eine Entscheidung treffen würde.

Ihr wurde schlecht, und sie musste sich setzen. Wie sollte sie ohne Arbeitszeugnis auch nur irgendwo eine neue gute Stelle bekommen?, fragte sie sich ratlos. Und was würde ihre Mutter dazu sagen? Sie hätte das einfach nicht tun dürfen! Doch was wäre die Alternative gewesen? Wenn Inge ehrlich zu sich war, dann würde sie, vor die Wahl gestellt, entweder nicht nach Hamburg zu fahren oder einen Rauswurf zu riskieren, es noch mal ganz genau so machen. Sie bereute es keine Sekunde, in diesem Studio gewesen zu sein. Irgendeine Arbeitsstelle würde sich gewiss finden lassen, notfalls vorübergehend auch irgendwo als Hilfsarbeiterin oder als Bedienung bei Angie in der Bar.

Eine eigene Schallplatte aufzunehmen – diese einmalige Chance hatten wirklich nur ganz wenige Menschen. Und vielleicht zahlte es sich ja am Ende doch aus, dass sie diesen Schritt gegangen war. Außerdem musste sie sich nun keine Gedanken mehr darüber machen, zwei Wochen Urlaub für die Aufnahme einer LP zu bekommen. Ihrer Mutter würde sie am besten einen anderen Grund nennen, warum sie nicht mehr im Modehaus arbeitete. Vielleicht konnte sie nun auch öfter als alle paar Monate nach Niederbayern fahren und Helga ein wenig unterstützen.

Inge merkte, wie sie sich langsam beruhigte. Es war natürlich schlimm, dass sie ihre Arbeit auf diese Weise verloren hatte, und sie schämte sich für die Lüge, aber trotzdem ging die Welt deswegen nicht unter. Allerdings musste sie nun sehr mit ihrem Geld haushalten. Eine Weile reichten ihre Ersparnisse und der Rest aus Bernds Lebensversicherung für das Nötigste aus. Zudem bezog sie eine kleine Witwenrente. Sie stand immerhin nicht mittellos da. Doch plötzlich musste sie an ihren neuen Wagen denken und seufzte. Den Janus konnte sie sich nun leider nicht mehr leisten. Wie schade! Am besten fuhr sie ihn bald zur Werkstatt und bat Charly und seinen Onkel, den Wagen zurückzunehmen. Für die Zeit, die sie ihn gefahren hatte, würde sie natürlich bezahlen.

»Vielleicht sollte ich das sofort hinter mich bringen«, sprach sie mit sich selbst.

Sie holte den Autoschlüssel, die Papiere und ihre Handtasche. Bevor sie den Janus abgab, wollte sie sich jedoch erst eine letzte große Runde durch München erlauben. Einmal noch das Gefühl haben, mit dem eigenen Auto unterwegs zu sein.

Doch sie kam nicht weit.

Nach nicht einmal einem Kilometer schoss plötzlich aus einer Seitenstraße ein Porsche heraus. Inge hatte keine Möglichkeit mehr, rechtzeitig zu bremsen oder ihm auszuweichen.

»Nein!«, schrie sie, bevor es laut krachte.

Kapitel 20
Peggy Sue

München, 16. bis 21. August 1966

Während Rita am Nachmittag einige Einkäufe erledigte, half Peggy Sue Finni in der Schneiderwerkstatt, ihre Utensilien neu anzuordnen. Es fiel der stark übergewichtigen Mittsechzigerin immer schwerer, auf die Tretleiter zu steigen und die Stoffballen oder Schachteln mit Knöpfen herunterzuholen, die weiter oben im Holzregal lagerten. Deswegen sortierten sie aus und räumten um, damit sie leichter erreichbar waren.

»Ich habe schon jahrelang nicht mehr ausgemistet, kein Wunder, dass sich so viel angesammelt hat.« Finni schüttelte den Kopf. »Danke, dass du mir hilfst, Peggy Sue.«

»Das mache ich gern«, sagte sie. »Nicht falsch verstehen, aber es erinnert mich ein wenig an die Arbeit im Kindergarten. Da muss man auch ständig die Regale mit den Spiel- und Bastelsachen aus- und umräumen. Mir machte das immer Spaß.«

Finni lachte. »Ich kann mir gut vorstellen, dass die Kinder dich gernhaben«, meinte Finni und sortierte Reißverschlüsse ihrer Länge nach, ehe sie sie in verschiedene Beutel packte.

»Mir gefällt es auch sehr, mit Kindern umzugehen. Hoffentlich werde ich irgendwann auch selbst mal Mama sein.« Peggy Sue zuckte mit den Schultern. »Aber wenn ich nicht einmal eine Ehe auf die Reihe kriege ...«

»Plane besser nicht so viel im Voraus, Mädchen. Weißt du, es kommt sowieso immer alles anders, als man denkt«, empfahl Finni.

Peggy Sue nickte. »Ich glaube, Rita ist zurück!«, sagte sie, als sie Schritte in der Diele hörte.

Gleich darauf betrat Rita das Zimmer.

»Ihr seid ja immer noch am Umräumen hier«, stellte sie fest.

»Für heute machen wir aber dann bald Schluss«, antwortete Finni. »Ich muss ja noch die Fleischpflanzerl braten für heute Abend.«

»Soll ich dir helfen, Oma?«, bot Rita an.

»Ach was, das mache ich schon. Vorhin hat deine Mutter angerufen. Sie hat sich in Hamburg verliebt, hat sie gesagt.«

»Ob sie da wirklich Hamburg meint?«, fragte Peggy Sue mit einem Grinsen.

»Das frage ich mich auch. Aber Hauptsache, sie ist glücklich«, sagte Finni. »Sagt mal, was denkt ihr zwei denn: Ist Angie für Martin nur eine Affäre oder steckt vielleicht mehr dahinter?«

»Schwer zu sagen, weil ich ihn ja eigentlich kaum kenne. Aber er schien sich sehr auf ihren Besuch gefreut zu haben«, sagte Rita.

»Wie ich ihn bisher einschätze, ist Martin ein sehr umgänglicher Mensch«, meinte Peggy Sue. »Und er ist sympathisch und hat Humor.«

»Lassen wir uns überraschen. Jedenfalls scheint er ihr gutzutun.« Finni hatte eine pragmatische Lebenseinstellung, die Peggy Sue gefiel. Von dieser Frau konnte man sich wirklich eine Scheibe abschneiden.

»Vor allem nach dem Schrecken mit Gerald braucht Angie jemanden, der sie schätzt und sie nicht ausnutzt«, fügte Finni noch hinzu.

»Dass er sie ausnutzt, kann ich mir wirklich nicht vorstellen«, sagte Peggy Sue.

Plötzlich klingelte es wie wild.

»Wer ist das denn?«, fragte Rita erschrocken.

»Hoffentlich nicht Gerald, denn wenn man vom Teufel spricht …«, grummelte Finni.

Nun klopfte jemand an der Wohnungstür.

»Wer ist da?«, rief Rita.

»Ich bin's, Moni. Mach bitte auf, Rita, es ist was Schlimmes passiert«, drang es durch die Tür.

Kurz darauf saßen sie alle völlig schockiert in der Küche.

»Aber sie wird doch durchkommen?«, fragte Rita nun schon zum dritten Mal.

»Das weiß ich doch nicht!«, sagte Moni hilflos.

»Aber das muss sie!«, rief Peggy Sue.

»Wie hast du denn überhaupt davon erfahren, Moni?«, wollte Finni wissen.

»Von Charly. Bei Inge zu Hause hat die Polizei niemanden angetroffen. Aber im Wagen lagen die Papiere mit der Anschrift der Werkstatt. Dort haben sie nachgefragt, ob Charly vielleicht irgendwelche Angehörige kennt, um sie über den Unfall von

Inge zu benachrichtigen. Und Charly hat dann gleich Sigi angerufen.«

»Kennt Sigi denn die Adresse ihrer Eltern in Niederbayern?«, fragte Finni.

»Ja, sie wissen auch schon Bescheid. Inges Mutter muss noch jemanden auftreiben, der inzwischen ihren Mann pflegt, was wohl nicht so einfach ist, aber dann kommt sie sofort mit dem Zug nach München. Sigi ist ins Krankenhaus gefahren. Er versucht herauszubekommen, wie es Inge geht und ob er ihren Schlüsselbund bekommen kann, damit er Inges Mutter in die Wohnung lassen kann.«

»Das ist so schrecklich«, sagte Finni und schüttelte fassungslos den Kopf. »Die armen Eltern. Und vor allem natürlich die arme Inge!«

»Sollen wir vielleicht auch ins Krankenhaus fahren?«, überlegte Rita.

»Ich glaube nicht, dass das eine gute Idee ist. Die lassen uns bestimmt auch gar nicht zu ihr rein«, winkte Moni jedoch ab. »Außerdem meldet Sigi sich sofort bei uns, wenn er etwas weiß.«

»Warum war sie denn überhaupt an einem Vormittag mit dem Auto in der Stadt unterwegs? Sie hätte doch eigentlich im Modegeschäft bei der Arbeit sein müssen, oder nicht?«, überlegte Peggy Sue.

»Das weiß ich leider auch nicht«, sagte Moni.

Finni stand auf. »Es fällt mir nicht leicht, aber ich muss trotzdem jetzt anfangen, die Fleischpflanzerl zu machen, damit die Gäste was zu essen bestellen können.«

»Ich kann mir gar nicht vorstellen, heute an der Theke zu stehen, Musik zu hören und den Leuten beim Feiern zuzusehen, während ich nicht weiß, ob Inge noch lebt«, murmelte Rita mit Tränen in den Augen.

Stille trat ein.

»So ist das nun mal leider im Leben. Auch wenn man noch so große Sorgen hat, man muss die Dinge erledigen, die getan werden müssen«, bemerkte Finni dann.

»Für mich wird es auch schwer, aber wir kriegen das schon irgendwie hin, Rita«, versuchte Peggy Sue ihr Mut zu machen.

»Leider muss ich auch gleich wieder zurück in den Laden. Ich wollte euch das nur nicht am Telefon erzählen«, sagte Moni.

»Danke, dass du da warst, Moni. Und sobald du irgendwas weißt oder wir irgendwas tun können, dann melde dich bitte sofort bei uns«, bat Peggy Sue.

»Natürlich.«

Bis zum Abend saßen sie alle auf glühenden Kohlen. Um kurz nach 20 Uhr rief Sigi endlich in der Bar an. Zufälligerweise war Peggy Sue gerade in der Küche, weil sie benutztes Geschirr ins Spülbecken gestellt hatte, und ging ans Telefon.

»*Angies Vogelbar*!«, meldete sie sich.

»Peggy Sue, hier ist Sigi.« Er hatte sie sofort an ihrer Stimme erkannt.

»Endlich! Wie geht es ihr?«, fragte sie, obwohl sie Angst vor der Antwort hatte.

»Inge ist noch immer nicht bei Bewusstsein. Aber ihre Werte sind offenbar stabil. Ihre Mutter ist inzwischen auch angekommen und spricht noch mal mit den behandelnden Ärzten. Ich bringe sie dann später in Inges Wohnung, damit sie dort übernachten kann.«

»Danke für den Anruf, Sigi. Und du hältst uns weiter auf dem Laufenden?«

»Selbstverständlich.« Er seufzte unglücklich. »Ach, Peggy Sue. Ich frage mich, was da los gewesen ist. Das ist alles so seltsam. Der Arzt hat vorhin zu ihrer Mutter gesagt, dass Inge stark nach Schnaps gerochen habe, als man sie eingeliefert hat. Und als ich am Nachmittag im Modehaus angerufen habe, um Bescheid zu geben, dass Inge im Krankenhaus sei, war ihre Chefin so eigenartig am Telefon. Sie murmelte etwas von ›*Hoffentlich war das nicht meine Schuld*‹.«

»Wie? Ihre Chefin hat das gesagt?«, fragte Peggy Sue verwundert.

»Ja. Ich habe sie dann gefragt, wie sie das meine. Aber darüber wollte sie am Telefon nicht mit mir sprechen.«

»Das ist tatsächlich alles etwas eigenartig«, stimmte Peggy Sue ihm zu.

»Morgen gehe ich da mal vorbei und rede mit ihr persönlich. Ich will wissen, was sie damit gemeint hat, dass es hoffentlich nicht ihre Schuld gewesen sei«, teilte er ihr mit.

»Ja, klär das unbedingt ab.« Sie warf einen Blick auf die Uhr. »Sigi, ich muss leider wieder raus und den anderen helfen. Draußen ist heute wieder die Hölle los.«

»Verstehe. Bis bald.«

»Bis bald.«

Peggy Sue legte den Hörer auf und schloss für einen Moment

die Augen. Sie konnte immer noch nicht glauben, was passiert war. Es fühlte sich fast an wie in einem schlimmen Alptraum, und sie hoffte, jeden Moment wieder aufzuwachen. Doch leider war dies kein Traum. Inge hatte einen Unfall gehabt, und sie alle bangten um ihr Leben. Dabei war sie in den letzten Tagen so glücklich gewesen.

Und das wird sie auch wieder sein!, versuchte sie sich ganz fest einzureden. Sie räusperte sich und ging hinaus, um Rita über den Anruf zu informieren.

Am nächsten Tag gab es immer noch keine Veränderung bei Inge. Sie hatte einige Brüche, auch an den Rippen, und zahlreiche Schnitte und eine Kopfverletzung. Innere Organe schienen aber Gott sei Dank nicht betroffen zu sein.

Inzwischen hatte Sigi mit Frau Vilsinger gesprochen, und dabei war Erstaunliches herausgekommen. Die Chefin des Modehauses hatte Inge keine Stunde vorher fristlos entlassen, weil Inge sich mithilfe von Moni, wie diese ihnen mittlerweile gestanden hatte, auf ihrer Arbeit krankgemeldet hatte, während sie in Hamburg waren. Frau Vilsinger hatte das herausgefunden und Inge daraufhin auf der Stelle rausgeworfen.

»Ich denke, dass sie in ihre Wohnung ging, dort Schnaps getrunken hat, um sich zu beruhigen. Die angebrochene Schnapsflasche und ein leeres Glas standen noch auf dem Tisch. Dann ist sie mit dem Wagen weggefahren«, erzählte Sigi, der mit Peggy Sue und Rita in ihrer Küche saß.

»Vielleicht hatte sie ja zu uns fahren wollen, um uns von der Kündigung zu erzählen«, spekulierte Rita.

»Kann sein«, meinte Peggy Sue.

»Oder sie wollte zu mir. Oder zu Moni. Schließlich war meine Schwester bei diesem Schwindel ihre Komplizin«, überlegte Sigi. »Moni ist jedenfalls auch ganz schön fertig deswegen und macht sich Vorwürfe.«

»Vorwürfe? Aber das hat ja überhaupt nichts mit dem Unfall zu tun«, sagte Peggy Sue.

»Für den Unfall konnte Inge auch tatsächlich gar nichts«, beteuerte Sigi. »Es gibt einige Zeugen. Der Fahrer des Porsches hat laut ihnen die Vorfahrt missachtet und ist ungebremst in den kleinen Janus gekracht. Ein Wunder, dass Inge überhaupt überlebt hat. Wenn man ihren Wagen sieht, möchte man das kaum glauben. Der andere Fahrer liegt übrigens ebenfalls im Krankenhaus, ist aber nicht so schwer verletzt und kann bald entlassen werden.«

»Auch wenn sie keine Schuld am Unfall hatte, ich verstehe nicht, warum sie so unvernünftig war, Schnaps zu trinken und dann noch mit dem Auto zu fahren«, meinte Peggy Sue kopfschüttelnd.

»Du weißt doch, wenn sie aufgeregt war, dann hat sie immer etwas zur Beruhigung getrunken«, erinnerte Rita.

»Ja. Und das war in letzter Zeit ganz schön oft der Fall«, entgegnete Peggy Sue. »Und nicht nur zur Beruhigung.«

»Ach, kommt. So viel war das auch wieder nicht«, warf Sigi ein, wirkte jedoch etwas nachdenklich.

»Wir haben ihr den Schnaps manchmal aber auch richtig aufgedrängt, damit sie bei den Auftritten und im Studio kein so großes Lampenfieber hatte«, meinte Rita. »Das hätten wir vielleicht nicht tun sollen. Aber wenn ich sehe, was die Leute jeden Tag bei uns in der Bar trinken, meine Güte, dann ist so ein Schnaps zur Beruhigung doch nichts Schlimmes, oder?«

Sigi schüttelte den Kopf. »Das ist jetzt auch alles erst einmal nicht so wichtig. Hauptsache, Inge wird wieder gesund.«

Angie rief mehrmals am Tag an, ob es Neuigkeiten gab. Diesmal ging Peggy Sue an den Apparat, weil Rita und ihre Oma einen Termin beim Friseur hatten.

»Peggy Sue, soll ich nicht doch besser zurückkommen?«, fragte Ritas Mutter.

»Das ist nicht nötig, Angie«, verneinte Peggy Sue. »Wir kriegen das schon hin. Außerdem kannst du hier ohnehin nichts machen. So, wie wir alle nichts machen können außer abzuwarten. Inge muss jetzt einfach nur aufwachen.«

»Na gut. Aber wenn sich etwas ändert, dann sagt mir das bitte.«

»Das werden wir«, versprach sie.

»Moment noch kurz, Peggy Sue, Martin möchte dich noch sprechen.«

Gleich darauf war er am Telefon. »Peggy Sue?«

»Ja?«

»Hör mal, ich möchte, dass ihr euch neben den Sorgen um Inge keine zusätzlichen Gedanken machen müsst, also wegen der Single. Hier bei uns läuft alles wie geplant weiter. Und notfalls können wir den Release-Termin verschieben, bis es Inge wieder besser geht, oder eine andere Lösung finden, die für uns alle passt.«

»Danke, Martin. Ich werde es den anderen sagen.«

Während Peggy Sue sich Sorgen um Inge machte, ging ihr aber auch noch etwas anderes durch den Kopf. Am kommenden Montag waren drei Wochen vorüber, und das Gespräch mit Harry stand bevor.

Peggy Sue hatte ihn vor ein paar Tagen angerufen und sich für den Montagabend verabredet. Sie hatte etwas Angst vor dem Treffen, nicht, weil sie sich vor Harry fürchtete, sondern vor dem, was bei dem Gespräch herauskommen würde. Natürlich war ihr klar, dass sie den Nachbarn und Harrys Kameraden nicht mehr viel länger vormachen könnten, dass Peggy Sue sämtliche Verwandte in Österreich und Deutschland abklapperte. Was, wenn sie sofort zurück in die Staaten musste, wenn es erst offiziell war, dass sie und Harry sich getrennt hatten? Oder konnten sie beide das Ganze noch eine Weile aufrechterhalten? Normalerweise wäre es ja kein Problem, wieder nach Hause zu gehen, doch dann müsste sie ihre Freundinnen hier schneller verlassen, als sie das gedacht hatte. Und die Monaco Birds wären für sie Geschichte. Umso mehr wollte sie so viel Zeit wie möglich herausschlagen, die sie mit ihren Freundinnen und der Musik verbringen konnte.

Am Samstagvormittag kam endlich der erlösende Anruf. Inge war in der Nacht aufgewacht. Sie hatte zwar noch etwas Probleme mit ihrer Erinnerung, doch das schien unter diesen Umständen nicht ungewöhnlich zu sein und sollte sich laut Auskunft der Ärzte schnell bessern.

Am Sonntag durften Peggy Sue, Rita und Moni sie im Schwabinger Krankenhaus besuchen. Sie hatten Schokolade, eine Flasche Rotbäckchensaft und die BUNTE Illustrierte für sie dabei.

Sigi stand vor dem Zimmer und schien schon auf sie zu warten.

»Wie geht es ihr denn?«, fragte Peggy Sue, damit sie wussten, auf was sie sich vorbereiten mussten.

»Heute ist sie schon viel klarer, trotz der Schmerzmittel. Aber erschreckt bitte nicht. Sie sieht noch etwas ramponiert aus.«

»Wirklich so schlimm?« Rita sah ihn ängstlich an.

Er nickte.

»Aber wir können schon reingehen?«, fragte Moni.

»Ich denke ja. Ihre Mutter ist jetzt noch bei ihr. Aber die wird dann sicher rausgehen, damit nicht zu viele Leute auf einmal bei Inge sind. Ich bleibe jetzt auch draußen«, sagte er.

Moni klopfte an die Tür und öffnete sie dann gleich. Im Zimmer lagen vier Patientinnen, von denen außer Inge noch eine weitere Frau Besuch hatte. Inges Bett stand neben dem Fenster. Gut, dass Sigi sie vorgewarnt hatte, denn Inge hatte blaue Flecken und einige Pflaster im Gesicht. Ihr linker Arm und der rechte Unterschenkel waren eingegipst.

Neben dem Bett saß Inges Mutter auf einem Hocker und nickte ihnen lächelnd zu. Erstaunlich, wie sehr sich Mutter und Tochter ähnelten, dachte Peggy Sue. Vermutlich würde Inge in fünfundzwanzig Jahren fast genau so aussehen. Jedoch lag im Blick der Mutter ein sorgenvoller Schatten, der Inge später hoffentlich erspart blieb.

»Wie schön, dass ihr Inge besuchen kommt«, begrüßte sie die

Freundinnen herzlich. Sie reichte jeder Einzelnen die Hand und stellte sich als Helga vor.

»Mama, das sind Rita, Moni und Peggy Sue«, sagte Inge.

»Jetzt kenne ich endlich die Gesichter zu euren Namen. Aber ich gehe mal besser eine Weile raus. Dann könnt ihr euch in Ruhe unterhalten«, sagte Helga, nahm ihre Handtasche und verließ das Zimmer.

Moni und Rita stellten sich auf die Seite zum Fenster, Peggy Sue auf die andere Seite.

»Das ist für dich«, sagte Peggy Sue, und sie legten die Geschenke auf ihr Nachtkästchen.

»Danke«, brachte Inge gerührt hervor. Sie sah wirklich noch sehr blass aus.

»Ich habe mir schon gedacht, dass du die Bandprobe heute schwänzen willst«, scherzte Rita, wohl in dem Versuch einen lockeren Ton anzuschlagen.

Inge lachte, was ihr allerdings wegen der gebrochenen Rippen wehtat. Sie stöhnte leise.

»Natürlich liege ich viel lieber in so einem Bett herum, als mit euch in der Bar bei der Bandprobe zu sein«, sagte sie dann. »Aber ihr schwänzt ja ebenfalls. Dabei solltet ihr auch ohne mich proben.«

»Jetzt mach dir deswegen mal bitte keinen Kopf«, sagte Rita.

Moni griff nach Inges unverletzter Hand. »Es tut mir so leid, dass du wegen meines Anrufs bei deiner Chefin solche Schwierigkeiten bekommen und deine Arbeit verloren hast«, flüsterte sie, so dass die anderen Patientinnen im Zimmer es nicht hören konnten. Peggy Sue entdeckte Tränen in ihren

Augen. Besonders Moni schien das alles besonders mitzunehmen.

»Da kannst du doch nichts dafür, Moni. Ich habe dich ja ausdrücklich gebeten, das für mich zu machen«, sagte Inge leise.

»Trotzdem ... Wir hätten uns vielleicht noch etwas anderes einfallen lassen können.«

»Es ist aber jetzt so, wie es ist«, mischte Rita sich ein. »Hauptsache, Inge geht es bald wieder gut, oder nicht?«

»Meine Chefin war heute Vormittag hier«, überraschte Inge sie.

»Wirklich?«, fragte Moni ungläubig.

»Sie hat wohl ein schlechtes Gewissen, weil ich den Unfall nicht gebaut hätte, wenn sie mich nicht rausgeworfen hätte.«

»Das stimmt ja auch«, sagte Rita. »Dann wärst du an deinem Arbeitsplatz gewesen und hättest irgendeiner Frau einen Minirock oder eine Bluse verkauft.«

»Wo wolltest du denn überhaupt hin mit dem Auto?«, fragte Peggy Sue.

»Ohne die Arbeit hätte ich mir den Wagen nicht mehr leisten können. Ich wollte Charly fragen, ob er ihn wieder zurücknimmt, aber vorher wollte ich noch eine letzte kleine Runde mit ihm fahren.«

»Und was hat deine Chefin noch alles zu dir gesagt?«, fragte Moni.

»Sie hat die fristlose mündliche Kündigung zurückgenommen, eine Abmahnung daraus gemacht und mir für den ganzen Ärger die Fehltage doppelt vom Urlaub abgezogen. Sie weiß jetzt auch, warum ich geschwindelt habe. Das hat sie jedoch nicht sonderlich beeindruckt. Im Gegenteil.« Sie grinste schief.

»Musikbanausin!«, grummelte Rita.

»Egal. Gott sei Dank hast du deine Arbeit doch nicht verloren, Inge!«, sagte Moni und wirkte ziemlich erleichtert.

»Ich weiß nicht, ob das gut oder schlecht ist«, gestand Inge. »Sie wird in Zukunft immer misstrauisch bleiben.«

»Jetzt werd erst einmal gesund. Alles andere ist im Moment nicht so wichtig«, meinte Peggy Sue. »Und wegen der Band sollst du dir bitte auch keine Gedanken machen, soll ich von Martin Adam ausrichten. Entweder verschieben wir die Release-Party für die Single, oder wir finden sonst eine Lösung.«

»Danke, dass du mir das gesagt hast. Ich hatte schon ein wenig Angst, dass ihr mir böse sein könntet, wenn ich jetzt länger ausfalle.«

»Böse ist dir überhaupt niemand, Inge«, stellte Peggy Sue klar. »Wir sind alle nur froh, dass du den schrecklichen Unfall überlebt hast.«

Inges Gesicht wurde plötzlich wieder blass. »Bitte reden wir nicht darüber«, bat sie leise.

»Tun wir nicht«, versprach Peggy Sue, die verstehen konnte, dass Inge sich selbst erst damit auseinandersetzen musste, ehe sie darüber sprechen konnte. Immerhin war sie dem Tod nur ganz knapp von der Schippe gesprungen.

»Bis du nach Hause darfst, werden wir dich regelmäßig besuchen«, kündigte Moni an.

»Oma lässt dich übrigens auch ganz lieb grüßen«, richtete

Rita aus. »Sie wird vielleicht nächste Woche mal mitkommen, wenn du das möchtest.«

»Das ist wirklich nett«, murmelte Inge. Sie hörte sich erschöpft an.

Peggy Sue bemerkte, dass ihr beim Reden immer wieder die Augen zufielen. »Ich glaube, wir gehen jetzt besser und lassen dich schlafen.«

»Und Schlafen ist die allerbeste Medizin. Das behauptet zumindest meine Tante Gundi immer«, sagte Moni.

Sie verabschiedeten sich von Inge und gingen nach draußen. Sigi stand mit Helga im Flur und unterhielt sich mit ihr. Sie wirkte sehr niedergeschlagen.

»Ich wäre so gern die ganze Zeit hier bei meiner Tochter«, hörte Peggy Sue sie sagen. »Aber es ist so schwierig, jemanden zu finden, der auf meinen Mann aufpasst und ihn gut versorgen kann. Bis meine Schwester kommt, helfen die Nachbarinnen aus, aber die haben auch nicht immer Zeit. Und dann auch noch diese langen Fahrten hin und zurück.«

»Helga? Ich darf Sie doch so nennen?«, sprach Peggy Sue sie an.

»Aber natürlich. Peggy Sue, nicht wahr?«

»Ja. Machen Sie sich bitte keine Sorgen, wenn Sie nicht so oft hier sein können. Wir werden uns abwechseln, damit jeden Tag mindestens eine von uns eine Weile bei Inge ist und sie alles bekommt, was sie braucht.«

Wieder hatte Inges Mutter Tränen in den Augen. »Ihr seid so gute Freundinnen. Vielen Dank. Das ist mir wirklich eine unglaublich große Hilfe«, beteuerte sie dankbar.

»Das machen wir sehr gern«, sagte Rita.

»Und ich bin ja auch noch da«, erinnerte Sigi.

Er begleitete die drei Frauen anschließend auch hinaus, um ein wenig frische Luft zu schnappen. Rita steckte sich vor dem Eingang des Krankenhauses eine Zigarette an.

»Ich bin so froh, dass es ihr so weit gut geht«, sagte Peggy Sue. Insgeheim hatte sie befürchtet, dass Inges Zustand schlechter sei.

»Aber sie wird noch längere Zeit ausfallen«, meinte Sigi.

»Wir sollten auf Inge hören und auch ohne sie proben. Wenn wir warten, bis sie wieder ganz gesund ist, kommen wir nicht voran«, sagte Moni plötzlich.

»Mir täte ein wenig trommeln am Schlagzeug tatsächlich gut«, überlegte Rita laut.

»Dann lasst uns das doch jetzt machen«, schlug Peggy Sue vor. »Das bringt uns auf andere Gedanken.«

»Vielleicht komm ich dann nach und spiele mit euch. Wenn ihr nichts dagegen habt?«, fragte Sigi.

»Natürlich nicht. Komm einfach vorbei«, sagte Rita.

Ohne Inge fühlte es sich anders an. Moni ersetzte ihren Bass durch Inges E-Gitarre, und die zweite Stimme fehlte. Trotzdem lenkte die Musik sie alle ab, und es klang auch in dieser Kombination nicht schlecht.

Als Sigi kam, übernahm er den Bass. Er kannte die neuen Lieder zwar noch nicht, aber er versuchte, sich instinktiv einzubringen. Dabei merkte man gleich, dass er ein Profi war. Zwei Stunden später räumten sie die Anlage und Instrumente wieder weg und setzten sich noch an einem Tisch zusammen.

Sie machten einen ungefähren Plan, wer wann in der kommenden Woche Inge besuchen könnte.

»Wenn Ursi mal am Nachmittag für mich im Laden einspringt, kann ich Inge unter der Woche auch ein- oder zweimal besuchen«, überlegte Moni.

»Peggy Sue und ich können uns tagsüber abwechseln«, sagte Rita.

Plötzlich hörten sie auf der Treppe Schritte. Offensichtlich hatte Sigi nicht daran gedacht, hinter sich abzusperren.

»Wer kommt denn jetzt?«, fragte Rita. Seit der Sache mit ihrem Vater wirkte sie etwas dünnhäutig. Doch es war nicht Gerald, der plötzlich in der Bar stand.

»Harry!«, rief Peggy Sue überrascht. »Was machst du denn hier? Wir wollten uns doch erst morgen Abend treffen.«

Sein Blick verhieß nichts Gutes.

»Hier ist eigentlich geschlossen«, sagte Sigi.

Doch Harry beachtete ihn gar nicht. Er war blass und wirkte dünner als vor drei Wochen.

»Wir müssen reden, Peggy Sue. Jetzt sofort!«, verlangte er.

Peggy Sue stand auf. »Harry, wir haben hier wirklich gerade Probleme. Eine Freundin hatte einen schweren Autounfall und wir überlegen, wie wir ...«

»Probleme? Du bekommst gleich richtige Probleme. Und zwar mit mir«, drohte er.

»Kannst du dich mal bitte zusammenreißen?«, forderte Sigi ihn auf.

»Du bist mal ganz still, Rotkopf«, fuhr Harry ihn an.

»Bitte, Sigi, lass dich nicht provozieren«, sagte Peggy Sue schnell, nachdem Sigi ebenfalls aufgestanden war.

»Wieso können wir nicht einfach morgen Abend miteinander reden, so, wie wir es abgemacht haben?«, fragte sie ihren Mann so ruhig wie möglich.

»Ich weiß, warum du dich mit Lillybeth getroffen hast«, entgegnete er gefährlich leise, ohne auf ihre Frage einzugehen.

Peggy Sue erstarrte. Moni warf Peggy Sue einen erschrockenen Blick zu.

»Geht doch ihr schon mal nach oben, bitte«, bat Peggy Sue die anderen eindringlich. »Ich werde das mit Harry besser allein klären.«

Doch die anderen machten keine Anstalten zu gehen.

»Wir lassen dich jetzt ganz bestimmt nicht allein mit ihm«, erklärte Rita und ging hinter die Theke. Vermutlich, damit sie näher beim Telefon in der Küche war, um im Zweifelsfall die Polizei zu rufen. Doch so weit durfte es nicht kommen.

»Ihr müsst nicht gehen. Meinetwegen können alle hierbleiben!«, rief Harry. »Alle können hören, was meine Frau mir angetan hat.«

»Bitte, Harry ... Bitte hör auf«, flehte sie nun. »Das machen wir beide unter uns aus.«

»Du hast mein Kind umgebracht!«, fuhr er sie an, und seine Augen funkelten vor Wut.

Peggy Sue überlegte fieberhaft, wie sie die Sache regeln konnte, ohne dass Moni mit hineingezogen wurde. Sie bemerkte die verwirrten Blicke von Rita und Sigi. Die konnten sich auf das Ganze hier sicher überhaupt keinen Reim machen.

»Du streitest es noch nicht einmal ab?«, fragte Harry bitter.

»Doch, das tue ich. Ich weiß nicht, wie du darauf kommst, aber ich habe selbstverständlich kein Kind umgebracht.«

»Du lügst!«, warf er ihr vor.

»Das tue ich nicht! Bitte glaub mir.« Etwas hilflos fuhr sie mit den Händen durch ihr Haar. Ihr Kopf war wie leer gefegt. Wie sollte sie ihn nur überzeugen, ohne Monis Geheimnis zu verraten?

»Weißt du was?« Er lachte kurz auf. »Jetzt ergibt für mich endlich alles einen Sinn. Du wolltest unbedingt weg von mir, damit ich nicht merke, dass du schwanger bist und du das Kind loswerden kannst.«

»Du bist schwanger, Peggy Sue?«, rutschte es Rita heraus.

Harry funkelte sie an. »Ist sie nicht! Nicht mehr, weil meine liebe Frau das Kind abgetrieben hat.«

»Das ist doch alles Unsinn!«, beteuerte Peggy Sue verzweifelt.

»Hör doch endlich mal auf mit deinen Lügen. Ich habe Lillybeth heute getroffen und sie gefragt, ob ihr euch noch mal wiedergesehen habt. Da merkte ich, dass sie sich seltsam verhielt und mir etwas verschwieg. Und dann habe ich ihr eindringlich klargemacht, dass ich es sowieso herausfinden würde, also könne sie mir es auch gleich sagen.«

Peggy Sue schickte ein Stoßgebet gen Himmel, dass er Lillybeth nicht womöglich wehgetan hatte. Aber das hätte er nicht gewagt, oder? Doch so wie er sich gerade benahm, war ihm alles zuzutrauen.

»Als sie merkte, wie ernst es mir ist, ist sie herausgerückt mit der Sprache«, fuhr er fort. »Dass du sie gefragt hast, wo man ein Kind abtreiben lassen kann. Aber Lillybeth hätte dir natürlich nicht weiterhelfen können. Mehr konnte sie mir nicht sagen.«

Lillybeth hatte ihren eigenen Kopf also aus der Schlinge gezogen, doch das konnte Peggy Sue ihr nicht verübeln. Zu gern hätte sie es ihr gleichgetan. Aber doch nicht, wenn sie damit Moni bloßstellen musste.

»Du hast jedoch sicher nicht aufgegeben und jemand anderen gefunden! Deswegen wolltest du auch noch drei Wochen Zeit, bevor wir reden. Entweder hast du also mein Kind abgetrieben – oder vielleicht sogar den Bastard eines anderen?«, fauchte ihr Mann wütend. Dabei fuhr er sich über die Schläfen, blinzelte dann.

Peggy Sue schluckte. »Harry, bei allem, was mir heilig ist: Ich war nicht schwanger. Und ich habe kein Kind abgetrieben. Das würde ich niemals tun.«

»Aber warum hast du Lillybeth dann gefragt?«, schrie er sie zornig an. Sie erzitterte am ganzen Leib.

»Sie hat für mich gefragt!«, rief Moni plötzlich.

Nein! Das hätte doch nie jemand erfahren sollen!

Harry sah Moni verwirrt an. »Du lügst doch jetzt auch, um Peggy Sue zu helfen.«

Moni schüttelte vehement den Kopf. »Ich lüge nicht. Peggy Sue hat wirklich nur für mich gefragt.«

»Moni? Was soll das bedeuten?« Sigi sah seine Schwester ungläubig an.

»Keine von uns beiden hat abgetrieben. Und nur Moni war

schwanger, aber sie hat das Kind von selbst verloren«, erklärte Peggy Sue und fühlte sich mit einem Mal völlig erschöpft.

»Dass ich das Kind verlieren würde, wusste ich nicht, deswegen habe ich Peggy Sue um Hilfe gebeten«, gestand Moni. Sie sackte auf ihrem Barhocker zusammen.

Nun war die Verwirrung perfekt. Harry runzelte die Stirn, kniff seine Augen zusammen, dann schüttelte er den Kopf. Würde er ihnen glauben?, fragte sich Peggy Sue.

»Von wem warst du schwanger, Moni?«, fragte Sigi mit seltsam tonloser Stimme.

»Das muss niemand wissen, außer mir und Peggy Sue.« Sie hatte einen trotzigen Blick aufgesetzt.

»Das ... was ... ich ... Peggy Sue«, lallte Harry plötzlich, dann schwankte er. Er versuchte, sich am Tisch abzustützen, griff jedoch daneben und stürzte.

»Harry!« Peggy Sue kniete sich sofort neben ihn auf den Boden. »Was ist denn los mit dir?«

Sein Körper zuckte plötzlich unkontrolliert. Peggy Sue sah ihn entsetzt an.

»Wir brauchen einen Arzt!«

Kapitel 21
Monika

München, 25. August 1966

Monika stand draußen im Hinterhof, um ein wenig frische Luft zu schnappen.

Die letzten Tage waren für sie alle sehr aufwühlend gewesen. Zuerst Inges Unfall, dann das Zusammentreffen mit Harry in *Angies Vogelbar*. Monika hatte es unbedingt vermeiden wollen, dass außer Peggy Sue irgendjemand erfuhr, dass sie schwanger gewesen war. Doch bei den wilden Anschuldigungen von Harry hatte sie ihre Freundin unbedingt entlasten müssen. Der völlig unerwartete Zusammenbruch von Peggy Sues Mann war der nächste Schock gewesen. Nun lag er im US-Hospital im Perlacher Forst, und niemand wusste bisher, was mit ihm los war.

Peggy Sue war noch an jenem Abend in die gemeinsame Wohnung zurückgekehrt, damit man sie jederzeit erreichen konnte und sie in der Nähe ihres Mannes war. Deswegen mussten Monika, Rita und Sigi sich noch häufiger mit ihren Besuchen bei Inge im Krankenhaus abwechseln. Allerdings war die Beziehung zwischen Monika und ihrem Bruder angespannt, seitdem er erfahren hatte, dass Monika schwanger und bereit gewesen war, das Kind abzutreiben. Immerhin hatte er versprochen, es für sich zu behalten, und auch Rita würde kein Wort darüber verlieren. Zudem ärgerte Sigi sich darüber, dass sie ihm nicht verriet, wer der Vater des Kindes gewesen wäre.

Alles schien gerade auseinanderzubrechen, und Monika fragte sich, ob ihr großer Traum dabei war, endgültig zu platzen. Dass die Release-Party zum vorgesehenen Zeitpunkt stattfinden konnte, war mehr als unwahrscheinlich, auch wenn ein kleiner Teil in ihr noch darauf hoffte. Dabei war alles zum Greifen nah gewesen. Und nun? War alles umsonst gewesen?

Sie wäre am liebsten ins Bett gekrochen, um sich die Decke über den Kopf zu ziehen. Doch sie musste wieder in den Laden, in dem Astrid gerade eine Kundschaft bediente. Monika grüßte höflich, griff nach dem Messer, um Aufschnittwurst in feine Streifen für einen Fleischsalat zu schneiden, der mit Essiggurken und Mayonnaise angemacht wurde.

Würde das nun doch ihr zukünftiges Leben bleiben? Hier in der Metzgerei hinter der Theke neben Astrid zu stehen und als Höhepunkt der Woche am Sonntag in einem Wirtshaus mit der Familie zu Mittag zu essen? Dieser Gedanke war fast unerträglich. Dabei war es nicht die Arbeit in der Metzgerei selbst, die sie scheute, sondern dass sie nicht das tun konnte, was sie eigentlich liebte. Doch im Moment konnte sie nicht weiter darüber nachdenken. Sie fühlte sich ausgelaugt und leer. Und müde. Schrecklich müde.

»Der Fleischwolf muss noch gereinigt werden«, wies Astrid sie an, als die letzte Kundin den Laden verlassen hatte.

Normalerweise hätte Monika jetzt gesagt, dass Astrid sich gefälligst selbst darum kümmern solle, doch sie nickte nur.

»Sag mal, Moni, geht es dir nicht gut?«, fragte Astrid zu ihrer Überraschung.

Moni zuckte nur mit den Schultern. Ausgerechnet ihrer Schwägerin würde sie sich gewiss nicht anvertrauen.

»Ich kann verstehen, dass dich das sehr belastet mit dem Unfall von Inge. Und dann noch der Zusammenbruch von Peggy Sues Mann«, sagte Astrid, als redete sie mit sich selbst. Sie hatte davon erfahren, als sie zufällig in ein Gespräch zwischen Monika und Sigi geplatzt war. »Was ist denn nun eigentlich los mit ihm? Weiß man das schon?«

Ursi kam in den Laden und ersparte Monika eine Antwort. »Moni, Peggy Sue hat angerufen und gesagt, es wäre gut, wenn du heute gegen 18 Uhr zu Rita kommen könntest, um zu reden, bevor die Bar öffnet. Falls nicht, würde sie dich später am Abend anrufen.«

Monika nickte ihrer Schwester zu. »Danke fürs Bescheidsagen, Ursi.«

»Soll ich heute Nachmittag hier im Laden für dich einspringen?«, bot sie an. »Ich kann die Fahrradtour mit Paul auch verschieben. Das macht mir nichts aus.«

Zwischen Paul und Ursi hatte sich inzwischen eine enge Freundschaft entwickelt. Und vielleicht ging es sogar schon ein wenig darüber hinaus.

»Das ist lieb von dir, Ursi, aber nicht nötig. Fahr du nur und mach dir einen schönen Tag mit Paul.«

Als Monika am Abend zu den Haslingers kam, war Peggy Sue schon da. Gemeinsam mit Oma Finni, Angie und Rita saß sie in der rauchgeschwängerten Küche, und alle wirkten sehr bedrückt. Monika setzte sich dazu.

»Möchtest du Limonade? Oder lieber etwas anderes? Ein Glas Wein?«, fragte Rita.

»Limonade ist gut«, antwortete Monika.

Rita schob ihr ein Glas hin und schenkte ein. Dann zündete sie sich eine Zigarette an.

»Gibt es schon etwas Neues von Harry?«, fragte Monika, da sonst niemand etwas sagte.

»Ja. Deswegen bin ich hier«, antwortete Peggy Sue. »Bei Harry wurden verschiedene Untersuchungen gemacht. Wie ich jetzt erst erfahren habe, hatte er wohl schon länger starke Kopfschmerzen und andere Symptome, von denen ich nichts wusste. Oder besser gesagt, von denen niemand wusste. Harry hat das für sich behalten. Der Arzt hat mir gesagt, dass Harry einen Gehirntumor hat. Die Prognosen sind sehr schlecht.«

»Einen Gehirntumor?«, fragte Monika schockiert. Mit so einer schlimmen Wendung hätte sie nicht gerechnet.

Peggy Sue nickte. »Dieser Tumor erklärt auch seine Wesensveränderung, die Reizbarkeit und Aggressivität, die bei so einer Krankheit manchmal auftreten können. Er war nicht wirklich böse zu mir, er war krank. Ist krank. Und ich habe ihn damit allein gelassen«, sagte sie bitter.

»Das tut mir so leid, Peggy Sue«, beteuerte Finni. »Doch das hätte doch niemand ahnen können.«

»Nein. Trotzdem mache ich mir Vorwürfe, dass ich ihm nicht früher habe helfen können. Deswegen werde ich das jetzt tun.«

»Ich finde es ganz schrecklich, dass Harry so krank ist, Peggy Sue, und verstehe, dass du jetzt für ihn da sein willst. Aber ich gebe Oma recht. Das hättest du doch überhaupt nicht wissen können. Bitte hör auf, dir solche Vorwürfe zu machen. Wer weiß, was geschehen wäre, wenn du wirklich bei ihm geblieben wärst. Womöglich wärst du dann nicht mehr nur mit blauen Flecken davongekommen.«

Monika nickte. Rita sprach aus, was sie sich insgeheim auch dachte.

»Vielleicht«, murmelte Peggy Sue. Sie mied den Blick der anderen Frauen und starrte auf den Tisch.

»Und was passiert nun?«, fragte Rita und schnippte die Asche ihrer Zigarette ab.

»Wir fliegen zurück nach Hause. Am 2. September geht unser Flug. Dort werde ich für Harry da sein, bis er ...« Sie sprach nicht weiter, musste sie auch nicht.

Monika sah, wie über Ritas Wange eine einzelne Träne kullerte.

»Ein Hirntumor! Was ist das nur für ein verdammter Mist!«, schimpfte Angie hilflos. »Ach, Peggy Sue.«

»Aber das bedeutet doch noch lang nicht das Schlimmste. Vielleicht können sie deinem Mann in Amerika helfen«, sagte Monika, die nicht glauben wollte, dass es keine Alternative gab. »Es muss doch etwas geben, das man tun kann!«

Peggy Sue schloss kurz die Augen, dann sagte sie: »Die Ärzte haben mir keine allzu großen Hoffnungen gemacht.«

»Was ist mit Harry? Weiß er, wie es um ihn steht?«, fragte Finni leise.

»Ja.«

Monika wollte sich gar nicht vorstellen, was in ihm vorgehen musste.

»Es tut mir so leid, Peggy Sue«, murmelte Rita.

»Wisst ihr, ich bin so hin und her gerissen«, platzte es plötzlich aus Peggy Sue heraus. »Einerseits mache ich mir solch große Vorwürfe, dass ich ihn allein gelassen habe. Andererseits bin ich trotzdem froh, dass ich euch kennengelernt habe. Ihr wart ... nein, ihr seid wie eine Familie für mich geworden.«

»Du für uns auch, Schätzchen«, beteuerte Finni und streichelte Peggy Sues Wange.

»Die Zeit mit euch hier in der gemütlichen Küche, wir als Monaco Birds, die Stunden bei den Proben, unsere Auftritte und natürlich Hamburg – das alles werde ich nie vergessen.«

Sie lächelte traurig. »Es war uns allen klar, dass meine Zeit hier in Deutschland begrenzt ist. Aber bevor ich wusste, wie schlimm es um Harry steht, wäre ich noch gern bei der Party zur Feier der Single-Veröffentlichung dabei gewesen. Und vielleicht sogar für die Aufnahme einer LP. Aber jetzt ist das alles zweitrangig, leider.«

»Das verstehen wir alle«, sagte Rita.

»Inge wird vermutlich auch viel länger ausfallen als gedacht. Deswegen ist es ohnehin ungewiss, ob die Single überhaupt rausgeht, wenn es die Monaco Birds als Band nicht mehr gibt«, sagte Angie, die offenbar mit Martin darüber gesprochen hatte.

Genau das hatte Monika schon befürchtet. Alles war umsonst gewesen.

»Es tut mir so leid«, sagte Peggy Sue und griff nach Monikas

Hand. »Vor allem für dich, Moni. Ich weiß, wie sehr du dir das gewünscht hast.«

»Vielleicht war ich ja wirklich eine Traumtänzerin«, sagte Monika leise. »Aber bei mir platzt am Ende doch nur ein Traum, während du deinen Mann unter so tragischen Umständen verlierst. Das ist viel schlimmer.«

Daraufhin schwiegen alle.

»Ich fahre jetzt noch zu Inge ins Krankenhaus, um mich von ihr zu verabschieden«, sagte Peggy Sue schließlich.

»Aber wir sehen uns doch noch, bevor du zurückfliegst nach Amerika?«, fragte Rita schnell.

»Aber ja. Wir sehen uns noch.« Peggy Sue wandte sich an Angie. »Tut mir leid, dass ich nicht wie versprochen weiter in der Bar mitarbeiten kann.«

Angie winkte ab. »Jetzt hör aber auf, Peggy Sue. Das ist doch völlig klar. Darüber müssen wir überhaupt nicht reden!«

»Dann fahr ich jetzt mal.«

»Kann ich mit dir mitkommen?«, fragte Monika.

»Natürlich.«

»Ich würde so gern etwas für dich tun, Peggy Sue«, sagte Monika, als sie mit dem Auto die kurze Strecke zum Schwabinger Krankenhaus fuhren. »Dir irgendwie helfen und für dich da sein, so wie du mich auf meinem schlimmen Weg begleitet hast.«

»Du kannst vielleicht wirklich etwas für mich tun«, sagte Peggy Sue und warf ihr einen kurzen Blick zu.

»Ja? Sag einfach, was ich machen soll.«

»Na, schön, dann hör mir bitte gut zu: Gib jetzt nicht auf, Monika Fischer«, begann sie eindringlich, fast feierlich. »Du musst unbedingt weitermachen mit der Musik. Und wenn ihr keinen Ersatz für mich findet für die Monaco Birds, dann gründe eine neue Band. Schreibe Songs. Du bist viel zu gut, um etwas anderes als Musik zu machen.«

Monika spürte, wie ihre Kehle bei Peggy Sues Worten eng wurde.

»Danke, Peggy Sue. Das gilt aber für dich auch. Du hast meine Lieder zum Leben erweckt. Deine Stimme war es, die alle umgehauen hat. Inge ist gut, aber du ... du bist unglaublich.«

Peggy Sue lächelte, dann schüttelte sie den Kopf. »Aber zwischen uns beiden gibt es einen sehr großen Unterschied. Ja, ich liebe Musik, und ich liebe es auch, zu singen. Aber du, Moni, du liebst Musik nicht nur, du lebst sie, brennst dafür.«

»Peggy Sue, ich ...« Monika wusste nicht, was sie darauf sagen sollte.

»Also, das ist es, das du für mich tun kannst, liebe Moni! Weitermachen. Versprichst du es mir?«, drängte Peggy Sue.

»Ich verspreche es.«

Als sie später Inges Zimmer betraten, erfuhren sie, dass ihre Freundin bei einer Untersuchung war und die Krankenschwester nicht wusste, wie lange diese dauern werde.

»Dann muss ich in den nächsten Tagen noch mal herkommen«, sagte Peggy Sue. »Wenn du möchtest, fahre ich dich noch nach Hause, Moni.«

»Danke.«

An diesem Abend war Monika wieder früh auf ihr Zimmer gegangen. Heute war ihr ausnahmsweise nicht nach der Musik der Beatles zumute gewesen. Es lief *Turn! Turn! Turn!* – ein Cover von Pete Seegers Song auf dem Album von The Byrds, das sie von Inge zum Geburtstag bekommen hatte. Sie lag auf dem Bett und dachte darüber nach, was in den letzten Wochen und Monaten alles passiert war. Es war eine intensive Zeit gewesen mit viel Schönem, aber auch Schlimmem. Irgendwie hatte sie das Gefühl, dass sie kaum zum Luftholen gekommen war. Peggy Sues Worte und das Versprechen, das sie ihr gegeben hatte, gingen ihr nicht aus dem Kopf: Sie sollte unbedingt weitermachen. Doch eigentlich war sie gerade dabei, die Möglichkeit zu akzeptieren, dass alles vorbei war. Angies Andeutung, dass es wohl zu keiner Veröffentlichung der Platte mehr kommen werde, traf sie sehr. Wie sollte sie dann einfach weitermachen können?

Sie hatte so viel Leidenschaft und Energie in die Monaco Birds gesteckt, und nun flog einer der Vögel davon, und der andere hatte gebrochene Flügel. *One Bird is flying away ... the other bird has broken wings ...*

Ohne darüber nachzudenken, öffnete sie ihre Schublade und holte ihr Notizbuch heraus. Nur noch wenige Seiten waren leer, doch sie würden reichen, die Idee für einen neuen Song aufzuschreiben. Sie griff nach einem Stift und legte los. Die Worte flogen ihr nur so zu. Dazwischen blätterte sie in ihrem Wörterbuch. Sie war in ihrer ganz eigenen Welt. Und plötzlich hielt sie inne. Peggy Sue hatte recht. Sie lebte für die Musik, brauchte sie wie die Luft zum Atmen. Nur dann fühlte sie sich wirklich glücklich. Und deshalb durfte sie tatsächlich nicht aufgeben.

Schon geisterte ihr eine Melodie zu den ersten Textzeilen

durch den Kopf. Also griff sie nach der Gitarre und spielte einen D-Dur-Akkord an. In diesem Moment riss die G-Saite.

»Mist!«

Heute klappte aber auch gar nichts. Sie würde Sigi um Ersatz fragen, er hatte immer Saiten in Reserve. Falls er nicht weiterhin zu beleidigt war, um ihr auszuhelfen.

Sie legte die Gitarre weg und ging die Treppe nach unten zur kleinen Wohnung ihres Bruders. Sie klopfte an die Tür.

»Sigi?«, rief sie.

Gleich darauf öffnete er. Frischer Zigarettenrauch zog in ihre Nase.

»Was ist denn, Moni?« Seine Stimme klang kühl.

Sie fragte sich, wie lange er ihr noch böse sein wollte.

»Kannst du mir bitte eine G-Saite leihen?«, bat sie.

»Ja, klar. Ich hole dir eine.« Er verschwand kurz ins Musikzimmer.

»Hey, Rotschopf!«

Charly! Ausgerechnet.

Erst jetzt bemerkte sie, dass die Küchentür offen stand. Charly saß am Tisch, eine Zigarette im Mundwinkel und grinste sie an. Auf dem Tisch standen zwei halb leere Flaschen Bier. Auf ihn hatte Monika jetzt überhaupt keine Lust. Glücklicherweise kam ihr Bruder sofort zurück und drückte ihr einen ganzen Satz Saiten in die Hand.

»Danke. Ich besorge dir neue.«

»Schon gut.«

Moni wollte gerade gehen, da sagte Charly: »Hab schon gehört, dass die Monaco Birds bereits Geschichte sind!«

Sie versuchte, sich zurückzuhalten, doch sie schaffte es nicht. Wütend drehte sie sich um und ging auf ihn zu.

»Und das freut dich wohl?«, fuhr sie ihn an.

»Ich habe es mir eben von Anfang an gedacht, dass das nichts wird mit euch!«, sagte er und nahm einen Schluck Bier.

»Ach ja? Du hast also gewusst, dass Inge einen Unfall haben wird und danach schwer verletzt im Krankenhaus liegt? Oder dass Peggy Sues Mann einen Hirntumor bekommt, der ihn vermutlich bald umbringen wird, und sie deswegen zurück nach Amerika fliegen? Du bist ja ein richtiger Hellseher, Charly!«, giftete sie ihn an.

»Moni ...«, mahnte ihr Bruder.

»Natürlich tut mir das leid mit den beiden«, lenkte Charly ein. »Ehrlich. Vor allem Peggy Sue kann wirklich super singen. Aber auch wenn der Unfall nicht passiert wäre oder Peggy Sue hierbliebe, bald wird sicher eine von euch ein Kind bekommen. Und dann müsste sie sowieso aufhören. Deswegen macht es keinen Sinn, wenn Frauen eine Band gründen.«

Wie bitte? Monika spürte, wie ihr Herz plötzlich wild trommelte.

»Ach. Hörst du dann etwa auch auf, in der Band zu spielen, wenn dein Kind kommt?«, fragte sie und versuchte, nicht zu explodieren.

Er lachte kurz auf und drückte die Zigarette aus. »Also bitte, Rotschopf. Natürlich nicht! Ich muss mich ja nicht darum kümmern, das macht alles Julia.«

Das brachte das Fass zum Überlaufen. Monika sah rot.

»Du Widerling! Schwängerst Frauen, die es dann allein ausbaden müssen, während du dein Leben so weiterführst, wie es dir Spaß macht?«, faltete sie ihn zusammen.

»Moni, es reicht jetzt!«, fuhr Sigi sie an.

Aber sie ließ sich nicht bremsen.

»Du hast ja keine Ahnung, wie sich das anfühlt, wenn man schwanger ist und genau weiß, dass man vom Vater keine Unterstützung bekommen wird! Wenn man das Leben, das man sich erträumt hat, plötzlich dafür aufgeben muss. Und noch schlimmer, wenn man überlegen muss, ob man dieses Kind überhaupt bekommen kann, weil der Vater eine andere heiraten wird, die ebenfalls von ihm schwanger ist!« Mit den letzten Worten kam etwas Spucke mit raus, die auf seiner Wange landete.

»Sag mal, spinnst du? Was hast du denn für ein Problem?«, keifte Charly und wischte sich mit dem Ärmel über sein Gesicht.

»Er war es?«, fragte Sigi plötzlich.

»Ja«, sagte sie nur.

Ehe sie begriff, was geschah, hatte Sigi Charly am Kragen gepackt und zog ihn vom Stuhl hoch. »Verdammter Mistkerl!«

Charly machte sich von ihm los. »Habt ihr sie beide noch alle?«

Monika legte eine Hand auf den Arm ihres Bruders. »Lass ihn bitte, Sigi. Das ist meine Angelegenheit. Dass ich schwanger wurde, dazu gehörten zwei.«

»Trotzdem ...«

»Was in Teufels Namen ... Du bist schwanger, Moni?«, fragte Charly erschrocken.

Sie sagte nichts.

»Aber bestimmt nicht von mir, oder? Wir haben doch nur einmal ...«

»Jetzt beleidigst du sie auch noch, indem du ihr noch andere Männer andichten willst? Wie konntest du dich an meine Schwester ranmachen, obwohl du eine Freundin hast?«, fuhr Sigi ihn an.

Monika hatte Angst, dass er ihm vor lauter Wut eine verpassen würde. *Obwohl – verdient hätte er es.*

»Das war, als Julia und ich so zerstritten waren und ich dachte, es wäre aus«, erklärte Charly rasch und wirkte äußerst nervös.

Immerhin konnte er sich noch erinnern, wann es passiert war.

»Moni, wenn du wirklich schwanger bist ... Das geht nicht. Ich kann nicht für zwei Kinder aufkommen«, sagte er mit einer gewissen Panik in der Stimme.

»Na, dann wirst du dich jetzt gleich freuen, wenn du erfährst, dass ich das Kind verloren habe!« Auch wenn es schrecklich schmerzte, tat es ihr gut, ihm das ins Gesicht zu sagen. Die Erleichterung, die sie in seinen Augen sah, hatte sie erwartet, dennoch war sie verletzend.

»Du haust jetzt ab, Charly!«, sagte Sigi kühl.

»Aber wenn Moni nicht mehr schwanger ist, hat sich doch alles erledigt ... Jetzt komm schon, Sigi. So was kann doch einfach mal passieren.«

Doch Sigi wies mit der Hand zur Tür. »Geh!«

»Aber was ist mit unserer Band? Unseren Auftritten?«, fragte Charly.

Sigi zuckte mit den Schultern. »Darüber muss ich erst nachdenken.«

»Hey, mach keinen Scheiß, Kumpel«, flehte Charly.

»Muss ich erst nachhelfen?«

Endlich bemerkte Charly, dass es besser war, zu verschwinden. »Aber wir reden da noch mal drüber«, sagte er, bevor er ging.

Einige Sekunden lang standen Sigi und Monika schweigend in der Küche.

»Es gut mir leid, Moni!«, sagte er schließlich. »Nie hätte ich gedacht, dass ausgerechnet er ... Das muss eine schlimme Zeit für dich gewesen sein, als du auch noch erfahren hast, dass Julia ebenfalls ein Kind von ihm bekommt und sie heiraten werden.«

Sie nickte.

»Ich bin froh, dass du es jetzt weißt«, murmelte sie. »Und dass er es weiß.«

Eigentlich hatte sie es verheimlichen wollen. Doch nun spürte sie, wie gut es sich anfühlte, dass sie es rausgelassen hatte und er zumindest für ein paar Minuten Angst gehabt hatte vor den möglichen Konsequenzen. Ja, diese Genugtuung half.

»Ich weiß nicht, wie ich dem Kerl zukünftig noch ins Gesicht blicken kann«, sagte Sigi und schüttelte frustriert den Kopf.

»Aber du willst nicht wirklich aus der Band aussteigen, oder? Das wollte ich nämlich ganz sicher nicht erreichen«, beteuerte Monika.

Er zuckte mit den Schultern. »Keine Ahnung. Vielleicht sollte ich mich besser mit euch zusammentun. Mit dir, Rita und

Inge, wenn es ihr wieder gut geht. Und vielleicht suchen wir uns noch eine Sängerin oder einen Sänger.«

Doch Moni schüttelte den Kopf. »Übereile jetzt nichts, Sigi. Du musst nicht meinetwegen mit Charly und den anderen brechen und das aufgeben, was ihr euch aufgebaut habt. Es müssen sich ja nicht gleich zwei gute Bands auf einmal auflösen.«

Er sah sie an und lächelte dann. »Hut ab, wie fair du bist, Schwesterchen. Ich werde es mir durch den Kopf gehen lassen.«

»Ja. Mach das bitte unbedingt! Auch wenn ich Charly selbst am liebsten zum Mond schießen würde ...«

Da klopfte es an der Wohnungstür, und Sigi öffnete.

»Hier bist du, Moni. Ich suche dich schon überall«, sagte Astrid genervt. »Ein Martin Adam ist am Telefon für dich.«

Monika seufzte. Vermutlich würde er ihr jetzt mitteilen, dass die Zusammenarbeit mit den Monaco Birds vorbei war. Na, dann brachte sie das besser mal hinter sich.

Mit schwerem Herzen ging Monika nach unten in die Wohnung ihrer Eltern und nahm den Hörer, der auf der Kommode in Flur lag, in die Hand.

»Hallo, Martin?«

»Hallo, Moni. Ich bin schon ein wenig in Eile und mache es ganz kurz: Linda und ich hatten vorhin eine längere Unterhaltung. Und wir möchten dir einen Vorschlag machen ...«

Kapitel 22
Rita

München, 27. August 1966

Es ging alles viel zu schnell. Auch wenn Rita gewusst hatte, dass Peggy Sue irgendwann zurückmusste, so hätte sie nie damit gerechnet, dass ihnen plötzlich nur noch ein paar Tage blieben. Und in diesen wenigen Tagen würde sie Peggy Sue auch nicht mehr oft zu Gesicht bekommen, weil diese die meiste Zeit bei ihrem Mann im Krankenhaus war und sich darum kümmerte, die Wohnung aufzulösen und ihre Sachen zu packen. Rita konnte und mochte sich gar nicht vorstellen, dass Peggy Sue bald aus ihrem Leben verschwunden sein würde. Auch wenn sie sich versprochen hatten, Briefe zu schreiben, war das nur ein Tropfen auf dem heißen Stein. Doch vermutlich war es ja auch besser so. Für Rita war eine Verbindung mit Peggy Sue jenseits ihrer Freundschaft ohnehin nur ein Traum, der sich nie erfüllen würde. Der Atlantik zwischen ihnen schaffte einen Abstand, der ihr helfen würde, über ihre romantischen Gefühle hinwegzukommen. Dass sich mit der Abreise von Peggy Sue auch die Band auflösen würde, war ihr inzwischen egal.

Sie sah auf die Uhr. Es war kurz vor halb zwei. Zeit, sich auf Weg zu machen, um Inge im Krankenhaus zu besuchen.

Als sie die Haustür öffnete, stand Paul vor ihr, der gerade klingeln wollte.

»Paule!«, begrüßte sie ihn überrascht.

»Ich wollte dich gerade besuchen«, sagte er. »Wo gehst du denn hin?«

»Ins Krankenhaus, Inge besuchen.« Sie schob sich ihren Haustürschlüssel in die Hosentasche.

»Darf ich dich ein Stück begleiten?«

»Klar ... Ist bei dir alles in Ordnung, Paule?«, fragte sie. In der letzten Zeit hatten sie sich nicht so oft gesehen wie früher, weil ständig etwas los gewesen war.

»Ja. Bei mir ist alles gut«, antwortete er, während sie die Leopoldstraße entlanggingen.

Rita sah ihn an und lächelte. »Das freut mich. Wenigstens einer.«

»Ich habe von Ursi schon mitbekommen, was alles los ist bei euch. Das tut mir sehr leid, Rita. Wirklich. Wenn ich etwas für dich tun kann, dann sag es mir bitte.«

»Du bist lieb, Paule. Aber ich fürchte, im Moment kann man gar nichts tun.«

Darauf sagte er nichts.

»Und du und Ursi – ihr seid jetzt zusammen?«, fragte sie ihn direkt. Immerhin war er ihr ältester Freund.

»Ich glaube, irgendwie schon.«

»Aber wir haben noch nicht ... also, ich will ihr da noch Zeit geben«, stotterte er verlegen.

»Das ist sehr erwachsen und respektvoll von dir«, lobte ihn Rita.

»Aber geküsst haben wir uns schon.«

Er grinste wie ein Honigkuchenpferd, und Rita musste lächeln.

»Entschuldige, dass ich das ausgerechnet dir erzähle, wo ich dir doch noch vor ein paar Monaten einen Liebesbrief geschrieben habe.« Pauls Wangen röteten sich verlegen.

»Ehrlich gesagt, du kannst mir keine größere Freude machen, Paule. Ich freue mich so, wenn es dir gut geht«, beteuerte Rita.

»Danke dir, Rita. Weißt du, was mir inzwischen klar geworden ist?«

»Nein. Was denn?«

Er lächelte, schob seine Brille nach oben, wie immer, wenn er nervös war. »Du warst meine beste Freundin, ich mochte dich immer schon sehr. Das weißt du. Und dann änderte sich mein Gefühl, und ich verliebte mich in dich. Aber insgeheim wusste ich eigentlich die ganze Zeit, dass du mich nicht liebst. Nicht so. Es war eine Einbahnstraße. Aber das wollte ich nicht sehen. Ich weiß, es ist blöd, aber ich dachte, wenn du mich nicht liebst, dann würde ich für immer unglücklich sein. Als ich Ursi kennenlernte, haben wir uns von Anfang an gut verstanden. Und es ging sehr schnell, da merkte ich, dass sie mich mit anderen Augen ansah als bisher sonst jemand. Bewundernd, neugierig und auf eine zauberhafte Weise liebevoll. Ich konnte spüren, dass sie etwas für mich empfindet. Ich merkte, wie ich immer neugieriger auf sie wurde und dass es mir umgekehrt plötzlich genauso ging. Und weißt du, wenn das keine Einbahnstraße ist, dann fühlt es sich an, als ob alles möglich wäre, weil es hin und her fließt. Und das ist wirklich schön.«

»Paule, du bist ja ein echter Philosoph«, scherzte Rita, um sich nicht anmerken zu lassen, wie sehr er mit seinen Worten einen wunden Punkt in ihr getroffen hatte. Er hatte recht. Liebe, die nur in eine Richtung ging, verlief immer ins Leere.

Er winkte ab. »Ach was, ich bin kein Philosoph. Vielleicht rede ich auch lauter Unsinn.«

»Tust du nicht.«

»Was ich dir eigentlich sagen möchte: Meine Liebe zu dir war eine Einbahnstraße, unsere Freundschaft hingegen, die ist wie der Stachus. Da geht es ständig in alle Richtungen, und es ist immer was los. Und das ist so besonders.«

»Ach, Paule!« Sie legte einen Arm um seine Schultern. »Du bist einfach ein Schatz. Und ich finde es toll, wie du damit umgegangen bist, dass ich nur deine Freundin sein konnte und nicht verliebt in dich war.«

»Weißt du, ich habe gemerkt, wenn ich mich nur auf das konzentriere, was ich nicht haben kann, dann übersehe ich das, was alles möglich ist. Und das ist so viel mehr.«

»Da hast du so recht!«

Sie würde seine Worte beherzigen. Ihre Liebe zu Peggy Sue war ebenfalls eine Einbahnstraße. Sie musste von dieser Straße abfahren und sich auf die Freundschaft konzentrieren. Denn die hielt es auch aus, dass der Atlantik zwischen ihnen lag – und zwar mit einer gut befahrenen Seestraße in alle Richtungen.

»Aber warum ich dich eigentlich sprechen wollte …«

»Ja? Jetzt rück schon raus mit der Sprache«, drängte Rita neugierig.

»Ursi wird bald siebzehn. Und ich möchte ihr gern etwas

Besonderes zum Geburtstag schenken. Vielleicht ein Kettchen oder ein Armband. Aber da kenne ich mich gar nicht aus. Könntest du bitte mitkommen in ein Schmuckgeschäft?«

»Aber klar werde ich das«, versprach sie. »Nur heute kann ich nicht.«

»Es eilt auch noch nicht ganz so. Vielleicht nächste Woche?«, fragte er.

»Ja. Nächste Woche, das geht gut, Paule.«

Bis dahin war Peggy Sue nicht mehr da, und sie konnte jede Abwechslung sicher gut gebrauchen.

Er begleitete sie noch bis zum Schwabinger Krankenhaus. Dort verabschiedeten sie sich mit einer Umarmung.

Heute war Inge sehr wortkarg. Rita versuchte sie aufzumuntern, was ihr jedoch nicht so recht gelang.

»Gibt es inzwischen schon wieder etwas Neues von den Ärzten?«, fragte sie.

»Nein. Ich muss nur geduldig sein, meinen sie.«

»Sicher nicht einfach, den ganzen Tag hier im Bett zu liegen.«

»Du kannst es ja mal ausprobieren, wie dir das gefällt.«

Es hörte sich nicht nach einem Scherz an. Aber Rita nahm es ihr nicht übel. Sie würde vermutlich auch verrückt werden, wenn sie den ganzen Tag untätig im Bett liegen müsste.

»Soll ich dir ein paar meiner Bücher vorbeibringen?«, fragte Rita.

»Nein, danke. Und hör mal, Rita, du musst wirklich nicht hier sein. Ich komme gut allein klar.«

»Aber ich nicht. Ich komme allein nicht gut klar.«

»Was?« Inge sah sie überrascht an.

»Du liegst mit Knochenbrüchen und Prellungen im Bett, und das ist wirklich sehr schlimm. Gebrochen habe ich mir zwar nichts, und ich möchte auch nicht mit dir tauschen, aber das ganze Durcheinander, dein Unfall, Peggy Sues baldige Abreise, ihr kranker Mann und unsere Band, die es nicht mehr gibt, das macht mir auch zu schaffen. Also, wenn du nichts dagegen hast, dann bleibe ich noch ein wenig hier, damit ich nicht allein bin.«

Plötzlich lächelte Inge und griff mit ihrer gesunden Hand nach Ritas Arm. Drückte ihn kurz.

»Du kannst mir ja ein wenig aus den Klatschzeitschriften vorlesen, die mir alle ständig mitbringen«, schlug sie vor.

»Gern.« Rita nickte und griff nach einer Illustrierten.

Als sie am späten Nachmittag heimkam, saßen ihre Mutter und die Oma in der Küche.

»Warst du bei Inge?«, fragte Finni.

»Ja. Heute hatte sie besondere Aufmerksamkeit nötig.«

»Wann darf sie denn nach Hause?«, erkundigte sich Angie.

»Das weiß sie noch nicht. Wird aber vermutlich noch eine Weile dauern.«

»Schau mal, hier ist Post für dich.« Finni schob ihr ein braunes Kuvert entgegen.

»Von wem ist das denn?«, fragte Rita überrascht. Sie drehte es um und sah auf der Rückseite den Absender. Der Brief war von Claudia! Schlagartig musste sie an den überraschenden

Kuss denken, den die Fotografin ihr im Hotelflur gegeben hatte. Ihr Herz klopfte plötzlich ein wenig schneller.

Rasch holte sie aus der Küchenschublade ein Messer heraus und schlitzte das Kuvert auf.

»Schaut mal, das sind Fotos aus Hamburg!«, sagte sie zu den beiden.

»Zeig mal her!«, bat Angie.

Während ihre Mutter und Finni sich die Bilder anschauten, las Rita zuerst den Brief, der dabeilag.

Liebe Rita,
wie versprochen schicke ich Dir einige der Bilder, die ich von Euch in Hamburg gemacht habe. Bitte verteile sie auch an Deine Bandkolleginnen Inge, Monika und Peggy Sue. Für mich war es keine Überraschung, dass Du auf allen Fotos besonders rüberkommst. Es gibt kein einziges Bild, auf dem Du mit Deinem Lächeln und den strahlend blauen Augen nicht gut aussiehst. Die Fans der Monaco Birds werden verrückt nach Dir sein.

Rita ließ den Brief kurz sinken. Offenbar hatte Claudia den Brief abgeschickt, ohne auf dem Laufenden zu sein, dass es die Band inzwischen nicht mehr gab. Rita las weiter:

Ich frage mich, ob Du mich irgendwann mal anrufen wirst. Vergiss nicht, in Hamburg gibt es wirklich sehr viel zu entdecken. Und ich würde es Dir gern zeigen.
Alles Liebe
Claudia

Rita versuchte, sich vor ihrer Mutter und der Oma nicht anmerken zu lassen, dass der Brief – und vor allem der letzte vieldeutige Satz – sie ein wenig durcheinanderbrachte.

»Das sind so schöne Fotos von euch!«, schwärmte Finni begeistert.

»Die Fotografin hatte versprochen, uns welche zu schicken«, erklärte sie so neutral wie möglich.

»Das sind richtig tolle Bilder. Man merkt, dass sie ein Profi gemacht hat. Es ist so schade, dass es die Monaco Birds nicht mehr gibt, bevor es überhaupt richtig losgehen konnte«, sagte Angie traurig.

Rita nickte und griff nach den Fotos. Sie zeigten sie alle vier auf der Treppe und vor der weißen Wand, als sie mit dem Finger auf Claudia deuteten. Und es gab auch Bilder im Studio mit den Instrumenten. Aber es waren auch einzelne Nahaufnahmen dabei: Peggy Sue mit geschlossenen Augen, singend vor dem Mikrophon, Rita am Schlagzeug, die Hände in die Luft gestreckt, als sie den Takt mit den Schlagzeugstöcken angeschlagen hatte. Inge, die mit einem breiten Lächeln in die Kamera blickte, und Moni, die versonnen am Bass zupfte.

»Ihr macht euch alle gut auf den Fotos, aber ich muss sagen, du siehst besonders aus, Mausi!«, sagte ihre Oma. »Ganz zauberhaft. Und das sage ich nicht nur, weil ich deine Oma bin.«

»Ja«, bestätigte Angie. »Unser Mädchen ist wirklich bildhübsch.«

Und sogar Rita selbst musste zugeben, dass Claudia sie mit ihrer Kamera auf eine besondere Weise eingefangen hatte. Nie hatte sie sich selbst so gesehen. Sie wirkte gleichzeitig selbstbewusst, aber auch verspielt und irgendwie – sinnlich.

»Bekomme ich auch ein Foto von euch?«, fragte Finni.

»Ja, sobald sie alle gesehen haben, lege ich eines für dich weg, Oma.«

»Für mich auch«, verlangte Angie.

»Ja. Du kriegst auch eines, Mama.«

Als sie die Bilder wieder ins Kuvert gesteckt hatte, setzte ihre Mutter plötzlich eine feierliche Miene auf, gleichzeitig wirkte sie nervös.

»Hört mal, ihr zwei. Ich muss was mit euch bereden«, kündigte sie an.

»Aber bitte hoffentlich nichts Schlimmes«, sagte Rita, die momentan genug von schlechten Nachrichten hatte.

»Nichts Schlimmes ... Also, das Erste ist, Martin wird übermorgen nach München kommen und ein paar Tage bleiben. Wenn es euch nichts ausmacht, dann würde er hier bei uns in der Wohnung schlafen.«

Das war tatsächlich eine Neuigkeit. Zum ersten Mal überhaupt würde ein Mann in ihrer Wohnung übernachten.

»Vermutlich aber nicht in der kleinen Abstellkammer auf dem Klappbett, oder?«, scherzte Finni.

»Nein. Da nicht.« Angie lächelte.

»Mir macht es nichts aus!«, sagte Rita. »Er kann ruhig hier schlafen.«

»Meinen Segen hast du auch!«, beteuerte Finni.

»Danke ...« Angie steckte sich eine Zigarette an. »Da ist aber noch was.«

»Jetzt spuck es schon aus!«, rief Finni. Sie und Rita sahen Angie gespannt an.

»Das ist jetzt noch Zukunftsmusik, doch im nächsten Frühjahr müssten wir den Pachtvertrag für die Kellerbar verlängern. Aber ich weiß nicht, ob es nicht vielleicht an der Zeit für eine Veränderung wäre. Martin und ich verstehen uns wirklich sehr gut und vielleicht ... nun ja, vielleicht wird auch noch mehr draus. Jedenfalls habe ich inzwischen einen Anwalt beauftragt, die Scheidung von Gerald einzureichen. Er ist offenbar immer noch hier in München und wohnt bei einer Apothekerin, wie mir jemand erzählt hat. Das ist mir aber schnuppe, soll sie sich mit ihm rumärgern. Falls er sich jedoch irgendwie gegen die Scheidung sträuben würde, möchte ich gern diese Briefe verwenden. Mit Oma habe ich das schon besprochen. Ich kann es nicht mehr ertragen, seine Ehefrau zu sein, auch wenn es seit Jahren nur auf dem Papier der Fall ist.«

»Das verstehe ich, Mama. Meinetwegen kannst du das tun«, bestärkte Rita Angie in ihrem Vorhaben. »Falls es irgendeine Möglichkeit gäbe, mich von ihm als Vater scheiden zu lassen, würde ich das auch machen.«

Rita wollte nichts mehr mit diesem Mann zu schaffen haben.

»Ach, mein Schätzchen!«, Angie drückte ihre Tochter an sich. »Ich wünschte mir vor allem für dich, es wäre anders gekommen.«

»Ist es aber nicht. Und ich komme schon damit klar«, versprach Rita, obwohl es nicht so ganz einfach war. Doch inzwischen hatte sie es tatsächlich geschafft, sich innerlich abzugrenzen. Dieser Mann war all die Jahre nie wichtig gewesen für sie, und das würde er auch in der Zukunft nicht sein.

»Aber ganz unabhängig davon, ob es tatsächlich mit mir und Martin auf Dauer klappt«, fuhr Angie fort, »ich könnte mich in Hamburg nach einem geeigneten Lokal umsehen. Es muss auch gar keine Bar sein. Ein hübsches Café wäre ebenfalls denkbar. Ein Neuanfang eben.«

»Kurz gesagt, du möchtest also nach Hamburg gehen«, fasste Finni zusammen.

»Ja.«

Rita spürte plötzlich ein Prickeln im Bauch. Sie wollte doch schon immer gerne reisen, etwas anderes erleben. Und von Hamburg aus stand ihr buchstäblich die ganze Welt offen. Und es gab Claudia, die ihr vielleicht noch eine ganz andere Welt eröffnen könnte, wenn Rita es zuließ.

»Ihr müsst nicht sofort etwas dazu sagen. Denkt einfach in Ruhe darüber nach«, sagte Angie.

»Also mich hält hier nur eines, und das seid ihr beide«, sagte Finni. »Gewiss gibt es auch in Hamburg Menschen, für die ich nähen kann.«

»Wirklich, Mutter? Das wäre kein Problem für dich, von hier wegzugehen?«

Finni zuckte mit den Schultern. »Ich war vor vielen Jahren mal zu Besuch in Hamburg bei einer Tante. Es hat mir gefallen. Vielleicht wäre ich ein wenig wehmütig, wenn es dann so weit ist, aber es wäre endlich mal wieder ein Abenteuer.«

Rita grinste. Ihre Oma war echt eine Wucht. Genauso wie ihre Mutter. Beide waren offene Frauen, die sich trauten, sich auf etwas Neues einzulassen. Und irgendwann würde Rita ihren ganzen Mut zusammennehmen und ihnen erklären, warum bisher – und auch in Zukunft nicht – kein Mann ihr Herz erobern konnte. Und sie hoffte jetzt schon, dass sie Verständnis für sie haben würden.

»Und was ist mit dir, Rita?«, fragte Angie.

Rita überlegte nicht lange.

»Ich kann zwar nicht versprechen, dass ich für immer in Hamburg bleiben werde, aber natürlich würde ich mit euch gehen. Was glaubt ihr denn?«

Angie strahlte.

»Genau das wollte ich hören. Also darauf müssen wir unbedingt anstoßen«, sagte sie und holte eine Flasche Sekt aus dem Kühlschrank.

Kurz bevor die Arbeit in der Bar losging, hob Rita mit wild klopfendem Herzen den Telefonhörer und wählte eine Nummer. Es klingelte viermal, bis sich am anderen Ende der Leitung eine Stimme meldete.

»Claudia Herms?«

Sie räusperte sich.

»Hallo, Claudia, hier ist Rita. Ich möchte mich für die tollen Fotos bedanken, die du geschickt hast.«

»Hey, Rita! Wie schön, dass du dich meldest. Gefallen sie dir?«

Rita war überrascht, wie gut es tat, Claudias Stimme zu hören. Sie lächelte. »Sehr. Wenn ich die anderen treffe, dann verteile ich die Bilder.«

»Hör mal, als ich den Brief geschrieben habe, wusste ich noch nicht, dass es bei euch solche Probleme gibt. Stimmt es wirklich, dass die Band sich auflöst?«, fragte die Fotografin ungläubig.

»Ja, leider.«

Sie erwähnte nicht, dass Peggy Sue zurück nach Amerika gehen würde. Es war nicht der geeignete Moment, über sie zu sprechen.

»Das ist sehr, sehr schade. Ich finde, ihr hattet das Potenzial.«

»Leider lässt es sich nicht ändern.«

»Du nimmst es ziemlich gefasst.«

»Es bleibt mir nichts anderes übrig.«

»Tapfer! Immerhin gibt es schöne Bilder von euch«, sagte Claudia.

»Ja. Damit haben wir besondere Erinnerungen an Hamburg. Danke noch mal.«

»Gern geschehen.«

Für einige Sekunden herrschte Stille in der Leitung. Rita suchte nach den richtigen Worten.

»Claudia?«, sagte sie schließlich.

»Ja?«

»Gilt dein Angebot noch, dass du mir die Stadt zeigen möchtest?«, fragte sie mit einem leichten Zittern in der Stimme.

»Jetzt bin ich noch für kurze Zeit in Frankfurt. Aber sobald ich wieder in Hamburg bin, zeige ich dir alles, was du möchtest, Rita«, versprach Claudia in einem Ton, der Rita eine Gänsehaut bescherte.

»Gut ...«, stammelte sie ein wenig. »Ich muss jetzt in die Bar, die Arbeit geht gleich los«, sagte sie rasch.

»Dann bis bald, Rita.«

»Bis bald, Claudia.«

Kapitel 23
Inge

München, 31. August 1966

Inge versuchte mit dem Kleiderbügel an die Stelle an ihrem Bein zu kommen, die sie unter dem Gips so schrecklich juckte, dass sie es kaum mehr aushielt. Und endlich, endlich kam sie ran. Sie seufzte wohlig, als sie die Stelle so lange bearbeitete, bis der schlimmste Juckreiz vorüber war, dafür aber ihre Haut fast brannte. Schließlich zog sie den Bügel wieder heraus und legte ihn zur Seite. Sie war allein im Zimmer, die beiden anderen Frauen waren mit ihren Besuchern draußen beim Spazierengehen. Sie sah auf die Uhr. Es war schon kurz nach halb drei, und noch war heute niemand gekommen. Allerdings konnte sie es ihren Freundinnen und auch Sigi nicht verdenken. Wie sie sich selbst eingestehen musste, war sie in den letzten Tagen schrecklich launisch gewesen. Wenn sie da waren, sagte sie ihnen, dass sie gar nicht hätten kommen müssen, und wenn sie nicht kamen, war sie sauer, weil sie nicht kamen. Aber war es ein Wunder, dass sie keine gute Laune hatte? In diesem Zimmer wurde sie fast verrückt.

Gestern war die Schwester mit Krücken gekommen, doch mit einem gebrochenen Bein auf der einen Seite, einem Gipsarm auf der anderen und angebrochenen Rippen, war es unmöglich gewesen, ohne Hilfe die Balance zu halten. Die Krücken lehnten jetzt hinten an ihrem Bett. Vielleicht versuchte Inge es später noch einmal, wenn jemand zu Besuch kam, der ihr helfen konnte. Inzwischen lag sie schon über zwei Wochen im Krankenhaus, und die Zimmergenossinnen hatten alle schon mehrfach gewechselt. Nur sie war noch da. Und kein Arzt hatte ihr bisher gesagt, wann sie endlich nach Hause durfte. Wobei es nicht einfach werden würde, die Treppen nach oben in ihre Wohnung zu kommen. Und allein konnte sie sich – zumindest in ihrem derzeitigen Zustand – nicht versorgen. Sigi hatte ihr angeboten, bei ihr zu wohnen, doch sie wollte auf keinen Fall auf ihn angewiesen sein. Außerdem hatte er seine Musikschüler, und dann wäre Inge zu diesen Zeiten allein. Aber vermutlich würde sie sowieso noch eine Weile im Krankenhaus bleiben müssen. Dabei hielt sie es jetzt schon nicht mehr aus. Vor allem die Nächte waren schlimm.

Übermorgen würde Peggy Sue nach Amerika zurückfliegen. Sie hatte versprochen, Inge morgen vorher nochmals zu besuchen. Es war schrecklich, dass ihr Mann so krank war und vermutlich nicht mehr lang zu leben hatte. Dann wäre Peggy Sue genau wie Inge eine ganz junge Witwe. Sie wusste nur zu gut, was auf sie zukommen würde, auch wenn das Verhältnis von Peggy Sue zu ihrem Mann durch die Trennung in den letzten Monaten völlig anders als das von Inge zu Bernd gewesen war.

Inge starrte eine Weile an die Decke. Dann holte sie aus der

Nachttischschublade einen Handspiegel heraus und betrachtete ihr Gesicht im Spiegel. Die blauen Flecke auf ihrer rechten Wange hatten sich inzwischen hellgrün verfärbt und verblassten langsam. Sie würden irgendwann völlig verschwunden sein. Doch von den Schnitten, die teilweise hatten genäht werden müssen, würden feine Narben bleiben. Sie würde sie mit Schminke überdecken können, aber sie wären für immer da und würden sie an den schrecklichen Tag erinnern.

»Möchten Sie noch Tee, Frau Becker?«, fragte eine Schwester. Sie hatte gar nicht mitbekommen, dass sie hereingekommen war.

»Nein danke«, winkte sie ab.

Kaum war sie draußen, ging die Tür erneut auf, und endlich kam Besuch. Ihre Mutter und Sigi!

»Hallo, mein Schatz.« Helga stellte eine große Tasche ab und umarmte vorsichtig ihre Tochter.

»Hallo, Mama! Grüß dich, Sigi.«

»Grüß dich, Inge.«

Er nickte ihr lächelnd zu, überließ jedoch ihrer Mutter den Stuhl neben dem Bett.

Helga sprudelte sofort los und erzählte von der Fahrt und von daheim. Und was sie für Inge alles zu essen mitgebracht hatte.

»Ich soll dich von allen schön grüßen. Auch von meinen Eltern«, richtete Sigi aus.

»Danke.«

Und schon wieder war es so weit. Sie freute sich, dass sie da waren, und hätte sie gleichzeitig am liebsten wieder weggeschickt. Dabei nahm ihre Mutter jedes Mal eine lange Anreise und große Umstände auf sich, um überhaupt hierherzukommen. Was war nur mit ihr los?

»Schau, ich habe Frühäpfel aus dem Garten dabei und selbst gebackene Zimtschnecken«, sagte Helga und stellte die Dose und das Obst auf ihren Nachttisch.

»Ich habe keinen Hunger!«

»Das musst du ja nicht gleich essen. Ich räume es in dein Schränkchen.«

»Du kannst es ruhig hier oben lassen«, rief Inge, doch da hatte ihre Mutter schon die Tür am Nachtkästchen geöffnet.

»Sind das alles Mitbringsel von deinen Besuchern?«, fragte sie überrascht.

»Ja.«

»Das sind ja lauter Piccolos«, bemerkte Sigi erstaunt, der von seinem Platz aus in das offene Fach sehen konnte.

»Die haben mir meine Arbeitskolleginnen mitgebracht«, erklärte Inge.

»Die nehmen wir besser alle mit nach Hause«, schlug er vor, und Inge hörte einen eigenartigen Unterton in seiner Stimme. Ihre Mutter nickte wortlos.

»Das müsst ihr nicht. Die stören mich nicht.«

Sigi runzelte die Stirn.

»Aber du trinkst sie nicht, oder?«, fragte er.

»Natürlich nicht! Warum fragst du so seltsam?«

»Weil du Tabletten bekommst und deswegen keinen Alkohol trinken darfst«, sagte er geduldig.

Es gefiel ihr nicht, wie er sie dabei ansah.

Helga schob die Sachen zur Seite, um ein wenig Platz zu machen.

»Bitte lass das jetzt, Mama. Du musst nicht so herumräumen«, fuhr sie ihre Mutter an.

»Hier passt aber sonst kaum mehr was rein ... Und die hier kann man wegwerfen, die sind ja schon leer!«

Helga holte vier geöffnete Fläschchen heraus. Inge spürte, wie Röte in ihr Gesicht schoss.

»Hast du doch welche getrunken?«, fragte Sigi.

Inge suchte rasch nach einer Erklärung. Doch dass eine der Schwestern oder ihre Besucher den Sekt getrunken hatten, würden sie ihr vermutlich nicht abnehmen. »Ja, und? Ich kann in der Nacht nicht so gut schlafen, das hilft ein wenig«, entgegnete sie deswegen.

»Inge. Es ist nicht gut für dich.«

»So ein kleiner Piccolo soll mir schaden? Jetzt hör aber auf! Mama, du trinkst doch auch ab und zu ein Gläschen Sekt oder Likör, wenn dein Kreislauf dir zu schaffen macht.«

»Schon, aber Sigi hat recht. Zusammen mit den Tabletten ist das vielleicht nicht so gut für dich. Lass das besser bleiben.«

»Ich bin doch kein kleines Kind mehr!«, protestierte sie.

»Wir möchten doch einfach nur, dass es dir gut geht, Inge«, beteuerte Sigi.

»Deswegen müsst ihr mich noch lange nicht bevormunden! Und überhaupt, Sigi, du kannst ruhig nach Hause gehen. Mama ist ja jetzt da.«

»Also bitte, Inge, sei nicht so unhöflich zu Sigi. Er nimmt sich die Zeit und kommt dich extra immer besuchen«, mahnte ihre Mutter.

»Ich fände es wirklich besser, wenn wir den Sekt mitnehmen würden, damit du gar nicht erst in Versuchung kommst«, ließ er nicht locker.

Was sollte das denn bedeuten? Langsam wurde es wirklich ärgerlich mit ihm.

»Ich weiß schon selbst am besten, was ich machen kann und was nicht.«

»So wie vor dem Unfall, als du mehrere Stamperl Schnaps getrunken hast? Inge, es war gefährlich, dass du danach noch mal in den Wagen gestiegen bist!«

Sie sah ihn sprachlos an.

»Wie kannst du so etwas vor meiner Mutter sagen?«, fuhr sie ihn an.

Helga setzte plötzlich ein sorgenvolles Gesicht auf.

»Die Polizisten und die Ärzte hier im Krankenhaus haben mir alle gesagt, dass du eine starke Alkoholfahne hattest, als sie dich aus dem Auto geholt und hier eingeliefert haben. Du warst betrunken.«

Inge wurde blass.

»Ich möchte nichts vom Unfall hören. Das habe ich euch schon tausendmal gesagt!«, fauchte sie die beiden an.

»Aber du musst endlich mal darüber reden, Inge«, sagte Sigi eindringlich.

»Ich muss gar nichts.«

Sie konnte es nicht ertragen, an diesen Moment erinnert zu werden, als sie dachte, sie werde gleich sterben.

»Ihr solltet besser beide gehen. Ich brauche euch nicht. Ich brauche niemanden.«

»Inge!«, sagte ihre Mutter erschrocken. »Was ist denn nur mit dir los? So kenne ich dich überhaupt nicht.«

Sie wandte sich hilflos an Sigi, der jedoch inzwischen auch etwas überfordert wirkte.

»Vielleicht ist es heute wirklich nicht so gut, wenn ich hier bin. Und die nächsten Tage am besten auch nicht«, sagte er plötzlich und wandte sich dann an Helga. »Ich fahre nach Hause, wenn du etwas brauchst, dann ruf bitte an, Helga. Wiedersehen, Inge.«

Er wollte wirklich gehen?

Nein!

Vielleicht würde er dann nie wiederkommen. Plötzlich stieg erneut diese Panik in ihr auf, die sie vor allem nachts überfiel.

»Bitte bleib da!«, rief sie ihm nach, als er schon bei der Tür war. Er drehte sich noch mal um.

»Nicht weggehen, Sigi!«

»Inge. Möchtest du das wirklich?«

»Ich hab solche Angst ... Immer wenn ich die Augen zumache, dann höre ich wieder diesen Knall und spüre den Aufprall. Immer und immer wieder. Und dann meine ich jedes Mal, ich muss sterben. Deswegen habe ich den Sekt getrunken, weil es sich dann nicht mehr ganz so schlimm angefühlt hat. Bitte, bitte! Geh nicht weg, Sigi.«

Und plötzlich brachen alle Dämme. Sie schluchzte laut auf, und zum ersten Mal seit dem Unfall weinte sie.

»Schatz! Keine Angst. Ich geh nicht weg!«

Rasch setzte Sigi sich zu ihr ans Bett und nahm sie vorsichtig in den Arm, hielt sie fest. Sie schloss die Augen, wollte damit die Tränen stoppen, doch die ließen sich nicht mehr aufhalten.

»Schtt, meine Inge, mein Schatz ... Du musst dich nicht fürchten, ich bin ja da bei dir ...«

Sie drückte sich an ihn, so fest sie konnte und soweit es ihre Verletzungen zuließen. Und zum ersten Mal fühlte sie sich beschützt.

Sigi streichelte über ihren Kopf, murmelte beruhigende Worte.

»Es ist gut, wenn sie endlich mal weinen kann«, hörte sie ihre Mutter sagen.

»Ja, und dass sie endlich auch mal über den Unfall spricht.«

»Sie hat wirklich viel mitgemacht, meine Inge. Nicht nur den Unfall. Sondern auch Bernds Tod. Jetzt ist ihr wohl alles zu viel geworden.«

Irgendwann, nach einer gefühlten Ewigkeit, waren ihre Tränen versiegt. Sigi löste sich sanft von ihr. Inges Gesicht war vom vielen Weinen geschwollen, und ihr Kopf dröhnte. Aber etwas in ihr fühlte sich ein wenig leichter an.

»Dein Hemd ist ganz nass«, murmelte sie mit einer Stimme, als ob sie erkältet wäre.

»Keine Sorge, das trocknet ganz schnell wieder«, sagte Sigi und lächelte zärtlich.

»Es tut mir so leid. Ich weiß überhaupt nicht, was mit mir los ist.«

»Du hast sehr viel mitgemacht. Aber wir werden alles tun, um dir zu helfen, Inge«, versprach Sigi.

»Vielleicht ist es das Beste, wenn ich dich nach deiner Entlassung für eine Weile nach Hause hole«, überlegte Helga. »Dann kann ich mich um dich und deinen Vater kümmern, und du kannst dich schön erholen und findest vielleicht ein wenig Ruhe.«

Inge sah Sigi an.

»Ich glaube, deine Mutter hat recht, Inge. Du wärst viel zu viel allein in deiner Wohnung, bis du wieder ganz gesund bist.«

»Aber dann sehe ich dich doch so lang nicht.«

»Ich werde dich so oft wie möglich besuchen.«

Kapitel 24
Peggy Sue

München, 1. September 1966

»Möchtest du noch etwas trinken, Harry?«, fragte Peggy Sue. Sie saß an seinem Bett in einem hübschen kleinen Einzelzimmer im Hospital, das zur Kaserne gehörte. Es gab sogar einen Fernseher und ein Radio.

»Wie oft fragst du mich das denn noch? Verdammt noch mal, ich bin nicht durstig«, maulte er sie an. Doch gleich darauf entschuldigte er sich. »Es tut mir leid, Darling.«

»Ist schon gut«, sagte sie geduldig. Mit seinen plötzlichen Stimmungsschwankungen machte er es ihr nicht leicht. Doch sie sagte sich immer wieder, dass die Krankheit daran schuld war. Gestern hatte er Geburtstag gehabt, und sie hatte versucht, ihm den Tag so angenehm wie möglich zu machen, und ihm sogar sein Lieblingsessen gekocht und ins Krankenhaus gebracht. Doch er hatte das Essen kaum angerührt und den ganzen Tag über wenig gesprochen. Die Gewissheit, dass er den nächsten, seinen 26. Geburtstag nicht mehr würde erleben können, war für beide belastend.

»Ich habe in der Wohnung schon fast alles gepackt. Und morgen geht es dann nach Hause.«

Er griff nach ihrer Hand.

»Du musst das nicht tun, Peggy Sue. Ich möchte dir das nicht zumuten.«

»Nichts wird mich davon abhalten können«, sagte sie fest. »Du bist mein Mann. Es tut mir nur so leid, dass ich ...«

»Bitte nicht. Ich weiß ja nicht einmal, ob ich alles dem verdammten Tumor zuschreiben kann, wie ich mich verhalten habe. Eifersüchtig war ich leider immer schon.«

Für einen kurzen Moment blitzte der Humor aus seinen Augen, den sie früher so an ihm geliebt hatte.

»Aber ich kann dir versprechen, du hattest nie einen Grund, Harry.«

Sie sah auf ihre Armbanduhr. Es war kurz vor 12 Uhr am Mittag. »Ich muss los. Heute Nachmittag treffe ich noch alle, um mich zu verabschieden. Aber Tom wird gleich kommen und bei dir sein.«

»Ich brauche keinen Babysitter!«, brummte er.

»Das möchte Tom sicherlich auch gar nicht sein«, entgegnete sie.

Sie beugte sich über ihn, gab ihm einen Kuss auf die Stirn. »Ich komme am späten Nachmittag wieder.«

Sie stand auf und griff nach ihrer Handtasche.

»Peggy Sue?«

»Ja?«

»Danke, dass du zu mir zurückgekommen bist. Ich ... ich ...« Er sprach nicht weiter. Sie ahnte, was er hatte sagen wollen, und sie war dankbar, dass er es nicht getan hatte: *Ich liebe dich.* Obwohl sie zu ihm stand und versprochen hatte, bis zum Ende an seiner Seite zu bleiben, war sie sich ihrer Gefühle ihm gegenüber nicht sicher. Als sie noch in Amerika gewesen waren, da hatte sie ihn sehr geliebt. Und auch noch anfangs in München. Bis Harry sich immer mehr verändert hatte und sie mitunter sogar Angst vor ihm gehabt hatte. Auch wenn laut Einschätzung der Ärzte die Krankheit für sein Verhalten mitverantwortlich war, waren die schwierigen Monate an seiner Seite und schließlich die Trennung nicht spurlos an ihr vorübergegangen. Doch hätte sie nicht früher bemerken müssen, dass ihr Mann sich seltsam verhielt und er Probleme hatte? Hatte sie zu schnell aufgegeben? Ständig kreisten diese Gedanken durch ihren Kopf. War es also doch noch Liebe, die sie bei Harry bleiben ließ? Oder vor allem Pflichtbewusstsein und Mitgefühl? *In Gesundheit und Krankheit* ... kamen ihr die Worte des Eheversprechens in den Sinn. Jedenfalls würde sie ihn nicht allein lassen, und er sollte bis zum Ende das Gefühl haben, dass er ihr wichtig war.

»Bis später, Harry.«

Als sie das Gebäude verließ, kam Tom ihr entgegen. Er trug einen kleinen Karton in der Hand.

»Hallo, Tom!«

»Schön, dass ich dich noch kurz erwische, Peggy Sue. Ich habe Kuchen für Harry dabei. Als nachträgliches Geburtstagsgeschenk.« Die letzten Tage hatte Tom seinen Freund wegen einer Dienstreise nicht besuchen können. »Wie geht es ihm?«

»Er bekommt Tabletten, die ein wenig helfen. Aber sein Zustand verschlechtert sich jeden Tag.«

»Ich kann es immer noch nicht fassen«, sagte der Hüne traurig.

»Ich auch nicht. Wenn ich doch nur eher ...«, wollte sie die

Gedanken aussprechen, die sie vorhin im Zimmer bei Harry beschäftigt hatten. Doch Tom unterbrach sie.

»Jetzt hör mir mal gut zu, Peggy Sue. Ich kenne Harry schon viel länger als du, und vor allem ich hätte es früher merken müssen, dass mit ihm etwas nicht stimmt. Ich ging eine Weile davon aus, dass er Geld beim Glücksspiel verlor und wegen der Spielschulden solche Stimmungsschwankungen hatte und aggressiv war. Und ich war oft ziemlich sauer auf ihn, wenn er sich auch während des Dienstes anderen gegenüber rücksichtslos verhielt. Dann wiederum konnte er der loyalste und unterhaltsamste Kumpel sein, den man sich nur vorstellen konnte. Nie im Leben hätte ich mir aber so etwas ausmalen können. Und du sicherlich noch viel weniger. Vergiss nicht, wie er sich dir gegenüber benommen hat. Er hat dich geschlagen und eingesperrt.«

»Ich weiß, aber ...«

»Kein *Aber*. Wir müssen es einfach akzeptieren, wie es ist. Und auch wenn sich das für mich als Freund schrecklich anfühlt, es auszusprechen, so können wir nur froh sein, dass du weggegangen bist und dir vielleicht deswegen nichts Schlimmeres passiert ist.«

Das waren die Worte, die sinngemäß auch Rita zu ihr gesagt hatte. Sicher hatten die beiden recht.

»Bitte versprich mir, dass du dich nicht mit Selbstvorwürfen plagst. Der Harry, den ich von früher kannte, würde nie wollen, dass es dir schlecht geht. Und noch viel weniger hätte er dafür verantwortlich sein wollen, dass er dir wehtut. Du bist gegangen, das hat auch ihn davor beschützt, dich noch mehr zu verletzen.

Außerdem kannst du die Zeit nicht mehr zurückdrehen. Du tust jetzt, was du für ihn tun kannst. Und das ist ganz schön viel.«

»Ach, Tom«, seufzte sie.

Er umarmte sie und drückte sie an sich. Ein tröstliches Gefühl. Sie löste sich von ihm.

»Ich werde dich immer unterstützen, so gut ich kann, Peggy Sue.«

»Danke, Tom. Das weiß ich sehr zu schätzen. Ich muss jetzt los.«

Sie hatten vereinbart, sich alle im Krankenhaus bei Inge zu treffen, damit sie beim Abschied auch dabei sein konnte. Sigi hatte alles in Bewegung gesetzt, damit sie einen kleinen Aufenthaltsraum für kurze Zeit allein benutzen durften, in den er Inge in einem Rollstuhl gefahren hatte.

Als Peggy Sue in das Zimmer kam, war sie perplex. Es waren viel mehr Leute da als gedacht. Neben Rita, Inge, Moni und natürlich Sigi waren auch Angie und Finni gekommen. Doch die größte Überraschung waren Martin Adam und Linda Greyston. Mit den beiden hatte sie nicht gerechnet. Außerdem stand ein Filmprojektor im Raum. Peggy Sue war irritiert, was das zu bedeuten hatte.

»Endlich ist sie da!«, rief Moni und wirkte ziemlich aufgeregt.

»Das ist ja tatsächlich so etwas wie eine Abschiedsparty«, sagte Peggy Sue.

»Das haben wir doch gesagt«, meinte Rita.

Peggy Sue ging zu Inge und begrüßte sie.

»Danke, dass du vor deiner Abreise noch mal gekommen bist«, sagte Inge. Sie wirkte sehr blass.

»Aber natürlich wollte ich dich auf jeden Fall noch mal sehen und mich persönlich von dir verabschieden, Inge.«

Inge griff mit ihrem gesunden Arm nach ihrer Hand und drückte sie.

»Ich weiß, was du mitmachen wirst, Peggy Sue, und ich wünsche dir ganz viel Kraft«, sagte sie mit belegter Stimme.

»Danke, Inge.« Peggy Sue schluckte.

»Ich werde dir schreiben«, versprach Inge.

»Und ich dir.«

»Möchtest du etwas trinken, Peggy Sue? Allerdings gibt es nur Wasser und Zitronenlimonade«, sagte Sigi.

»Wasser, bitte ... Ihr geht es nicht so gut, oder?«, fragte Peggy Sue ihn leise mit einem Blick zu Inge.

»Nein. Ich glaube, sie braucht noch eine Weile, bis sie den Unfall verkraftet. Nicht nur körperlich. Wir versuchen, ihr dabei so gut wie möglich zu helfen.«

»Ich weiß nicht, ob ihr das allein schaffen könnt. Ihr solltet einen Fachmann zurate ziehen.«

»Das haben wir vor.«

»Ich wünsche euch alles Gute.«

»Danke.«

»Schaut mal!« Rita holte aus einem Kuvert Fotos. »Die sind von Claudia. Wir können uns alle aussuchen, was wir haben wollen.«

»Ach, darf ich mir da welche mitnehmen?«, fragte Peggy Sue.

»Natürlich. Nimm dir mit, was du möchtest, wir anderen können das auch in den nächsten Tagen noch machen.«

»Die sind so schön, die Bilder.« Peggy Sue ging die Fotos durch und legte einige beiseite, die sie gern mitnehmen würde. Sie würden eine kostbare Erinnerung sein, wenn sie zurück in Chicago war.

»Es ist schön, dass dieses spontane Treffen heute geklappt hat«, übernahm plötzlich Martin das Wort, und alle wurden still. »Das mit Plänen ist immer so eine Sache – die lassen sich auch gern ganz schnell durch irgendwelche Umstände über den Haufen werfen. Noch vor Kurzem dachte ich, dass ich mit den Monaco Birds eine neue und besondere Band entdeckt habe, die eine sehr reale Chance hat, in der Musikwelt durchzustarten. Junge talentierte Musikerinnen, originell, natürlich und wandelbar, umwerfende Stimmen, besondere Songs. Ein richtig gutes Gesamtpaket. Die Aufnahmen im Studio liefen viel besser als erwartet. Und in zwei Tagen hätte die große Release-Party in *Angies Vogelbar* stattfinden sollen. Leider kam alles anders. Inge, ich hoffe, du wirst dich so bald wie möglich von deinem Unfall erholen ... Und Peggy Sue, dir wünsche ich morgen eine gute Heimreise und viel Kraft für die Zeit, die dir bevorsteht.«

Er räusperte sich.

»Danke, Martin!«, sagte sie leise.

Er wandte sich nun an Rita.

»Rita, dich werde ich zukünftig ohnehin öfter sehen ... Und jetzt kommen wir zu dir, Moni. Du warst der Motor der Monaco Birds und die Ideenschmiede mit deinen Texten und Melodien.«

Peggy Sue war etwas verwundert, dass Moni überhaupt nicht

bedrückt wirkte, ganz im Gegenteil schienen ihre Augen vor Aufregung zu leuchten.

»Als Linda, Olaf und ich uns die fertigen Songs im Studio angehört haben«, fuhr Martin fort, »da war uns klar: Diese Musik darf nicht in der Versenkung verschwinden. Zufällig wusste Linda von einer aufstrebenden Londoner Band, sie nennt sich Pinbeat, und dass sie auf der Suche nach besonderen Songs sind. Wir haben ihnen die Stücke vorgespielt, und stellt euch vor: Sie wollen sie unbedingt haben.«

»Wirklich?«, fragte Peggy Sue völlig überrascht, genau wie die anderen. Nur Moni schien schon Bescheid zu wissen. Deswegen war sie also so gut gelaunt!

»Das hast du mir überhaupt nicht gesagt«, sagte Angie, die Martin offensichtlich ebenfalls nicht eingeweiht hatte.

Er zuckte lächelnd mit den Schultern. »Auch für dich sollte das eine Überraschung sein. Jedenfalls werden sie die Songs neu aufnehmen. Und Moni wird mit ihnen in London zusammenarbeiten.«

Damit war die Überraschung perfekt.

»Moni! Das ist großartig!«, gratulierte ihr Peggy Sue.

»Natürlich hätte ich es lieber mit uns als Monaco Birds gemacht. Aber immerhin sind damit unsere Songs nicht verloren. Und ich kann endlich das machen, was ich mir immer gewünscht habe. Mich völlig auf die Musik konzentrieren«, sagte sie glücklich.

»Da bin ich aber gespannt, wie du das unseren Eltern beibringen wirst«, sagte Sigi, schien sich jedoch für seine Schwester sehr zu freuen und drückte sie an sich.

»Papa habe ich es schon gesagt. Er versteht es und meinte sogar, er sei sehr stolz auf mich. Und Mama? Viellcicht vertragen wir uns ja besser, wenn ich nur noch ab und zu nach Hause komme?«, meinte Moni. »Zumindest hoffe ich das.«

»Das kann gut sein!« Sigi nickte.

»Und jetzt möchte ich euch gern was zeigen. Linda, kannst du?«, bat Martin.

»Klar!«, sagte sie. Sie schaltete das Licht an und zog die dichten Vorhänge zu. »Leider haben wir keine Leinwand, aber es geht auch auf der weißen Wand.«

»Das wollte ich euch nicht vorenthalten. Und es ist wohl die letzte Gelegenheit, dass ihr vier euch das gemeinsam ansehen könnt«, sagte Martin und schaltete das Licht aus. Auf der Wand war kurzes Flackern zu sehen, dann plötzlich kamen die Bilder. Der Film, den Claudia im Studio aufgenommen hatte, als sie *She Loves The World* gespielt hatten.

Peggy Sue konnte kaum glauben, dass das noch keine vier Wochen her war. Es fühlte sich an, als wären sie vor einer Ewigkeit im Studio gewesen. Sie hatte Gänsehaut, als sie sich selbst sah und ihre eigene Stimme hörte, die kraftvoll und klar und tatsächlich besonders war. Doch das ganze Lied war besonders. Alle strahlten Glück und Zuversicht aus. Für einen kurzen Moment kam Peggy Sue in Versuchung, doch in München zu bleiben und nach Inges Genesung mit den Monaco Birds durchzustarten. Doch gleichzeitig wusste sie, dass sie es nicht ertragen würde, Harry allein seinem Schicksal zu überlassen.

Als der Film zu Ende war und Martin das Licht wieder angeknipst hatte, war es für ein paar Sekunden still im Raum.

Dann sagte Sigi fast ehrfurchtsvoll: »Ihr habt den Wettbewerb wirklich zu Recht gewonnen.«

Martin Adam nickte. »Ja. Das haben sie. Aber vielleicht sollte ich mir doch irgendwann noch einmal anhören, was Charly's Beatboys zu bieten haben«, meinte er mit einem Zwinkern.

»Momentan haben wir eine kleine Kunstpause. Aber vermutlich werden wir doch bald mal wieder spielen«, sagte Sigi.

»Natürlich werdet ihr das!«, rief seine Schwester in energischem Ton.

»Und nun gibt es noch eine letzte Überraschung.« Martin griff zu einer Aktentasche und öffnete sie. »Ich habe es einfach nicht übers Herz gebracht, sie nicht pressen zu lassen«, sagte er und nahm einen Packen Singles heraus.

»Unsere Platte!«, rief Moni und war völlig überwältigt. Damit hatte sie offenbar nicht gerechnet. So wie auch alle anderen nicht.

»Ich glaub es nicht!«, murmelte Rita.

»Wir haben wirklich eine eigene Platte?«, fragte Inge und schüttelte ungläubig den Kopf.

»Martin, ich weiß gar nicht was ich sagen soll?« Peggy Sue sah ihn mit Tränen in den Augen an. Vielleicht, weil sie bald von hier wegmusste, war es ihr besonders wichtig, zu den Fotos noch etwas in Händen zu halten, das sie auf so besondere Weise an diese Zeit in München mit den Monaco Birds erinnern würde.

»Passt gut darauf auf, es sind nur 20 Exemplare. Jede von euch Monaco Birds bekommt davon zwei Platten. Aber bevor ich sie verteile, müsst ihr sie natürlich alle signieren.«

Er drückte jeder einen Stift in die Hand, und sie unterschrieben zwanzigmal mit ihrem Namen. Für das Cover hatte Martin ein Foto ausgewählt, auf dem sie in ihren farbigen Bühnenkleidern und weißen Stiefeln auf der Treppe saßen. Es war das beste Foto von allen.

»Ich bekomme aber auch eine Platte!«, bat Finni.

»Aber natürlich, Oma, das haben wir dir doch alle versprochen«, sagte Rita.

Angie hatte sich schon, ohne zu fragen, eine Single geschnappt.

Peggy Sue steckte ihre beiden Singles und die Fotos in ihre Tasche und sah auf ihre Uhr.

»Es tut mir leid, aber ich muss jetzt gehen«, sagte sie. Sie würde es keine Minute länger aushalten, den unweigerlichen Abschied hinauszuzögern, da sie ohnehin schon die ganze Zeit um ihre Fassung rang. Sie umarmte Finni und Angie, bedankte sich herzlich für ihre Gastfreundschaft, verabschiedete sich von Linda und Martin, die ihr beide mit auf den Weg gaben, nicht aufzuhören zu singen.

»Sigi, pass mir gut auf Inge auf«, sagte sie zu Monis Bruder.

»Das werde ich ganz bestimmt.«

»Und dir weiterhin viel Erfolg. Vielleicht gibt es ja irgendwann auch mal eine Platte von Charly's Beatboys.«

»Sollte das der Fall sein, werde ich sie dir ganz persönlich nach Amerika schicken.«

Nun drückte sie vorsichtig ihre Freundin im Rollstuhl. »Erhole dich bitte gut. Und vergiss nicht, mir zu schreiben, Inge.«

»Ganz bestimmt nicht! Und du mir.«

Sie nickte. Dann wandte sie sich an Moni. »Danke, dass ich für eine kurze Zeit ein Teil dieser Band sein durfte. Ich freue mich so sehr, dass du weitermachst, und wünsche dir alles Gute in London. Ich bin mir sicher, von dir wird man noch viel hören.«

»Ich habe es dir schließlich versprochen«, sagte Moni.

Sie umarmten sich.

Moni bedankte sich leise für ihre Unterstützung, als sie schwanger gewesen war. »Ohne dich hätte ich das alles nicht geschafft! Das werde ich dir nie vergessen, Peggy Sue. Es tut mir so leid, dass ich dich jetzt nicht auch unterstützen kann. Bitte versprich mir, dass du gut auf dich aufpasst«, murmelte sie.

»Das werde ich. Und ich freue mich immer über Briefe oder Postkarten. Vielleicht sogar aus London?«, sagte sie mit einem sentimentalen Lächeln.

»Bekommst du!«

Als Letztes drehte Peggy Sue sich zu Rita um, deren blaue Augen in Tränen schwammen. Von ihr fiel ihr der Abschied am schwersten. Sie nahm ihre Hand.

»Komm bitte mit raus, ich habe noch was für dich«, sagte sie.

Da im Flur zu viele Leute waren und Peggy Sue einen ungestörten letzten Moment mit ihrer Freundin haben wollte, gingen sie hinaus ins Freie. Der Himmel über München war bewölkt, und immer wieder gab es kleine Regenschauer. Doch nun spitzte die Sonne hinter einer Wolke hervor.

»Du wirst mir so fehlen, Rita«, sagte Peggy Sue mit einem dicken Kloß im Hals.

»Du mir auch, Peggy Sue. Du kannst dir gar nicht vorstellen wie sehr«, murmelte Rita heiser.

»Eine Freundin wie dich zu haben, ist etwas ganz Besonderes.«

Tränen kullerten über Ritas Wangen. Sie holte ein Taschentuch hervor und putzte sich die Nase.

Peggy Sue griff ebenfalls in ihre Tasche und kramte einen Schlüsselanhänger mit einem Autoschlüssel heraus.

»Es wird Zeit, dass du den Führerschein machst, Rita«, sagte sie.

»Den Führerschein?«, fragte sie verwirrt.

»Ja. Und wenn du ihn geschafft hast, dann hast du bereits ein Auto.«

Rita sah sie irritiert an.

»Was? Ich habe ein Auto? Wie meinst du das denn?«, fragte sie.

»Der Mustang – er gehört jetzt dir. Die Papiere sind im Wagen. Ich habe mit dem Hausmeister gesprochen und durfte ihn im Hinterhof eures Hauses parken. Jetzt musst du nur ganz schnell deine Fahrerlaubnis bekommen, dann kannst du damit umherdüsen.«

»Aber Peggy Sue, du bist ja verrückt. Du kannst mir doch kein Auto schenken, das geht doch ...«

Sie legte zwei Finger auf Ritas Lippen.

»Psst ... Ich kann.«

Dann umarmte sie ihre Freundin.

»Komm mich mal besuchen, ja?«

»Irgendwann werde ich das ganz bestimmt!«

Kapitel 25
Peggy Sue

Chicago, 3. Mai 1967

Peggy Sue saß auf einem kleinen Hocker, spielte auf ihrer Gitarre und sang:

And the birds are singing – for you
And the birds are playing – for you
And the birds are hoping – that you enjoy the Song.
Come on and dance with the Monaco Birds
Come on and dance and dance and dance …

Um sie herum hüpften und tanzten ausgelassen achtzehn Kinder aus der roten Gruppe im Kindergarten. Als das schwungvolle Lied zu Ende war, das die Monaco Birds unter dem gleichnamigen Titel als eine Art musikalische Visitenkarte beim Wettbewerb gespielt hatten, klatschten die Kleinen begeistert und wollten noch mehr. Peggy Sue lächelte. Das hier waren zwar nicht die Fans, die ihr mit den Monaco Birds in *Angies Vogelbar* zugejubelt hatten, aber mit ihrem Applaus machten sie Peggy Sue mindestens genauso glücklich.

»Bitte noch einmal«, bat eines der Mädchen. Doch Peggy Sue schüttelte den Kopf.

»Heute nicht mehr, Jessica. Aber morgen, da machen wir wieder Musik«, versprach sie. »Jetzt müssen wir uns ganz schnell anziehen; eure Eltern kommen bald, um euch abzuholen.«

Eine Stunde später stieg Peggy Sue in ihren Wagen, der auf dem Parkplatz vor dem Kindergarten stand. Es war wieder ein Ford Mustang.

Unterwegs machte sie bei einem Blumenladen halt und kaufte einen Strauß bunter Rosen. Dann ging es weiter zum geschichtsträchtigen Oak-Woods-Friedhof in der South Side von Chicago. Sie spazierte durch die herrliche Parkanlage, vorbei an einem kleinen See bis zu einer bestimmten Grabplatte, die in die Wiese eingelassen war. Sie packte die Rosen aus dem Papier und legte sie auf die Platte neben die Inschrift:

Harry Stephen Malory

**31. August 1941*

†7. Oktober 1966

»Alles Gute zum Hochzeitstag, Harry«, sagte sie leise.

Nach ihrer Rückkehr nach Amerika war Peggy Sue und Harry nicht mehr viel Zeit füreinander geblieben. Sein Zustand hatte sich rapide verschlechtert. Doch bis zuletzt war sie ihm nicht mehr von der Seite gewichen. Es hatte schlimme Phasen gegeben, aber immer wieder auch kostbare Momente, die sie noch miteinander teilen durften und die zumindest ein wenig heilten, was in den Monaten zuvor an Verletzungen geschehen war. Letztlich war es am Ende ein Geschenk, dass Harry nicht mehr allzu lang hatte leiden müssen.

Ihre Eltern und Schwestern waren in dieser Zeit eine große

Unterstützung für sie gewesen. Doch auch der Kontakt zu ihren Freundinnen in Deutschland, die ihre Versprechen gehalten und regelmäßig Briefe geschickt hatten, schenkte ihr Lebensmut. Vor allem der intensive Austausch mit Inge. Außerdem war sie durch die Briefe stets auf dem Laufenden und konnte damit ein klein wenig am Leben ihrer ehemaligen Bandkolleginnen teilhaben.

Plötzlich hörte sie Schritte hinter sich. Als sie sich umdrehte, kam Tom auf sie zu.

»Hallo, Peggy Sue!«

»Tom! Du bist zurück!«

»Ja, seit drei Tagen«, sagte er.

»Wie schön, ich freue mich, dass du hier bist«, sagte sie.

»Natürlich. Immerhin war ich damals euer Trauzeuge.«

»Du hast das Datum nicht vergessen?«

»Aber nein.«

Er trat vor die Steinplatte und sah auf die Inschrift. Einige Sekunden hielt er inne. Dann blickte er sich kurz um.

»Es ist ein schöner Platz hier«, sagte er.

»Ja. Sehr friedlich.«

»Es tut mir so leid, dass ich nicht hier war bei der Beerdigung.«

»Das muss es nicht. Ich weiß doch, dass das nicht möglich gewesen wäre, Tom.«

»Ich kann es immer noch nicht glauben.«

»Das kann ich auch nicht.«

»Wer hätte das noch vor einem Jahr gedacht?«

Sie schwiegen beide einige Sekunden.

»Was für ein Zufall, dass wir beide zur selben Zeit hier sind«, sagte sie plötzlich.

Er lächelte ein wenig verschmitzt.

»Eigentlich ist es kein Zufall. Es ist euer Hochzeitstag. Deine Eltern haben mir gesagt, dass du nach der Arbeit im Kindergarten zum Friedhof fahren würdest. Ich hoffte, dich zu sehen.«

Sie lächelte ebenfalls. »Aber du hättest dich doch bei mir auch dann gemeldet, wenn wir uns hier nicht getroffen hätten?«

»Auf jeden Fall.«

»Möchtest du noch ein wenig allein hier am Grab bleiben?«, fragte sie.

Er schüttelte den Kopf. »Nein. Wir können gern gemeinsam zum Parkplatz zurückgehen.«

»Für wie lang bist du denn diesmal in Chicago?«, fragte sie.

»Vorerst für eine Woche. Aber in drei Monaten ist meine Dienstzeit zu Ende. Und dann komme ich ganz zurück.«

Eine Weile gingen sie schweigend nebeneinanderher.

»Manchmal vermisse ich die Zeit in München«, sagte sie schließlich.

»Das kann ich verstehen. Mir hat es dort auch gefallen. Trotzdem gefällt es mir hier besser.« Er lächelte. »Aber das Essen dort, das vermisse ich wirklich. Gulasch mit Spätzle oder Schweinebraten mit Knödel. Und Würstchen mit Sauerkraut und Kartoffelbrei«, schwärmte er.

Sie lachte leise. »Falls du noch nichts vorhast, dann komm um sieben Uhr zu mir. Ich wollte den Abend nicht allein verbringen und habe meine Schwestern zum Essen eingeladen. Und stell dir vor, es gibt heute Gulasch und Spätzle.«

»Das ist nicht dein Ernst, oder?«, fragte er ungläubig.

»O doch. Es war nämlich auch eines von Harrys Lieblingsgerichten. Und du bist herzlich eingeladen, wenn du kommen magst.«

»Da kann ich jetzt wirklich nicht Nein sagen.«

Inzwischen waren sie am Parkplatz angekommen.

»Also dann, wir sehen uns später, Peggy Sue.«

»Ja. Bis später, Tom.«

Es würde ihr guttun, den Abend mit Harrys bestem Freund zu verbringen und sich mit ihm über die besondere Zeit in München auszutauschen. Und vielleicht würde sie für ihn und ihre Schwestern später noch die Single der Monaco Birds auflegen.

Kapitel 26
Inge

Niederbayern, 13. Mai 1967

Jeden Tag wartete Inge schon sehnsüchtig auf den Postboten. Auch heute warf sie immer wieder Blicke aus dem Küchenfenster, während sie das Gemüse für eine Suppe putzte. Ihre Mutter war unterwegs, um in Passau ein paar Einkäufe zu erledigen. Ihr Vater machte nebenan seinen Vormittagsschlaf.

Endlich fuhr das Fahrrad vor das Haus. Inge öffnete das Fenster.

»Guten Tag, Franzl«, begrüßte sie den Postboten, den sie noch aus dem Kindergarten kannte.

»Hallo, Inge. Heute ist es wieder so weit. Luftpost aus Amerika! Und noch ein paar Briefe für deine Mutter.«

Er reichte ihr die Kuverts hinein.

»Danke, Franzl. Schönen Tag noch.«

»Dir auch, Inge.«

Sie beeilte sich, die Suppe auf den Herd zu bekommen. Dann setzte sie sich an den Tisch und öffnete den Briefumschlag. Peggy Sue hatte wieder einen langen Brief geschrieben. Inzwischen ging es nicht mehr so ausführlich um Harry und wie sein Tod und das, was vorher war, sie beschäftigte. Immer mehr erfuhr Inge jetzt von ihrem Leben in Chicago. Sie erzählte von ihrer Arbeit im Kindergarten, Ausflügen mit der Familie und dass sie überlegte, sich einen Hund anzuschaffen. Inge freute sich, dass es aufwärtsging. Es tat Inge gut, sich mit Peggy Sue auszutauschen, auch über Dinge, die sonst womöglich niemand so gut verstehen konnte. Die feinfühlige Peggy Sue fand stets besondere Worte, die Inge aufmunterten und ihr Mut machten. Die Monate seit dem Unfall waren nicht einfach gewesen, und es hatte einige Rückschläge gegeben. Aber es war eine gute Entscheidung gewesen, München erst einmal zu verlassen und zu ihren Eltern aufs Land zu ziehen.

Plötzlich hörte sie draußen ein Knattern, das immer näher kam. Wieder sah sie aus dem Fenster.

Sigi!

Völlig überrascht eilte sie vor das Haus, während Sigi sein Motorrad abstellte.

»Sigi! Was machst du denn hier? Ich dachte, wir sehen uns erst nächste Woche wieder.«

Er ging auf sie zu und umarmte sie.

»Ich konnte einfach nicht mehr warten«, sagte er und gab ihr einen Kuss.

»Aber habt ihr nicht heute Abend einen Auftritt in einem Club?«

»Nein. Der wurde verschoben. Und schau mal, ich habe etwas für dich dabei«, sagte er, als sie in der Küche am Tisch saßen. Er reichte ihr ein Kuvert.

»Was ist das denn?«

»Moni war vor ein paar Tagen wieder mal zu Hause in München und hat mir das für dich gegeben.«

Sie öffnete das Kuvert und holte einen Scheck heraus, der auf 500 Mark ausgestellt war. Sie sah ihn völlig verdattert an.

»Wieso bekomme ich von Moni einen Scheck über so viel Geld?«, fragte sie.

»Das ist dein Anteil für *Seconds On A Line*«, sagte er. »Die Band in London wollte den Song unbedingt haben. Und da es deine Idee war und ein Teil des Textes von dir stammt, steht dir das Geld auch zu.«

Mit großen Augen sah sie ihn an. »Ich weiß gar nicht, was ich sagen soll.«

»Du musst gar nichts sagen, mein Schatz, sondern dich einfach freuen.« Er grinste vergnügt.

»Das tu ich ja. Wirklich!«

Sie lachte.

»Das können wir gut brauchen für einen neuen Schlafzimmerschrank«, fiel ihr plötzlich ein.

»Aber das ist doch dein Geld.«

»Trotzdem! Ach Sigi, ich kann es kaum mehr erwarten, bis wir zusammenziehen in unsere neue Wohnung«, sagte sie.

»Wir machen es uns so schön wie möglich.«

»Ich hoffe nur, dass ich wirklich schon so weit bin, wieder zurückzugehen nach München«, meinte sie, plötzlich etwas unsicher. »Was, wenn es mir wieder schlechter geht?«

Wenn diese schrecklichen Ängste sie wieder heimsuchten und sie wider alle Vernunft doch versuchen würde, sie mit Alkohol zu betäuben?

»Das können wir nie wissen, Inge. Aber ich verspreche dir, dass ich dich, so gut ich kann, unterstützen werde. Wir werden es ganz langsam angehen. Und deine neue Chefin in dem kleinen Modeladen weiß über alles Bescheid und hat Verständnis. Das ist doch schon mal eine gute Voraussetzung«, beruhigte Sigi sie.

Die Chefin des Geschäfts, in dem Inge ab Juni arbeiten würde, war eine alte Bekannte von Finni, für die Ritas Oma regelmäßig Änderungen gemacht hatte. Finni hatte Inge wärmstens empfohlen. Ins Modehaus Vilsinger hatte Inge nicht mehr zurückgehen wollen.

»Aber eigentlich bin ich vor allem aus einem anderen Grund hier«, sagte Sigi und lächelte verschmitzt.

»Ja?«

»Ich weiß doch, wie gern du immer nach Italien möchtest. Und deswegen habe ich für uns beide ein Hotel in Cattolica gebucht. Und zwar schon nächste Woche. Wir fahren mit dem Zug. Wie sieht es aus? Hast du Lust, mit mir nach Italien zu verreisen?«

Sie sah ihn einen Moment an, und dann lächelte sie.

»Ja! Sigi! Und wie!«

Glücklich fiel sie ihm um den Hals.

Kapitel 27
Rita

Hamburg, 22. Mai 1967

»Und jetzt schau mich noch mal mit deinem besonderen Lächeln an, Rita! Du willst diese Limonade. Du kannst gar nicht ohne diese Limonade sein! Ja, genau so!«, rief Claudia und schoss ein Foto nach dem anderen.

Rita hielt die Flasche mit der eiskalten Limonade in der Hand und lächelte fröhlich in die Kamera.

»So, das war's.«

Claudia ging auf Rita zu und nahm ihr die Flasche ab.

»Vielen Dank, dass du heute eingesprungen bist, Rita«, sagte sie.

»Wenn du einen so lieb bittest, wer soll da schon Nein sagen?«

Eigentlich hätten die Fotoaufnahmen am Hamburger Hafen für den Kunden mit einem anderen Model stattfinden sollen, doch das war in letzter Minute ausgefallen. Deswegen hatte Claudia Rita gebeten, ihr aus der Patsche zu helfen. Rita hatte ihr das nicht abschlagen wollen.

»Ich finde, du bist sowieso viel besser dafür geeignet, diese Limonade zu präsentieren, als die andere«, sagte Claudia verschmitzt.

»Ich hoffe, dass es deinem Kunden gefällt. Schließlich bin ich nicht die Blondine, die er ursprünglich gewünscht hatte.«

»Das macht nichts. Die Fotos werden ihn sicher begeistern. Möchtest du es dir nicht doch überlegen, richtig als Model zu arbeiten? Ich kann dir versichern, dass du sehr beschäftigt wärst.«

Claudia hatte ihr diese Frage schon öfter gestellt. Und immer hatte sie abgewunken. Doch heute hatte sie tatsächlich sehr viel Spaß an der Arbeit gehabt. Was womöglich aber auch an der Fotografin lag.

»Komm mit!«, sagte Claudia und zog Rita hinter einen VW-Bus, damit niemand sie sehen konnte, wie sie ihr heimlich einen Kuss gab.

Rita konnte es immer noch nicht fassen, wie sich ihr Leben in den letzten Wochen verändert hatte. Claudia hatte es ihr leicht gemacht, in die neue Welt einzutauchen, die ihr bisher verborgen gewesen war. Für die Welt draußen waren sie beste Freundinnen, doch wenn sie allein waren in Claudias Wohnung, dann waren sie ein Liebespaar, das sich immer mehr füreinander öffnete. Es war schade, dass sie ihr Glück nicht in die ganze Welt hinausposaunen konnte, aber das war ein Preis, den sie zu zahlen bereit war. Und zumindest ihre Mutter und die Oma wussten inzwischen Bescheid. Rita hatte es ihnen nicht länger verheimlichen können und auch nicht wollen. Kurz waren sie irritiert gewesen, und Angie hatte es bedauert, dass sie in diesem Fall niemals ein Enkelkind haben würde, aber sie hatten es schnell akzeptiert.

»Ich habe mich sowieso schon die ganze Zeit gewundert, dass

ein so tolles Mädel wie du so lang keinen Freund hat«, hatte ihre Oma gesagt.

Noch vor ihrem Umzug nach Hamburg hatte Rita ihnen Claudia vorgestellt, und sie hatten sie wie ein neues Familienmitglied aufgenommen. Claudia und Finni konnten sich stundenlang über Modefragen austauschen, und ihre Oma schneiderte für sie die ausgefallensten Sachen.

Es war eine gute Entscheidung für alle gewesen, ihr Leben auf den Kopf zu stellen, *Angies Vogelbar* aufzugeben und nach Hamburg zu ziehen. Noch waren sie dabei, das neue Café mit einem gewissen Münchner Flair einzurichten, das am 1. Juni Eröffnung feiern würde.

Angie und Martin waren immer noch zusammen, und sie verbrachte viel Zeit bei ihm in seiner Villa. Doch sie hatte sich trotzdem zusammen mit Finni eine eigene Wohnung genommen, in der auch Rita ein Zimmer hatte.

»Ich muss jetzt zu Mutter ins Café, heute werden die Stühle geliefert und die Lampen angebracht«, sagte Rita und gab Claudia noch mal einen letzten Kuss.

»Ich komme später und helfe euch«, versprach Claudia.

Rita ging zu ihrem Wagen, den sie ein Stück entfernt abgestellt hatte. Einen Tag nach Peggy Sues Abreise hatte sie sich in der Fahrschule angemeldet und den Führerschein im ersten Anlauf geschafft. Angie hatte von ihr am Steuer des Ford Mustang ein Foto gemacht, das sie Peggy Sue nach Amerika geschickt hatte.

Rita musste oft an sie denken, und Peggy Sue fehlte ihr nach wie vor. Aber sie hatte fest vor, sie in hoffentlich nicht allzu ferner Zeit zu besuchen.

Kapitel 28
Monika

London, 27. Mai 1967

Monika stand neben Linda Greyston und zwei Tontechnikern im Regieraum des Musikstudios im Stadtteil Paddington. Die vier Musiker – zwei Frauen und zwei Männer – der Londoner Band Pinbeat hatten gerade einen kurzen Soundcheck hinter sich. Gleich würde es mit der Aufnahme des ersten Songs für die neue LP losgehen, und Moni war schrecklich aufgeregt. Sechs Lieder für dieses Album stammten aus ihrer Feder, und sie saß bereits an weiteren Stücken.

»Mein Mann ist mit unserer Kleinen ein paar Tage zu seinen Eltern aufs Land gefahren. Hast du Lust, heute Abend ein wenig durch die Bars zu ziehen?«, fragte Linda leise.

Monika dachte kurz an ihre eigene Familie. Es war nicht lang her, dass sie in München auf Stippvisite gewesen war, schließlich wollte sie unbedingt ihren kleinen Neffen kennenlernen. Ein noch etwas runzeliger kleiner Rockstar war er. Sie musste unwillkürlich grinsen. Sie und Sigi würden schon dafür sorgen, dass Markus Akkorde auf der Gitarre zupfen konnte, ehe er auch nur »Mama« oder »Papa« sagte.

»Das müssen wir leider verschieben. Vielleicht auf morgen? Ich habe später noch unsere erste Bandprobe«, sagte Moni. Sie komponierte nicht nur für Pinbeat weitere Songs, sondern hatte sich vor Kurzem mit vier Leuten zusammengetan, um eine eigene Band zu gründen, in der sie als Gitarristin spielte. Die vier Jungs waren ihr vor zwei Monaten auf einer Party bei Linda begegnet, und sie hatten schnell einen guten Draht zueinander gefunden. Vor allem mit Schlagzeuger Nick verstand sie sich gut. Oder besser gesagt, mehr als gut. Tatsächlich hatte es zwischen den beiden schon am ersten Abend geknistert.

»Morgen passt auch! ... Es geht mit *Seconds On A Line* los«, sagte Linda. Vor ihr lag ein Zettel mit der Reihenfolge der Stücke.

Von diesem Song waren alle ganz besonders begeistert. Die Band hatte das Lied bei Liveauftritten schon gespielt. Es war jedes Mal großartig beim Publikum angekommen. Und nun würde das Lied, zusammen mit einigen weiteren Stücken der Monaco Birds, die Monika geschrieben hatte, zum ersten Mal auf einer Langspielplatte veröffentlicht und damit einem breiten Publikum zugänglich gemacht werden.

»Seid ihr bereit?«, fragte der Tonmeister durch sein Mikrophon. Die Musiker im Aufnahmeraum nickten.

»Okay. Take One!«

Und dann legten sie los.

Monikas Herz klopfte schneller, als die Sängerin die erste Strophe sang. Es hörte sich gut an, zweifellos. Und doch ... Sie schloss die Augen und sah sich plötzlich in Gedanken mit den Monaco Birds im Studio stehen. Peggy Sue sang ins Mikrophon und begleitete den Song gleichzeitig auf dem Klavier. Ihre unvergleichliche Stimme gab dem Lied eine ganz andere Farbe und Tiefe. Inge setzte mit ihrem Gesangspart ein und spielte auf der E-Gitarre gekonnt die Akkorde. Rita saß mit einer Zigarette im Mundwinkel am Schlagzeug und ließ ihre Stöcke über die Trommeln und Becken wirbeln. Und Monika spürte, wie ihre eigenen Finger die Basssaiten zupften und das Instrument an ihrem Körper vibrierte, als wäre es lebendig. Sie unterdrückte ein Seufzen. Leider hatte es nicht sein sollen, mit ihren Freundinnen Inge, Peggy Sue und Rita als Monaco Birds gemeinsam auf der Bühne zu stehen und die Musikwelt zu erobern. Und doch würde sie der Geist dieser Band in ihrer weiteren Arbeit als Musikerin immer begleiten.

Danksagung

Die Arbeit an den »Beat Girls« war eine ganz besondere Reise für mich, die ein wenig auch in meine eigene Vergangenheit führte. Geboren Mitte der sechziger Jahre, war ich als Teenager ein riesiger Beatles-Fan. Am liebsten saß ich mit meiner Gitarre im Schneidersitz auf dem Bett und spielte meine Lieblingslieder der Pilzköpfe nach, versuchte mich sogar an eigenen Texten und Melodien, auch wenn mir das leider nicht so gut gelang wie meiner Figur Moni im Roman.

Von ganzem Herzen möchte ich mich beim Aufbau Verlag bedanken und auch bei Constanze Bichlmaier, die an den Stoff geglaubt und ihn damals noch auf den Weg gebracht hat. Die Staffelübergabe im letzten Jahr an meine neue Lektorin Christina Weiser erfolgte reibungslos, und ich möchte ein ganz dickes Dankeschön sagen für die tolle und vertrauensvolle Zusammenarbeit an beiden Büchern, die sehr viel Freude machte.

Ein großer Dank geht auch an meine beiden Agentinnen Franka Zastrow und Christina Gattys, die von Anfang an von der Geschichte der Monaco Birds begeistert waren.

Ganz liebes Dankeschön auch an meine Familie, die mich

immer unterstützt. Es gab auch viele schöne und interessante Gespräche mit meiner Mama und meiner Tante Rosi, die über ihre Erinnerungen an die sechziger Jahre berichteten. Meinem Sohn Elias ein riesiges Danke für alle musikalischen Infos.

Zuletzt noch Merci meinem Drehbuch-Kollegen Christian Lex, der sich immer Zeit für mich nahm, wenn ich Fragen zu meinen Recherchen in München hatte.